JN201966

ゴッド・パズル
神の暗号

THE PUZZLE MASTER

DANIELLE TRUSSONI

ダニエル・トゥルッソーニ

廣瀬麻微・武居ちひろ 訳

早川書房

ゴッド・パズル――神の暗号――

THE PUZZLE MASTER
by
Danielle Trussoni

Translated by
Asami Hirose & Chihiro Takei
First published 2024 in Japan by
Hayakawa Publishing, Inc.
This book is published in Japan by
arrangement with
Writers House LLC
through Japan Uni Agency, Inc., Tokyo.

装幀／bookwall

フィクションの執筆は一種の遊びであるということを教えてくれた、
ジェイムズ・アラン・マクファーソン（一九四三－二〇一六）を偲んで

「神とは、ありとあらゆるゲームを創造し、解いた存在である」

——ゴットフリート・ヴィルヘルム・ライプニッツ

獲得性サヴァン症候群は、まれではあるが現実に発現しうる医学的状態であり、これまでふつうの生活を送ってきた人間が、脳の損傷をきっかけに驚異的な認知能力を得る現象を指す。獲得性サヴァン症候群の報告症例数は、世界で五十にも満たない。

登場人物

マイク・ブリンク……………………パズル作家
ジェシカ（ジェス）・プライス……囚人
セサリー・モーゼス…………………ニューヨーク州立矯正施設の主任心理士
アーネスト・レイス…………………心理士
キャム・パトニー……………………刑務所の看守
ノア・クック…………………………ジェシカの恋人
ヴィヴェク・グプタ…………………マイクの元指導教授
コナンドラム（コニー）……………マイクの愛犬

オーロラ・セッジ……………………セッジ館の家主
フランクリン・ジュニア……………オーロラの弟
ジェイムソン…………………………オーロラの甥
ビル……………………………………土地管理人
マンディ・ジョンソン………………世話係
アン＝マリー・リシャード…………骨董品鑑定士
ガストン・ラ＝モリエット…………人形職人

1

一九〇九年十二月二十四日
フランス、パリ

愛する息子へ

これを読むころ、おまえがわたしのために大きな悲しみを背負っているであろうことを、どうか許してほしい。知ってのとおり、わたしは呪われた男であり、そのために多大な犠牲を払ってきたが、ついにわが悪魔と折り合いをつけたのだ。これを書くのは、わたしのおこないを弁解するためではない。けっして許されない過ち――神の目から見ても、人の目から見ても――であるということは、いやというほどわかっている。わたしの発見についてここに記すのは、むしろ必要に迫られてのことだ。あの信じがたい、おぞましくも驚嘆すべき一連の出来事について記す機会は、この一度を除き残されていない。それらはわたしの人生を変えたのみならず、おまえの人生をも変えるだろう。おまえが危険を承知で、わたしがこれから語る神秘に足を踏み入れるのならば。

何がわたしをこうも苦しめるのかと、おまえは尋ねるだろう。それについてはこれから教えるが、ひとつ忠告しておこう――いったん知った真実は、そうたやすく忘れられるものではない。それは片時もわたしの頭を離れなかった。知らぬふりをするのは不可能だった。炎のまわりを飛び交う蛾のように、わたしはその神秘に引き寄せられた――〝In girum imus nocte et consumimur igni〟（イン・ギルム・イムス・ノクテ・エト・コンスミムル・イグニ）生きて真実を記す幸運に恵まれたとはいえ、地獄の深淵に立ったいまでさえ、これほどまでに危険な秘密をおまえに託すのかと思うと、身の縮む思いを禁じえない。

　わたしが味わった苦しみは、おのれの拷問部屋をみずから作り出した男のものだ。わたしは禁じられた知恵を安易に授かろうとした。秘密を知りたいと欲するあまり、人間と聖なるものとを隔てるベールを取り払い、神とじかに目を合わせた。そうして、わたしは囚われた――苦しみと喜びを代わるがわるもたらすこのパズルに。わたしがいまから打ち明ける真実は、おまえにとって青天の霹靂（へきれき）となるだろう。だが、その真実が多少なりとも希望の慰めをもたらすのなら、わたしのこの最後の手紙は、じゅうぶんにそのつとめを果たしたと言えよう。

2

二〇二二年六月九日
ニューヨーク、レイ・ブルック

マイク・ブリンクはハンドルを切って田舎道へはいり、鬱蒼(うっそう)とした常緑樹の森を抜け、刑務所のそびえ立つ鉄門の前で車を停めた。トラックの助手席の下では、愛犬のコナンドラム(conundrumは"なぞなぞ"や"難問"の意)――一歳のダックスフントで、愛称はコニー――が眠っていた。すっかり影に溶けこんでいる。まったく気づかれなかった。警備員がブリンクのトラックに近づいてなかをのぞいたときも、まったく身じろぎひとつしなかったので、警備員はブリンクの運転免許証をリストと照らし合わせただけで、前に進めと手で合図した。その先にあるのは立派な煉瓦造りの建物で、六月のまばゆい陽光より、ホラー映画に似合うたたずまいをしていた。

マイク・ブリンクはセサリー・モーゼス医師と会う約束をしていた。医師は、ニューヨーク州レイ・ブルックの集落にある最軽警備の女子刑務所、ニューヨーク州立矯正施設の主任心理士だ。先週、彼女から電話があり、話がしたいから刑務所まで来てほしいと言われた。受刑者のひとりが複雑なパズルを描いたらしく、その解明を手伝ってほしいという。パズル作家として活動している三十二歳のマイク・ブリンクは、《タイム》誌から世界で最も才能あるパズリストという称号を授けられて以来、パズルの集中砲火を浴びていた。たいていは、見た瞬間に解くことができた。だが、モーゼス医師の話から判断するに、今回のパズルは見たこともないほど奇妙なものらしい。写真を撮ってメールで送ってくれと頼むと、それはできないとことわられた。受刑者の記録は機密扱いなのだ。「ほんとうはあなたに話すのもまずいんですが」医師は言った。「彼女は特別で、わたしにとって重要な患者なんです」そういうわけでマイク・ブリンクは、いくつもの締め切りをかかえ、三百マイルも運転しなければならないにもかかわらず、州北部まで出向くことに同意した。ブリンクにとって、パズルは情熱の対象であり、世界を理解するための手段だった。だからこそ、その申し出をことわることはできなかった。

目の前の刑務所はどことなく不気味で、とがった屋根や暗く小さな窓が並んでいた。その歴史を調べてみてわかったのだが、もとは一九〇三年に結核患者の療養所として建てられた場所らしい。この澄んだ空気、山の高さ、広大な森が、当時の治療には不可欠だった。療養所はシルヴィア・プラスの『ベル・ジャー』に登場することでも知られている。プラスは療養中のボーイフレンドを見舞いにここを訪れたことがあり、そのときの経験をのちに作中で描いた。現在、この刑務所には数百名の女性受刑者が収容されている。駐車場からは、剃刀鉄線付きの金網に囲われた運動場が見え、その向こうでは、現代的で殺伐としたコンクリートブロックの増築部分が、建設当時のまま残るゴシック風の建物と大きな対照を成している。周囲には常緑樹の深い森が果てしなくひろがり、受刑者と外の世界とを隔てる天然の壁となっていた。わざとこういう造りになっているのだろうと、ブリンクは想像した。受刑者がどうにかして金網をのぼり、コイル状の鋭い剃刀鉄線を乗り越えられたとしても、たどり着くのは何もない森のまっただなか、というわけだ。

ブリンクは日陰に車を停めると、コニーのためにプラスチックのボウルを水で満たし、長く柔らかい耳の裏を掻いてやってから、トラックのシガーソケットに携帯用のポータブル扇風機を差しこみ、窓を少しだけあけた。これでコニーは快適に過ごせるはずだ。いつもなら車内に置いていくようなことはしないが、用事はすぐにすむだろうし、息苦しいほど蒸し暑いマンハッタンとちがって、山の空気は清涼だ。「すぐにもどるよ」ブリンクは言って、刑務所へ向かった。

正面入口の手荷物検査所で立ち止まり、メッセンジャーバッグをプラスチックのトレーに入れて、運転免許証と新型コロナウイルスワクチン接種証明カードを職員に提示したのち、金属探知機を通った。事前に荷物――ノートパソコン、スマートフォン、メモ帳、ペン――を持ちこむ許可は得ていたが、無事に何も没収されなかったので胸をなでおろした。

ゆったりとした濃紺のワンピースに身を包んだ女性が待っていた。背が高く細身の黒人で、瞳は焦げ茶色、髪はボブカットにしている。女性は主任心理士のドクター・セサリー・モーゼスと名乗った。ブリンクは名乗る必要がなかった。医師は事前にインターネットで調べたにちがいない。それでも、やけに長くブリンクに見入っていた。予想とちがっていたのだろう。ブリンクは身長が百八十センチあり、運動選手のように頑丈で引きしまった体に、ハンサムな（とよく言われる）顔立ちという、ちっとも〝パズルおたく〟らしくない（と母にときどきからかわれる）見た目をしていた。〝だれかなんとかしてくれ〟と書かれたTシャツの上にカジュアルなジャケットをはおり、黒のリーバイスにお気に入りの赤いコンバースのオールスターを合わせている。

マイク・ブリンクをＧｏｏｇｌｅで検索すると、写真のほかに、二〇二〇年の新型コロナウイルス感染拡大によるロックダウン中にＺｏｏｍでリモート出演した〈ザ・レイト・ショー・ウィズ・スティーヴン・コルベア〉の動画が出てくるはずだ。そのなかで、ブリンクは自宅のパズルコレクションを披露し、日本の伝統工芸品である秘密箱のひとつをあけ、寿司に関するジョークで司会のコルベアと笑い合っている。ウィキペディアにもブリンクのページがあり、パズルの制作を担当している《ニューヨーク・タイムズ》紙のゲームコーナーへのリンクや、優勝したパズルコンテストの一覧が記載されている。《ヴァニティ・フェア》誌のプロフィールページへのリンクもあり、それを見れば、中西部で過ごした平凡な子ども時代から、彼の脳を一変させた痛ましい事故、意識を取りもどしたあとに現れた驚くべき才能まで、その全人生を知ることができる。

「さっそくお越しくださり、ありがとうございます」医師が言った。「わたしが街まで車を走らせてもよかったんですが、やっぱり患者を置いていくことはできなくて」

「あんなお話を聞いたら、ことわれませんよ」ブリンクは言った。「とても変わったパズルなんだとか」

「実を言うと、わたしにはさっぱりわからないんです」医師は返した。「でも、あれを解明できる人がいるとしたら、あなたしかいないと思って」

あまりの信頼ぶりに、ブリンクはかえって不安になった。天才パズリストとして有名になるにつれ、マイク・ブリンクには超人的な能力があると思われるようになってしまった。円周率を一万五千桁まで暗唱したり、意地悪なクロスワードパズルを作ったりするだけでなく、未来を読む力まで具わっている、と。だが、ブリンクにそんなスーパーパワーはない。不可能を可能にすることはできない。主治医には〝孤高の天才〟などと呼ばれているが、ほんとうはたったひとつの才能を持った平凡な人間にすぎない。ブリンクにできるのは、試してみることだけだ。

「パズルはお持ちなんですね？」医師の脇の下にはさまれたフォルダに気づき、ブリンクは尋ねた。

「どうぞこちらへ、ふたりだけで話がしたいので」モーゼス医師は言って手を振った。ブリンクはあとにつづいて廊下を進んだ。

そもそも現代の刑務所とは造りが異なるとわかっていたが、心のどこかでは、コンクリートの監房や鉄格子で覆われた窓といった、映画でよく見る光景を期待していた。だがそこには、穏やかで快適とも言える空間がひろがっていた。刑務所らしさはある——たとえば、窓は強化ガラスだ——が、同時に人間味もある。金属探知機のそばには鉢植えの木が、壁には絵画があり、廊下には絨毯が敷かれていた。古い教会を禅の瞑想スタジオへ作り替えるように、結核療養所の土台は残したまま、現代の監獄を作りあげたのだ。以前の施設を象徴するものは取り除かれ、内装にも変更は加えられたが、基本的な構造は変わっていない。

医師は明るく洗練されたオフィスにブリンクを招き入れ、ドアを閉めた。ブリンクは足を止め、隅々まで整理の行き届いた空間を見まわした。ほこりひとつないデスク、色分けして棚におさめられたバインダー、Ｍａｃのデスクトップパソコン。どれもみごとにブリンクの興味を引かなかったが、窓辺に置かれたルービックキューブだけは別だった。表面にステッカーの貼られた古いモデルではなく、最初から色のついたプラスチックのパネルがはめこまれている。色は青、緑、黄、オレンジ、赤、白。そのでたらめな配列を見れば、持ち主――セサリー・モーゼスにちがいない――は素人であることがわかる。六面すべての色をそろえようと、何週間、ひょっとしたら何カ月もかけて、ひねったりまわしたりした結果、行き詰まったのだろう。ブリンクは指で太腿を叩いた。体じゅうの神経が高ぶっている。未完成のルービックキューブを見ただけで、いますぐそろえなおしたいという欲求で頭がいっぱいになった。

ブリンクの視線に気づいたのか、セサリーはルービックキューブを手にとり、指先で回転させた。「去年、職場のホリデーパーティーでもらったんです。賞品として」医師は言った。「ほんとうはマジック８ボールがほしかったんです。あれから何度も挑戦しているけど、ただの負け戦ね。正直に言うと、自分でもどうしてこんなことをするのかわからない。無駄なことに時間を費やして、何になるのって」

目の前でセサリーが試行錯誤しているあいだ、ブリンクはそれぞれの面に視線を走らせた。時計まわりに三回、反時計まわりに二回、右へ一回、左へ五回……。六つの面が完璧にそろうまでの道筋が、頭にはっきりと浮かんだ。

「重要なのは」ブリンクはルービックキューブから目を離し、セサリーの顔を見て言った。「四千三百京通り以上の組み合わせがあるのに、正解はひとつだということです」セサリーの注意がこちらに向いたのを確認して、つづけた。「世界にたったひとつしかない正解を知りたいとは思いませんか?」

「どうぞ」セサリーは言ってキューブを投げた。「やってみせて」

ブリンクは左手でキューブを受けとり、各面をざっと見ながら頭のなかでイメージをふくらませたのち、二十手以内で完成させた。時間にして十五秒くらいだろうか。世界記録にはほど遠い——世界的スピードキューバーのマッツ・ファルクなら四・七四秒でできる——けれど、それでもじゅうぶん速い。ブリンクはアドレナリンが全身を駆けめぐるのを感じながら、完成したキューブをセサリーの手に置いた。ここに、ブリンクがパズルを解く理由があった。宇宙のすべてに道理があるという感覚。勝利のタッチダウンを決めたときのような、マラソンを走り終えたときのような、最高のセックスを経験したときのような達成感。「ぼくはこういう無駄なことが得意なんです」ブリンクは言った。

セサリーは驚きの目でブリンクを見つめた。「そのようね」そう言ってルービックキューブに指を走らせ、すべての面が完全にそろっているのを確認してから、デスクに置いた。何か訊こうとしてためらったが、結局は好奇心に負けて言った。「この質問にはうんざりしてるでしょうけど、わたしにもさせて。いったいどうやったらこんなことができるの?」

セサリーは正しかった。似たような質問を何度もされてきた。どんなふうにしてパズルを解いているのか。本能で? 直感で? 才能? 魔法? 頭のなかに、正解をはじき出すコンピュータのようなものがあるのか。何千ものパズルの、何千もの解き方を暗記しているのか。どんなトリックを使っているのか。答えは単純だ。つまり、ブリンク自身にもわからない。説明できないのだ。脳が勝手にパズルを解いてしまうから。心臓が血液を送り出したり、肺が細胞に酸素を行き渡らせたりするのと同じだ。本人の同意を得ることなく、ときには無意識のうちに、脳が規則性や連続性をつかみ、数字や画像の大洪水を引き起こす。パズルを解きたいときは、頭に思い描くだけでいい。ときおり、円周率を暗唱していると、千桁を超えたあたりから数字に質感が生まれ、色がつき、さらに先へとブリンクを導いてくれることがある。先ほど、ルービックキューブを解いたときも同じことが起こった。この感覚の混合、すなわち共感覚は、脳の損傷によるものであり、ブリンクの能力の謎を解く鍵だと考える医者もいた。だが、ブリンクにはよくわからなかった。たいていは、ドアをあけるようなものなのだ。ドアをあけるだけで、情報が一方的に流れこんでくる。

　セサリーは部屋の反対側まで歩いていき、ブリンクにふたり掛けソファへすわるよう促して、自分もその真向かいに腰をおろした。そして、熟練の心理士らしい慎重なまなざしでブリンクの目を見つめた。事故のあと、ブリンクは同じような経験を何度もしてきたので、心理士お決まりのふるまいには慣れていた。同情するような声音、感情的なつながりを作ろうという試み。そういうふりをされるのが、ブリンクはきらいだった。しかし、セサリー・モーゼスからは嘘くささが感じられなかった。彼女がブリンクをここへ呼んだのには、理由があるのだ。

　セサリーはフォルダから一枚の紙を取り出し、ブリンクに手渡した。「これがそのパズル。あなたがこれをどう解釈するのか、わたしはどうしても知りたいんです」

3

紙は薄くて軽く、ほとんど透きとおって見えた。ひろげると、黒のインクで大きな円が描かれている。円からは放射状の太陽光線のようなものが発せられ、その先端には1から72までの数字が付されていた。内側に並んでいるのは、大きくまるみのある筆跡で書かれたヘブライ文字だ。ブリンクの脳は反射的に分析をはじめた。パターンを、パズル特有の秩序のようなものを探し求める。対称性や優雅さ、重要な秘密、解を導いてくれるというパズルの声。あっと驚くような、または一風変わったパターンと出会うたびに、同様の現象が起こった。ブリンクのなかで何かが無数の火花を放ち、好奇心と欲求の炎を燃えあがらせる。そして、目をそむけることができなくなる。

ところが、このパズルは——パズルと言えるのかどうかも怪しいが——未完成だった。数字や記号が占めているのは全体の十パーセント程度で、残りは空白だ。そのことがブリンクを引きつけ、あざけった。自分は何を見逃しているのか。空白にはどんな意味があるのか。ブリンクは目の前のコーヒーテーブルに紙を置いた。「こんなものは見たことがありません」

「でも、それがなんなのかはわかるでしょう?」

ヘブライ文字と数字の円に目をやった。きっと、これは何かのはじまりだ……だが、いったい何の?「わかることはほとんどありません。はっきりとしたパターンや連続性がなく、これといった手がかりがないので」

モーゼス医師の表情が曇った。ブリンクの思っていたとおりだ。ブリンクが魔法の杖をひと振りすれば、秘密の覆いが取り払われて真実が明らかになると、医師は期待していたのだろう。「だけど、そんなはずはないんです」医師が言って紙をめくると、裏に手書きで〝マイク・ブリンク〟というメモがあった。「彼女があなたを見つけてほしいと言ったんですよ。あなたにわからないはずがない」

「その彼女というのは?」

「ジェス・プライスという名に聞き覚えは?」

知らないと答えようとしたところで、ある新聞記事がブリンクの脳裏に浮かんだ。背中で手錠をかけられた女性の白黒写真。〝人気作家ジェス・プライスを殺人容疑で逮捕〟という見出しがついている。そうか、あのジェス・プライスか。数年前に世間を騒がせた事件だ。彼女は、南北戦争後の〝金めっき時代〟に建てられたニューヨーク州北部の屋敷で、男性を殺害したとして起訴されていた。逮捕後は警察にも弁護士にもマスコミに対しても沈黙を貫き、法廷ではひとことも発さぬまま、殺人の有罪判決を受けた。「作家のジェス・プライスのことですね?」

「まあ、しばらく執筆はしていませんが」モーゼス医師は言った。「ここへ収容されたのは五年ほど前で、わたしのことばにはずっと反応を見せなかったのに、先週になっていきなり、その円を描いて言ったんです。これをあなたに渡してほしい、と」

「どうしてぼくに?」ブリンクは尋ねたが、なんとなく予想はついていた。この十年間で、パズル作家としてはちょっとした有名人になっていたからだ。

「ジェス・プライスはあなたの才能を知っている。彼女がこの円を描いた理由はわかりませんが、これが彼女を理解する鍵だと、わたしは確信しています。あれほど謎めいていて、気むずかしい患者に出会ったのははじめて。長いあいだ、彼女から話を聞こうとつとめてきましたが、まったくうまくいきませんでした。自分の能力を疑ってしまうくらい。わたしは、彼女を理解するためならどんなことだってするつもりです。そして、その彼女があなたを指名した」

ブリンクはもう一度その円に視線を落とし、いますぐこの謎に取りかかりたい、光が影を照らすようにすべてを解き明かしたい、という衝動に駆られた。だが、それを頭から追い払った。「ぼくにとっては」医師に向かって言う。「パズルを解くことと、こういうことにかかわるのは、まったく別の問題です」

モーゼス医師はまっすぐブリンクの目を見た。やがて、フォルダを開いてブリンクに差し出した。「これがジェス・プライスのファイルです」医師は言った。「どうぞ。これを読めば、なぜ彼女があなたを指名したのかがわかるかもしれない」

フォルダのなかには、プリントアウトされた大量の診療記録——どれもページの下部に署名がある——や写真の束、新聞記事の切り抜きが何枚かはいっていた。そのとき、一枚の紙がフォルダからテーブルへ滑り落ちた。《ハドソン・バレー》紙の記事をコピーしたもので、ハドソン川を見おろすセッジ館の写真が大きく掲載されている。その館で、当時二十五歳のノア・クックという男性が惨殺された。隣には、逮捕後に撮られたジェス・プライスの写真が添えられている。五年前に見たものと同じだ。その上に大きな見出しがついている。写真に目を凝らし、記憶と比べた。まったく同じだ。手錠をかけられて法廷へと連行される、ジェス・プライス。

新聞記事とは別に、ジェス・プライスのプロフィール写真が一枚——おそらく著者近影だろう——と、ソーシャルメディアから借用した数枚のスナップ写真がはさまっていた。写っているのは、広い眉間と青い瞳、ピクシーカットのブロンド、妖精のようにくっきりした目鼻立ちが特徴の女性。この人がだれかを傷つけるなんて、ましてや殺しただなんて、できるはずがない、というのがブリンクの第一印象だった。

「この写真ではそこまで……」〝頭のおかしな〟と言いかけて、やめた。「不安定な人には見えませんね」

「何もおかしなところはなかったと、周囲の者が口をそろえて言っています。事件の夜までは、落ち着いた若い女性として、そこそこありふれた生活を送っていました。それがいまは、心にいくつもの問題をかかえている。なのにわたしは、明確な診断をひとつもくだせていない。わかっているのは、幻聴があるらしいということです。つまり、存在しないはずの音や声が聞こえている。発作的な不安から、自傷行為に走る傾向もあります――腕を激しく引っ搔いたり、食事を拒否したり、髪を抜けるまで引っ張ったり。先週は血が出るまで爪を嚙んでいました」

「でも、あなたには何も話そうとしない？」ブリンクは訊いた。だれにも要求を伝えずに、生活なんてできるのだろうか。

モーゼス医師はマニラ封筒をあけて、黒いマーブル模様のノートを抜きとった。「診察をはじめたころに、これをジェスに渡したんです。自分で作った壁を乗り越えるのに役立つと思って。書くことには心を癒やす力がありますから。前任の心理士、ドクター・アーネスト・レイスのメモにも、同様のアプローチで多少の成果が見られたとありました。けれど、わたしが思っていたのとはちがう結果に……」医師はノートを開いた。なかは数字、図形、升目、単語のリストで埋めつくされ、雑誌から切り抜いたパズルが何ページにもわたって貼りつけられている。「彼女はパズルの世界に生きているんです」

ブリンクはノートを受けとり、じっくり目を通した。自分の作った何百ものパズル、そのすべてに青いインクで答えが書きこまれている。

「ね？」モーゼス医師はブリンクを見て言った。「あなたのゲームだけが彼女の関心を引いている」

「パズルです」ブリンクは言った。胸につかえを感じる。「ぼくが作っているのは、ゲームではなくパズルです」

医師は子どもをなだめすかすような笑みを浮かべた。「ちがいがあるの？」

「パズルは複数のパターンで成り立っています。それに、だれかの手によって解かれることを目的としている。あらかじめ定められた秩序があり、明確な答えがあります。技術と忍耐力があれば、だれだってパズルを解くことができる。ゲームはそうじゃありません。勝つことが目的だ。しかも、運や偶然に左右される。めぐり合わせの要素があるんです。いくら才能や決意があっても、ゲームでかならず勝つことはできない。そこが大きなちがいです」

モーゼス医師はしばしブリンクを見つめ、やがて言った。「ええ、そうね、あなたのパズルに、ジェスは没頭している。すでに世に出ているものはひとつ残らず解いてしまった。《ニューヨーク・タイムズ・マガジン》（《ニューヨーク・タイムズ》紙の日曜版の付録雑誌）のパズルもね。パズルを解いているあいだは、自分の世界から抜け出すことができる。そのときだけは、彼女も満ち足りた表情をしています。あなたのパズルがジェス・プライスの命を救っていると言っても過言ではない」

世間の人々にとって、自分の作ったパズルは、挑戦しがいのある気晴らしか、のんびりと過ごす日曜の朝の楽しみ——コーヒーとベーグルとブリンクのパズル——程度のものでしかない、とブリンクは思っていた。もちろん、この仕事を通してだれかとつながっていると想像するときもあるが、そのだれかというのは具体的な相手ではなく、あくまで抽象的な存在だ。だがここへ来て、ジェス・プライスという実在の人物が現れ、目の前に写真まで置かれている。自分のパズルがこの女性にとって大きな意味を持ち、彼女の命を救っていると知って、ブリンクの胸に強い責任感がこみあげた。「それはよかった」ブリンクはようやく口を開いた。

「ほんとうに、助けになっているんですよ」モーゼス医師はあたたかい口調で言った。「自分の気持ちを述べられないというのは、彼女自身にとても悪い影響を与えています。ひょっとしたら、彼女を殻に閉じこめるという意味では、監房よりもひどいかもしれない。あなたのパズルが心のよりどころになっている。外の世界とつながることができるからです。そんな彼女がはじめて話をしたいと言ったのが、あなただった」モーゼス医師はノートを閉じ、封筒へもどした。「あなたをお呼びしたもうひとつの理由がそこにあります。彼女と会っていただきたいんです」

「会う？」ブリンクは驚いて言った。「いまからですか？」

「ほんの少しでかまいません」医師は答えた。「でも、彼女にとっては大きなプラスになるはず」

「ちょっと待ってください」ブリンクは言った。「これがあなたにとってどれほど重要なことかはわかりましたし、助けになりたいと思っています。でも、そろそろ帰らないと。街までは車で何時間もかかります。あすまでに編集者へ送らないといけないパズルがあって、週末にも別の締め切りがあるんです。それに、愛犬をトラックに置いてきてしまっているので」

「面会はいますぐ可能です」医師は言った。「十五分もあればじゅうぶんでしょう。実を言うと、準備はもうできているんです。許可もとってあります」ワンピースのポケットから面会者用バッジを取り出し、ブリンクに手渡した。「このために静かな場所を用意しました。考えてみてください。自分のいちばんのファンに会えるだけでなく、この絵について何かわかるかもしれないんですよ」

その円のことはたしかに気になっていたし、謎を解きたいという強い欲求もあった。しかし、かかわらないほうがいいと直感は告げていた。「わかりません」ブリンクは言った。「ぼくに何ができるのか」

「ミスター・ブリンク、わたしはこれまで、部外者を自分の患者に会わせたことは一度もありません」医師は言った。「ですが、ジェス・プライスはほかの患者とちがいます。彼女の身に何かおかしなことが起こっている。口ではうまく説明できませんが。彼女といると、ときどき……なんと言えばいいのか。こわくなるんです。こわいだけじゃない。恐ろしいんです。自分より大きなものの存在を感じるというか。とても危険な存在を。この絵を調べれば、その理由がわかるはず」

ブリンクは円を見て途方に暮れた。いやだと言って、夕食の時間までに家へ帰るか。それとも、ジェス・プライスと会い、見たこともないほど奇妙なパズルを解くか。

モーゼス医師はブリンクのためらいを感じとり、さらに背中を押した。「無理なお願いをしているのはわかっています。はるばるレイ・ブルックへ来るだけならまだしも、会ったこともない女性を助けてほしいだなんて。でも、彼女に残されたチャンスはあなただけなんです」

チャンスということばを聞いて、ブリンクは押しだまった。絶望のふちに立たされるのがどういうことか、ブリンクは身をもって知っている。あの事故で一命を取り留めるチャンスは万にひとつ、脳の損傷が才能の開花につながるチャンスは億にひとつだった。しかし、それが実現した。マイク・ブリンクはチャンスを与えられ、逆境に打ち勝ったのだ。それなのに、他人から最後のチャンスを奪うなんて、どうしてできるだろう。

片手をポケットに差し入れ、一ドル硬貨を取り出した。事故以来、肌身離さず持ち歩いているものだ。そして、全幅の信頼を寄せている――五分五分の確率を約束する完全な無作為性に、どんなときもかならず白黒がつく容赦ない厳密さに。宗教か科学か、虚構か事実か、氏（うじ）か育ちか。コイントスほど確実に不確実なものはない。

硬貨を親指の爪の上に置き、バランスをとった。「表が出たら、面会に応じます」ブリンクは言った。「裏が出たら、家に帰ります。いいですね？」

モーゼス医師は困惑した顔でブリンクを見た。コイントスはたしかに意外だろう。だが、ブリンクのことをインターネットで調べたなら、突飛なふるまいの数々も知っているはずだ。昔、大事なパズルコンテストの冒頭でブリンクはコイントスをし、その結果を見て、対戦を放棄し立ち去ったことがある。モーゼス医師はうなずいて、条件に同意した。

親指の先で輝きを放つ硬貨を見て、ブリンクは期待と予測不可能性に身を震わせた。ブリンクは迷信深い人間ではない。信じているのは、規則性の力と、数の崇高な美と、均整のとれた論理だ。一方で、この硬貨には自分の運命を左右する特別な力がある。これが自分と未来とをつなぐパイプ、あるいは門であることはすでに証明されている。すなわち、一種の神託所だ。

硬貨を水平にし、宙へ放った。高く飛びあがったのち、一度、二度、三度回転して、ブリンクの手のひらにおさまる。それをもう一方の手の甲に載せた。冷たい金属を肌で感じ、胸が緊張で締めつけられる。かぶせていた手をどかして、ブリンクはのぞきこんだ。

4

モーゼス医師がポケットから鍵束を取り出し、図書室のドアを解錠した。ブリンクはあとにつづいて部屋にはいった。風通しのよい空間に、書架や長い木のテーブルがところせましと並んでいる。奥の壁には天井まで三段に連なる窓があり、庭の花壇で受刑者が草むしりをしている様子が見おろせる。窓はそれぞれ正方形のガラスが格子状にはめこまれていて、ブリンクは数を数えながら、その規則的な配置――3×3×3――に見とれた。ひとつの窓につき、二十七個の正方形。27は完全立方だ。モーゼス医師は窓際のテーブルにブリンクを案内した。

「ジェスを呼んできますね」医師は感謝の笑みを浮かべて言った。「五分でもどります」

ブリンクは窓へ歩み寄り、運動場を見渡した。未舗装のトラックを灰色のつなぎ姿の女性たちが歩いている。その向こうにあるのが駐車場だ。ホンダやフォードやシボレーに囲まれながら、愛車のおんぼろピックアップトラックが昼前の陽光を浴びてきらめいている。一九九一年型のフォードで、真っ赤なトマト色のボディがところどころ錆びつき、レイ・ブルックまで来るのもやっとだった。時速六十五マイルを超えると車体ががたついてハンドルが揺れ、ギアを五速へあげるたびに警告の悲鳴が響く。二〇〇八年の大学入学を機にクリーブランドからボストンまで運転したころには、もうがたが来ていた。だが、もとは死んだ父の車で、数少ない形見のひとつだったので、どうしても手放せずにいた。しょっちゅう故障してばかりなのだが、ブリンクは愛する老犬の弱さを受け入れるように、トラックの弱さを受け入れていた。辛抱強さと、悲しくも避けられぬ別れの予感を胸にいだきながら。

十代の思い出の日々はいつもトラックがいっしょだった。運転を学んだのも、友人と酔っ払ったのも、荷台に寝袋を敷いてはじめてのセックスをしたのも、そのトラックでだった。すべてが変わった日、二〇〇七年十月十二日、オハイオ州高校大会の当日も、このトラックに乗っていた。あの日は愛車を駐車場に停め、そこからチームメイトとバスに乗ってスタジアムへ向かった。まさか数時間後に救急車で運ばれることになるとは想像もせずに。ぼろぼろのビニール張りの座席、ほこりと汗のすえたようなにおい、壊れかけのトランスミッション――それらすべてが過去の記憶をよみがえらせる。州大会優勝チームのクォーターバック兼キャプテンをつとめていたこと、ハンサムで自信に満ちあふれ、運にも環境にも恵まれて、たいした苦労もせず生きていたこと。

大きな試合前はいつも集中力を高めるのがむずかしかったが、その夜は特に大変だった。大学のスカウト陣が試合を観にきていたからだ。マイク・ブリンクの将来は、その日の活躍ぶりにかかっていた。勝てば、フットボール強豪校から全額給付型奨学金のオファーが来る。負ければ、すでに声をかけてくれている二流大学に進むしかない。いずれにせよ、試合が終わるころには何かしらの奨学金の獲得が決定しているはずだった。

たとえ奨学金がなくとも、両親が学費を援助してくれただろう。ふたりはどんなときも――スピード違反でつかまったときも、歴史のテストに落第したときも――息子を支えた。スタジアムを見渡すと、観客席の二列目にふたりの姿があった。チームのベンチの真後ろで、ウールの毛布を膝にかけている。目が合うと、母は手を振り、父は励ますようにうなずいた。マイクは太陽の光をたっぷり浴びた植物のように、胸をふくらませた。ようやく、両親が与えてくれたさまざまな恩に報いるときが来た。市外への遠征、用具一式の購入、数々の励ましのことば。今夜こそ、ふたりの自慢の息子であることを証明するのだ。

会場は割れんばかりの声援に包まれていた。足を踏み鳴らす音、チアリーダーたちの掛け声、ブラスバンドが刻むリズム——マイクはすべてを遮断して、試合に集中した。シーズン終了が間近に迫り、フィールドを切り裂くような寒風が吹きすさんでいる。これではボールが風の壁にはばまれてしまうかもしれない。さいわい、マイクのチームがコイントスに勝った。相手チームが選択したのは裏だったが、審判の投げたコインは表だったため、マイクは風上の陣地を選んだ。パントキック後、チームはかなりいいポジションから攻撃できることになった。こうなれば、主導権を握るのは自分だ。マイクはチームメイトに作戦を指示した。真ん中をあけさせ、自分がボールを持ってエンドゾーンまで一気に走り抜ける。ふだんはあまりしないプレーだ。ゴールラインまでの距離を考えると、リスクが大きい。だが、この作戦でみごと敵を崩せば、自慢の敏捷性とスピードをアピールできる。最初の一分でタッチダウンを決めれば、だれが王者かは一目瞭然だ。

　マイクはボールを握りしめ、後ろにさがってパスを投げるふりをするや、全力で駆けだした。十ヤード、二十ヤード、三十ヤード。ボールはしっかりと脇におさまっている。冷たい風が背中を押す。遠くでエンドゾーンが腕をひろげて待っている。そのとき、事故が起こった。マイクは勢いよく地面へ倒れこみ、ヘルメットのなかで頭を激しく打った。そして、すべてが真っ暗になった。

　目覚めると、救急車のなかで硬い板に全身を固定されていた。はじめは、どこか骨折したのかと思った。だが、目のかすみとガチョウの卵サイズのたんこぶを除けば、何もおかしなところはなさそうだった。救急治療室（ER）で隅から隅まで検査されたのち、脳震盪を起こしただけだと医者に言われた。あとは帰って、頭を氷で冷やしながら休みなさい、と。

　頭の怪我が思ったより厄介なことになっていると気づいたのは、数日後のことだった。自宅で休んでいたマイクは、ものの見え方がなんだかいつもとちがうと感じた。以前よりも秩序があり、整然としている。とまどいを隠せなかったのは、すべてにパターンが見えることだった。キッチンの大理石の床——チェッカー盤のように黒と白のタイルが並んでいる——からは幾何学模様が立ちあがり、出口のない迷路のような三次元のパズルが現れた。ある日の午後は、四十五分もシャワーを浴びつづけた。シャワーヘッドから出てくる水がタイルにぶつかり、渦を巻きながら排水口へ流れていく様子を、ただひたすらながめていたのだ。水は建築物にも似た精緻な構造をみずから生み出す。マイクの目の前には、虹やフラクタルのように、色鮮やかな数学的パターンが展開していた。規則正しい水の動きを観察しているうちに、頭のなかで何かがカチリと音を立てた。知らぬ間に、脳がそれらの構造を理解していた。この世のすべてに、システムが、欠くべからざる秩序がある。自分が見たのはそれだったのだ。

やがて、別の変化にも気づいた。数字や文字を思い浮かべると、それらが頭のなかで鮮明な色を帯び、輝きを放つようになっていた。数字の9はチェリーレッド、6はカナリア色、3は濃いスチールブルー。ふた桁になると、それぞれの色が混じって見えた。63は緑、93は深いスミレ色、69は鮮やかなオレンジ。音にも色がついた。音楽は華やかな色のショーとなり、彩りにあふれた協奏曲がまぶたの裏で再生されるようになった。

あまりにも奇妙な変化に、最初はことばを失った。わかっているのは、緻密な構造を持つ幾何学的な錯覚がつねに見えているということだった。気のせいではないともわかっていたけれど、だれに言っても信じてもらえないと思った。頭のこぶが消えれば、パターンも色も見えなくなると思った。だから、しばらく待って様子を見ようと決めた。

ところが、いくら待っても状況は変わらなかった。事故から四カ月経っても、よくならなかった。夜は起きて、昼に眠った。友人とは疎遠になり、ガールフレンドのケルシーからも連絡が来なくなった。ケルシーはマイク本人ではなく、フットボールのユニフォームを着たマイクが好きだったのだろう。マイクは学校へ行くたび、パニックに襲われた。ある夜、がまんの限界が訪れた。数字やパターンや色が津波のように頭へなだれこみ、画像や図形の海に溺れてしまいそうだった。キッチンへ向かい、朝食用のテーブルの前にすわって泣き崩れた。だれかに助けてもらいたかったが、自分の身に起こっていることをどう説明したらいいのか、さっぱりわからなかった。

そこへ、母がやってきた。椅子に腰をおろし、何があったのか教えてと言った。マイクは話した。何カ月も前からおかしなものが見えているのに、こわくて言い出せなかったこと。頭がおかしくなったのだと思い、自殺を考えたこと。母は息子の話にじっと耳を傾けた。キッチンの床の黒と白のタイルがマイクにはどう見えているのか、どんなパターンが浮かびあがってくるのか——チェス盤、クロスワード、数字のパズル——無限に変化しつづける白黒の格子柄。パズルが頭に現れては消え、消えてはまた現れるという息子の説明に、母は耳を傾けた。

それから、一枚の紙と鉛筆を手にとり、息子に差し出した。「あなたに見えているものを、わたしに教えて」母は言った。マイクはそこに数字の表を描いた。あとで知ったのだが、それは洛書の魔方陣という古代のパズルだった。正方形の方陣に九つの数字を並べたもので、縦、横、斜め、どの列も三つの数字の和が十五になる。この魔方陣が誕生したのは紀元前二〇〇〇年ごろの中国だった。二〇〇八年二月の冷えきった朝の三時にそれを描いたとき、マイクは魔方陣の歴史など何ひとつ知らなかった。母はそのパズルを注意深く見つめ、息子が何かとんでもないことを成しとげたと察して、こう言った。「あなたには才能が与えられたのよ。無視することもできるけれど、生かすこともできる。ただし、隠れることはできない」

MRI検査の結果を聞いてようやく、母の言っていたことがわかった。もう二度と、事故の前の自分にはもどれない。神経外科医の説明によると、頭を打ったときに一平方インチあたり八百ポンドの圧力が脳に加わったという。対側損傷と呼ばれるもので、衝撃が加わった部位と反対の位置——マイクの場合は脳の左半球——に損傷が生じた。外傷性脳損傷特有の症状——発作、記憶障害、感覚障害、痛み——はいっさい見られなかった。その代わり、マイク・ブリンクは決定的な変貌をとげていた。

5

看守がジェス・プライスを窓際のテーブルまで連れてきた。手錠をはずすと、廊下へもどってドアの前に立った。

「何かあったら……」モーゼス医師は看守を手で示し、ブリンクに向かって軽くうなずいた。そして、ドアを閉めて出ていった。

ジェス・プライスはテーブルの前に腰をおろした。窓から差しこむ光を全身に浴びている。ブリンクは歩きながらこっそりとジェスを見やり、先ほどの写真と比べた。あれが撮られたのは五年前とはいえ、テーブルの前の受刑者とは似ても似つかない。著者近影の女性は、いたずらっぽい笑みを浮かべながら、自信と困惑とが入り混じった表情をしていた。だが目の前の女性は、トラウマによって変わり果て、風雨に侵食された彫像のように角が削りとられている。すっかり痩せさらばえ、髪は伸びて傷み、爪の先に三日月形の乾いた血がこびりついている。モーゼス医師の言っていた自傷行為の痕だ。

それでも、彼女にはブリンクの目を引く何かがあった。外見からではなく、体の内側から発せられている謎めいた雰囲気。名状しがたい、引力に引っ張られるような重たさがある。うまくことばでは言い表せないが、ブリンクが近づくと、空気が一転した。渦のふちに立っているかのようで、抗いようのない暗黒の力に興奮と恐怖を掻き立てられる。

ブリンクは椅子の背にメッセンジャーバッグをかけ、ジャケットを脱ぎ、ジェスの向かいにすわった。ジェスは好奇心とよくわからない何か――警戒に満ちた強い関心といったところか――をたたえた目で、こちらを見た。ブリンクは沈黙を覚悟していたが、いざ向かい合うと、大きな不安がこみあげてきた。ふたりのあいだには広く深い溝がある。彼女へ近づくには、自分がまず行動を起こすしかない。

「あなたはパズルが好きだと、ドクター・モーゼスから聞きました」きまり悪さを感じながらも、思いきって声をかけた。

ジェスのまなざしには知性と用心深さが宿り、精神の不安定さなど微塵も感じられなかった。むしろ、青い瞳の奥にともる鋭い光が、氷の塊に閉じこめられたダイヤモンドのように輝きを放っている。

「これを渡されたんです」ブリンクはジェスが描いたという円をテーブルに置いた。一応紙に目を落としたものの、その必要はなかった。完璧に記憶できていたからだ。これは事故の後遺症、いや、最大の収穫と言えるかもしれない。数秒間見つめ、一度パターンが見えてしまえば、脳がすべてを記憶する。忘れることもない。にもかかわらず、この円には当惑させられていた。マサチューセッツ工科大学（MIT）での日々を思い起こす。指導教授であり、人生の師でもあるヴィヴェク・グプタ教授から、解くのがほぼ不可能なほどむずかしい課題をよく与えられていた。ブリンクは徹夜で取り組んだ。あらゆる角度から観察したり、逆さまにしたり、折ったり、ひねったり、数字や文字を何度も入れ替えたりした。そのうち、思考に変化が訪れ――窓があいて、暗い部屋に光が差しこむような感覚だ――突破口が開く。そうなれば、あとは椅子にすわったまま、自然と道筋が浮かびあがってくるのを待つだけだ。答えの発見は一種の祝福、つまり神の恵みを授かるようなものだが、ブリンクにとってはそれ以上の意味があった。海の底へ沈んでいかないようにするための、命綱の役割を果たしていたのだ。

しかし、例の円を前にしても、浮かんでくるのは疑問だけだった。この数字はなぜそこにあるのか。なぜヘブライ文字がその内側に？　72という数字が持つ意味は？　ブリンクは咳払いをしてもう一度尋ねた。「これをぼくに見せたかったんですよね？　たしかに、興味を引かれています。解きたくてたまらない。でも、もっと情報が必要です。何かヒントをくれませんか」

ジェスはだまってブリンクを見つめた。その視線に、ブリンクは心がざわついた。突然、空気が重くなり、息が詰まるような圧迫感を覚える。体が熱く、気分が悪い。肌があわ立つのを感じる。ジェスの近くにいることで、体内の化学物質が変化したのだろうか。塩を加えると、水の沸点が変化するのと同じように。

「つまり、こういうことです」ブリンクは身を乗り出した。「この円にどんな意味があるのかも、これがあなたにとってどれほど重要なものなのかも、ぼくにはわからない。でも、あなたの身に起こったこととなんらかの関係があると、ドクター・モーゼスは考えている。ぼくはあなたを助けたいんです。それには、もっと手がかりが必要だ」

ジェスはブリンクを見つめたままだ。

「たとえば」ブリンクは言った。「どこでこの円を見たのか。これは原画なのか、複製画なのか」

沈黙。

「円形に並べられた1から72までの数字と、ヘブライ文字。見慣れない配置です。いくつもの数字や文字が抜けていますね。その理由はご存じですか」

ジェスが答えなかったので、ブリンクは円を脇へ押しやった。ただ質問するだけではだめらしい。この人は自分と話をしたがっていたはず――でなければ、パズルの裏にブリンクの名を書くわけがない――なのに、何かが彼女を押しとどめている。ジェスは自分の身を守るように両腕を体へ巻きつけた。まるでブリンクの質問が彼女を苦しめているみたいだ。ジェスを見ていると、自分のことのように胸が痛んだ。事故のあとの自分を思い出す。不安。混乱。頭のなかにひとりで閉じこもり、だれにも事実を打ち明けることができなかった。外側から殻を破って、手を差し伸べてくれるだれかが必要だった。自分の突拍子もない話を信じてくれる人が。ブリンクにとっては母がそうだった。母の辛抱強さがブリンクを救った。もしかしたら、ジェス・プライスのために、自分がその役目を担えるかもしれない。

「ぼくも昔、つらい経験をしました」ブリンクはジェスの顔を見て言った。「なんと言うか……だれにも信じてもらえないような経験を。どこへ行っても、パターンや数字や色が見えるんです。こわかった。だれかに話を聞いてもらいたかったけれど、だれも信じてくれないと思いました。頭がおかしくなったんじゃないかと言われそうで。というか、ぼく自身がそう思っていたんです。何がそれを変えたか、わかりますか？」

ジェスはわずかに首を振った。ほんのささやかな反応だったが、それでじゅうぶんだ。ブリンクは満足感を覚えた。ジェスがようやく自分のことばに反応した。

「これです」メッセンジャーバッグに手を入れ、ポケットサイズの方眼紙のメモ帳とお気に入りのＢＩＣの四色ボールペンを取り出して、母へ事実を打ち明けた日に見せたのと同じ正方形の図を描いた。

4	9	2
3	5	7
8	1	6

ジェスの視線がさっと数字をなぞり、ブリンクにもどった。物問いたげな表情をしている。

「古代から伝わる数字のパズル、洛書の魔方陣です。四千年ほど前の中国ではじめて描かれたと言われています。理由はわかりませんが、ぼくは事故のあと、これがずっと見えていました。頭のなかに現れては消えていくんです。数字には鮮やかな色までついていた。どうしてなのかはさっぱりわからなくて。実を言うと、いまもわかりません。医者たちには仮説があるようでしたけど、ぼくにはどうでもよかった。重要なのは、どれほど突拍子のない話でも、ぼくにとってはそれが事実だったということです」

ジェスは洛書の魔方陣に目を注いだ。

「一日じゅう恐ろしいことを経験している人はほかにもいます。ぼくだけではない。あなただけでもない」

ジェスは顔をあげた。目に涙がにじんでいる。

「話してください」ブリンクは円の紙を差し出して言った。「ぼくはあなたのことばを信じます。約束します」

おもむろに、ジェスはブリンクから部屋の片隅へ視線を移した。その先には、図書室の天井に取りつけられた監視カメラがあった。ブリンクはジェスを見た。ためらいを浮かべたその顔に、恐怖の色がよぎる。

「会話を聞かれるのがこわいんですね?」ブリンクは声を落として尋ねた。

ジェスはうなずいた。そういうことか。刑務所はあちこちに監視の目がある。ジェスは何かを伝えようとしているが、だれかに聞かれるのを恐れてもいる。そのとき、ある考えがひらめいた。ジェスは数字や文字や図を扱うのが得意だ――ブリンクが作ったパズルをあらかた解いてしまったのだから。

ブリンクはペンをつかみ、つぎのように書いた。〝口に出して話す必要はありません〟

メモ帳を差し出した。ジェスは何もせず、しばし考えをめぐらした。それからペンをとり、ハングマン・パズルの絞首台を描いた。それを見たブリンクの体を興奮が駆け抜けた。ハングマン・パズルの基本は、お気に入りのパズル、Ｗｏｒｄｌｅ（ワードル）と同じだ。ブリンクは毎朝Ｗｏｒｄｌｅをやっていて、たいていはコーヒーがまだ熱いうちに解き終える。ルールは簡単だ。お題となっている単語をあてるために、文字の位置を推測していく。チャンスは六回あり、正しい位置にある正しい文字を見つけるごとに、正解へ近づいていく。ハングマン・パズルでは、答えをまちがえるたびに、棒人間の一部が絞首台に描きこまれる。何度もまちがえると、絞首台上の棒人間が完成し、ゲームオーバーとなる。

ジェスは絞首台の下に五つの下線を書いた。Ｗｏｒｄｌｅで培った経験から、正しい位置の文字をひとつあてさえすれば、正解を導けるとブリンクにはわかっていた。Ｗｏｒｄｌｅを解くときはいつも、ありとあらゆる文字の配列が頭を駆けめぐり、過去の例——すべて覚えている——と照らし合わ

せているうちに、正しい答えが浮かびあがる。単純なパズルだ。あまりに単純なので、十回中八回は答えを二手目であてることができた。

ジェスのパズルに視線を落とし、英語で最もよく使われるアルファベットからはじめることにした。ペンをとり、Eの文字を書く。

ジェスは、注意して見ていないとわからないくらい小さく首を振った。Eではない。絞首台に棒人間の頭が描きこまれた。

ブリンクはつぎによく使われるアルファベットを四つ試した。A、I、N、O。ジェスは棒人間の体、二本の腕、一本の脚を描き足した。ブリンクの胸に緊張がこみあげてきた。ジェス・プライスが目の前にいるからだろうか。ワードパズルで手こずったのはこれがはじめてだ。たしかに、これはパズルというより単語あてゲームに近いが、それにしても。絞首台を見ながら、ブリンクはもうひとつの文字を思いついた。Tだ。ジェスは微笑み、空欄にふたつのTを書き入れた。

T＿＿T

ある単語が脳裏にひらめき、勝利の喜びが押し寄せた。まるで瓶のなかにとらえた虹のように、その単語の文字がカラフルに彩られ、ぼんやりした光を放っている。

「ぼくが信頼(trust)できるかどうかを知りたい、と？」ブリンクはささやき声で訊いた。

ジェスと目が合った。面会の冒頭で感じた、引力に引っ張られるような感覚がもどってきた。口に出して話す必要はないというのはほんとうだった。いまなら、彼女の思考がすべて手にとるようにわかる。

「ぼくには苦手なことがたくさんありますが」ブリンクは言った。「約束はかならず守ります。どうしてほしいかを言ってくれれば、できるだけのことをすると約束します」

ジェスは考えながら、紙が燃えてしまいそうなほど熱いまなざしでメモ帳を見つめた。そして新しいページを開き、手で覆い隠しながら何かを書き留めた。指先のかさぶたを嚙みちぎり、傷口を開く。たっぷりたまった深紅色の血をページに押しつけた。血を拭きとるかのように、指を何度もこすりつける。最後にそのページを破りとり、くしゃくしゃにまるめて、ブリンクの手に預けた。

ジェスの手にふれたその瞬間、全身が麻痺したように動けなくなった。体じゅうに電気が走り、熱いエネルギーが波打って、息もできないほど感覚が研ぎ澄まされる。ジェスがテーブルに身を乗り出し、そっと唇を重ねてきたときは、時間が止まったように感じられた。図書室が消え、パズルのなかに閉じこめられる。数字や記号が渦を巻きながら列を成し、いくつもの道ができあがっていく。その中心に、ジェス・プライスがいた。迷宮に囚われたひとりの女性。ブリンクはジェスを引き寄せ、キスを返した。彼女のほうへますます吸い寄せられていく。気づくと、看守がそばに立っていた。「受刑者との身体的な接触は禁じられています」無愛想に言ってジェスを引き離し、手錠をかけて連れ去った。

6

図書室のドアが閉まり、ブリンクはひとり取り残された。全身が脈打っている。メッセンジャーバッグをつかもうとして、自分の手が震えているのに気づいた。いったい何が起こっているんだ？　ジェス・プライスと顔を合わせただけで、意識は朦朧とし、胸が掻き乱され、心臓の鼓動が速くなり、頭は疑問で埋めつくされた。消耗の激しい大会——十時間連続で挑む数理パズルやチェスの大会——を終えたばかりのように、脳が興奮と疲労を感じている。

だれの目も届かない場所を探して、室内を見まわした。隅々まで監視が行き渡るように書架が並べられていて、カメラの死角がない。ブリンクはバッグを肩にかけ、椅子の背からジャケットをとって、額の汗をぬぐうと、窓辺へ向かった。監視カメラに背を向け、ジェスに渡された紙を開いた。皺だらけで、あちこちに血の染みがついている。できるだけまっすぐに伸ばすと、ページの中央に五行の走り書きが現れた。ジェス・プライスはメッセージを残したのだ。ブリンクは読んだ。

Thus we eat red apples, every
Wonderful kind,
Pink Lady,
Hokuto, Early Gold, Liberty,
McIntosh.

かくしてわれわれは赤いリンゴを食べる、あらゆる
すばらしい品種の、
ピンクレディー、
北斗、アーリーゴールド、リバティー、
マッキントッシュ。

以上だった。五行の……なんと言うべきか。詩？　ブリンクはふたたび目を通し、意味を読みとろうとした。さっぱりわからない。ジェスは長いあいだ人と話をしなかった。それなのに、久しぶりの話し相手に何かを書いて渡したかと思えば、リンゴの品種に関する意味不明の詩？　衝動的に、まるめてごみ箱へ捨ててしまいたくなった。だが、この詩に何かが隠されているのはまちがいない。ジェスは会話を聞かれるのがこわいと言っていたのだから、手書きのメッセージが読まれることも恐れていたはずだ。この詩はなぞなぞなのかもしれない。

ふつう、なぞなぞは両者のあいだでなんらかの知識体系が共有されていることを前提とする。だが、ブリンクとジェスは出会ったばかりで、リンゴについて話し合ったことは一度もない。ブリンクは庭にリンゴの木がないかと窓の外に目をやったが、見えるのは土ぼこりの舞う運動場だけだった。

左のポケットに手を入れると、一ドル硬貨が指にふれた。一八九九年製造のモルガン・ダラーだ。コレクターに人気の銀貨で、数百ドルの値がつく。あの州大会でブリンクが怪我をする前に審判が投げたのが、この硬貨だった。勝ったチームが硬貨をもらい受けるのが伝統になっていた。ブリンクのチームはキャプテンの負傷退場後に勝利をおさめたあと、全員一致でそれをブリンクへ渡そうと決めたのだ。

ブリンクは考え事をするときに親指と人差し指でそれをこする癖があり、硬貨のふちが川の石のごとくなめらかになっていた。いつもはこれで集中できるのだが、きょうはだめだ。リズムに手がかりがあるかもしれないと思い、ジェスの書いたことばを読みあげてみたが、あてははずれた。スペースを消して一行に並べなおしてみても、何も浮かんでこない。なぞなぞだとしても、まったく意味を成していなかった。

そこで、あることに気づいた。ところどころについている血の染み。でたらめに配置されているわけではないというのは最初にブリンクも感じていたが、よく見ると、なんらかの秩序をもって文字を覆っている。一行目は八文字、二行目は四文字。計二十八文字にしるしがついている。

すぐさま28という数の数学的可能性を思い浮かべた。28はふたつ目の完全数であり、調和数、三角数でもある。シュテルマー数でもあり、物理学では四つ目の魔法数としても知られている。しかし、詩をもう一度読み返して、28という数に意味はないとわかった。

唐突に、パズルのピースがはまった。数に意味がないのは当然だ。ジェス・プライスは作家なのだから、何かを表現するとしたら、数字ではなくことばを使うにちがいない。これはなぞなぞではなく、一種の暗号文だ。それもかなり単純な。ジェスは文字だけでなく、句読点にも血のしるしを施している。このしるしこそがメッセージを解く鍵となる。

Thus we eat red apples, every
Wonderful kind,
Pink Lady,
Hokuto, Early Gold, Liberty,
McIntosh.

この挑戦は、マイク・ブリンクの本能、好奇心と欲望の入り混じった情熱に火をつけた。謎をこの手でつかんで押さえつけ、ばらばらに分解し、すべてが明らかになるまで秘密をひとつずつえぐり出したい。ブリンクはたちまちそのパズルの虜になった。解く以外の選択肢はなくなった。

一ドル硬貨をポケットにしまい、バッグからペンを取り出して、それぞれの行の横に、血のしるしのついた箇所を書き出した。

Thus we eat red apples, every	THERDARY
Wonderful kind,	WEKN,
Pink Lady,	NAD
Hokuto, Early Gold, Liberty,	HKTELYDLIE
McIntosh.	MIH.

文字がごちゃ混ぜになっている。並べ替えれば、意味を成す文になるはずだ。ブリンクの脳内でまたたく間に文字が並べなおされ、正しい位置におさまった。ブリンクはそれぞれの単語を三つ目の列に書いてながめた。

Thus we eat red apples, every	THERDARY	Dr Raythe
Wonderful kind,	WEKN,	knew,
Pink Lady,	NAD	and
Hokuto, Early Gold, Liberty,	HKTELYDLIE	they killed

McIntosh.　MIH.　him.

つなげると、つぎのような文になった。

レイス医師は知っていた、そして彼らが殺した。（Dr. Raythe knew, and they killed him.）

7

マイク・ブリンクはセサリー・モーゼス医師のオフィスのドアを二度ノックした。ついその手に力がはいる。返事はなく、ノックを繰り返した。至急、医師と話をする必要がある。ジェスと顔を合わせてから、体の重心がずれたかのように、足もとがふらついていた。ジェスの顔が、暗然たる魅力をたたえたその姿が、絶えずまぶたの裏にちらつく。キスの余韻で、いまも体がしびれている。認めたくなかったが、ブリンクは圧倒されていた。モーゼス医師の話を聞けば、この状態になんらかの説明がつくだろうか。

「ミスター・ブリンク」モーゼス医師の声が廊下の奥から聞こえてきた。紺色のワンピースに白い上着をはおり、数冊のファイルがはいったルイ・ヴィトンのトートバッグを肩にかけている。手にはキャンバス地のランチバッグが握られていた。昼休憩からもどってきたところなのだろう。

「ドクター・モーゼス」ブリンクは言った。「いま、いいですか」

「セサリーと呼んでちょうだい。どうぞ、はいって」医師は言ってオフィスの鍵をあけた。ドアを押さえてブリンクを招き入れ、また閉めた。「面会がどうなったか、ずっと気になっていたの」

ブリンクはどこまで話すべきか迷った。ジェスと話したのは三十分だけだったが、すでに強い絆を感じていた。あのキスのあとは、自分でもとまどうほど、彼女のことを知りたいという気持ちが大きくなっていた。彼女を助けたい。でも、どうやって？　ジェスがわざわざ暗号を使ったという事実からも、この件はふたりだけの秘密であり、刑務所の職員に話すべきではないことは明白だが、自分ひとりでは手の打ちようがない。この世でジェスを本気で助けたいと思っている者がいるとすれば、それはセサリー・モーゼスだ。実際、ブリンクを探し出してほしいと頼んだ時点で、ジェスはセサリーを巻きこんでいる。それだけでもじゅうぶん、ジェスがセサリーを信頼している証拠だと言えた。

セサリーはデスクにバッグを置き、コーヒーをひと口飲んだ。「それで、どうだった？」

「控えめに言って、あれは想定外でした」

セサリーは興味津々の表情でブリンクを見た。「どういうこと？」

「あとで看守から報告があるでしょうけど、ぼくの口からお伝えしたほうがいいと思ったので——彼女にキスをされました」

「キス？」セサリーは驚いて言った。

「テーブル越しに。すぐ看守に引き離されましたが」

「でしょうね」セサリーは信じられないという顔で首を振った。「身体的接触は認められてないし、キスなんてもってのほか——」

「それだけじゃないんです」ブリンクは言った。

「と言うと？」セサリーは訊き返し、身構えるように腕を組んだ。

「あるものを書いてくれました」

セサリーの目が細くなった。「筆談したのね？」

「そんなところです」ブリンクは言った。「またパズルを渡されました。こんどは暗号文です」

セサリーはデスクにもたれた。「あなたになら心を開くだろうと思っていたけれど、こんなに早くとはね」

「彼女が書いた内容を聞けば、あまり喜んでいられないと思います」

セサリーはいぶかしげに尋ねた。「なぜ？」

「前任の心理士のお名前をもう一度おうかがいしても？」ブリンクは言った。

「ドクター・レイスよ」セサリーは意外そうな顔で答えた。「どうしてそんなことを訊くの？」

「ドクター・レイスはジェスとコミュニケーションがとれていたわけですよね」ブリンクはことばを選んで言った。「たしか、彼のアプローチはうまくいっていたと」

「彼が残した報告書によれば、そのはずよ。短いあいだだったけれど。どんな成果があったにせよ、長くはつづかなかった」

ブリンクはジェスのメッセージを思い返した。**レイス医師は知っていた、そして彼らが殺した。**レイス医師は何を知っていたのだろう。「ジェスについて、何か特別な情報を持っていたということは？」

「さあ」セサリーは明らかに困惑している。

「仮にそうだとして」ブリンクは言った。「記録などが残ってるはずですよね。症例記録とか、そういうものが」

「もちろん。それも仕事のうちだもの」セサリーは言った。重要な点を見逃したと指摘されたかのように、眉間に皺が寄り、声に緊張の色がにじんでいる。「でも、彼の記録はすべて読んだわ。特に驚くような新情報は見あたらなかった」

「もう一度確認できますか？」

「それは」セサリーは口ごもった。「そんなことをしても意味があるかどうか。彼が書いたものには片っ端から目を通したの。ドクター・レイスのファイルはまったく整理されていなくて、就任後の最初の一週間はその片づけだけで終わってしまった。がさつな人だったのかしら。とはいえ、ジェス・プライスほど重要な患者の情報を書き忘れるとは思えないし……。待って、ちょっと確認させて」

そう言ってデスクの向こうに歩いていった。「ちょうどわたしが就任する前後に、受刑者の記録を電子化する動きがあったの。なんらかの事情でドクター・レイスのファイルに電子化されなかったものがあるとしたら、古い資料室に残っているはず」何かをデスクトップパソコンに打ちこみ、表示されたものを読んでから、ブリンクへ向きなおった。「可能性はありそう。ドクター・レイスは一部のファイルを資料室に保管していたかもしれない。こちらで調べて、何かわかったら連絡しましょうか？」

「お願いします」ブリンクは興奮気味に言った。レイス医師のファイルから新しい情報が見つかれば、ジェス・プライスの伝えようとしていたことがわかるかもしれない。「もうひとつ——あなたはドクター・レイスの後任だと言っていましたよね。交代の理由はなんだったんですか」

セサリーは不思議そうな顔で、ブリンクの質問の意図を汲みとろうとしている。「それは、ドクター・レイスが亡くなったからよ」

「急死だったんですか？」

「ええ。わたしは面接後すぐに採用されたの。書類が整理できていなかったのには、そういう理由もあったんでしょう」

「これを見てください」ブリンクは言って、ジェスの暗号文をバッグから取り出し、セサリーに見せた。**レイス医師は知っていた、そして彼らが殺した。**「ドクター・レイスは何者かに殺されたと、ジェス・プライスは考えているようです」

セサリーの表情が疑いから純然たる驚きに変わった。「でも、そんな、ありえない」セサリーは言った。「三十二号線の凍結した路面で車が滑って、ガードレールを乗り越えてしまったの。あれは事故だった。みんなそう言っている」

「ジェス・プライスを除いて」

セサリーは暗号文をもう一度読んでから、半分に折りたたんだ。「わからない」しばらくして口を開く。「ジェスは、どうしてこんなやり方を？」

「だれかに聞かれるのを恐れているんです」ブリンクは説明した。「だから、あなたに頼んでぼくを呼んだんでしょう。ほかの人には見えないものが、ぼくには見えるから。ドクター・レイスのファイルに、彼女の行動の理由を示唆するようなものが書いてあると思いますか？」

「調べてみる。けれど、すぐには無理よ」セサリーは言った。「古い記録の保管場所は刑務所の使われていないエリアにあるから、はいるのに許可が必要なの。あすの朝また来てくれれば、それまでにわかったことを報告できると思う」

ブリンクは用事を終えたらまっすぐ街へもどるつもりだった――着替えも歯ブラシもないうえ、コニーの食べ物も持ってきていない――が、ジェス・プライスのメッセージの謎を解かぬまま、ここを去ることはできない。「ホテルを探します」ブリンクは言った。「ただ、ジェスともう一度話がしたいんです。また面会の場を設けてもらうことはできますか？」

セサリーは唇を噛んで考えた。「約束はできないわ。今回の面会を設定するのもかなり大変だったし、二度目は上の許可がおりないかもしれない。とはいえ、きょうはめざましい成果が得られた。ジェス・プライスと話をするなんて、だれにでもできることではないもの。だから、できるだけのことはやってみる。いつでも連絡がとれるようにしておいてね、ミスター・ブリンク。何かわかりしだい、電話するから」

8

〈ザ・スターライト・モーテル〉には昔ながらの大きく派手なネオンサインが掲げられ、〝冷暖房完備〟と〝満室〟の文字が鮮やかな赤と青の光を放っていた。ブリンクは駐車場に車を入れてエンジンを切った。安宿だが、そのネオンサインはブリンクに故郷を思い出させた。中西部のあちこちでは、いまだに古いモーテルやドライブインシアターが残っている。もう何年もオハイオには帰っていないものの、〈ザ・スターライト・モーテル〉へ足を踏み入れた瞬間、故郷へもどった気分になった。

フロントでチェックインをした。カウンター奥のボードには十個以上の鍵がぶらさがっていて、満室ではないのは明らかだった。ブリンクは愛犬を部屋に入れてもいいか確認してから、レイトチェックアウトの料金を支払った。これで、翌日自分が刑務所へ出かけているあいだ、コニーは部屋にいられる。ブリンクは無料のコーヒーコーナーにあったボウルからリンゴをひとつとり、部屋へ向かった。

部屋は三号室だった。3という数字は、奇数で最小の素数であり、ひとつ目のメルセンヌ素数、ふたつ目のフィボナッチ素数でもある。小さな箱のようにせまく薄暗いその部屋は、天井が低く、キングサイズのベッドと床置き型の古いエアコンが備えつけられていた。モスグリーンのカーペットの先には、ターコイズ色のタイルが敷き詰められた五〇年代風のバスルームがあり、小鳥の水浴び用かと思うほどせまい洗面台は漂白剤のにおいがした。全体的にさびれているし、ネオンサインがまぶしくて眠れないだろうが、別にかまわない。どうせ何日も滞在するわけではないし、ここから刑務所までは目と鼻の先だ。

ブリンクはメッセンジャーバッグをデスクへほうり投げてから、郡道沿いのスーパーマーケットで買った食材を使い、コナンドラムの食事を用意した。細かく刻んだサーロイン肉を四分の一ポンド、ブロッコリーの房部分、ニンジンの千切り。コニーは肉食で、猟犬の血が流れているため、できるだけ生肉を与えるようにしている。ブリンクは愛情深い飼い主だ。毎日脂肪とタンパク質の摂取量を確認し、丈夫な歯を作るために骨を与え、浄水器の水をじゅうぶんに飲ませる。コニーに会ったことのある数少ない友人たちからは、自分自身のことなどあとまわしで犬の面倒を見ていると指摘された。それは事実だった。ブリンクはコニーのために、自分より健康的な食事を用意するようにしていた。

コニーの世話をするのは、生活の重要な一部だった。パンデミックのころ、友人もなく孤独感に苛まれていたときに、まだ小さかった彼女を引きとった。何カ月にもわたりロックダウンがつづくなかで、愛犬中心のライフスタイルができあがった――散歩に連れていき、公園でゴムのボールを投げてやり、芸を教える。コニーは簡単なもの――〝取ってこい〟〝ごろん〟〝お手〟――はすべて覚え、そうでないもの――複数枚のフリスビーをキャッチしたり、（ブリンクお気に入りの）死んだふりをしたり――もいくつかマスターした。まさか体重二十ポンドの短毛のダックスフントとここまで長い時間を過ごすようになるとは想像もしていなかったが、現実はこのとおり、コナンドラムはブリンクのいちばんの親友となった。

コニーが食べているあいだ、ブリンクはノートパソコンを取り出して、新しいパズルのファイルを開いた。〈トライアンギュラム〉だ。《ニューヨーク・タイムズ》紙用に作っている幾何学模様の悪魔的パズルである。ブリンクはいつものように、パズルの作成をはじめた。最初に考えるのは答えだ。最終目的地が決まったら、そこから逆算して、必然と驚きの要素がある難所や手がかりを考える。たいていは簡単だった。直観でできてしまう。だがどういうわけか、この日はちがった。パズルを作ること自体がむずかしいのではない――眠ってたってできるくらいだ――が、ブリンクがめざすのはふつうのパズルではなく、偉大なパズルだった。それは、あらゆる要素の完璧なバランスを具えたパズルだ。難解で、それでいてやる気がくじかれるほどではない。一見とらえどころがなくても、けっしてあいまいなわけではない。そして何より、手がかりをつかむたびに、満足感が得られるべきである。そういったパズルの作成はいわば芸術であり、その点において、マイク・ブリンクは真の芸術家であると言えた。

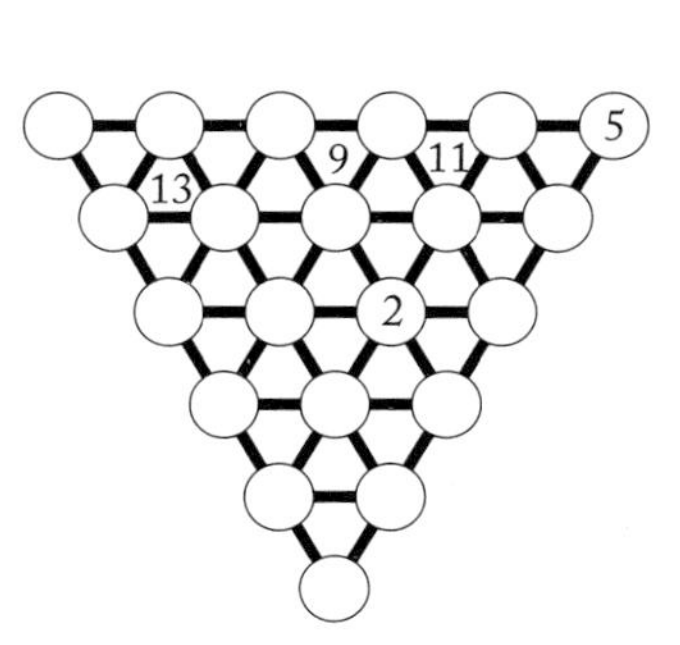

〈トライアンギュラム〉の解き方はこうだ。1から6までの数字をそれぞれの円に入れる。ただし、同じ直線上で数字を重複して使ってはいけない。ブリンクは三つの円に囲まれた三角形を三つ選び、それぞれに数字を打ちこんだ。三つの円の数字を合計すると、内側の三角形の数字になるという仕組みだ。優美かつ明快で、挑戦しがいのある、ブリンクの好きなタイプのパズルだった。

　問題を作り終えると、モーテルのＷｉ‐Ｆｉにつなぎ、メールで編集者に送った。〈トライアンギュラム〉に自分の名を隠したことは書かなかった。その必要はないだろう。ブリンクがパズルにイースターエッグ――ブリンクのイニシャルや名前や個人的な秘密など――を隠すのが好きなことは、編集者も承知している。

メールを送信したあと、ブリンクは検索エンジンを開き、〝ジェス・プライス　作家　殺人犯〟と打ちこんだ。単純な事件だった。当時二十三歳だったジェス・プライスは、留守中の家を預かるハウス・シッターとして雇われ、セッジ館に滞在していた。二〇一七年七月十九日に、ボーイフレンドである二十五歳のノア・クックを殺害した容疑で逮捕された。三カ月後に故殺罪で有罪判決を受け、事件の夜については何も語らぬまま、刑務所で五年の歳月を過ごしている。ブリンクはさらなる詳細を求めて検索をつづけたが、それ以上のことは何もわからなかった。

ジェス・プライスに関する過去の記事をいくらさかのぼっても、おぞましい殺人の予兆はどこにも見あたらなかった。ニューヨーク市に生まれ、スタイヴェサント高校を卒業したあとは、学業奨学生としてバーナード・カレッジへ進学し、そこでも優秀な成績をおさめた。二十二歳のときに上梓した短篇集が文学界で大きな話題を呼んだ。ブリンクは《ニューヨーク・タイムズ》のウェブサイトに大きめの書評が載っているのを発見し、目を通した。〝プライスの作品は、読むごとに肋骨がこじあけられ、心臓が新鮮な空気にさらされるような、小さな痛みに満ちている〟ジェスの公式サイトはずいぶん前に閉鎖されたが、ウィキペディアには作家としての成功の記録が残っていた。短篇集は全米図書賞の最終候補作品に選ばれ、ニューヨーク公共図書館若獅子賞を受賞。ある短篇は映画化権まで売れた。そして二〇一七年秋、二十三歳で懲役三十年の刑を言い渡され、ニューヨーク州立矯正施設へ送られた。

ジェスの名をハウス・シッター派遣サービスのサイトで検索すると、すぐに古いプロフィールが出てきた。写真が一枚と短い紹介文――バーナード・カレッジで英文学を専攻、ニューヨーク出身、動物の世話が得意――に、星五つの口コミがいくつかと、その人柄に対する賞賛のことばが並んでいる。〝信頼できる、コミュニケーション能力が高い、親しみやすい、責任感がある、仕事が丁寧〟セッジ館での仕事を引き受けたころのジェスは、セサリーのことばを借りるなら、いかにも才能ある〝落ち着いた若い女性〟という感じだった。

しかし、ブリンクが面会でいだいた印象は、それらのページから浮かびあがってくるジェスの姿とは大きくかけ離れていた。危険と暗闇。まるで険しい崖のふちに立っているかのようだった。ブリンクはジェスの身に起こった途方もない変化に思いをめぐらした。

ジェスと向かい合ったときに感じた体の震えが脳裏によみがえった。彼女のような人に出会ったのはこれがはじめてだ。モーゼス医師はなんと言っていた？　〝彼女はパズルの世界に生きているんです〟実際、ジェスは一瞬でブリンクをパズルの世界へほうりこんだ。刑務所での面会によって、ブリンクはこれまでにないほど混乱していた。神経が高ぶり、全身の筋肉が硬直している。あたかも、長距離のランニングをこなした、またはマンハッタンの午後の渋滞を抜け出した直後のように。ブリンクは原因を探り、問題を解決しようとしたが、うまくいかなかった。自分はジェスに対して、興奮と恐怖の両方を感じている。長年参加してきたさまざまなパズルコンテストでも、似たような経験をした。勝ち目のなさそうな相手と対峙したときはいつも、こういった感覚を味わった。

ジェスを知った者はみな、何かしらの強い感情に駆られる傾向があるらしい。インターネットの海を漂っていると、ジェス・プライスに関する何千もの記事、動画、ディスカッショングループ、チャットのアーカイブ、Ｒｅｄｄｉｔのスレッドが見つかった。ジェスを支持する人々は、殺人の動機や作品、ときには容姿についても持論を展開していた。あるジャーナリストは彼女を〝ジョリー・レッド〟と称した。独特で個性的な美しさのある女性に対して、ブリンクの母親がよく使っていたフランス語の言いまわしだ。ほかにも、ネット上にはさまざまな意見があった。ジェス・プライスは頭がいかれている、何者かにはめられた、無罪だ、有罪だ。

当初、文学界ではジェスを擁護する声が相次いだ。編集者、出版エージェント、全米図書賞の広報担当が彼女を支持する旨の共同声明を発表した。だが裁判でジェスが供述を拒むと、支援者は口を閉ざしはじめた。それでも、ジェス・プライスの人気は根強かった。短篇集は裁判が終わって何カ月経ってもベストセラーリスト入りをつづけ、無許可で書かれた伝記は映画化までされた。あるページには、ジェス・プライスと若くして亡くなった美しく才能豊かな女性たちの写真が並んで掲載されていた。なかでも、イーディ・セジウィックとジーン・セバーグはジェスによく似ていた。ジェス・プライスは一部の人々に崇拝され、カルト的存在となった。殺人犯だという声も、犠牲者だという声もあったが、真実を知る者はだれひとりいなかった。

ブリンクは《ニューヨーカー》誌の記事を見つけ、二〇一七年の事件の数カ月前にジェス・プライスが寄稿した短篇を読んだ。《ニューヨーカー》に寄稿される多くの作品と同様、はっきりした話の筋らしいものはない。だが読んでいるうちに、その独特な語りと、一風変わったことばの使い方――酸っぱくて苦い子ども、凸状の肩、よろめく嵐――に引きこまれていった。「風車」という題も不思議だった。作中に風車は一度も登場しないからだ。

一時間ほどの調査を通じて、事件前のジェス・プライスについては多くを知ることができた。彼女の過去、作家としての経歴、支持派の意見と反対派の論理。しかし、いくら記事を読んでも、ネットに書かれているジェスと自分の知っているジェスが同一人物とは思えなかった。ブリンクの知っているジェスは、成績優秀な学生でも、親しみやすいハウス・シッターでも、新進気鋭の作家でも、悲劇的な運命を背負った美しい崇拝の対象ですらない。自分が刑務所の図書室で出会ったのは、万力にはさまれて過去を搾りとられ、抜け殻だけになった女性だった。

ノートパソコンを閉じると、外はすっかり暗くなっていた。朝食をとったきり、何も食べていなかったので、ブラックオリーブを載せたラージサイズのペパロニピザをデリバリーで頼んだ。到着を待つあいだ、ビクトリノックスのスイス・アーミーナイフを引っ張り出し、モーテルのロビーからとってきたリンゴをむいた。そのナイフは、八年生のときに母から誕生日プレゼントでもらって以来、ずっと愛用している。ポケットのなかの一ドル硬貨と同じくらい大切で、事故の前の自分を思い出させてくれるものだった。ブリンクはリンゴを左手に持ち、刃先を赤い皮の下に滑らせた。回転させながら、完璧なアルキメデスの螺旋を作っていく。どんどん伸びる皮を見ていると、秩序と永遠の安らぎを感じた。

しばらくして、ピザが届いた。ブリンクは小型冷蔵庫にあったビールの栓を抜き、キングサイズベッドの端に腰かけ、箱から直接ピザを食べた。頭はジェス・プライスのことでいっぱいだった。振り払うことができなかった。なぜジェスは、セサリー・モーゼスに自分の名を伝えたんだろう。目的はほんとうにあの円形のパズルだったんだろうか。自分は何かを見落としているのか。アーネスト・レイスはほんとうに殺されたのか。ジェスはブリンクが信頼できる人物かどうか知りたがっていたが、ジェスのほうこそどうなのか。これはすべて、ブリンクのパズルに執着している精神不安定な女性がでっちあげたものなのではないだろうか。

食事のあと、ブリンクは二〇一七年に公共ラジオ局NPRで放送されたテリー・グロスによるジェス・プライスのインタビューをダウンロードし、ベッドの上で再生した。聞こえてきたジェスの声は、図書室で聞いた声とは似ても似つかなかった――若々しく、張りがあり、溌剌（はつらつ）としている。ジェスは、トルストイよりもTwitterのつぶやきのほうが読まれる世界で作家として活動することについて少し語ったあと、執筆中の新しい小説のことは話したくない、話した瞬間に作品が爆発してしまうから、と冗談を言った。インタビューのなかの彼女はユーモアと生気に満ちていて、ブリンクはとまどいを隠せなかった。過去のジェス・プライスは、いまとはまったくの別人だった。

夜も更けたころ、ブリンクは明かりを消してベッドへもぐりこんだ。ジェス・プライスの声に耳を傾けながら、眠りに落ちた。ここからは数マイル離れているというのに、まるで隣で寝ているかのように、ジェスの存在が強く間近に感じられた。突然、体が重くなる。図書室でジェスと対面したときのように、何か強い力に引っ張られていた。ジェスは自分に何を望んでいるんだろう。どうしてジェスのことが頭から離れないのか。彼女の姿が脳裏を漂っている——繊細な顔立ち、ハニーブロンドの髪、吸いこまれるような青い瞳。ジェスはたったひとつのパズルでブリンクを刑務所へ誘い出し、暗号文でブリンクの心をつかんだ。ジェスの謎を解き明かしたい。ブリンクはそれしか考えられなくなっていた。だが、まだ何もわかっていない。ジェスがくれた手がかりはあいまいで、パターンを成していなかった。もしかしたら、ジェス自身の矛盾もパズルの一部なのかもしれない。ジェスがこのゲームのルールを作った。この世でそれをプレーできる者がいるとしたら、それはマイク・ブリンクだけだ。

9

その夜、ジェスがブリンクの夢に姿を現した。ブリンクはジェスの横で、夕暮れどきの鬱蒼としたかぐわしい常緑樹の森に立っていた。刑務所で会ったジェスは、灰色のつなぎと衰顔と弱々しさもろとも消え去っていた。その代わりそこにいるのは、赤いドレスに身を包み、美しく自信に満ちあふれ、体じゅうから光と魅惑を解き放っている女性だった。

ブリンクの手をとると、彼女は木の根に覆われた道を歩きはじめた。深々と生い茂るトウヒの森を進むにつれ、ブリンクはジェスの前で感じた不安や不気味な陰鬱さを忘れ、純粋に心を惹かれていった。もう恐怖は感じなかった。疑問すらいだいていなかった。それどころか、この女性は自分にとってだれよりも大きな意味を持っていると思った。手を握りしめられると、強いつながりを感じた。魂がひとつになり、固い絆で結ばれる。気づけば、どこまでが自分の体で、どこからが彼女の体なのかわからなくなっていた。

「早く」ジェスは笑顔で振り返り、ブリンクをさらに森の奥へと導いた。その声は美しく澄み透り、冷たい空気に反響した。「ついてきて」

森を抜け、開けた場所へ出るころには、すでに日が沈んでいた。空は紫に染まり、勢いよく掻き混ぜたペンキのようにあぶく立っている。何本もの蠟燭がともされたテーブルで、ごちそうが待っていた。大皿の肉、湯気の立つキャセロール料理、ボウルからあふれんばかりの果物。ジェスはザクロをひとつとり、手で割って、真っ赤な果肉をブリンクの口もとに運んだ。ブリンクがかぶりつこうとしたそのとき、蠟燭の火が消え、つぎの瞬間には、ジェスの唇を味わっていた。全身に電気が走るような、とても官能的なキス。未知の強烈な感覚に襲われる。まるでエッシャーの〈上昇と下降〉のように夢が無限に繰り返され、現実や過去や未来という概念がなくなり、何千もの可能性が解放されるキスだった。ジェスに体をつかまれ、抱き寄せられると、彼女がほしいという原始的な欲求、激しい身体的な渇望を感じた。だが、頭は同時にあることを悟っていた。ジェスは自分のことを知っている——秘密も、不安も、何を欲しているのかも。そして自分も、ジェスのことを知っている。

「あなたなら、ここまで来てくれると思ってた」ジェスは体を引いて言った。「簡単じゃなかったはず。ほとんどの人が進むべき道を見つけられないから。けど、あなたはほかの人とちがう」

「ここはどこなんだ」その揺らめく空間について知りたくて、ブリンクは尋ねた。

「これを」ジェスはブリンクの手に鍵を握らせて言った。「受けとってほしいの。これがないと、わたしはあそこから出られない」

鍵はあたたかく、錆びて古ぼけていた。

「もうずっと、ずっと前からひとりだった」ジェスは言った。「どれほどの孤独を感じていたか、想像もできないでしょう。あなたが来るまで、ほんとうに長いあいだ、わたしはひとりだった。でも、それも全部終わり。あなたが来てくれたから。こうして鍵も渡せた。大切にしまっておくと、約束して」

「でも、何がなんだか——」

「約束」ジェスはきびしい目つきでブリンクを見て言った。「扉を見つけたら、つぎに何をすべきかは自然とわかるから」

ブリンクは鍵をポケットにしまった。「約束する」そう口にしたとたん、景色が一変し、ふたりは巨大な四柱式ベッドに横たわっていた。ジェスはブリンクの服を一枚ずつ脱がせ、白いシーツで手首と足首をそれぞれ木の柱に縛りつけた。ブリンクは仰向けのまま身動きできずに、ジェスが裸になっていくさまを見ていた。ジェスはブリンクの体に両手を這わせながら馬乗りになり、体重を預けた。月光がふたりの肌に光と影のパターンを映し出している。まさに変化する明暗法（キアロスクーロ）だ。ブリンクは目を閉じ、ジェスの手の感触に身を委ねた。ジェスのような相手ははじめてだったが、彼女のすべてがなぜか懐かしかった――においい、耳にかかる息、小さな喜びの声、胸に預けられた頭、ひろがる髪。このとき、ブリンクは何もかも忘れていた。自分がだれか、なぜそこにいるのか、何を望んでいるのか。その夢のなかでは、ふたりがいっしょにいるのは当然のことだった。ジェスがブリンクを呼び、ブリンクはそれに応じた。ブリンクはジェスのものになっていた。

夢の終わりが近づき、ジェスは名残惜しそうにブリンクを引き寄せた。あらゆるものが消えはじめていた。蠟燭も、ベッドも、森も。ブリンクはジェスを離すまいとつかんだけれど、ジェスの肌はいつの間にかもろくなっていた。ブリンクがふれただけで、鏡が割れたときのような蜂の巣状のひびがはいった。それから、頬、首、腕、すべてが砕け、消失した。

10

ブリンクは汗だくで目を覚ましたが、半ば夢から抜け出せずにいた。頭の奥まで侵され、すべてをあばかれた気分だった。心臓が激しく波打っている。ふと、近くに何者かの気配を感じた。恐怖でうまく息ができない。上体を起こし、茫然と室内を見まわした。ここはどこだ？　あたりは暗く、ネオンの光だけがカーテンを赤と青に染めている。薄汚れたカーペットや空のビール瓶が目にはいり、冷めたピザのにおいが鼻をついたが、ぴんと来ない。そこで突然、記憶がよみがえってきた。ここはアディロンダック山地の小さな町にある古いモーテルだ。自分は知らぬ間に眠りこみ、とても奇怪な夢を見ていたらしい。

コナンドラムがベッドのそばに立ち、低い声でうなっていた。わかっているのだ。たいていの人間よりはるかに鋭い感覚で、空気の異様な変化を察知している。やがて激しく吠えだすと、獲物を追いかけるようにベッドのまわりを走りはじめた。ブリンクはベッドから身を乗り出し、愛犬の耳の裏を掻いてなだめた。「だいじょうぶだよ、コニー。ただの夢だ」

デジタル式目覚まし時計を見やると、朝の三時をまわったところだった。まだ起きるには早い。ブリンクは深呼吸し、ふたたび枕に頭を預けて眠ろうとした。不眠には慣れていた。事故以来、頭を静める方法はいくつか身につけていた。しかし、いくら瞑想をしても、明かりを消した時点でどれだけ疲れきっていても、ブリンクの脳は覚醒してしまう。そして、複数のパターンがまぶたの裏に浮かびはじめる。広大な幾何学模様——格子、網、結晶のようなフラクタル図形——や、無限に連なる数字。

はじめは無視しようとしたが、そのうち、パターンの奔流に身をまかせさえすれば脳を制御できる、つまり眠ることができると気づいた。図形、つぎつぎと解かれていく方程式、縦横斜めに伸びていく文字の列をぼんやりながめたり、浮かんだ単語の文字を並べ替えてアナグラムや回文を作ったり、図形を使って精巧な城を組み立てたりしていると、飽きるころには眠りに就いているのだった。

ブリンクは自分の能力について母にはじめて話した夜を思い返した。あのときは、恐怖と混乱の渦へ呑みこまれそうになっていた。生きていく自信を失うほど、人生のどん底を味わっていた時期だ。自分の体に裏切られたようで恐ろしかった。そして、母の前で洛書の魔方陣を描いた。自分の身に起こっていること、見えているおかしな景色をすべて打ち明け、母はそれを信じた。

あの夜が転機となった。翌日、ブリンクと母は助けを求めて行動を開始した。一カ月もしないうちに、脳外傷の研究で名高いトレヴァース医師を見つけ出した。ブリンクはひととおりの検査を受け、獲得性サヴァン症候群と診断された。きわめて珍しい症候群で、症例数は世界で三十ほどしかないが、ほとんどのケースで多種多様な能力の亢進が確認されている。検査結果によれば、ブリンクは空間的、機械的能力にすぐれているという。映像記憶能力により、見たものの形や構造をそのまま頭に思い浮かべることができ、さらには、カレンダー計算、円周率一万桁以上の暗唱、複雑な方程式を瞬時に解くなどの数学的才能も開花した。事故をきっかけに、たいていの人にはあけられない脳の扉が、ブリンクの前では開くようになったのだ。「自分は欠陥品だと思う必要はないよ」トレヴァース医師は言った。「それよりも、特別な力を持っていると考えるんだ。制御の方法さえ覚えれば、きみはその力で世界を変えることができる」

トレヴァース医師のおかげで、ブリンクは新しい現実を受け入れられるようになった。訓練すれば、新しい才能にまつわる負の部分――不眠症や思考の激流など――も瞑想によってコントロールできるようになる、と医師は請け合った。ブリンクは同じような体験をしたイギリス人男性の自伝を読んだ。

それにはこう書いてあった。〝自分自身のことはよくわからないのに、目の前の事象については深く理解できた。気づかぬうちに、知らないはずのことまで知っていたのだ〟と。この男性はそれまで、数学や暗号の研究をしていたわけでも、日付や文章を覚えるのが得意なわけでもなかった。だが突然、脳が別次元から情報を〝受信〟するようになったという。

ブリンクはその説明に強い共感を覚えた。どういう仕組みで自分の脳があらゆるものを理解しているのか、ブリンクにもわかっていなかった。脳が勝手に理解してしまうからだ。図形やパターンがひとりでに浮かんでくるだけ。ブリンクが負った損傷はつるはしとなって脳の壁を突き破り、知識を解き放った。そして押し寄せる波が、ブリンクの頭を膨大な量の情報でいっぱいにした。ブリンクは知識を身につけたのではなく、〝受信〟しただけなのだ。

マイク・ブリンクがフットボールのフィールドに立つことは二度となかった。それと引き換えに、ありとあらゆる種類のパズルの本を集めるのに夢中になった。クロスワード、ワードパズル、なぞなぞ、数学ゲーム、迷路、ナンプレ。それから、自分でもパズルを作りはじめた。パズルを作っていると、増殖していくパターンをひとつの問題としてとらえられるようになり、想像力を働かせる余力が生まれた。ナショナル・フットボール・リーグ（N F L）をテーマにしたクロスワードパズルを作り、《ブレイン・ディーラー》紙のパズル欄に投稿した。その掲載料として五十ドルぶんの小切手を受けとり、はじめて連載をまかされるようになった。本来歩むはずだった人生に固執するのをやめた。岩に行く手をはばまれた川の水が、すぐさま方向を転じて前進をつづけるように、ブリンクも人生の針路を修正し、前を向いて歩きだした。目の前のことに意識を集中させていれば、失ったものについて考えずにすんだ。

フットボールの奨学金で大学へ行く代わりに、新たな才能を活用できそうなＭＩＴへ進学した。数学、特に位相幾何学を専攻し、そこでなら自分の能力をすぐにでも生かせると気づいた。ＭＩＴには世界で最も頭脳明晰な学生たちが集まっていたが、スピードにおいてブリンクの右に出る者はいなかった——呑みこみが早いのでめったに自習する必要がなく、テストは最初に解き終え、教科書や講義の長い説明もやすやすと暗記した。その並はずれた能力を見てとった何人かの教員は、ブリンクを成績優秀者のためのプログラムに招き入れ、三年生のときには院生向けの授業に参加する許可を与えた。ブリンクは首席で大学を卒業し、アメリカ最古の優等生協会ファイ・ベータ・カッパに招待され、教授から博士課程候補生としてさらに研究をつづけないかと声をかけられた。

しかし、これほど順調な学業とは裏腹に、対人関係については苦労が絶えなかった。新たな才能によって、ブリンクはすさまじい記憶力と、複雑な方程式を一瞬で解く力を手に入れたが、コミュニケーション能力だけはなぜか低下した。たとえば、相手の表情を読みとるのがむずかしくなった。単純な顔の動きによるヒントを見逃したり、表情の意味を誤解したり。冗談を皮肉ととらえ、愛情表現を苛立ちと受けとることもあった。パターンとなれば映像記憶能力が使えるのに、その他の記憶は脳の隅でぼやけ、消えてしまう。相手の特定の情報——電話番号、名の二十通りのアナグラム、水蛇座にそっくりな左手のほくろなど——は覚えていても、感情を読みとるのはむずかしかった。人々が何を伝えたがっているのか、ブリンクに何を望んでいるのかがわからなかった。

それはマイク・ブリンク本人しか知らないという意味では些細な問題だったが、克服すべき致命傷であるのには変わりなかった。そこで、クラスメイトや教授を観察し、彼らが考えや感情をどう表現するかに着目した。すると、それらを正確に読みとれるようになった。ある友人は緊張すると顎をさわる癖がある。クラスメイトの女の子は難題に出会うと鼻孔がふくらむ。文学の教授は動揺すると舌を鳴らす。つまり、感情の表現を記号と見なせばいいのだ。それらを頭のなかで分類し、目録を作る。なぞなぞの手がかりを追うときのように、相手の表情や身ぶりを記録した。欲望、恐怖、愛情、不安——人間の感情は、文法が複雑な外国語と同じだ。ブリンクもそのことばを使いこなしたかった。

たいていの人は、ブリンクの苦労に気づきもしなかった。気づいたとしても、きっとブリンクは別のことを考えていたんだろう、数学専攻の学生はみなそうだから、と受け流した。だが、他者と心をかよわせられないのがブリンクにはつらかった。だから、友人を作ろうと必死になった。恋人もほしかった。そばにいてくれる人が、気にかけ合える人がほしかった。高校時代は人気者で、その気になればいくらでも女の子をデートへ誘うことができたのに、あのころのようにはいかなくなっていた。気になっていた女性と出かけるチャンスを自分でつぶした——ディナーをいっしょにどうかと声をかけたが、相手の表情を見て、いやがられたと早とちりした——ときは、自分は一生ひとりなのだろうかと考えずにいられなかった。

そういった悩みを、トレヴァース医師には打ち明けた。ブリンクは毎週医師と電話で話し、オハイオへ帰省したときはかならず診察を受けるようにしていた。医師によれば、ブリンクのかかえている障害は、外傷性脳損傷患者にときおり見られるものらしい。表情から感情を読みとるのが困難になるという。もしかしたら、前頭葉に最初の検査では見つからなかった損傷があるのかもしれない。医師はそう言って、ブリンクにもう一度ＭＲＩ検査を受けるよう勧め、ボストンの専門家を紹介してくれた。検査の結果、異常は見つからなかった。しかし、ブリンクの苦しみはつづいた。周囲にどう思われているかを過剰に意識し、人々の感情を必要以上に分析した。

自分がいかに恵まれているか、頭ではわかっていた。事故によって体に麻痺が残る、いや、もっと悪いことになる可能性もあったのだ。だが、周囲の懸念をよそに、ごく軽傷を負っただけですんだ。ブリンクは生きていた。しかし、それだけでは満足できなかった。他人が何を考えているのかわからないことがたびたびあった。デートをしても、相手がもう一度会いたがっているかどうかがわからなかった。《ニューヨーク・タイムズ》紙のパズル欄担当の編集者と打ち合わせをしても、自分の仕事ぶりに先方が満足しているかどうか、自信が持てなかった。同業者とつながろうとしてもできなかった。たくさんの女性が——その知名度と見た目に惹かれて——寄ってきても、結局、交際には至らなかった。自分と世界のあいだに、分厚いガラスがそびえ立っているようだった。人々の姿ははっきり見えていて、向こうにもこちらが見えているのに、ふれ合えない。心をかよわすことができないのだ。ガラスの向こうの人たちとつながりたくてもつながれなかった。ところが、ジェス・プライスに対しては、そういったもどかしさを感じなかった。ふたりのあいだに壁などなかった。ふたりを隔てるものは、何も存在しなかった。

11

キャム・パトニーは、日勤の日、刑務所のあらゆる場所に取りつけられた監視カメラと同僚の看守の目があるあいだは、ジェス・プライスに対するおのれの関心がばれないよう、慎重に行動した。食堂を巡回するときは横目で見るにとどめ、受刑者たちがグループセラピーを受けているあいだは娯楽室の外で静かに耳をそばだて、予定表が出ればジェス・プライスが運動場のトラックを歩く時間帯をさりげなく確認した。こちらの意図を悟られないよう、じゅうぶんな注意を払った。与えられた指示は明確だった。ジェス・プライスを監視していることは、だれにも知られてはならない。

だが、夜勤の日はちがった。朝の二時から五時まで、受刑者が深い眠りに就いているあいだは自由度が増した。キャムは居室——刑務所の増築されたエリアにある広々とした長方形の部屋で、五十二の二段ベッドがすべて埋まっている——へ忍びこみ、物陰からジェス・プライスを見張った。もちろん、監視カメラは避けた。点滅する赤い光の向こうで、つねにだれかがこちらを見ているからだ。看守が夜間に受刑者の居室へはいることは、適切な理由——喧嘩、火事、急病人の対応——がないかぎり、認められていない。近年は数多くの不正行為が報告されている——受刑者にさまざまな便宜を図り、薬物を渡す代わりに性行為を強要するなど——ため、看守は受刑者と同じくらいきびしく監視されている。

しかし、キャムにとってほかの女たちは重要ではなかった。ジェス・プライスが収容されたその週に、キャムはレイ・ブルックへ送りこまれた。あの女がここを出る日が来れば、すぐさま自分も呼びもどされるだろう。キャムの任務は簡単だった。ジェス・プライスを監視し、守り、知りえたことはすべて報告する。この五年ほど、絶えず神経をとがらせていた。精神科医がジェス・プライスに近づこうとしたときは、ふつうの受刑者と同じように扱ってはならないことをわからせた。ジェス・プライスは非常に重要な人物であり、貴重で希少なものを保有している。それについては、だれも――心理士やほかの受刑者や家族でさえ――何も知らない。レイスには、あの女を助けようとするなと警告した。だが、あの男は耳を貸さなかった。

キャムは自分の首に彫られた刺青に手をふれた。十の点から成る三角形だ。この刺青は組織の一員としてのしるしであり、いまの地位までのぼり詰めたことの証（あかし）でもあった。大半の人間にはなんの意味も持たない――きっと、流行りのボディアートかと思うだけだ。長年、組織で働いているが、そのしるしに気づいた者はほんの数人しかいない。しかしそのたびに、キャムの胸は言いようのない満足と誇りでいっぱいになった。自分はひとりではない。同じような者がほかにもいる。自分たちはともに、新しい世界を作ろうとしているのだ。

消灯から数時間後、目あての受刑者が寝言をつぶやきはじめた。毛布を蹴り飛ばし、寝台をのたうちまわっている。おそらく悪夢を見ているのだろう。そう考えれば納得がいく――あのひどい顔色、ぼさぼさの髪、血だらけの爪。生きていること自体が悪夢なのだ。キャムは少しだけ前に出て、耳をそちらへ向けた。ジェス・プライスは小声で何か言っていた。キャムは聞こえたことばを一字一句たがわず書き留めた。早く、ついてきて、約束。

12

翌朝、セサリー・モーゼス医師は刑務所の正面入口でマイク・ブリンクを出迎えた。

ブリンクはコニーをモーテルの部屋に置いてきた。エアコンはつけてあるし、食べ物と水は昼までもつはずだ。ほんとうは連れてきたかったが、いくらサービスアニマルだと言っても、許可をとるのはむずかしいだろう。一年前、トレヴァース医師にコニーのことを話すと、コニーの存在はブリンクの心理的支えになっているのだから、〝エモーショナル・サポート・アニマル〟として申請してはどうかと言われた。はじめ、ブリンクは不満だった。なぜトレヴァース医師は、なんでもかんでも治療と結びつけようとするのか。心に傷を負っている者しか、ペットを飼ってはいけないとでも？　ところが、トレヴァース医師から送られてきたＥＳＡの認定書と、コナンドラムをどこへ連れていっても――飛行機でも公共施設でもレストランでも映画館でも――とがめられないという説明書きを読んで、ブリンクは喜んだ。コニーを自宅に残して出かけるのがいやだったからだ。

セサリーはブリンクを連れて中央の廊下を進み、刑務所のはるか奥、〈立ち入り禁止〉と記された分厚い強化金属製のドアの前で立ち止まった。右側に読みとり機とキーパッドが取りつけられている。

「ここへはいる許可を得るのに、申請書を何枚も書かないといけなかったの」セサリーはプラスチックのカードを取り出し、ブリンクに見せた。ＣＯＤＥ39のバーコードが印刷されている。ブリンクの目は、その下に併記された数字やアルファベットや記号に吸い寄せられた。ＣＯＤＥ39は数字と文字の両方を取り入れた史上初のバーコードで、世界じゅうで使われている。

「滞在は一時間しか認められなかった。終わったらすぐにカードを返さないといけないのよ。パスコードは四十八時間ごとに変更されるんですって。まったく、勝手な要求ばかり――つぎはおまえのいちばん上の子どもをよこせって言ってくるかも。まあ、とにかく……」セサリーはカードを読みとり機にかざした。「急いだほうがいいわね」

電子音が鳴り、ドアが解錠された。ブリンクはドアを押しあけ、セサリーを先に通した。

「この旧棟を保存して使うという州の決定を褒めてあげるべきね」セサリーは話しながら、ブリンクの前を歩いて吹き抜け階段へ向かった。壁のペンキは剝がれ、踊り場のリノリウム・タイルはぼろぼろになっている。「こうやって患者の記録をこっそり保管できるんですもの。でも、それなりの維持費はちゃんと配分してもらわないと」

顔を上に向けると、傷んだ吊り天井が見えた。数枚の板が抜け落ち、昔の煉瓦造りの屋根があらわになっている。その丸天井と窓が光と影のコントラストを作り出していた。

「もし自分が脱獄を計画してる受刑者なら、あそこを狙うと思いますね」ブリンクはあらわになった天井を手で示した。

「旧棟はすべての入口が封鎖されているの」セサリーは言った。「けれど、あなたの言っていることも一理ある。あそこまでのぼれたら、きっとだれにも見つからないでしょうね。それに、あれを見て」セサリーが指さす方向を見る。二十フィート上の屋根にいくつか穴があいていて、そこから光が降り注いでいた。「あの屋根はもうだめね。雨漏りしているの。だから黴がすごいのよ。何年も前から州の矯正局は修理すると言っているけれど、それがいつになるかは神のみぞ知る、ね」

セサリーのあとにつづいて階段をおり、地下へ向かった。黴のにおいが漂っている。ペンキの剝がれ落ちた壁や、ひびのはいったリノリウム・タイルを見れば、長年打ち捨てられてきた場所だとわかる。ふたりは、結核療養所だったころに使われていた古い医療器具、鉄のベッド、車椅子の前を通り過ぎた。壁一面に積みあげられた図書室の朽ちかけの本。壊れた運動器具。あの見る影もないステップミルは、刑務所の体育館から運ばれてきたにちがいない。やがてセサリーは新たなドアの前で足を止め、鍵をあけて、ブリンクを資料室へ招き入れた。

「これらはすべて二〇一九年以前の記録よ」セサリーは言って、書類棚の迷路へ導いた。年ごとにラベルがついている。一九九三年、一九九九年、二〇〇四年。「結核だろうと、心の病だろうと、ここでおこなわれた治療の記録はすべてこのどこかにある。まったく、こんなにたくさんの情報がデータベースから抜け落ちているだなんて、恥ずかしい話よね。予算がつけば、ファイルをすべてスキャンして、システムへ移せるのに」

セサリーは二〇一八年と書かれた棚の前で立ち止まった。

「ほんとうは、あなたのような外部の人にファイルを見せるのには申請が必要なの。でも、そんな暇はないから、何も見なかったことにしてね」

そう言って抽斗をあけ、なかを探って、上部に〝ジェシカ・プライス〟と書かれた分厚いアコーディオン・ファイルを引き抜いた。中身を見る。「やっぱり、こっちにも記録があった」隅のテーブルへ行き、ファイルにはいっていた資料をすべてひろげた。数百ページぶんの紙、いくつものクリアファイル、数通のマニラ封筒。

「レイスはデータより紙派だったのね」セサリーは分厚い診療記録を拾いあげ、ぱらぱらとめくった。「それに、まじめだった。何もかも書いてあるわ」

「まじめな人なら、どうして一部の記録だけ電子化しなかったんでしょう」

「それが問題よね、ミスター・ブリンク」セサリーは意味ありげな目をして言った。「まずはこれを調べてみましょう」

セサリーが紙の束をひとつとり、ブリンクもそれにならった。ブリンクは事故以来、速読と読んだページを正確に記憶する能力も獲得していた。これは人々の関心をいちばん引くらしく、どのインタビューでもかならず質問された。ブリンク自身も気に入っていたが、それはこの能力が世間では誤って認識されているから、というのが大きかった。例をあげよう。ブリンクは、映像記憶能力（直観像記憶能力とも言う）を持つ主人公が活躍するスリラーやスパイ映画が好きだ。だがたいていは、まちがった描写をされている。記憶のプロセスがまるでスキャンや写真撮影のごとく描かれているのだ。現実はもっと抽象的、概念的で、何かを思い出すときは、意識を分解して記憶を解き放つ感覚に近い。本人自身にも不明な点の多い能力だが、おかげでブリンクは百ページの文書を九十秒で読み終え、すべてを完全に記憶することができる。

トレヴァース医師の測定によると、ブリンクは一分間で一万八千語を読めるそうだ。しかも、内容を百パーセント理解し、無作為に選ばれた文章をいつでも完璧に思い出せる。速読のギネス世界記録――ハワード・スティーヴン・バーグの一分間で二万五千語――には届かないものの、特に訓練していない者にしては悪くない数字だ。この能力を生かして、ブリンクは大学進学適性試験(SAT)で満点をとり、全額給付型奨学金をもらってMITに入学した。

そしていま、ブリンクの目はものすごい速さでページの上を駆け抜け、情報を一瞬で頭に取りこんだ。大半は専門用語だらけのとるに足らない内容だったが、収容一年目のジェスの暮らしぶりや診察結果の概要はわかった。ジェスは自分の殻に閉じこもり、グループセラピーにも参加せず、自傷の傾向があり、ほかの受刑者や看守を無視していた。セサリーが言っていたとおりだ。とはいえ、レイスがジェス・プライスに関してこれほど大量の記録を残していたのは意外だった。クリアファイルにはいっているものも含めると、全部で千ページ以上ある。

「いろいろ書かれてはいますけど」ブリンクは紙の束を押しやり、新しい束をとった。「内容はふつうのことばかりですね」

セサリーは押しやられた紙の束を見やった。ほんとうにすべて読んだのかと疑っているにちがいない。「この記録がここにあること自体がふつうじゃないの」セサリーは言った。「ドクター・レイスの資料は、ひとつ残らずオフィスにあるべきなのに。あとで必要になるかもしれない書類をこんなところに置いておくなんて、ぜったいにおかしい。記録の保管場所をわざと分けているようにすら見える」

「何か思いあたる理由はありますか」ブリンクは尋ねた。また別の束――処方された薬の一覧、グループセラピーのメモ、問題行動と懲罰に関する看守の報告書――へ移る。

「いいえ、まったく」セサリーは答えた。「でも、ふたりの関係は変だと思っていたの。きのうも言ったけど、わたしはドクター・レイスの後任としてここへ来た。ジェスはかなり動揺しているみたいだった。彼の話をしたら、泣き出しちゃってね。パニック発作を起こして、鎮静剤を与えないといけなかった。もう、びっくりしたわ。ドクター・レイスの記録には、そこまでの交流があったなんてひとことも書いてなかったから。もちろん、あのジェスが本気で心を開いていたとは思えないけれど、ドクター・レイスが特別な手を使ったのだとしたら……」

セサリーの話を聞いていたそのとき、光沢のある青いフォルダが目に留まった。紙の山の下からそれを抜きとり、ゴムをはずして開いた。中身はほかの資料とはちがうようだった。8×10インチの厚めの白い封筒で、レイスのメモがクリップで留められている。封筒の表には〝極秘〟という赤く大きなスタンプが押され、左上の隅にコロンビア郡保安官事務所のロゴが印刷されている。フォルダのポケットには、茶色い革の日記帳がはいっていた。カールした赤いリボンが背に垂れている。

「それは何？」セサリーがフォルダを指して尋ねた。

「わかりません」ブリンクは言った。メモ付きの大きな白い封筒を手渡すと、セサリーは全体をざっと見てから、クリップをはずして、レイス医師のメモを読みはじめた。「これはほんとうに……妙ね」

ブリンクも読みたくて手を伸ばしたが、セサリーは引っこめた。

「ジェスは初日から悪夢を見ていたと、ドクター・レイスは書いている」セサリーは言った。「二度もベッドを移らされたみたい。居室も一度変わっている。C1からAに。彼女が夜な夜な叫ぶものだから、まわりの受刑者から苦情があがったそうよ。ドクター・レイスは、悪夢についてジェスから話を聞けたのね。ほら、これ」

セサリーはメモを読みあげた。〝患者は夜になると大声でわめきはじめる。ある女を恐れているらしい。その女が自分を襲うのだと主張している。看守を呼び、その女を追い払ってくれと頼んだことが何度かあった。入所して数カ月経つが、ことばを発したのはこのときだけだ。これはチャンスかもしれないと思い、わたしは夜勤にはいって、必要なときはそばにいてやれるようにした。しだいに、患者から話を聞けるようになった。自分は悪夢を見ているのではない、実際に女がやってくるのだと、患者は説明した。しかしながら、当直にあたっていた看守の報告によれば、ジェス・プライスの近くにはだれもいなかったそうだ。監視カメラを確認しても、患者は毎晩ひとりで寝台にいた。患者の恐怖は本物だった。そこで、例の事件について調べてみることにした。驚きの事実が判明した。この事件の背後には、強大な権力を握る人々がいる。真実を隠したがっている者たちがいるのだ。危険が迫っているのはジェス・プライスだけではないかもしれないと、わたしは思いはじめている〟

セサリーが顔をあげた。その表情は衝撃に満ちていた。きのうのセサリーのことばをブリンクは思い出した。〝彼女といると、ときどき……なんと言えばいいのか。こわくなるんです。こわいだけじゃない。恐ろしいんです。自分より大きなものの存在を感じるというか。とても危険な存在を〟

「ええっと」ブリンクが先に口を開いた。「なんだか大変なことになってきましたね。ほかには何が？」

セサリーはレイス医師のメモを裏返した。何も書かれていない。「これだけみたい。でも、こっちを見れば何かわかるかも」白い封筒を手にとり、破ってあけた。セサリーがそちらに気をとられている隙に、ブリンクは茶色い革の日記帳をめくった。ジェスの筆跡だと気づき、息を呑む。セサリーに見つかる前に、日記帳をズボンのポケットへ隠した。

「何これ……」セサリーは困惑に眉を寄せ、白い封筒の中身を調べていた。

「気になるものがありました?」ブリンクは訊きながら、体を近づけてのぞきこんだ。捜査報告書のようなものが見えたが、読むことはできなかった。セサリーが封筒にもどしてしまったからだ。

「わからない」セサリーはきっぱりとした口調で言ったけれど、その顔には反対のことが書いてあった。とても重要なものを見つけたのだ。

ブリンクは手を差し出した。「お願いです、ぼくにも見せてください。何かつかめるかもしれない」

しかし、セサリーは身を引き、封筒を青いフォルダへしまって、脇の下にはさんだ。「きょうはここまでにしましょう」

「ちょっと待って、ほかの書類にも目を通したい――」

「それはできそうにない」セサリーは資料をすべて掻き集め、胸にかかえた。

「セサリー」ブリンクは必死さを隠すように、軽い口調で言った。青いフォルダの中身がなんであるにせよ、そこに謎を解く鍵があるかもしれない。「せめて封筒の中身だけでも教えてくれませんか」

急にセサリーの態度が冷たくなった。「関係のありそうな情報が見つかれば、あなたにも共有しますよ、ミスター・ブリンク。ですが、まずはオフィスへ持ち帰り、わたしのほうで目を通します。外部のかたに見せていいものかどうか、この目でたしかめたいので」

ブリンクは胸が締めつけられるのを感じた。刑務所へ自分を呼び寄せたのはセサリーだ。なのに、こんどはそのセサリーが自分を追い払おうとしている。ふたりで見つけたこの貴重な資料を、ブリンクは読む必要がある。法的にはそうではないかもしれないが、自分にはその権利があると思った。ジェスがブリンクを信頼して暗号文を預けてくれたからか、それともあんな夢を見たからか。ブリンクはジェスとの深いつながりを感じていた。これまでそんな経験はほとんどなかった。たったの二十四時間で、ジェス・プライスという女性はブリンクにとって大事な存在になっていた。

「それと」セサリーは腕時計を見ながら言った。「もう一度ジェスと面会する許可をもらえたの。正午には図書室にいるはずよ。ぴったり十五分後。あなただって、一分も無駄にはしたくないでしょう?」

13

ジェス・プライスの日記帳は、ブリンクのジーンズの尻ポケットにぴったりとおさまっていた。ブリンクは一階の廊下を歩きながら、日記を読みたいという激しい欲求に全身で抗っていた。モーゼス医師に没収されるかもしれないという恐れが、かろうじてブリンクを踏みとどまらせた。いま取りあげられるのはまずい。すでにレイスの資料はモーゼス医師が持っている。日記の最初のページに書いてあった日付は覚えていた。二〇一七年七月七日。ノア・クックが死亡する十二日前。つまり、ジェスがセッジ館にいるあいだに書いていた日記ということだ。これを読めばすべてがわかるかもしれない——セッジ館で起こった悲劇、もしかしたら、ジェス・プライスが描いた円形のパズルの謎についても。ひとつだけたしかなのは、この重要な日記をだれにも奪われてはいけないということだ。

セサリーは早足で図書室へ向かっていたが、ブリンクはジェスに会う前に、どうしても日記を読んでおきたかった。トイレが見えたので、寄ってもいいかと尋ねた。セサリーはいい顔をしなかったが、だめだとも言わなかった。「あと二分で時間よ」セサリーは言った。「先に図書室で待っているから」

セサリーの姿が見えなくなり、ブリンクは心臓の鼓動が速くなるのを感じた。与えられた時間は二分。だが、それだけあればじゅうぶんだ。あとは、監視カメラのないプライベートな空間さえあれば。そう思ってトイレにはいったのだが、なかは看守だらけだった。ブリンクは小便器で用をすませ、手を洗って外に出た。危険は冒したくなかった。

刑務所にはプライバシーなど存在しない。そういうふうに造られているのだ。至るところに職員がいる——廊下にも、正面入口近くの手荷物検査所にも、運動場へ向かう受刑者の列の先頭にも。ブリンクは急いでいくつかの部屋の前を通り過ぎた。セサリーのオフィスもあったが、そこだってカメラがないとはかぎらない。ようやく、先ほどの旧棟へつながる金属の扉にたどり着いた。

あたりを見渡し、だれもいないことを確認した。セサリーのカードはないが、バーコードの下に併記されていたパスコードは正確に覚えている。言うまでもないけれど、たいていの人はバーコードを機械に読みとらせるだけで、あんなに長たらしいパスコードを手入力しようとはしない。だが、ブリンクはちがう。パスコードをキーパッドに打ちこむと、ロックが解除された。

ブリンクはドアを押しあけ、吹き抜け階段へ進んだ。セサリーに連れていかれたのは地下だった。こんどは上に行ってみよう。階段をのぼると、そこは廃墟と化した療養所だった。暗闇とほこりと蜘蛛の巣に包まれ、昔の医療器具が散乱している。窓がほこりに覆われているせいで陽(ひ)の光がほとんどはいらないが、ブリンクはかまわず日記帳を取り出して開いた。

ひと目見ただけで、自分の予想が正しかったとわかった。やはり、これはジェスの日記だ。まるみのある几帳面な筆跡で、最初のページの一番上に〝二〇一七年七月七日〟そして〝セッジ館〟と書かれている。ブリンクは冒頭の段落を読んだ。

セッジ館は、切妻屋根に小塔といった、いかにも十九世紀の小説に出てきそうな屋敷で、夏を過ごすのにぴったりの場所とはとても言えない。けれど、わたしはこうしてここにいる。この広大な屋敷に、わたしひとり。感嘆と畏怖の念で胸がいっぱいだ。

つづきを読む前に、ブリンクは先のページをぱらぱらとめくった。そのとき、折りたたまれた一枚の紙が床へ滑り落ちた。紙を拾いあげ、なかを見て、ブリンクは驚愕した。それはよく知っているパズル、ブリンクが昔作ったパズルだった。いったいどうしてここに？　二度と目にすることはないだろうと思っていたのに、よりによって刑務所で、殺人罪で服役中の女性の日記帳から出てくるなんて。

突然、ジェス・プライスとの関係に変化が生じた。そのときまで、主導権を握っているのはあくまでも自分だと思っていた。しかし、そうではなかったようだ。このパズルによって、ジェスとの力関係が一転した。パズルの答えが目の前に浮かびあがり、自分だけの秘密があばかれたような感覚に襲われる。ジェス・プライスがこれを知っているはずはない。ほとんどの人が知らないはずなのだ。このパズルは完全に葬り去ったものと思っていたのに、ふたたび現れ、ブリンクに過去の過ちを突きつけてきた。

そのパズルは、一列に五個、計二十五個の六角形で構成されていた。なかには、四則演算の記号（＋、－、×、÷）が記入されているものもあった。指定された九つの数字を空欄に入れれば、数式が完成する。式の解はそれぞれの列の下、または右側に提示されている。

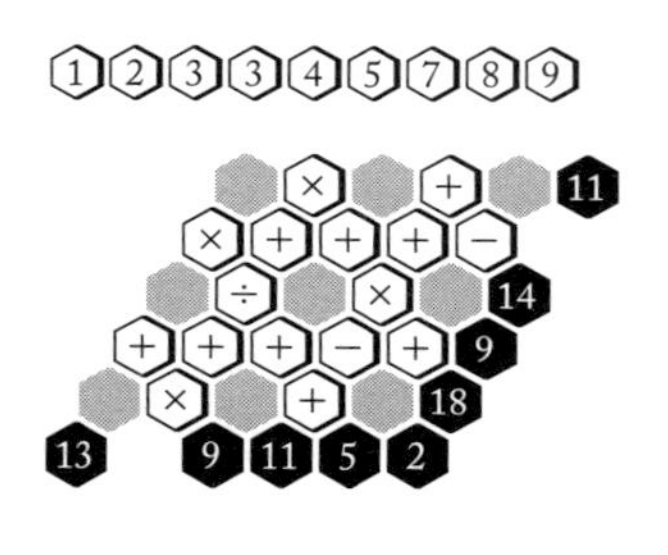

ブリンクは二〇〇九年、MITの二年生だった十九歳のときにこれを作った。シンプルなパズルだ。当時はまだ、パズルの作成は仕事ではなく、ただの趣味だった。遊びだった。そうしてできあがったこのパズルは、いまのブリンクに十年前の自分を思い出させた。まるで昔の写真を見ているみたいだった。わけのわからない才能に振りまわされていた、無邪気な子ども。その子のことを知っていて、庇護欲すら覚えるのに、もう二度と会うことはできないような感覚。

一見、やさしそうなパズルだが、実はあるものが隠されていた。パズルのなかに別のパズルがひそんでいるのだ。ブリンクはそれを自分の署名、マイク・ブリンクの名刺にしようと考えた。ブリンクにとっては重要なパズルだったが、その存在自体はあまり知られていなかった。知っているのは、世界でもたったの数名だけ。てっきり、時に埋もれ、忘れ去られたものと思っていた。どうやら、それはまちがいだったらしい。

パズルに見入っていたブリンクは、遠くからの物音でわれに返った。吹き抜け階段の前のドアが開き、閉まる音につづいて、足音が背後から響いてくる。ブリンクは日記をポケットにもどし、汚れた窓に背を押しつけて暗闇に身を隠した。そこへ、ひとりの看守がやってきた。

ブリンクはその看守に見覚えがあった。前日、ジェス・プライスを図書室へ連れてきた看守だ。だがあのときは、顔もろくに見ていなかった。目の前に現れた男は大柄で、身長は百九十センチあるだろうか。髪をブロンドに脱色し、両耳に大きなダイヤモンドのピアスをつけていて、制服越しにも筋肉の盛りあがりが見えた。それに、あの重たそうなブーツ。あれで尻を蹴られたらひとたまりもないだろう。暗く、だれもいない療養所で、受刑者の日記を隠し持っているいまは特に、お目にかかりたくないタイプの人物だ。看守は番犬のように神経を研ぎ澄まし、ブリンクの居場所を嗅ぎあてるべく、あたりを行ったり来たりしている。するとつぎの瞬間、看守は目の前に立ち、こちらを見おろしていた。「ここで何をしてるんだ」

ブリンクは一歩前に出て、セサリーから渡されていた面会者用バッジを弁解がましく掲げた。「許可はもらっています」

看守はバッジをひったくって検めた。疑わしげな目でブリンクを見ながら、バッジを返す。「心理士のオフィスからはだいぶ離れているが」

「モーゼス医師に図書室へ来いと言われたんです」ブリンクは言いわけをした。「トイレを探していたら、こんなところに迷いこんでしまって。図書室への行き方を教えてもらえると助かるんですが」

「迷子にもほどがあるだろう」看守はそう言うと、ドアに向かってブリンクの体を押した。短く強めに押されただけだったが、それでもブリンクはバランスを崩した。よろめいた勢いで、バッジを落とす。看守が身をかがめて拾おうとした——口のなかで心にもない謝罪をつぶやきながら——そのとき、首横に彫られた刺青が目にはいった。十の点から成る正三角形だ。一瞥しただけだが、目を閉じても、まぶたの裏でそのパターンが燃えあがっていた。十の点は四列にわたって配置されている。底辺に四つ、頂点にひとつ。なんて美しい構造をしているんだろう。

看守にまた体を押され、一瞬やり返そうかとも思ったが、考えなおした。早足で歩きながら、ボディチェックをされなくてよかったと胸をなでおろす。ジェス・プライスの日記を持っていることがばれたら、セサリー・モーゼスに返されてしまうだろう。日記も、はさまれていたパズルも、まだ手放したくなかった。そのふたつがあれば、ジェシカ・プライスのほんとうの望みがわかるかもしれない。

14

　看守に肩をつかまれながら、マイク・ブリンクは歩きつづけた。こちらを挑発するような看守の態度には苛立ちを隠せなかった。フットボールをやっていたころはいつも、こういう連中を相手にしていた。ブルドーザーのように頑丈な体軀を持ち、力を誇示したくてうずうずしている連中。彼らは単純だ。複雑である必要がない。巨体を揺らしながらブロックやタックルを繰り返すだけで、フィールドではその存在が正当化される。ブリンクはそういうやつらを相手にしながら、持ち前の敏捷さで、ディフェンスラインの小さな穴をくぐり抜けるのが得意だった。獣のように力は強くても、ブリンクを止められないのなら、何も恐れることはない。とはいえ、筋肉が脳に勝ることもある。いくら戦略に長けたブリンクでも、たった一度の衝撃ですべてを失ってしまったのだから。

　セサリーが図書室のドアの前で待っていた。胸のあたりで腕を組み、険しい顔をしている。「どこで何をしてたの、ミスター・ブリンク」

「三階にいたんです」看守が口をはさんだ。

「ここで落ち合う約束だったでしょう」セサリーはとがめるように言った。

「迷子になってしまって」ブリンクは説明したが、信じてもらえないのは明白だった。何百ページもの文章を数分で読み終え、ルービックキューブを十五秒で完成させられる者が、迷子になどなるはずがない。セサリーは看守に礼を言い、図書室のドアをあけて押さえた。きのうと同じテーブルにジェスがすわっている。「きょうの面会は一時間で許可をもらったから」セサリーは言いながら、ブリンクを室内へ招き入れた。「ただし、二度と迷子にはならないでね、いい？」

灰色のつなぎ、青白い肌、指先にかさぶたができるまで嚙んだ爪、沈黙。ジェス・プライスは前日とまったく同じだった。ひと晩で変わるはずがない、どれほどリアルな夢でも現実に作用することはないと、ブリンクにはわかっていた。けれども、森で出会った女性と再会できるのではないかという期待も半分あった。あの美しく、妖艶で、ブリンクの心をつかんで離さない女性。あの背中に垂れる長い髪。あの手にふれられたときの、ぞくぞくするような感覚。ブリンクがいくら振り払おうとしても、強烈で幻覚のような夢はびくともしなかった。彼女の不思議な魅力に引き寄せられ、近くに行きたいという欲望に駆られる。向かいの席に腰をおろすと、ブリンクの鼓動は速くなり、全身から汗が噴き出した。夢のなかでもそうだった。彼女の存在はまるで甘美な薬物のようだった。

ブリンクは後ろを振り返り、看守がドアのそばに立っていることを確認した。肩の向きを調整して監視カメラの視界をさえぎったのち、ポケットから日記帳を引っ張り出して、テーブルに置いた。

ジェスは日記を持ちあげ、手のなかでひっくり返し、古代文明の遺物や別の人生から送られてきた宝物を見るような目でそれをながめた。

「レイスの資料からこれを見つけた」ブリンクは声をひそめて言った。

「それが何かはわかるね？」ブリンクは尋ねた。ジェスの表情がわずかに変化した。レイス医師がこれを持っていたと知って、驚き、とまどっている。

ジェスは眉根を寄せてページをめくっていたが、やがてかすかにうなずき、自分のものだと認めた。

「じゃあ、これは？」ブリンクは日記帳の最後にはさんでおいたパズルを見せた。「どこで手に入れた？」

ジェスはパズルを見たが、表情からは何もわからない。ジェスは盗聴を恐れているとわかっていたので、ブリンクはポケットからペンを取り出し、テーブルの向こうへ滑らせた。これで返事を書いてくれるといいのだが。

「きみがこれをどこで手に入れたのか、どうしても知りたいんだ」ブリンクは自分の声に焦りがにじむのを感じた。

ジェスはパズルをながめながら、ペンをとり、答えの数字を書きこんだ。つづいて数式の解のそばに、数字から変換したアルファベットを書き足す。すると、隠された暗号が浮かびあがった。〝マイク・ブリンク〟ジェスはパズルを差し出し、微笑んだ。はじめて見せた本物の笑みだ。何年も前にこれを解いたときも、こんなふうに笑っていたのだろうか。

だが、ブリンクは笑みを返せなかった。そのパズルを見ていると、体にメスを入れられ、心臓や胃をさらけ出しているような感覚に襲われた。おかしい。パズルの存在は知られていないはずなのに。こんなことはありえない。

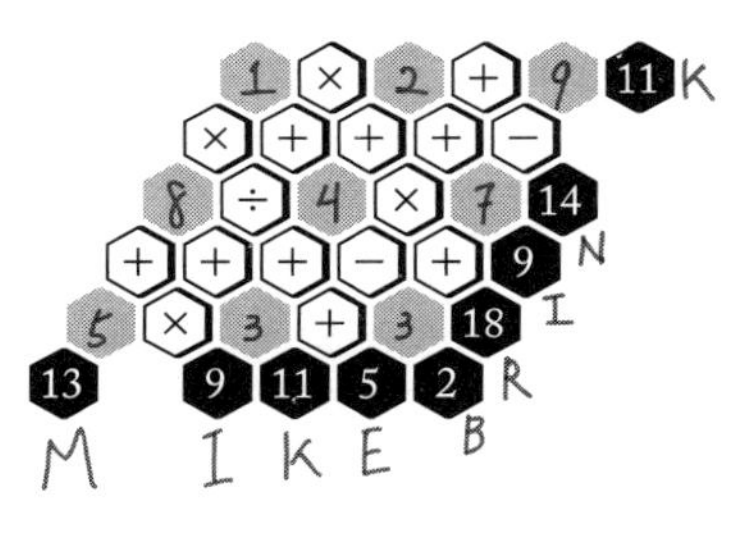

ブリンクは前へ身を乗り出してささやいた。「いったいどうやって手に入れたんだ」

ジェスは完成したパズルを手で示した。これを見ればわかると言わんばかりに。ある意味では、たしかにそうだった。ジェスは奇跡の力で、ブリンク自身が作ったことを後悔しているパズルを見つけ出したらしい。そのパズルがブリンクにとってどんな意味を持っているか、作った本人はどれほど忘れたがっているか、ジェスは知っているのだろうか。

「きみがこれを持ってるはずがないんだ」ブリンクは言った。こんどは声に当惑が混じっている。少し前まで存在していたジェスとのつながりは、もう感じられなかった。ジェスのさまざまな行動とその理由を、ブリンクは疑いはじめていた。信頼できなくなっていた。ジェスの描いた円形のパズルがただのいんちきだったとしたら？ ジェスのことばがすべて嘘だったとしたら？「ぼくを呼んだ理由はこれなのか？」

ジェスはかぶりを振った。訴えるような目をしている。〝ちがう〟

「なら、どうして？」ブリンクはできるだけ平静を保って訊いた。

ジェスは椅子に背を預けた。不安げな顔をしている。ジェスも同じ気持ちなのだろう。まさかそのパズルをこんな場所で目にすることになるとは。レイスが彼女の日記を持っていたこと自体、理解できないのかもしれない。それでも、このパズルの存在を知っていたのなら、ブリンクについてもっといろいろなことを知っているはずだ。

「このパズルを送ってくれればよかったんだ」ブリンクは言った。「そうすれば、ぼくは――」

「――ここへは来なかった」ジェスはかぶせるように言った。

ジェスの声を聞いて、ブリンクは目を瞠った。か細く、ささやき声に近いが、奥に力を秘めている。ブリンクの心拍数があがりはじめた。その力強くはっきりとした声には聞き覚えがある。夢に出てきたジェスの声だ。

「その危険は冒せなかった」ジェスは言った。「どうしても、あなたが必要だったから」

「なんのために？」

「約束を守ってもらうためよ、マイケル」

はじめて人からマイケルと呼ばれたからか――母親すらマイケルとは呼ばない――いきなり手を握られたからか、ブリンクの背すじを冷たい戦慄が走った。手を振りほどこうとしたが、ジェスの力は強かった。はずみで灰色のつなぎの袖がまくれあがり、右腕に刻まれた蜂の巣状の傷があらわになる。みごとな正六角形が手首から肘まで隙間なく並んでいた。傷痕（きずあと）がピンク色をしているということは、剃刀か何かで深く彫ってしまったのだろうか。そのパターンの対称性にブリンクは目を奪われたものの、いちばん衝撃だったのは、夢でジェスの体に同じ模様のひびがはいるところを見ていたことだった。

ブリンクが問いただすより先に、ジェスが身を寄せて言った。「森の香りを覚えてる？ ふたりの体に降り注いでた月明かりは？ とても美しかった、あのときわたしたちが分かち合ったものは。あれはただのはじまりにすぎない」

ブリンクの心臓がどきりと大きな音を立てた。そして、すべてが脳裏によみがえってきた。森の香り、青白い月光に照らされた彼女の体。あれはブリンクの想像などではなかった。彼女はほんとうにそこにいたのだ。ふたりは同じ時を過ごしていた。

「あなたの助けが必要なの」ジェスはブリンクを見て言った。ブリンクの体に昨夜の感覚がもどってくる。テレパシーにも似た心と心のつながり、抗しがたい欲望、自分の欠けていた部分を見つけたような気持ち。

「ぼくには理解できない」ブリンクはようやくことばを絞り出した。だが、心のなかではわかっていた。目の前の女性はなんらかの方法を使って、ブリンクの夢にはいりこんだのだ。

15

マイク・ブリンクはたいていのことでは驚かない――いつも三、四手先を読んでいるからだ――が、このときばかりはジェスのことばに動揺し、混乱していた。〝森の香りを覚えてる？　ふたりの体に降り注いでた月明かりは？〟あのマイク・ブリンクのパズルを持っていたこと、夢の内容を知っていたこと、腕の傷の模様――すべてが信じられなかった。冷静に状況を見きわめる必要がある。ジェスに訊きたいことも山ほどあった。ところが、その前に図書室のドアが開き、セサリー・モーゼスがはいってきた。ブリンクはセサリーにばれていないことを願いながら、ジェスの日記をポケットにしまった。

「いっしょに来て」セサリーは言った。その声には妙な、有無を言わさぬ響きがあった。

面会は一時間と言っていたはずだ。まだ十分しか経っていない。「終わったらオフィスに寄るのではだめですか？」

「それはできない」セサリーはドアに目をやりながら答えた。ふたりの看守がドアのそばに立ち、こちらを見張っている。先ほど会ったブロンドのブルドーザーと、年長の白髪交じりの男だ。ブリンクを連れ出せというセサリーの指示を待っている。セサリーもその気なのだろうか。

「行きましょう、ミスター・ブリンク」セサリーはドアを示して言った。

「どういうことですか」ブリンクは椅子を引いて立ちあがった。

セサリーは意味ありげな視線をブリンクに向け、つぎに監視カメラを見た。いまはだまって指示に従え、ということらしい。「面会許可が撤回されたの」セサリーは機械のように冷たく抑揚のない声で言った。「外まであなたを案内します、ミスター・ブリンク。わたしについてきて」

看守たちが前に出てきた。ひとりがジェスに手錠をかけ、もうひとりは横に立っている。すれちがいざま、ジェスがこちらに身を乗り出して小声で言った。「約束を忘れないで」

ブリンクはセサリーのあとにつづいて廊下を進んだ。セサリーは相当急いでいるらしい。いったい何が起こってるんだ？ 十五分前は、ジェスとの面会は一時間だと言っていた。いまは刑務所が火事になったかのように、ブリンクを外へ出そうとしている。ブリンクは従ったが、心はいやだと叫んでいた。「ちょっと待って、セサリー」ブリンクは廊下を歩きながら言った。「ドクター・モーゼス。待ってください。せめて説明してくれませんか」

セサリーは答えず、ブリンクを連れて手荷物検査所の金属探知機を通り、正面のドアから外に出た。涼しい風が吹く、完璧な午後の陽気。青く澄み渡る空に、太陽が輝いている。駐車場へ着くと、セサリーは歩をゆるめ、隣に並んだ。「ごめんなさい」セサリーは低い声で言った。「でも、あなたをできるだけ早く外に出さないといけなかったの」

ブリンクは足を止めてセサリーに向きなおった。どういうことだろうか。「何があったんですか」

「いまは歩きつづけて」セサリーはブリンクの腕にふれ、小声で言った。「伝えなきゃいけないことがたくさんあるのに、時間はあまりないの」

ふたりは並んでSUVや小型車やバイクの列を通り過ぎ、奥へ進んだ。「地下からもどってきたあと、青いフォルダを確認したの。あなたも見たと思うけど、白い封筒はコロンビア郡保安官事務所のものだった。なかには、ノア・クック殺人事件に関する極秘の捜査資料のコピーがはいっていたの。はじめて見るものばかりだった」

「内容は？」

「事件現場で見つかった証拠品の一覧、写真、検死報告書。きっとレイスがコピーを請求したのよ——刑務所の心理士が患者の捜査資料を読みたがるのはまれだけれど、まったくないわけではない。でも、レイスが資料を請求したときの記録が見たくてシステムを確認したら、ジェス・プライスに関する情報がデータベースからごっそり消えていたの。フォルダはあったけど、中身は空っぽ。わたしのアカウントに問題があるのかと思って、いったんログアウトしてからまた試したら、こんどは不正アクセスの警告が出た。システムから締め出されたのよ。IT担当にどうにかしてって連絡したんだけど——あのデータベースにアクセスできないと仕事にならないから——そうしたら、十分後に上司が電話をかけてきたの。州知事のオフィスから、ただちにあなたをここから追い出せという命令がくだった、って」セサリーは解読不能の表情をしていた。パニックと、非難だろうか。ブリンクが違法なことをしでかしたとでも思っているのか、それとも、何かに怯えているのか。

「州知事？」ブリンクはとまどいながら訊き返した。「州知事がどうしてぼくを？　それとも、ジェス・プライスと何か関係が？」

「わたしが教えてほしいくらいよ」セサリーは言った。「上司からはこう言われたの。あなたの面会許可は撤回されたから、帰宅を促して、二度ともどってこないよう伝えないといけない。もしもどってきたら、わたしは警察を呼んで、あなたを逮捕してもらわないといけない」

「でも、そんなのばかげてる」ブリンクは怒りがこみあげてくるのを感じた。「ここにいる権利はぼくにだってあるはずだ。これは何かのまちがいです」

「上司が州知事から連絡を受けとったことはこれまで一度もなかった。一度もよ。どう考えても、あなたや、あなたのしていることをよく思っていない人がいる」セサリーはつづけた。「それから、きのう、あなたとジェスが面会したときの映像が監視カメラから削除されてしまったみたいなの。警備責任者のジョン・ウィリアムズのところへ行ったときにわかったんだけど。ジョンはカメラの管理も担当している。わたしの友人で、いつもいろいろと融通を利かせてくれるの。だからきょうも、面会のときの映像を探してもらったんだけど、データはどこにも見つからなかった」

ジェスが監視カメラを警戒していたことを、ブリンクは思い出した。だれかが自分を見張っていて、そこで知りえた内容を悪用される恐れがあるとわかっていたのだ。ジェスは正しかった。

「ほんとうはこれも、だれかに知られたらまずいんだけど」セサリーは近づいて言った。「仕事を失う恐れがあるから。でも、例のフォルダにはとんでもない情報がはいっていたの。あなたにも見てもらいたいと思って」

「とんでもない情報とは?」

「これを」セサリーはUSBメモリをブリンクに握らせた。「全部をスキャンする暇はなかったけれど、だいたいはできたから」

ブリンクはUSBメモリをジーンズのポケットの奥深くへ押しこんだ。

「正直に言うと、どう解釈すればいいのかわからない。ドクター・レイスは」――セサリーは後ろを振り返り、だれもいないことを確認する――「完全に一線を越えていた。あんな重要なものを公式の記録と分けて保管していたなんて」

愛車のトラックが見えてきたが、ブリンクは後ろ髪を引かれていた。何が起こっているのか、できるだけ多くのことを知りたかった。「例のフォルダにはどんな重要な情報があったんですか。レイスがそれを隠してた理由は?」

セサリーはまた背後をたしかめた。「いまは話せない。それを読み終えたら連絡して」そう言って、名刺をブリンクに手渡す。「スマートフォンの番号を後ろに書いておいたから」

ブリンクは名刺を見おろした。〝精神科医　セサリー・R・モーゼス医師〟とある。裏面に電話番号が走り書きされていた。いよいよ、ジェスに二度と会えないかもしれないという現実が胸に重くのしかかってきた。焦燥感に駆られる。きのうジェスと出会い、ふたりの奇妙な結びつきに気づいたばかりだというのに。彼女を失うと考えただけで、ブリンクは取り乱しそうになった。

「セサリー」ブリンクは言った。「何がなんでも、もう一度ジェスと話をする必要があります。あなたが思っている以上に、ここではいろいろなことが起こっている」

「いますぐには無理よ」セサリーはきびしい表情で言った。「あとで電話してちょうだい」

「もうひとつ」ブリンクはジェスの肌に刻まれた蜂の巣状の模様を思い浮かべながら言った。「ジェスの腕のことです。あの傷痕ができた経緯を知ってますか？」

「ジェス・プライスの腕に傷痕なんてないわよ」セサリーは困惑した顔で言った。

「この目で見たんです」ブリンクは言った。あの幾何学模様が脳裏に漂う。「腕が小さな六角形でびっしりと埋めつくされてました。はじめはタトゥーかと思ったけれど、ちがう。あれは傷痕だ」

「ジェス・プライスの皮膚に目立ったしるしはなかったはず。タトゥーも母斑も傷痕も。それはまちがいない」

ブリンクはほんとうに見たんだと反論しようとしたが、そこへ、黒のテスラが駐車場にはいってきて停車した。サングラスをかけた赤毛で長身痩軀の男が車からおりる。刑務所のなかへはいろうとして、ブリンクたちに気づき、向きを変えて歩いてきた。

「もう行って、早く」セサリーは言うと、まわれ右をしてテスラのほうへ向かった。ブリンクはトラックに乗りこみ、セサリーと刑務所を見やった。一瞬、ジェス・プライスの声が聞こえた気がした。

〝ついてきて〟

16

トラックで刑務所の門を通り抜けながら、マイク・ブリンクは状況を整理しようとした。この二十四時間は、控えめに言っても、ジェットコースターのようだった。刑務所に到着したときは、なんの義務も責任も負っていなかった。しいて言えば、コニーに食事を用意することと、《ニューヨーク・タイムズ》紙の締め切りくらいは頭にあった。それがいまとなっては、出会って間もない女性をなんとしても助けなければならないという重圧に押しつぶされそうになっていた。ブリンクにはわからないことだらけだった——夢、円形のパズル、ジェスの肌に刻まれた奇妙な模様——が、ジェスとのつながりは特別だった。こんなふうに人とつながったのは生まれてはじめてだ。パズルにはじまったことが、いつの間にか深い沼に変貌していた。複雑な円形のパズル、レイスの秘密の資料、ノア・クックの死の真相——解くべき謎はそれだけじゃない。ジェスとの出会いがブリンクの何かを変え、これまで経験したことのない感覚を味わわせた。どうしてそんなことが起こったのか、その理由を解明する必要がある。

セサリーの話から考えれば、自分たちに危険が迫っているのは確実だ。ジェスはブリンクに警告しようとしたのだ。あの暗号文にはきわめて明確なメッセージがこめられていた。**レイス医師は知っていた、そして彼らが殺した。**にもかかわらず、ブリンクはジェスを信用しきれなかった。ジェスの不安を真剣に取り合わず、のんきにもセサリーに相談していた。それが大きなまちがいだったのだ。ジェスの警告をきちんと受け止めていれば、もっと注意を払ったはずだ。刑務所で目立つような行動はしなかっただろうし、機会をうかがって、なんとしてもレイスの資料に目を通そうとしただろう。背後で操っているのはだれなのか、そいつらはジェスに何を求めているのか、突き止めないといけない。それさえわかれば、敵の全体像と対処法がおのずとつかめるはずだ。だが、いまの時点では手がかりがほとんどない。セサリーの上司によれば、ブリンクの面会許可は取り消され、刑務所へもどれば逮捕される。手もとにあるのは、ジェスが描いたパズルと、ポケットのなかの日記帳と、セサリーがスキャンした資料のUSBメモリ。三つの共通点はなんだろう。そこからつぎの道につながっているのだろうか。あるいは、ここで行き止まりか。

それに、あのテスラの男。刑務所見学をしにきたのではないはずだ。男は駐車場の反対側からブリンクの存在に気づき、トラックに乗って走り去るところをじっと見ていた。まちがいない。あの男の目的は自分だ。しかし、なぜ？　何が望みなのか。ジェス・プライスと関係があるのだろうか。それとも、日記にはさまれていたパズルと？　だとしたら、いったいどんなつながりがあるのか。そこにジェスはどうかかわっているのか。ジェスの暗号文にあったとおり、レイスが殺されたのは、知ってはいけないことを知ってしまったからなのか。それとも、セサリーの言うとおり、ただの事故だったのか。ブリンクの頭は答えよりも疑問で埋めつくされていた。確信できることがほとんどない。ただし、この一点を除いて――自分はジェス・プライスの謎を解かずにはいられない。

刑務所を出て数マイル走ったあたりで、曲がりくねった郡道に乗り、山をのぼりはじめた。〈ザ・スターライト〉までは車で十分だ。まずはそこまで無事にたどり着かなければ。モーテルへもどって椅子にすわり、セサリーがスキャンした資料に目を通す。USBメモリの中身はできるだけ早く確認したほうがいい。

トラックの限界まで速度をあげ、エンジンを駆り立てるようにして山をのぼった。窓の外にはストローブマツの森がひろがり、近くにあるものをすべて小さく見せている。窓をあけると、涼しい山の風が湿った土と苔の香りを運んできた。この二日間で経験したこと――ジェスとの不思議なつながり、その他のいまだ解明できていない謎――はすべて、かならず論理的な説明がつくはずだ。これはパズルみたいなものだ。そして、どんなパズルにも答えがある。自分はただ、パターンを探り、手がかりを追って、答えを導き出すだけだ。

バックミラーを確認すると、日差しにきらめくテスラが見えた。ブリンクはハンドルを握りしめ、選択肢を検討した。テスラとスピード勝負をするか、どこかに隠れるか。速さではテスラに敵わない。それに、フットボールで学んだことだが、後ろからタックルされる前にそれを察知してよけることも大切だ。

カーブに差しかかったところで、細い山道へはいった。森の奥まで進んでエンジンを切り、ビニール張りの座席にもたれた。心臓が波打っている。テスラが通り過ぎたのをたしかめてから、上体を起こして周囲を見渡した。高いマツの木々に守られながら、午後の木漏れ日が織りなすフラクタル図形に見とれ、大きく息を吸いこむ。十まで数えたのち、ゆっくりと吐き出した。これでしばらくは安全だ。

どういうわけか、ジェスはこうなることを知っていたようだ。セサリーがブリンクを図書室から連れ出すことも。ブリンクが刑務所から追い出され、二度ともどってくるなと言われることも。ジェスは予期していた。だが、ブリンクが途中で物事を投げ出すタイプの人間ではないことも知っていた。むしろ、パズルの難易度があがるほど意欲がみなぎるのだ。だから、ジェスはブリンクを選んだ。いったんパズルを解きはじめたら、答えが出るまで、ブリンクがあきらめることはけっしてない。

17

父親ががんで亡くなってから約一週間後の二〇〇九年十一月に、ブリンクはあのパズルをオンラインに投稿した。悲嘆に暮れていた時期だ。思えば、あんなばかなことをしてしまったのも、悲しみをまぎらわすためだったんだろう。

　父の容態が悪化したころに、ブリンクはオハイオの実家へ帰った。当時、母子の関係はややぎくしゃくしていた。ブリンクがMIT進学のためにボストンへ引っ越したあと、母もクリーブランドを離れた。フランスへ帰ってしまったのだ。祖母がブルターニュの老人ホーム（メゾン・ド・ルトレット）へ入居するのを手伝うため、というのが表向きの理由だった。母はパリ生まれのフランス人で、故国をとても恋しがっていた。オハイオにとどまっていたのは息子のためだったのだろう。事故のあと、母はブリンクのいちばんの支えとなり、あちこちの専門医にかからせ、大学受験の手助けをし、息子に寄り添いつづけた。その息子がいなくなり、心に穴が空いてしまったにちがいない。数週間で帰ってくると言っていたのに、一週間が一年になり、もう母がもどってくることはないと、マイク・ブリンクは悟った。

　母がフランスへ行っているあいだに、父はがんになった。科学的な因果関係はない――もちろん、父が病魔に侵されたのは、だれのせいでもない――とマイクにはわかっていた。けれども、母の帰郷と同時にすべてが崩れはじめたのはただの偶然ではないという考えが、頭にこびりついて離れなかった。

　父の診断結果を聞いて、母はオハイオへ帰り、父がもう長くないとわかるとマイクも帰省した。ふたりは在宅で看護をし、父が激しい痛みを訴えるようになると病院へ移した。父が息を引きとるそのときまで、三人はいっしょだった。真夜中の病院は静かで寒々しかった。つい先ほどまでいっしょにいた父が、つぎの瞬間にはいなくなっていた。

マイクと母は葬儀の手配をした。父に着せるスーツを選んだ。埋葬のときは並んで立ち、教会の地下室に設けた小さな受付では、参列者たちと握手や抱擁を交わし、お悔やみのことばを受けとった。その日の午後、マイクは昔の自分にもどっていた。事故で脳に損傷を負う前の、ロバートとセリーヌの子どもだったころに。いまとはちがう将来を期待されていたころに。

ボストンへもどる前に、マイクは地下室に父がためこんでいたものを整理した。マイクが昔集めていたパズル本、図形や数式やなぞなぞだらけのノートの山。マイクがはじめて作ったパズル、洛書の魔方陣もあった。それから、新聞に初掲載されたNFLがテーマのクロスワードも。それらといっしょに、いくつかの父の形見――シルクのネクタイ、仲間と共著したコンピュータプログラミングの教科書、腕時計――を箱詰めにし、ユナイテッド・パーセル・サービス（UPS）の営業所に持っていって、ボストンへ送った。

営業所を出てストリップモールの駐車場へ向かうと、ひとりの男が近づいてきた。男はゲイリー・サンドと名乗った。マイクの父の同僚で、ケース・ウェスタン・リザーブ大学のコンピュータサイエンス学科で教授をしているという。マイクはそのことばを信じた。いかにも大学教授然としたいでたちだったからだ。乱れた白髪に、野暮ったい衣服に、インクの染みこんだ指。「一杯おごらせてくれ」サンドは言って、マイクをモールの端にあるメキシコ料理店へ連れていった。きっと父の思い出話でもしたいのだろうと、マイクは思った。ロバート・ブリンクは人々に愛され、尊敬されていた。葬儀にはマイクの知らない人たちがおおぜい詰めかけ、聞いたこともない話を語ってくれた。だからこの日も、マイクはゲイリー・サンドのあとについてバーカウンターへ行き、マルガリータを注文して、彼の話に耳を傾けた。それがのちに、自分の人生を変えることになるとは思いもせずに。

最初は小さな依頼だった。サンドはマイクにパーソナル・キーを与えた。マイクはその暗号化されたコードを使って匿名の掲示板にログインし、サンドからさまざまなドキュメントファイルを受けとる。中身はクリプトグラムや暗号文、何ページもの文字や数字の列で、巧みにメッセージが隠されている。マイクがそれらを解読し、パーソナル・キーを使って送り返せば、サンドから小切手が届く。それだけだ。簡単な小遣い稼ぎ。奨学金をもらってはいたが、当時のマイクには必要だった。サンドからそれ以上の要求はなかったし、マイクもくわしいことは訊かなかった。サンドの名をインターネットで検索しても、これといった情報は出てこなかったので、国家安全保障局(NSA)とかかわりがあるんだろうと推測した。それに、あれほど細心の注意を払った連絡方法。どんなものでも、送るときはかならず暗号化されたサイトを通すことになっていた。NSAは過去数十年にわたって暗号理論の発展に大きく寄与してきた。そのうち自分もスカウトされるのだろうか、とマイクは思った。けれども、サンドからそういった声がかかることはなく、直接会う機会もなかった。マイクはそれで満足していた。

ところが、奇妙なことが起こりはじめた。それは大きな危険をはらんでいた。

相手はネットストーカーだった。二〇〇九年、MITの二年に在籍していたころ、マイクはオンラインのパズルコミュニティに所属し、〝M〟というハンドルネームでパズルを投稿していた。ほかのメンバーと同じように、オンラインでは匿名で活動するのを好んだ。そのころには、最も才能あるパズリストとして《タイム》誌に取りあげられ、《ニューヨーク・タイムズ》紙での連載もはじまり、パズル本の刊行も何冊か決まっていた。マイク・ブリンクの名はあっという間に広まったが、オンラインのパズルコミュニティではそれと同じ扱いを受けたくなかった。だから、けっして本名は使うまいと決めたのだ。現実世界では手に入れられないもの——パズルコミュニティという名の居場所——をオンラインでは見つけることができた。彼らと話をするのが好きだった。彼らが自分を受け入れてくれているのは、マイクのほんとうの姿や事故のことを知っているからではなく、ただ同じことばを話しているからだった。

〝M〟の伝説はそこからはじまった。きっかけは単純だった。有名なパズルフォーラムにパズルを投稿したところ、人々が集まってそれを解いた。当初マイクがよく作っていたのはクロスワードと折句だった——人気もいちばんだった——けれど、ときおり、数学の定理パズル、迷路、ぬりかべ、といったものを投稿することもあった。幅広いレベルのパズルを作っていたが、最も気に入っていたのは、解ける者がほんの数名しかいないような難易度の高いパズルだった。毎週ひとつのパズルを作成し、日曜の夜十一時十一分（東部標準時）に投稿して、四十九分後の真夜中を迎えた瞬間に削除した。

またたく間に、熱心なパズルリストがマイクのページに大挙して押し寄せるようになった。マイクのページは、だれでも無料で閲覧やダウンロードができた。せいぜい、暇を持て余した数名の物好きたちが興味を示す程度だろうと、マイクは予想していた。それが、何千人もの人々が毎週パズルをダウンロードするようになったのだ。まさかそんなことになるとは夢にも思っていなかった。ハンドルネームは〝M〟だったが、一部のファンのあいだでは〝パズル・マスター〟という呼び名が広まっていた。

ジェスの日記にはさまっていたパズルは、マイクが〝M〟としてフォーラムに投稿した最後のパズルだった。マイクのパズルの人気は手に負えないほどになっていて、本名を明かせとしつこく迫るファンもいた。Ｒｅｄｄｉｔでは〝M〟の正体を予想するスレッドが誕生し、リストのいちばん上に〝マイク・ブリンク〟の名を見つけたときは背すじが寒くなった。オンラインでは匿名で活動する以外の選択肢はなかった。自分の素性を明かすなんて考えたこともなかった。にもかかわらず、マイクは自分が作った最もむずかしいパズルを解いてみせたパズリストとメールのやりとりをするうちに、あることを思いついた。自分の名を隠したパズルを作成し、だれも見ていないであろう水曜日に投稿したら、どうなるだろう。

　最後のパズルは、自分自身への挑戦にもしたいと思った。そこで、十四桁のパーソナル・キー——ゲイリー・サンドとやりとりするために使っていたコードだ——をパズルの答えに隠した。〝１３９１１５２１８９１４１１〟これを正しくアルファベットに変換すると、〝Ｍｉｋｅ Ｂｒｉｎｋ（マイク・ブリンク）〟となる。自分にしかわからない冗談のつもりだった。それを十一時十一分に投稿し、真夜中ちょうどに削除した。アクセス解析の結果、ダウンロード件数はたったの二件だった。そろそろ潮時だと考え、すべてのサイトから〝Ｍ〟のプロフィールを消去した。

　翌日、ゲイリー・サンドが戸口に現れ、マイクを質問攻めにした。その日の早朝、ＮＳＡのシステムに、何者かがマイクのパーソナル・キーを使ってログインしたという。特に大きな被害はなかった——ファイルが書き換えられたわけでもなく、暗号化されたドキュメントにアクセスされた形跡もない——が、そいつはマイク・ブリンクのファイルを閲覧し、コピーしたらしい。サンドの説明を聞いて、マイクはことばを失った。その何者かはマイクとゲイリー・サンドとの関係を知っていて、〝Ｍ〟の正体を突き止め、さらにはパズルに隠された数字がマイクのパーソナル・キーであることに気づいたというのか。それはありえない、とマイクは主張した。あのパズルをダウンロードしたのはたったのふたりで、サンドとの関係を知っている者はひとりもいないのだから、と。だが、そんなことは関係なかった。マイクは二度とサイトにログインできなくなった。ゲイリー・サンドとの関係も終わり、マイクには強い羞恥心だけが残った。あんなに重要な情報を愚かにもインターネットに公開し、ゲイリー・サンドの期待を裏切ってしまった。それがさらなる危険を招くことになるとは、そのときのマイクには知る由もなかった。

　あまりにつらいその出来事を、マイク・ブリンクは記憶から消し去ろうとした。しかし、パズルはふたたび目の前に姿を現した。ジェスはなんらかの方法でそれを手に入れた。いったいどうやって？

それがなぜ、ジェスの日記のなかに？

きのうレイ・ブルックに来たときは、聡明だが心に問題をかかえた女性にほんの少し手を貸す程度だと思っていた。そんなことになったのも、ただの気まぐれであり、コイントスの結果であり、出来心だ、と。しかし、ジェスは正気を失ってなどいなかった。ブリンクが刑務所を訪れたのも偶然ではなかった。すべてはジェス・プライスの計画どおりだったのだ。ジェスはこのときが来るのを待っていた。ブリンクをパズルでおびき寄せ、暗号文で心をしっかりとつかんだ。マイク・ブリンクは、ジェス・プライスのなかに自分と互角の存在を見いだしていた。最初から勝ち目はなかったのだ。

18

　コニーがいなければ、ブリンクはまっすぐ山をおり、南行きのハイウェイに乗って街へもどったのち、アパートメントの五階まで階段をのぼって、ドアの鍵を閉めただろう。コナンドラムをモーテルの部屋に置いてきたのは失敗だった。刑務所の一件で危険が迫っているのがわかったうえに、〈ザ・スターライト〉のセキュリティは不安だらけだ。テスラの男はどうにか撒いたものの、あれで終わりではないという予感があった。

　それが正しかったことが証明されたのは、〈ザ・スターライト〉の駐車場に車を停めたときだった。ブリンクの部屋のドアが押し破られていた。木枠が裂け、倒れたドアにブーツの跡がいくつも残っている。コニーの姿は見えなかった。

　ブリンクはトラックから飛び出し、何者かに荒らされた部屋へ走った。ドアを壊したのがだれであれ、そいつはまだそこにいて、ブリンクの帰りを待っている可能性がある。いや、かまうものか。コニーが危ない目に遭っているかもしれないのだ。ブリンクは最悪の事態を想像した。恐怖で逃げ出したところをだれかに見つかり、家に連れていかれたか。あるいは、どこかの車道を走っているか――こっちのほうが恐ろしい。「コニー！」ブリンクは叫びながら、部屋を見まわした。「コニー、どこにいるんだ！」

　室内はひどいありさまだった――ベッドはひっくり返され、シーツもマットレスから剝がされている――が、犯人はすでに姿を消していた。ブリンクはシーツの山をよけながら歩き、バスルームをのぞくと、床にモーテルの洗面用品――シャンプーの小さなボトルや、クレストのミニサイズの歯磨き粉――の中身が撒き散らされていた。コニーの水と食事用のボウルは裏返しになり、千切りのニンジンがカーペットに散乱している。どういうことだろう。侵入者は何かを探していたのか。ブリンクが歯磨き粉のチューブにコンピュータのチップを隠したとでも思ったのだろうか。それとも、気づかぬうちに自分がスパイ小説の世界にはいりこんでしまった？　二時間ほど前にジェスの日記からブリンクのパズルを見つけ出すまでは、隠すべきものなどひとつもないと思っていたのだから、まったく皮肉なことだ。

仮に隠したいものがあったとしても、モーテルの部屋に置いていくような真似はしない。スパイ映画を観たことのある者なら、滞在中の部屋こそ真っ先に敵が探しにくる場所だとわかる。とはいえ、過去に大事なパーソナル・キーをオンラインで公開してしまうという失態を演じたブリンクなので、ぜったいにだいじょうぶとは言いきれないのだが。

そのとき、アスファルトを引っ掻く小さな足音と、おなじみの鳴き声が聞こえてきた。振り向くと、コニーが駐車場を走ってくるところだった。ブリンクの胸に安堵の波が押し寄せた。しゃがんでコニーを抱きとめ、両手でわしゃわしゃとなでる。コニーはブリンクの顔をなめ、うれしそうに吠えた。愛犬の賢さにブリンクは驚嘆した。コニーはどうにかして侵入者の手を逃れ、ドアから飛び出して、森に身を隠したのだ。駐車場に並んで生い茂るブラックベリーの低木の向こうから、一部始終を見ていたにちがいない。「きみは犯人の顔を見たんだろうね」

コニーを抱きあげて部屋まで運ぶと、ボウルに新鮮な水を注ぎ、残っていたサーロイン肉を小型冷蔵庫から取り出して、愛犬の前に置いた。コニーが食べているあいだ、壁に背をもたせ、つぎの一手を思案した。パズルを解くときは、いちばん簡単なところからはじめ、どう攻めるべきか考えながら、複雑なほうへ移っていく。しかし、このときはまったく頭がまわらなかった。荒らされた部屋に立ちつくし、敵の魔の手がすぐそこまで迫っていることを実感した。何かしなければ。すばやく大胆な策を講じるべきだ。だが、何をすればいいんだろう。

取りかかるべきことはいくつかあった。ポケットのUSBメモリに保存されたレイスの資料を見る。バッグにしまってあるジェスの日記を読む。あるいは、セサリー・モーゼスに電話をかける。迷路はどこからスタートするかで結果が変わるとわかっているのに、ブリンクは決断できずにいた。

不意に、十の点が脳裏に浮かんだ。はじめにひとつの真っ黒な点が現れ、さらに九個の点が集まって三角形を作る。刑務所で見た看守の刺青だ。監視カメラの映像が何者かによって消されたと、セサリーは言っていた。それに、ジェスは監視カメラを警戒している。もしかしたら、あのブロンドの看守がかかわっているのかもしれない。

最初に見たときから、あの三角形が頭から離れなかった。何かが――点の配置か、パターンの整然とした美しさか――ブリンクの興味を引いていた。未知のパズルと出会うたびに、いつも同じ感覚をいだく。好奇心をくすぐられ、われを忘れて答えを追い求めたくなる。解き終えたときには多幸感が押し寄せ、セロトニンが全身を駆けめぐるのだ。

ブリンクはトラックへ向かい、助手席の下からノートパソコンを引っ張り出した。さすがの自分も、パソコンをモーテルの部屋に置いていくほどばかではない。そんなことをすれば、侵入者に破壊されるか盗まれるかのどちらかだったろう。ブリンクはパソコンを開き、パスワードを入力して、インターネットにつないだ。刺青の特徴を検索ボックスに打ちこむと、たちまち似たような画像がいくつも見つかった。デザインや構造はさまざまだが、どれも説明は同じだ。テトラクテュス。ピタゴラスが命名した、十の点から成る正三角形。

四番目の三角数を幾何学的に表したものだが、看守がこれを刺青として彫った理由は、その神聖性にあるはずだ。〝聖なる図形〟と〝テトラクテュス〟で検索すると、その三角形を神秘主義的な視点で解説したウェブサイトが見つかった。そのサイトによれば、この三角形は神の名、神聖四文字（テトラグラマトン）——ヤハウェを象徴する四文字の名——を表現しているという。近代では、フリーメイソンがその三角形のシンボルを最も頻繁に使用していた（と、そのサイトには書いてある）。だが、フリーメイソンに関するブリンクのわずかな知識から考えても、ああいったエリート主義の秘密結社があの看守のような男を歓迎するわけがない。ならどうして、あの看守の体にピタゴラスの三角形の刺青があるのか。何かほかに意味があるのだろうか。アメリカの文化はここ十年ほどで大きく変わり、陰謀論、秘密結社、終末論といったことばが飛び交う、〈ルーニー・テューンズ〉のアニメ顔負けのくだらない世界になってしまった。あの男の尻に契約の箱（モーセの十戒を刻んだ二枚の石板がおさめられていたとされる箱）の刺青があったとしても、不思議はない。

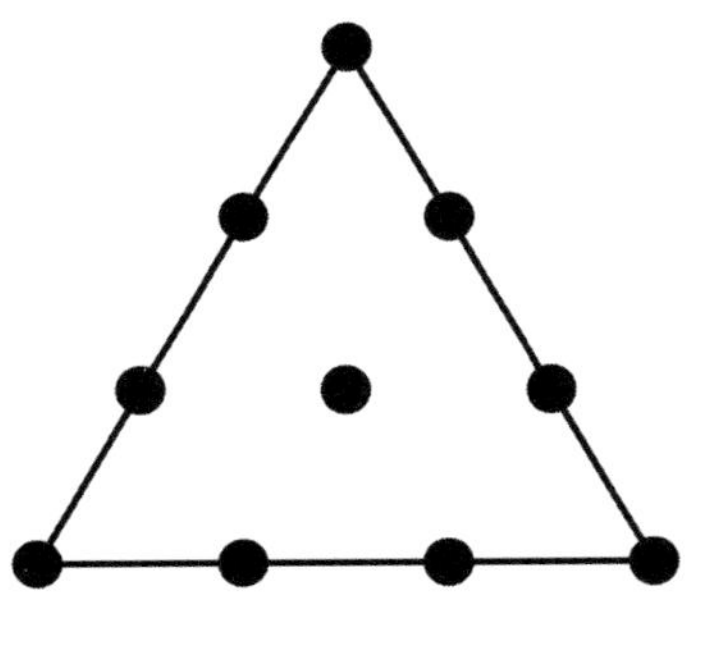

ゲイリー・サンドのあれほど秘密めいた仕事にかかわっていたにもかかわらず、マイク・ブリンク

は陰謀論を信じていなかった。ドナルド・トランプの盗まれた選挙説も、黙示録の実現も、数十年前から地球を訪れている宇宙人の存在も。ブリンクが信じていたのは数字や事実だ。２＋２＝４。重力によってリンゴは落下する。ブリンクは論理の力も信じていた。正しい方法を用いれば、答えはかならず導き出せる。世界のあらゆる謎はパズルとなんら変わらない。どちらもピースは至るところにあり、それらをつなげ合わせられるかどうかは自分しだいだ。

ノートパソコンをしまい、コニーをトラックに乗せ、州間高速道八十七号線を南に向かって走った。何度も背後を見て、黒のテスラの有無をたしかめる。一時間ほど経ったころ、休憩所にはいって車を停めた。トラックをおり、ハイウェイを振り返ってから、駐車場にも目を走らせる。およそ十分ごとにバックミラーを確認していたが、怪しい車は見あたらなかった。いまのところは、だれにも尾けられていないはずだ。

コナンドラムにリードをつけ、だれかに何か言われたときのために、トレヴァース医師からもらったＥＳＡの書類をグローブボックスから取り出して、駐車場を横切った。休憩所の建物は煉瓦造りの一階建てで、右にファストフード店が集まり、真ん中に洗面所、左にコンビニがはいっている。フライドポテトと工業用石鹼のきついにおいを吸いこみ、少しだけ頭が痛くなった。建物のなかは冷房が利きすぎているが、Ｗｉ－Ｆｉは無料だ。金曜の午後四時だからか、利用者はブリンクしかいないようだった。

サブウェイでマヨネーズとピクルス多めのターキーサンドイッチ、スターバックスでグランデサイズのコーヒーを買い、ハイウェイを見渡せる窓側の席にすわった。警戒を怠ってはいけない。あとは尾けられていないはずだが、油断はできない。真っ赤なトマト色のトラックはどうしても人目を引いてしまう。

横目で窓の外を見張りつつ、メッセンジャーバッグからジェスの日記を取り出して、読みはじめた。

19

二〇一七年七月七日
ニューヨーク、クレアモント、セッジ館

セッジ館は、切妻屋根に小塔といった、いかにも十九世紀の小説に出てきそうな屋敷で、夏を過ごすのにぴったりの場所とはとても言えない。けれど、わたしはこうしてここにいる。この広大な屋敷に、わたしひとり。感嘆と畏怖の念で胸がいっぱいだ。

いつもは自分でハウス・シッターの仕事を探して、気に入ったものに応募するのだけれど、今回は依頼人のほうからわたしに連絡があった。セッジ家のだれかが、高級住宅向けのハウス・シッター派遣サービスのウェブサイト（luxuryhousesitting.com）を通して、うちで働かないかとメールを送ってきたのだ。わたしはそれを読み、州北部で夏を過ごすという考えに魅了された。セッジ館の主（あるじ）が少し前にこの世を去ってしまったので、夏のあいだ、屋敷の留守を預かってくれる人を親族が探しているという。屋敷の売却が決まるまでだから、ひょっとしたら秋ごろまでここにいることになるかもしれない。わたしの主な仕事は軽い掃除と、庭の手入れと、未来の所有主に屋敷を案内する準備を整えること。悪くない仕事だと思った。それに、ニューヨーク市からは列車で二時間の距離にあって、インターネットもテレビもない。静かにひとりで執筆にいそしむにはぴったりの環境だ。

仕事が決まってからはあっという間だった。アパートメントは又貸しにし、服とノートパソコンと新しい日記帳を詰めたスーツケースを持って、北部行きの列車に飛び乗った。そしていま、わたしは新しい小説に取りかかる代わりに、こうして日記を書いている。少なくとも、ことばを綴ってはいる。少しずつ、前に進んではいる。そうやって正当化しようとする自分の声に耳を傾けながら。いや、厳密には正当化ではない。ジョーン・ディディオンはエッセイ「ノートをとることについて」でつぎのように語っていた。〝書きたいという欲求は特に衝動的で、そういう気持ちをいだかない人にとっては不可解なものだ。こうして書き留めた内容が何かの役に立つというのも、ただの偶然、ただのおまけにすぎないが、少なくともその衝動は正当化できる〟

ラインクリフ駅でタクシーに乗り、十五分ほど走ると、門が現れた。そのまま長く曲がりくねった道を進み、カバやカエデの細長い木々が立ち並ぶ森にはいる。それを抜けた先に、セッジ館はあった。ハドソン川を見おろす丘に建ち、砂糖菓子のごとくきらめいていた。小塔や頂塔が空に向かって伸びているそのさまは、さながらゴシック風の大きなウェディングケーキだ。こんな建物は見たことがなかった。わたしは圧倒され、しばしことばを失った。巨大な円形の塔、その最上階を飾る薔薇窓。屋敷を取り囲むポーチには、波打つような白いふち飾りがついていた。わたしがうっとりと立ちつくしているあいだに、タクシーの運転手はスーツケースを芝生におろし、車に乗って走り去った。

土地管理人のビルが出迎えてくれると聞いていたけれど、あたりには人影がなく、正面のドアは鍵がかかっていたので、外を見てまわることにした。川へおりる小道があり、屋敷の横には、古きよき薔薇園が見える。左右対称の整然とした庭園で、生け垣や錬鉄のベンチが並んでいるが、どれもびっしりと蔓で覆われていた。通路にまで伸びている薔薇は、ひとつの根からたくさんの頭が生えた陽気な生き物にも見えるけれど、その棘や蔓からはどことなく不気味さが感じられた。わたしはあまり薔薇が好きではない。美しいとは思うけれど、水晶や数学を思わせる冷たさがある。

砂利を踏むタイヤの音がして振り返ると、ビルが白いトラックからおりてくるところだった。年齢は五十前後、頭には白いものが交じり、分厚い眼鏡の奥の目は涙ぐんでいる。花粉症かもしれない。正面玄関の鍵をあけながら、家主のオーロラ・セッジが昨年の十二月に亡くなったこと、相続人である甥のジェイムソン・セッジが何から何まで売ってしまおうとしていることを説明してくれた。わたしはスーツケースを引きずって広いポーチの階段をのぼりながら、ビルの話に耳を傾けた。一八七六年にセッジ館を建てたフランクリン・セッジは、ガラスボタンの製造でひと財産を築いたという。その金を使って、名門ラステン家の娘アデレイドと結婚し、みごと上流階級の仲間入りを果たした。オルバニー出身の、人脈なんてほとんどないフランクリン・セッジにとっては、まちがいなく大きな一歩だった。

わたしはビルのあとにつづいて大きな玄関広間にはいり、じっくりとながめまわした。奥へつづく廊下は、そこかしこが貴重なお宝で埋めつくされていて、博物館のようだった。クリスタルの灰皿、ラッカー仕上げのオペラグラス、ローマ皇帝の大理石の半身像、工芸ガラスのペーパーウェイト。玄関広間でさえ、家のなかと外をつなぐ通路としての機能を果たしていなかった。セッジ館を小塔から何まで精巧に模した大きな真鍮の鳥かごが行く手をふさいでいるからだ。なかに閉じこめられているのはフクロウの剝製で、ガーゴイルのような恐ろしい目つきでこちらを見据えていた。

ビルはまず、ダイニングルームにわたしを連れていった。長方形の部屋で、そのほとんどをひとつのテーブルが占めていた。磁器の食器の山をどかせば、二十人くらいはすわれそうだ。ビルが明かりをつけると、大きなシャンデリアが頭上に現れた。クリスタルガラスが、溶ける氷のように光のしずくをしたたらせている。壁には複雑な彫刻の施されたマホガニーの四角い板がはめこまれ、部屋全体に煙草色のくすんだ雰囲気を漂わせていた。あちこちに置かれた花瓶がなければ、もっと陰気で重苦しい部屋になっていただろう。花瓶に差してある薔薇はあまりにも完璧で、本物に見えない。案の定、親指と人差し指で花びらをつまむと、高級なシルクの肌ざわりがした。よくできた造花だ。その完成度の高さ――外の庭にある薔薇よりも生気にあふれていて、本物らしい――に、わたしは不公平さを覚えた。

「オーロラという人もここで暮らしてたんですか?」ビルに向かって尋ねた。この広い屋敷で人が生活しているところを頭に思い浮かべてみる。

「ひとりで六十年は住んでたよ」ビルは言った。「未婚で子なし。おれの知るかぎりじゃ、友人もいなかったはずだ」

ビルはキッチンへ行き、壁に取りつけられた木の箱をあけた。真鍮の鍵がずらりと並んでいる。

「これは裏口の鍵で、こっちは地下室の鍵。それから……あった」一本の鍵をつかむ。「これが客間の鍵だ。オーロラのコレクションがそこにある。プロの鑑定士が見にくることになってるから、そんときはあんたに部屋をあけてもらわないといけない。おいで、見せてやろう」

ビルは廊下を歩き、両引き戸に鍵を差しこんでドアをあけた。その後ろから客間にはいったわたしは思わず足を止め、驚きと少しの混乱に包まれた。ビルから〝コレクション〟ということばを聞いたときは、ハドソン・リバー派の絵画や、ティファニーのランプみたいなものを想像していた。けれど、その部屋を埋めつくしているのは、物悲しげな花に似た磁器人形だった。揺り椅子や窓台に腰かけたり、昔ながらの乳母車にぎゅうぎゅう詰めにされたりしている人形たち。片方の目をきつく閉じ、もう片方の目をぎょろりと大きく見開いている人形もある。子ども用のテーブルには、黒人の赤ちゃん人形がふたり着席していて、その前にティーセットが一式――ポット、磁器のカップ、ケーキスタンド――ひろげられ、お茶会がおこなわれている。赤いベルベットのソファでは、花柄のワンピースに身を包んだ人形たちが隙間なく一列に並んでいた。よく見ると、人形はみな隣の子と腕をからみ合わせている。窓から斜めに差しこむ光が少女たちに降り注ぎ、宙に漂うほこりを浮かびあがらせていた。つかの間、彼女たちの小さな瞳が悪意に揺らめくところをわたしは想像した。

部屋の奥に向かって歩いていると、背後に視線を感じた。人形たちが首をめぐらしてこちらを目で追っているような。あのふっくらした頬、小さくすぼまった唇、上向きの鼻。わたしの身長は平均的――だいたい百六十二センチ――なのだけれど、このときは体が巨大化したような錯覚に陥った。小瓶の薬を飲んだアリスのように。閉所恐怖症でもないのに、唐突な息苦しさを覚えた。

「これにオーロラ・セッジは情熱をかけてたんだ」ビルは言った。気味が悪いとでも言いたげな顔をしている。

「情熱？」わたしは訊き返した。その顔を見れば、わたしもビルと同じ気持ちであることが伝わっただろう。

「おれにもよくわからないんだがね、このコレクションにとんでもない値打ちがあるってのはまちがいない。ミスター・セッジは全部処分したがってるんだ。屋敷を売りに出す前にな。そのためには、鑑定士にオークション用の写真を撮ってもらわないといけない。だからあんたには、鑑定士が来たらここへ案内してやってもらいたいんだ。それ以外の日は、つねに鍵をかけておく」

そう言って、ビルは客間を施錠した。廊下を進み、ゆるやかに弧を描く階段の前を通り過ぎる。手すりの支柱はクジャクの形をしていて、目には宝石がはめられていた。その先の壁にはセピア色の写真が飾られている。ビルは立ち止まり、写真を一枚ずつ指さしながら、セッジ一族の面々を紹介してくれた。

ハーヴァード・カレッジのセーターを着た、オーロラの父フランクリン・セッジ。つぎはフランクリンと妻のアデレイド・ラステンの結婚式の写真で、ふたりは教会の外に並んで立っている。赤ちゃんのオーロラと母のアデレイド、三歳のオーロラと弟のフランクリン・ジュニアの写真もある。弟はフランキーと呼ばれていたそうだ。つぎの写真では、オーロラとフランキーは十代になり、ビルが〝一族の都会の家〟と呼ぶ邸宅の、豪奢な応接間に立っている。オーロラとフランキーのスナップ写真もいくつかあった。港に停泊中の大西洋横断豪華客船〈クイーン・メリー〉号の前でポーズをとっているもの。オーロラの高校の卒業式。フランキーの卒業式。どの写真でも、フランキーは屈託のない笑みを浮かべているが、姉はその横でしかつめらしく身を縮めている。

「フランキーも亡くなってるの？」わたしは尋ねた。たしかビルは、オーロラの甥であるジェイムソンが屋敷を相続すると言っていた。

「二十代半ばで亡くなったよ」ビルは言った。「自殺だとさ。くわしいことは公表されてないんだが、噂はいろいろと広まってね。オーロラが第一発見者だったんだ。それで心を病んじまったって話だよ。以来ずっと、この屋敷に閉じこもってたんだ。長いあいだ、ここを訪れる者はいなかった。ときどき修理業者と、世話係のマンディが来る以外はな。フランキーの死は、オーロラにとって大打撃だった。それで残りの生涯は、シルクの薔薇と磁器人形に囲まれて、ひとりで過ごすことになったってわけさ」

20

客間を出たあと、ビルとわたしはキッチンへもどった。ダイニングルームの奥にある小さな部屋で、一九六〇年代の調理用レンジ、大きくて白い陶製の流し台、磁器のティーカップでいっぱいの戸棚がある。こぢんまりしたフォーマイカのテーブルの横に窓があり、そこから川を見おろせるけれど、寄り道している暇はなかった。ビルはさらに奥へ進み、〝執事の食器室〟なる部屋の前に立っていた。よくできた部屋で、収納と通路の両方の役割を担い、左右の棚には食器がびっしりと並んでいる。料理人の邪魔をしないように、大皿やデカンタ、銀の盆など、必要なものを掻き集めながら、通路の反対側へ出ていく執事の姿が目に浮かぶようだ。

食器室には掃除用具もしまわれていた。わたしの仕事道具だ。ビルは戸棚をあけ、箒やモップやペーパータオルといった、さまざまな掃除用品のありかを教えてくれた。いつでも屋敷の購入希望者たちを迎え入れられるよう、掃除をして準備するというのがわたしの仕事だったけれど、しだいに不安のほうが大きくなっていった。

オーロラはこの館を愛していたと、ビルは言った。けれど、晩年は体力が衰え、屋敷の手入れは世話係のマンディ・ジョンソンという地元の女性にまかせていたという。

「それで思い出した」ビルが言った。「だいじょうぶだとは思うが、もしマンディがここへ来たら、すぐにおれに電話してくれ」

あまりだいじょうぶだとは思っていないように聞こえたので、わたしはそう言った。

「心配は要らんよ」ビルは返した。「もう片はついたんだ。オーロラの死後に、ごたごたがあってな。晩年のオーロラはマンディをたいそう気に入って、屋敷にあったものをいろいろとあげちまってたんだ——セッジ家に代々伝わるお宝とか、宝石とか、美術品なんかを。オーロラが死ぬまで、だれもそれを知らなかった。遺言書を開封したらなんと、オーロラはマンディを遺産の受取人に指名してたんだ。これを全部」ビルはぐるりとその場で回転しながら屋敷全体を手で示し、世話係に舞いおりた幸運の大きさを表現した。「くれてやるって言うんだぞ、信じられるか？　ジェイムソン・セッジは、オーロラの精神状態はまともじゃなかったと裁判所に訴えた。昔から奇行に走ることがあったから、ってな。反論できるやつはひとりもいなかっただろうよ。それに、遺言書には証人がいなかったんだ。証人がいなけりゃ、遺言書は検認手続きにまわされる。それで、すべては存命のいちばん近い身内、ジェイムソン・セッジのものになった、というわけだ」

「でもあなたは、マンディがまたここへ来ると思ってるんでしょう？」わたしは尋ねた。遺産相続のごたごたよりも、怒鳴りこみにくる世話係のほうがこわい。

「先月も来たんだが、ジェイムソンに見つかってな。不法侵入で逮捕され、出入り禁止命令を叩きつけられてたよ。もうもどってはこないだろうが、マンディを見かけたら、かならず連絡するように」

ビルが帰ったあと、わたしはゆっくりくつろごうとしたけれど、なかなか心が落ち着かなかった。オーロラ・セッジが亡くなったのは何カ月も前だというのに、彼女がまだ生きていて、自分は招かれざる客だという気がしてならない。ここは何もかも、館の主がこの世を去ったときのままだ。枝編みのかごには洗濯物が残っていたし、冷蔵庫には食べ物——腐ったリンゴがひと袋、黴だらけのチーズの塊、凝固した成分無調整牛乳ひとパック——が、ベッド脇のテーブルにはタンニンがタールに変貌して悪臭を放つティーカップがひとつ、放置されていた。服もすべてクローゼットにかけられたままだ。フランス語のタグがついた暗い色のウールのスカート、糊の利いた白い綿のブラウス、フランネルのナイトガウン。サイズ四・五という小さな革の編みあげ靴は十足以上あり、どれもかかとが泥で汚れている。オーロラ・セッジは死してなお、館をさまよいつづけているのだ。威圧感のあるマホガニーの壁、屋敷じゅうを飾り立てている高価な品々、磁器人形だらけの客間。すべてはオーロラのものので、わたしは指一本ふれてはならない。どうしても、そんなふうに考えてしまう。

気持ちを切り替えたくて、書斎へ行ってみることにした。そこで、執筆にぴったりの大きな両袖机を見つけた。部屋は八角形で、壁面に並ぶ書棚には何百冊もの本がおさめられている。古い革製本もあった。それから、白みがかった緑のガラスタイルを貼った暖炉、分厚い東洋風の絨毯、川の見える二枚の大きな窓。空気がこもっていて、ほこりくさかったので、ダマスク織の重たいカーテンと窓をあけた。キャッツキル山地の波打つ尾根に日が落ちかけていた。その弱々しい光が部屋を満たすと、隅に置かれていたバーカートが目に留まった。下段が酒瓶で埋まっている。トレーからクリスタルグラスをひとつとり、寝酒用に指二本ぶんのバーボンを注いだ。そろそろ荷ほどきをしようと思い、足を踏み出したところで、サイドテーブルの上の古い聖書に目がいった。くたびれた革の表紙をめくると、多くのページに書きこみがあった。注釈や下線、余白のメモ、強調のために感嘆符が追加されているところもある。持ち主はよほど信心深い人物だったのだろう、不変色インクを使っていた。

書きこみのある段落には共通点があるように見えた。どれも神による創造にまつわる部分だったからだ。〝光あれ〟(創世記第一章三節)の一文や、アダムのあばら骨からエバが創られた場面、七日目に神は休んだという記述——創世記のほとんどに書きこみがされている。もちろん、詩篇第三十三篇六節の〝主の御ことばによって天は創られ、主の口の息吹によって天の万象は創られた〟にも。あるページの下部には、青いインクで妙な文章が書き入れられていた。

わたしは禁じられた知恵を安易に授かろうとした。秘密を知りたいと欲するあまり、人間と聖なるものとを隔てるベールを取り払い、神とじかに目を合わせた。そうして、わたしは囚われた――苦しみと喜びを代わるがわるもたらすこのパズルに。

最後までざっと目を通し終えるころには、バーボンを飲み干していた。聖書をもどしたあと、屋敷の数ある戸棚から清潔なシーツを見つけて、二階へあがった。わたしが選んだのは広く風通しのいい西向きの部屋で、張り出し窓の向こうに薔薇園が見えた。隅には揺り椅子があり、それを窓辺に持っていって本を読もうと思った。でも、読書灯がなかった。少し酔っ払っていたので、新鮮な空気を入れようと、本をストッパーにして窓をあけた。ベッドは鉄骨の怪物で、百年前に作られたのではないかと思うほど硬く寝心地の悪いマットレスが上に敷かれていた。それでも、横になったとたんに眠りに落ちた。

真夜中に物音がして、深い眠りから覚めた。窓ガラスを打つ雨音のような、かろうじて聞こえるくらい小さくすばやい足音が上階から響いていた。わたしは体を起こし、耳をそばだてた。静かになったと思いきや、しばらくしてまたはじまった。かすかだけれど、規則正しい物音だった。

長いこと、ベッドの上で耳を澄ましていた。窓から差しこむ月明かりが、板張りの床を青白く照らしている。オーロラの霊が屋敷に無断ではいりこんだわたしを責めにきたのかとも思ったけれど、もちろん、それはただの錯覚で、カーテンがそよ風に揺れているだけだった。あれはきっと、窓に吹きつけている風の音か、老朽化した配管にはいりこんだ空気の音だと、自分に言い聞かせた。昔、街で住んでいたアパートメントは、戦前に建てられたせいで設備が古く、寒い日はおんぼろの蒸気式のラジエーターが太鼓みたいな音を立てていた。セッジ館には十九世紀の巨大なラジエーターがある。それが稼働していないときに、空気が配管にたまって音を立てる可能性はあるはずだ。

あすの朝は執筆をしよう、だからきょうはもう寝ようと思ったところで、また音がもどってきた。最初よりも大きくなっている。風でもラジエーターでもない。三階の床を引っ搔いている音だ。ネズミだろう。まちがいない。古い家にネズミは付き物だ。以前、ハウス・シッターのサイトで、ニューハンプシャーのある家に行ったら毎晩物音がうるさくて大変だったという口コミを読んだことがある。家じゅうを調べた結果、犯人は地下室に住み着いていたアライグマの一家だったそうだ。

さいわい、わたしはネズミが苦手なわけではない。生まれ育った街では、地下鉄や公園でネズミを見かけるのがあたりまえだったから。マンハッタンの巨大なドブネズミに比べれば、数匹のハツカネズミなんてかわいいものだ。朝になったらビルに電話して、どうすればいいか教えてもらおう。そう考えると心が少し軽くなり、目をつぶって寝なおそうとした。

ところが、十分もしないうちに、また音が聞こえはじめた。コツコツ、カリカリという音から、ドンッドンッという大きな音に変わっていく。こわくなって起きあがり、闇に目を凝らして、音の正体をたしかめようとした。こんどはまったく別の音が部屋じゅうに響き渡った。甲高く、苦しげで、悲痛な泣き声だった。

ベッドから出て、月明かりに照らされた廊下をそろそろと歩いた。音は天井から響いていたので、階段の前まで行き、暗闇をのぞきこんだ。三階はビルに案内してもらっていない。階段をあがった先にある木の大きなドアを指さして、あそこには何もないから、とビルは言っていた。ただの物置だ、と。けれど、それはまちがいだった。あそこに何かがいる。

滑りやすい木の階段を裸足のまま慎重にのぼり、ドアの前まで行った。冷たい真鍮のノブをつかんでまわそうとしたけれど、鍵がかかっていた。そこで、ドアに耳を押しあてた。小さく、一定のリズムで、足を引きずりながら歩いているような音がした。ネズミではなく、もっと大きな動物かもしれない。のら猫か、オポッサムか。どんな動物だろうと、ビルに電話して知らせるべきだ。ビルならきっと、どうにかしてくれる。そう自分を納得させて顔をそむけたそのとき、何かがドアを激しく叩く音がした。恐怖で体が凍りつく。すると、また別の音が聞こえてきた。〝ドアをあけて〟声がささやいた。〝お願い、ここから出して〟

　わたしは恐怖にすくむ足をなんとか動かし、助けを求めるため、階段を半ば転げ落ちるようにして駆けおりていった。

21

ビルに電話をしたけれど、パニックになってしまって、なかなかことばが出てこなかった。するとビルは、自分が行くまでセッジ館を離れるなと言った。わたしは正面のポーチで待ち、太陽が顔を出しはじめたころに、ビルが到着した。ビルに連れられて屋敷へもどり、廊下の長椅子にすわらされた。三階から変な物音が聞こえるというわたしの話を、ビルは気づかわしげな顔で聞いてくれた。「いまはもう聞こえない」わたしは言った。もっとくわしく話してくれとビルに言われたけれど、それ以上どう説明すればいいのかわからなかった。あのささやき声にはふれなかった。あのときは寝ぼけていたし、お酒も飲んでいたから。それに、この広い館には、わたしのほかにだれもいなかった。あれはわたしの想像だったのかもしれない、とすら思いはじめていた。

ビルはわたしの顔をじっと見つめた。ビル自身にも思いあたる節があるようだったけれど、しまいには、ただのネズミだろうと結論づけた。「こういうことは前にもあったんだ」ビルはそう言って、執事の食器室へ行き、ネズミ用の罠がたくさんはいった箱を見せた。「使い方はわかるだろ？」ビルは訊いた。罠を仕掛けたことなんて一度もなかったけれど、わたしはだいじょうぶだと答えた。

ビルが帰ったあと、キッチンの壁の鍵箱をあけて三階の鍵をとり、冷蔵庫にあった黴だらけのチーズを持って、上階へ向かった。三階はほかの階に比べてずいぶん雑然としていた。廊下じゅうに、段ボールや木の箱、古い家具などが積みあげられている。セッジ家に代々伝わる不要品置き場といったところか。それらをどかしながら進み、途中で小さな木箱につまずいた。色のついたガラスのボタンが飛び出し、板張りの床に散らばった。わたしは身をかがめ、ボタンを拾って木箱にもどした。そのうちのひとつを手にとり、目の高さまで持ちあげると、淡いピンクの表面に〝セッジ〟の文字が刻印されているのが見えた。セッジ一族の富の源たるボタンだった。

　がらくたをよけながら廊下をさらに進んでいくと、大量の鏡が現れた。二十枚はくだらないはずだ。廊下の両側の壁にかかっている。その一枚一枚にわたしの体の断片が映りこんでいた——こっちの鏡には腕の一部が、あっちの鏡には顔の一部が、そっちの鏡には片方の手が。そのときようやく気がついた。セッジ館に来てから、鏡で自分の姿を見たのはこれがはじめてだ。下の階には鏡が一枚もなかった。一階にも二階にも、複数あるバスルームにさえも。にもかかわらず、三階の廊下には、数十枚の鏡がずらりと並んでいた。金や木の額縁に入れられたもの、面どり加工や銀引き加工が施されたもの。明らかに使い古されたものや、斜めに亀裂が走っているものもあった。

　もしかすると、わたしがこの屋敷で強い孤独を感じているのは、鏡がないせいかもしれない。大学四年のときに〝精神分析学と文学〟のゼミで読んだ、ジャック・ラカンの「鏡像段階論」を思い出す。ラカンいわく、幼児は鏡に映った自分の姿を見ることで自己を同定する。鏡をのぞくたびに、自分の体を統一体としてとらえられるようになるのだ。わたしたちは鏡に映る自己の姿を通して、ほかでもない自分という存在を理解する。ということは、鏡のないセッジ館ではその反対のことが起こるのではないか。鏡のない場所での生活は、自己の喪失につながるのかもしれない。

　わたしは十個ほどのネズミ捕りを廊下にまんべんなく並べていった。それが終わると、鏡の間へもどり、ひとつを壁からおろして、自分の部屋に持ち帰った。金ぶちの楕円形の鏡だ。それを化粧台の上の壁に引っかけた。ところが、書斎へおりて執筆をしようと思ったとき、またあの音が聞こえてきた。立ち止まり、息をひそめて、耳をそばだてた。何かを引っ掻くような、叩くような音。それから、甲高い泣き声。昨夜と同じ、身の毛がよだつ音だ。

わたしは三階へ駆けもどり、音の出所を探って廊下を歩いた。壁に小さな木の扉がはめこまれている。扉をあけると、深さのある昇降路とロープが見えた。身を乗り出して振り仰ぐ。ロープは上方の巻きあげ機につながっていた。おかしい。この館に四階はないはずだ。屋根裏部屋があるなんて、ビルはひとことも言っていなかった。扉の横のパネルに、樹脂でできたボタンがついている。そのひとつを押すと、ロープが動き出し、木のかごが姿を現した。昨夜聞いた音とそっくりの作動音がした。コツコツ、カリカリという音と、錆びついた巻きあげ機が立てる甲高い悲鳴。セッジ館にネズミはいない。いたとしても、あの音の正体はネズミじゃない。犯人はこの年季のはいった食器用昇降機（ダムウェーター）だったのだ。でも、あのささやき声は？　きっとわたしの思いちがいだろう。これで謎は解けた。

けれど、別の謎が浮かびあがった。昇降路はどこまでつづいているのか。わたしは上の階へつながる階段を探して、廊下を歩きまわった。天気のいい朝で、薔薇窓から降り注ぐ朝日がそこらじゅうの鏡に反射している。目を凝らすと、花柄の壁紙の一部に長方形の切りこみがはいっているのが見えた。隠し扉だ。もう何度もそばを通っているのに、まったく気づかなかった。壁紙を叩くと、たしかな反響音が聞こえた。ドアノブはないけれど、かろうじて小さな鍵穴が見えた。しゃがんで、なかをのぞきこむと、暗闇へつづく階段があった。

好奇心を掻き立てられたわたしは、階段を駆けおり、キッチンの鍵箱へ向かった。ビルの説明を聞いていたときは特に注意を払わなかったけれど、屋根裏部屋の鍵があるとすれば、その箱のなかだ。蓋をあけると、鍵をかけるフックが一段に四つずつあり、それらの上に手書きのラベルが貼ってあった。〝地下室〟〝食器室〟〝書斎〟〝客間〟〝屋根裏部屋〟など。わたしは三階の鍵をもどして屋根裏部屋の鍵をつかみ、階段を一段飛ばしして駆けあがった。

鍵はあたりだった。ドアをそっとあけて、せまい階段をのぼり、暑く風通しの悪い屋根裏に出た。照明のスイッチが見あたらなかったので、ｉＰｈｏｎｅのフラッシュライトをつけ、部屋を探索した。

縦長の空間に、三角形の天井。食器用昇降機の古いモーター――これが巻きあげ機を動かしているらしい――のほかには何もない。

いいや、ひとつだけあった。屋根と壁が交わるあたりに、革のトランクが置かれている。かがんで持ち手をつかみ、部屋の真ん中へ引っ張り出した。三フィートくらいの大きさで、革は黴だらけ、かなりの年代物だ。どれくらい前からここにあるんだろう。たっぷりとほこりをかぶっている。手でぬぐうと、繊細なデザインの薔薇と蔓に囲まれた〝GLM〟の文字が現れた。

トランクは真鍮の尾錠で留められていた。わたしはそれらをはずして、トランクをあけた。なかには、白い布に包まれた何かがはいっていた。布をめくると、精巧で美しい磁器人形が姿を現した。つややかで豊かな髪は深みのある赤褐色、大きな目は緑色のガラスでできている。エメラルドの宝石を思わせるその瞳は輝きと深遠さをたたえていて、つい引き寄せられてしまう。淡いピンクのドレスが腰のあたりから花びらのようにひろがっていた。首には〝ヴィオレーヌ〟という名前が彫られた、ヴィクトリア朝風の錆びたロケットペンダントをさげている。

客間の人形と並べて、見比べてみたいと思った。客間の人形が月だとすれば、ヴィオレーヌはまさに太陽だ。客間の人形たちが光を吸収するのに対し、ヴィオレーヌは光を放出する。光り輝くその白い顔は、まるで内側からエネルギーが湧きあがっているかのようだ。大きさは二フィート近くあって、ずっしりと重い。手脚は顔と同じミルク色の磁器でできているけれど、胴体は柔らかく、しなやかで、胸に抱くと本物の幼女をあやしている気分になった。

両手で持ちあげて顔を近づけると、ほこりと古いシルクの混じった粉っぽいにおいがした。わたしを見あげるそのガラスの瞳を、よくわからない何か――こちらの存在に気づいたかのような鋭いきらめき――がよぎった。ただの光のいたずらか、屋根裏部屋の熱気のせいかもしれない。けれど、そのときのわたしには、目の前の人形が炎にも似た命の輝きを放っているように思えてならなかった。

22

数日後、ドアをノックする音が聞こえた。四十がらみの気品ある女性がポーチに立っていた。クリーム色のジャケットにそろいのスカートを穿いている。わたしはその姿を見て、ジャッキー・ケネディとランチでもしにいくような服装をいつもしている自分の担当編集者を少し思い出した。玄関に現れた女性は片手を差し出し、アン＝マリー・リシャードと名乗った。オークションハウス〈サザビーズ〉から、売却できそうな骨董品の鑑定をしにきたという。

彼女は事前に連絡もせず訪問したことを詫びたけれど、わたしは追い返さなかった。セッジ館に来てまだ一週間も経っていないのに、ひとりでいるのがこわくなっていたのだ。キッチンでコーヒーを淹れ、アン＝マリーにカップを手渡した。アン＝マリーはダイニングルームを歩きまわりながらコーヒーを飲み、鋭い鑑識眼でオーロラの秘蔵の品々を観察した。「目録を作ってほしいとジェイムソン・セッジに頼まれたの」アン＝マリーは言った。その目は、アンモナイトの化石や、クロワゾネ技法によって装飾が施された箱や、オルモル時計などがはいったガラスケースに向けられている。「これは彼の予想以上に大がかりな仕事になりそうね」

アン＝マリーには訛りがあり、わたしが出身を尋ねると、モントリオール生まれだが、ニューヨークに移住してもう二十年になると教えてくれた。「クーパー・ヒューイット・スミソニアン・デザイン博物館のプログラムで陶磁器について学ぶためにニューヨークへ来て、修士号の取得後すぐに〈サザビーズ〉で働きはじめた。磁器、特にヨーロッパのものがあたしの専門なの。九〇年代はほんとうにいい時代だったわ。初期のリモージュ磁器をなんのためらいもなく六桁でオークションにかけられたのよ。いまのマーケットでは作品の質より、金銭的な見返りばかりが重視されている。でも、このオーロラという人は投資のためにこれらを蒐集していたわけじゃない。心から愛していたのね」

アン＝マリーは、テーブルの中央にあったロビンズ・エッグ・ブルーの大きな磁器のティーポットを手にとり、鋭い目でながめながら、裏返しにした。「十九世紀のウェッジウッド。とんでもないお宝よ」

「あなたはこれが……度を越してるとは思わないんですか？」

「このコレクションが？」アン＝マリーは目を大きく見開いて言った。「まさか（モン・デュー）、全然よ。これまでにもいろいろなコレクションを見てきたわ。オルゴールだらけの家とか、床から天井までコミックが積まれた地下室とか、古いタイプライターがぎっしり詰まったガレージとか。コレクターはしばしば度を越してしまうものなのよ」

この屋敷へ来てからずっと頭の奥にあった質問が口をついて出た。「でも、どうしてここまで？」

「蒐集するという行為はつまり、自分のやり方で世界を表現することなの。オーロラ・セッジは、自分がどういう人間なのかをとてもよくわかっていたのね。コレクションを見れば、持ち主の為人（ひととなり）がわかる。亡くなる前に出会っていたら、あたしはオーロラのことが好きになっていたと思うわ。ざっと見ただけでも、そう断言できる。好みがはっきりしていたみたいだもの。彼女はみずからのコレクションですばらしい世界を創りあげた」アン＝マリーはコーヒーを飲み干し、カップを置いた。「そろそろ仕事に取りかからないと。見るべき部屋があるってビルに聞いたんだけど」

わたしはキッチンへ行って客間の鍵をとった。ひとまず連れていけば、あとはまかせてだいじょうぶだろうと思ったけれど、客間のドアをあけてなかに案内した瞬間、アン＝マリーの顔に深い衝撃の色が浮かんだ。

「嘘でしょ……」アン＝マリーは人形たちに目を走らせて言った。「これがここにあるって、どうしてだれも教えてくれなかったのかしら」

ソファに革のバッグを置き、ゆっくりと歩きはじめた。ベルベットのソファにすわった人形の前で身をかがめる。その大きな目は日差しを浴びてまばゆく輝き、磁器の顔は液体かと見まがうほどの光沢を帯びていた。

「信じられない」アン＝マリーはこちらを振り返り、興奮をたたえた目で言った。「これが何か、あなたにわかる？」わたしの答えを待たずにつづける。「フランスの伝説的な人形職人、ガストン・ラ＝モリエットの作品よ」バッグから小さなカメラを取り出す。「生前、ラ＝モリエットは〈パリの幼女人形（ベベ・ド・パリ）〉の作り手として知られていたの。十九世紀後半から第一次世界大戦まで、ハロッズやラ・サマリテーヌといったヨーロッパの百貨店で売られていた。この部屋にある人形はすべて、ラ＝モリエットが作ったものよ。人気も値段も非常に高くて、発売直後から蒐集したがる人が続出した。いらっしゃい、あるものを見せてあげる……」

アン＝マリーはベルベットのソファから人形をひとつとり、豊かなブロンドの髪を払って、うなじの刻印を見せた。指先で〝GLM〟というイニシャルをなぞる。「ガストン・ラ＝モリエット。まちがいなく本物よ」

アン＝マリーは人形を日のあたる場所に置き、写真を一枚撮った。

「昔のクライアントに、熱烈な人形コレクターがいたの。熱烈というか、人形に取り憑かれていたと言ってもいい」アン＝マリーは語った。「彼女の期待に応えるため、あたしは世界じゅうを飛びまわって人形を買い集めた。最終的には二百体くらいになっていたかしら。彼女が亡くなると、遺族は当然のようにすべてを売り払った。美術品の再分配ってやつね。でも、生前の彼女がほんとうにほしがっていたもの、大金を払ってでも手に入れたがっていたものが、一八九〇年代に作られた、ラ＝モリエットの最高傑作と呼ばれる人形だった。製法も材料もひときわ特別で、完全にラ＝モリエットの手作りなの。それはもう貴重な人形よ。ラ＝モリエットは死ぬまで売りに出そうとせず、コレクターたちはずいぶん大騒ぎしたって話」

子ども用のテーブルへ歩み寄り、お茶会の様子を何枚かの写真におさめる。

「もちろん、あたしはクライアントの最大の願いをかなえられなかった。ラ＝モリエットの最高傑作はいまや伝説となっているから、万が一だれかの手に渡ったり、売りに出されたりすれば、あっという間に噂が広まるはず。でも、コレクターという生き物は、お金があればなんでもできると考えてしまいがちでね。だから、あたしは最初から、望みがかなう可能性はゼロに近いと伝えておいたの。その人形が最後に人々の目にふれたのも、一九〇九年にラ＝モリエットが死ぬ前のことだった。まあ、いずれにせよ、あたしのクライアントは本気だったし、あたしも報酬がほしかったから、賭けに出ることにしたの」

片方の目をつぶっている人形の写真を撮ってから、腕をからみ合わせている人形の列へ向かう。

「シャルトルで、ディナ・ヴィエルニの遺品の極秘オークションがあったのよ」そう言って立ち止まり、こちらを振り返った。「ディナ・ヴィエルニは世界でも有数の人形コレクターだった。それから、フランス人芸術家にとっての女神（ミューズ）でもあり——アリスティド・マイヨールやアンリ・マティスのね——芸術の熱心な守護者でもあった。ひょっとしたら、彼女がひそかにラ＝モリエットの傑作を手に入れていたかもしれないと、あたしは思ったの。そんなことができるのは彼女くらいだろうって。ディナ・ヴィエルニは奇跡の女性だった——戦時中はパリにいて、レジスタンス運動に参加し、ナチスによってひどい目に遭わされた。とにかく、あたしはクライアントから、シャルトルのあるアートギャラリーでじゅうぶんすぎるほどの旅費を受けとって、現地へ向かった。ファーストクラスの航空券とおこなわれた極秘オークションでは、すべての競売品をこの目でたしかめたわ。案の定、ラ＝モリエットの最高傑作はなかった。すばらしい週末だったけれど、人形は手に入れられなかった」

「その最高傑作っていうのは……」わたしは何気ないふりをして、探りを入れた。「ほかの人形と似ているの？」

「白黒の写真でしか見たことがないけど、これだけは言える。ラ＝モリエットの最高傑作と、工房で生産されたほかの人形とでは、作りがまったくちがうの。最高傑作は手作りで、ほかのものよりもサイズが大きい。それに、細部までラ＝モリエットのこだわりが詰まっている。胴体は子山羊のなめし革を手縫いし、磁器の部分――顔と手脚――は、原料であるカオリンを特別な配合で混ぜ合わせたもので作られている。おかげで、工房製の人形にはない唯一無二の輝きを放っているそうよ。四肢には、当時の磁器人形には珍しい関節が設けられている。関節と言えば、木製の人形や操り人形のものだったから」

「それで、その人形は」わたしはヴィオレーヌの輝くガラスの瞳、つややかな髪、〝GLM〟のイニシャルがはいったトランクを思い浮かべ、心臓が高鳴るのを感じながら言った。「見ればすぐに、特別だってわかる？」

「ええ、そうでしょうとも」アン＝マリーは答えた。「それが最高傑作たる所以よ。特に目ね。クリスタルガラスでできているの。ラ＝モリエットは伝統的な吹きガラスの製法を使った。ムラーノ・ガラスと同じよ。クライアントのために調べ物をしていたときにわかったんだけど、ラ＝モリエットはその技術をプラハで身につけたらしいの。ただし、その師の名は不明。もしかしたら、ラ＝モリエットが意図的に伏せていたのかもしれない。かなりの秘密主義者だったから。美術品の世界にはいって真っ先に学ぶのは、来歴こそがすべてだということ。コレクターは、作品の物語性に心をくすぐられるの。その点で、ラ＝モリエットの最高傑作に勝るものはないわ。ラ＝モリエットはその人形に強い執着を見せていたそうよ。死ぬまで一度も手放さなかったほど。どこへ行くにも、欠かさず持ち歩いていたんですって」

「でも、どうしてそんなことを？」わたしは尋ねた。大の大人が磁器人形を肌身離さず持ち歩くなんて。

「ラ＝モリエットはその人形を、愛する娘ヴィオレーヌに似せて作ったからよ。娘は十五歳のときに悲劇の死をとげて、ラ＝モリエットは心に一生癒えない傷を負った。そして一九〇九年、絶望のすえにみずから命を絶った。工房を継いだ息子は、その人形といっしょにすべてを売り払ってしまったの。それ以来、ラ＝モリエットの最高傑作は姿を消した。この先もずっと、ヴィオレーヌが見つかることはないでしょうね」

23

アン＝マリーが帰るや、わたしは階段を駆けのぼった。ヴィオレーヌは寝室の揺り椅子に置いておいたはずなのに、部屋にもどると、人形はなくなっていた。ほかはすべて部屋を出たときのままだった――ベッドにかかったふくれ織りのキルト、床のスーツケース、晴れた午後の日差しを取りこむあけっぱなしの窓。けれど、揺り椅子は空っぽだった。腹這いになってベッドの下をのぞきこみ、揺り椅子のまわりやカーテンの後ろをたしかめた。もしかしたら、あんなに大きな磁器人形でも、風に飛ばされることがあるかもしれない。でも、ヴィオレーヌはどこにも見あたらなかった。

わたしは屋敷じゅうを探しまわった。すべての部屋をあけ、戸棚という戸棚を調べ、クローゼットのがらくたを取り出し、三階の箱を引っ掻きまわした。地下室から屋根裏部屋までくまなく調べるうちに、不安はどんどん募っていった。客間にあるはずがないのはわかっていた――アン＝マリーとふたりで、ずっとそこにいたのだから――けれど、念のためもどって、オーロラのコレクションのあいだを探しまわった。そんなわたしの背中を、無数の小さな顔がじっと見つめていた。人形たちの冷たいうつろな視線を感じていると、こちらの知らない何かを彼女たちは知っているのではないかという奇妙な感覚が胸にひろがった。しかし、ヴィオレーヌはそこにもいなかった。

ビルが持ち去ったのかもしれないと思ったけれど、すぐにその考えを打ち消した。完全に姿を消していた。客間からは私道が見えるし、ビルの車があれば気づいたはずだ。それに、ビルは話し好きだから、屋敷へ来ていればアン＝マリーに声をかけようとしただろう。屋敷にだれかが侵入した？　いや、正面玄関のドアは鍵がかかっていたし、窓も全部カーテンをあけて施錠されていることをたしかめた。何者かが侵入した形跡はなかった。

屋敷を調べつくしたわたしは、客間のベルベットのソファに腰をおろした。落胆と不安が胸に渦巻いていた。屋根裏部屋で見たものはすべて妄想だったのだろうか。いや、それはありえない。たしかにこの手で持って、あの緑の瞳を見たのだから。とはいえ、ほかに説明のしようがなかった。

書斎へ行き、バーボンの瓶をつかんでグラスに注ぎ、一気に飲んだ。喉が焼け、キャラメルのような甘い後味が残る。同時に不安も和らいだ。二杯目を注ぎ、気を取りなおして客間へもどった。

ソファの端にグラスをそっと置いてから、一体の人形を手にとってながめた。透きとおるような肌に、ほんのりピンク色の唇、きらめく大きな目。顔をあげたとたん、人形たちに見られ、裁かれているという感覚に襲われた。バーボンを飲み干し、お代わりを注ぐ。ここで起こったすべての出来事を整理しようと、ソファに腰をおろし、長々と考えをめぐらした。ばかげているのはわかっていたけれど、恐怖には勝てなかった。心臓が胸の奥で暴れ、激しい拒否感が全身を駆けめぐった。これ以上ひとりでいたくなかった。だれか話し相手が、この恐ろしい体験に耳を傾けてくれる相手がほしかった。そこで、急いで階段をのぼって二階の部屋に向かい、窓辺の揺り椅子に腰かけ、スマートフォンを取り出した。

電話できる相手は何人もいた。でも、真っ先に思いついたのがノアだった。大学二年のころからくっついたり離れたりを繰り返していたけれど、わたしたちをカップルだと思う人はいなかっただろう。ノアはわたしの二歳年上で、わたしが十九のときに、二十一歳のノアと出会った。ノアはチェルシーのアートギャラリーで働いていた。また、色とりどりの金属くずから美しく抽象的な作品を生み出す立体造形作家でもあった。付き合いはじめて一年ほど経ったころ、ノアは美術史を学びにイタリアへ留学した。別れたわけではなかったけれど、付き合っているとも言えなかった。ノアがニューヨークにもどってくると、わたしたちの関係は復活し、夜もいっしょに過ごすことが増えた。

もう何週間もことばを交わしていなかった。わたしがハウス・シッターの仕事でこの館に来ていることも、ノアは知らなかった。けれど、わたしの声を聞いてすぐに、何かがおかしいと気づいたはずだ。頻繁に連絡をとっていたわけではないものの、ノアはわたしにとって、心を許せる唯一の相手だった。わたしが孤独を好むタイプであることを、ノアは理解してくれていた。一方で、どうしても彼を必要とするときがあることもわかっていた。もう何年も前から、数えきれない回数の電話に付き合ってくれた。毎日顔を合わせる必要はないけれど、だれかと話したいと思ったときに、わたしが電話をかける相手はいつもノアだった。

「前回電話してから、もう一カ月も経ってるよ、ジェス」というのが、このときのノアの第一声だった。つづけてこう言った。「何があったのか、話してごらん」

わたしが身じろぎすると、揺り椅子がきしみをあげた。そのころには月が出ていて、外の芝生が白く光っていた。わたしは窓台に両足を載せて、ほんのあらましだけを話した。人形のこと、アン＝マリーのこと、セッジ館が骨董品の宝庫だということにはふれなかった。ただ、わたしが州北部の大きな屋敷にひとりでいて、いいお酒と自由に使える空間はたくさんあるけれど、ちょっとした困り事があることだけは伝えた。そして考えるより先に、会いにきてと頼んでいた。ノアはできるだけ早く行くと約束してくれた。

数時間後、何者かの気配を感じて目を覚ましていなければ、その夜は何事もなく終わるはずだった。気配に気づいたのは、床板のきしむ音や荒い息づかいが聞こえたからではなく、たとえようのないオーラが空気中に漂っていたからだった。そして、音にもならない音が、わたしを深い眠りから呼び覚ました。

わたしはベッドから身を起こした。蒸し暑い夜で、窓をあけっぱなしにしていたのに、部屋は凍えるほど寒くなっていた。寝る前は風なんてひとつも吹いていなかったけれど、いまや寒々とした空気が暗闇を支配していた。わたしはとまどいながら部屋を見まわし、自分の置かれた状況を理解しようとした。たしかに飲みすぎてはいた。でも、それではこの寒さの説明にならない。それに、この体のしびれ。鋭いピンや針で刺されるような痛みが両手両脚を覆っていた。

寝ぼけたままベッドをおりようとしたけれど、脚がしびれて力がはいらず、膝からくずおれ、床にばたりと倒れこんでしまった。窓から漏れる月明かりが、わたしの周囲をこぼれたミルクのように白く照らしている。起きあがろうとしても、全身が麻痺したようで動けなかった。室内は奇妙なエネルギーに満ち、体に電流のようなものが走りはじめた。しばらく恐怖に怯えながら、そのまま横たわっていた。体を動かしたくても、頭をひねることも、指を曲げることも、叫び声をあげることもできない。何かが——強力な電流のようなものが——わたしの体を支配していた。手脚が押さえつけられ、筋肉が硬直している。その強大な力は熱くもあり、冷たくもあり、しつこい耳鳴りを引き起こしていた。

そうやって仰向けのまま身じろぎひとつできなくても、目だけははっきりと見えていた。家具が振動し、ベッドが揺れ、化粧台が前に動いていた。室内の気圧が急激に上昇し、三階の廊下から持ってきた金ぶちの楕円形の鏡が割れ、蜘蛛の巣状の亀裂が走った。

するといきなり、静寂が訪れた。振動はおさまり、電流は消散した。わたしはベッドフレームをつかんで起きあがったものの、体が震え、立っているのがやっとだった。声は出せるようになっていたので、そこにいるのはだれ、と叫んだ。何者かがこの部屋にいた。それはまちがいない。けれど、だれからも返事はなかった。

バーボンを飲みすぎたせいだ、悪い夢を見ていたんだと、自分に言い聞かせた。半ばそれを信じかけたそのとき、カーテンに目が留まった。風はそよとも吹いていないのに、シルクのカーテンが大きくうねっている。やっぱり、わたしの直感は正しかったのだ。この部屋にいるのはわたしだけではない。何者かがカーテンの後ろに立っている。月光を浴びて真っ白に輝く小さな手が見えた。それが、四本の青白く小さな指が、カーテンの端をつかんだ。すると、時の流れがゆっくりになった。まるでピアノの練習をするかのように、小さな指が一本ずつカーテンの縫い目を這い――人差し指、中指、薬指、小指、人差し指、中指、薬指、小指――月の光にきらめく水面（みなも）のように、シルクのカーテンを揺らした。突然、カーテンが開いた。ヴィオレーヌが立っていた。

24

わたしは一刻も早くここを出ようと、走って階段をおりた。ちょうど空が白みはじめたところだった。一階は何も変わっていなかった。セッジ一族の写真、豪華な階段の手すり、雑然としたコレクション。磁器の皿ですら、一枚残らず最後に見たときのままだった。つかの間、わたしが経験したこともセッジ館の目録のひとつとなり、棚にしまわれ、忘れ去られるのかもしれないと思った。いますぐここを離れれば、すべては解決する。

でも、階段の手すりに寄りかかり、息を整えているあいだ、頭のなかではある事実に気づいていた。このときを境に、わたしの世界は一変してしまった。目の前にはふたつの道ができていた。ひとつは、現実世界——足もとに堅い地面があり、肺で呼吸をし、朝になれば太陽がのぼる世界——に通じる道。もうひとつは、その反対方向にある新しい現実、考えたこともない世界に通じる道だ。その道の先には、不可解なこと、ありえないこと、恐ろしいことが待っている。ほんとうなら、そんな世界があるとは信じたくない。

わたしに残された唯一の解決策は、すぐさまセッジ館を出ていくことだった。タクシーを呼んで、街へ行く始発列車に飛び乗ること。そう思ってドアへ向かったとき、廊下で何かが動く気配がした。わたしは跳びあがり、大きな真鍮の鳥かごにつまずいて倒してしまった。それを、陰からひとりの女が見ていた。彼女が明かりをつけると、その姿があらわになった。砂色の髪に、せまい眉間と灰色の目、平凡で親しみやすい顔をした人物が立っていた。その人は鍵束を持ちあげて言った。「あいつら、正面玄関の鍵は変えても、地下室のほうは忘れてたみたいだね」

世話係のマンディ・ジョンソンだった。

マンディが来たら電話をするようにと、ビルには言われていた。彼女に出入り禁止命令が出ていることも知っていた。でも、わたしの直感は、マンディは危険な人物ではないと告げていた。それどころか、マンディには人を安心させる何かがあった。あんな夜を過ごしたあとだったから、わたしはその腕に飛びこんで泣き出したいという衝動に駆られた。

「ちょうどいいときに来たみたいだね」マンディは言って、ひっくり返った鳥かごを見おろした。「おいで、お茶を淹れてあげる」後ろを向き、キッチンのほうへ歩いていく。わたしはそのあとを追った。「ちなみに、あたしはマンディ」マンディはそう言って、やかんに水を入れ、ガスのつまみをまわして、調理用レンジに火をつけた。

「そうだと思いました」わたしはマンディの顔をあらためて見つめた。年齢は四十手前、着古したジーンズとハイカットのスニーカーに、色あせたガンズ・アンド・ローゼズのバンドTシャツを合わせている。「オーロラ・セッジの世話係をしてた人でしょう?」

「最初はただの掃除係だったけどね」マンディは言った。「そのうち、ほかにもいろいろと頼まれるようになったんだ」窓辺の小さなテーブルを示す。「すわってくつろぎなよ。ひどい夜だったんだろ?」

わたしは背中と肩に恐怖の重みを感じながら、腰をおろした。もう少しで気絶してしまいそうだった。「わたし、頭がおかしくなったのかも」沈黙のすえにようやく出てきたことばがそれだった。

マンディはすべてを理解したような目でこちらを見た。「だいじょうぶ。説明の必要はないよ。あたしもいろいろと見てきたから。あんたが信じられないようなことをね。いや、いまのあんたなら信じるか」

マンディはキッチンにくわしかった。磁器のティーポットとカップを戸棚から取り出し、別の棚から〝マリアージュ・フレール〟と書かれたブリキ缶を探し出した。二杯ぶんの茶葉を入れたティーポットをレース編みのドイリーの上に置くと、わたしの向かいにすわった。ティーポットにお湯を注ぎながら、小さな灰色の目でこちらを観察した。「セッジ館で夜を過ごすのはけっこうきついよね」わたしのカップにお茶を注いでつづける。「でも、ずっとここにいる必要はない。いったん受けとったら、もう出ていってかまわないんだよ。あたしたちがここにいなきゃいけない理由はないんだから」

「受けとるって？」わたしは困惑して尋ねた。

マンディはどうすべきか決めあぐねるかのように、わたしをしばらく凝視した。「まずはお茶を飲んで。あんたの気持ちが落ち着いたら、話をしよう」

わたしは磁器のカップを手にとり、熱いお茶をひと口飲んだ。オレンジの香りがする紅茶だった。カフェインが体に染み渡っていく。

「あたしはずっと前からこのお茶がきらいだったんだよね。でも、ミス・オーロラがこれじゃないとだめって言うから。たぶん、フランスの紅茶だよ。地元のスーパーマーケットでは売ってなくてさ。街の紅茶専門店で特別に取り寄せてもらってたんだ。ミス・オーロラはよく、いっしょにすわって飲みましょうって声をかけてくれた。ひとりよりも、ふたりで飲むのが好きだったみたい。だから、あたしはそうした。でも、このお茶は渋すぎて、山盛りの砂糖を入れないとあたしは飲めなかったんだよ」マンディは笑った。不ぞろいの歯があらわになり、いたって平凡な顔立ちと奇妙な対照を成す。小指で光り輝く指輪は、ダイヤモンドに囲まれたバゲットカットのルビーというアール・デコ風のデザインだ。きっとオーロラから贈られたものだろう。わたしの視線にマンディが気づいて言った。

「きれいでしょ？」そう言って、ルビーを光にかざした。「ミス・オーロラのお母さんのものだったんだって。小さいよね、四号だよ――あたしは小指でぎりぎり。サイズをなおしてもらったほうがいいかもね」

わたしは窓の外に目をやった。朝日がのぼり、穏やかな光が川の水面で戯れ、ルビーに似たやさしいきらめきを放っている。

「あたしがミス・オーロラをだましてたって、みんなは思ってる。でもほんとうはちがう。それに見合う仕事をあたしはしたんだよ」椅子の背にもたれ、わたしの目を見て言った。

「あなたたちはとても親しかったと、ビルが言ってたけど」わたしは言った。

「親しい？」マンディは笑みを漏らした。「まあ、そうとも言えるだろうね。あたしは二十年以上ミス・オーロラのもとで働いた。そばにいたのもあたしだけ。そういう意味ではまあ、親しかったと思うよ。ミス・オーロラはあたしを信頼してくれてた。セッジ館に来たときのあたしは、マリファナ漬けの十八のがきんちょで、めちゃくちゃな人生を送ってた。高校を中退して、あたしをくそみたいに扱う男と同棲して。けど、オーロラ・セッジが全部変えてくれた。フルタイムの仕事を与えて、医療保険を支払って、高卒認定資格(GED)までとらせてくれた。おかげで完璧な大人になれた、とは言わないけど、物事にはかならず理由があるってことを、あの人は教えてくれたんだ。目的、かな。あたしたちには神から与えられた使命ってのがあって、あたしの場合は、ほかに頼れる人がいなかったんだよ。だからあたしは、ミス・オーロラが遺物を守るのを手伝った。あの人がそう呼んでたんだ、〝遺物〟って。その秘密は、ちゃんときょうまで守りつづけてきた」

好奇心と不安が同時に胸へ押し寄せた。たくさんの疑問が頭に浮かんだけれど、何から訊けばいいのかわからなかった。

「でも、あの甥っていうのがほんとに厄介なやつでさ」マンディはつづけた。「こそこそ嗅ぎまわって、よけいなことに首を突っこんでくるんだよ。ある日、屋敷のなかへ無理やりはいってきて、それを自分に渡せってミス・オーロラに迫ったんだ。ミス・オーロラが持ってることを、なぜかあいつは知ってた。自分の父親のものでもあるんだから、弁護士の力を借りて、なんとしてでも手に入れてやるって。ミス・オーロラは怯えて、教えなくていいことまでいろいろと話しちゃったんだ。あとでそれを悔いてたよ。目的を果たすまで、甥はぜったいにあきらめないだろうって。それからは甥に何を言われても、ミス・オーロラはことわりつづけた。たまに、いや何百回も言ってたな。〝ジェイムソンの手に渡ったら、かならずだれかが傷つくことになる〟って」

紅茶のおかげでまともな思考が少しもどってきたので、ずっと浮かんでいた疑問を口にした。「さっき、何かを受けとるって言ってたでしょう？　あれってどういう意味？」

「最期の数年間、ミス・オーロラは自分が死んだあとのことを心配してた。老い先は長くないってわかってたから、例の遺物を託せる人を探してた。それであたしに、ここに残って見張ってくれって言ったんだ。あたしはその頼みを引き受けたよ。ただし、そのふさわしい人が見つかるまでね、って。約束はかならず守ると誓った。だれもあたしのことを守護天使と呼んではくれないだろうけど、ちゃんと約束は守ったんだ。遺言書の検認手続きのときも、この話はしなかった。まあ、ミス・オーロラはあたしがこの屋敷を継いだかどうかなんて気にしないだろうね。あたしに望んでたのは、屋敷を見張っておくことと、甥を近づけないこと。それから、あんたに遺物を渡すこと」

「わたしが来るのを待ってたって言うの？」わたしは尋ねた。ほんとうにそんなことがありうるだろうか。

「待ってたわけじゃない」マンディは言った。「むしろあたしが探して、あんたを見つけたんだ。若くて、賢くて、責任感があって、信頼できる人。星五つの口コミ。あまり質問ばかりしないで、仕事を引き受けてくれる人」

だしぬけに、わたしは理解した。ハウス・シッターのウェブサイトを通してわたしに連絡してきたのはマンディだったのだ。仕事の概要を送り、ビルを紹介したのも。すべてマンディの計画だった。

セッジ館で目にしたあらゆるものを思い返した。聖書の書きこみ、磁器人形、部屋で起こった奇妙な現象。わたしは混乱し、疲弊し、怯えていた。街へもどり、セッジ館の存在を忘れたかった。窓の外を見ると、マンディの車――ぼろぼろのトヨタ――が私道に停まっていた。マンディに頼めば、駅まで送ってくれるかもしれない。でもその前に、マンディに訊きたいことがあった。「オーロラ・セッジが守ろうとしてたものって、いったいなんなの?」

マンディは上を向いて――まるで天国のオーロラ・セッジの声に耳を澄ますかのように――わたしに視線をもどした。「いまから見にいこうか」マンディは言った。「ついてきな」

25

マンディに連れられてキッチンを通り、執事の食器室のせまい通路へ向かった。マンディはかがんで、ある戸棚の扉をあけ、重そうな銅の鍋をいくつかどけて奥へ手を伸ばし、レバーを引いた。カチャッという音が聞こえ、棚が動き出して手前に開いた。現れたのは、奥行きのある暗い隠し部屋だった。

身を乗り出すと、どんよりと黴くさい空気が漂ってきた。「禁酒法時代に、一族が酒を隠してた場所なんだってさ」マンディは言って、ほこりまみれになったディプレッション・グラスの列、二十本以上あるカナディアンクラブやオールド・サラトガ・ウイスキーの瓶を示した。酒瓶の後ろに手を入れ、いちばん上の棚から革の書類入れを取り出して、わたしに差し出した。「これをあんたに」

書類入れの表面をこすると、ほこりが舞いあがった。マンディは〝遺物〟と言っていた。わたしは、キリスト教の聖遺物——聖人の指とか、聖水の瓶とか——みたいなものを想像していたけれど、書類入れは一九六〇年ごろの比較的新しいもので、あまり多くの紙をはさめないほど薄い。それをあけようとしたところで、マンディに止められた。

「やめて。だめ。あたしが帰るまでは。ミス・オーロラはぜったいにあたしには見せてくれなかったし、あたしだってそんなものは見たくないから」部屋を出ようとしたマンディの腕を、わたしはつかんで引きもどした。

「それだけ?」わたしは言った。「ほかにも伝えるべきことがあるんじゃないの?」

「あたしはミス・オーロラとの約束を守ったんだ」マンディは腕を振りほどいて言った。「義務は全部果たした」そう言いつつも、マンディは出ていかなかった。その目は書類入れに釘づけになっていた。口ではああ言っても、中身が気になるのだ。「もう何年も前からなんだよ、この屋敷で変なことが起こるのは。何かがおかしいってことを、だれかが知らせたがってるみたい。あちこちの階段とか廊下でガラスが割れてるのを見つけたし、クリスタルの花瓶は爆発でもしたみたいに粉々になってた。そしたらつぎに、額縁のなかで鏡が割れはじめたんだ。理由はさっぱりわからない——壁から落ちたりしたわけでもないのに、鏡が割れはじめたんだ。あたしはものすごくこわくなって、鏡を全部三階に移したんだ。そのあとは、不気味な物音。笑い声に、泣き声に、小さな子どもが走りまわってるような足音。あたしは幽霊なんて信じないけど、そういうのがこの屋敷にいるのかもしれないって考えるようになった。頭がどうにかなったのかと思ったよ。ミス・オーロラに訊いても、そんなことはない、ただの幻でしょうって言われるし。あの人はいつも割れ物を乱暴に扱っちゃうから、そのせいだろうって。でも、ミス・オーロラは年をとるにつれて、隠し事がへたくそになってた。ある日、客間のドアがあけっぱなしになってたんだ。なかをのぞいたら、おかしな光景がひろがってて、それで、この屋敷では恐ろしいことが起こってるってわかった」

「恐ろしいことって？」

マンディはわたしの手に置かれた書類入れを見おろした。「そのなかに何がはいってるのか、あたしは知らない。けど、それがなんであろうと、ここで起こってるおかしな現象の原因にはちがいない」

訊きたいことが山ほどあったけれど、ちょうどそのとき、外から騒がしい物音が聞こえてきた。マンディのあとにつづいてキッチンの窓へ向かうと、私道に警察の車が停まっていた。マンディは小声で悪態をつき、書類入れを食器室の隠し部屋へもどそうと身ぶりで合図した。隠し部屋のドアを閉めてレバーをなおし、キッチンへもどったところで、ビルが到着した。その横には二名の警察官が立っていた。

「刑務所へ行きたくなけりゃ、私道に車を停めるべきじゃなかったな、マンディ」ビルは言って、マンディからわたしに視線を移した。

「ハウス・シッターとお茶してただけだよ」マンディは何食わぬ顔で返した。「別に悪いことはしてないだろ？」

ビルは出入り禁止命令にふれたけれど、その必要はなかった。あっという間に、マンディは屋敷から連れ出された。わたしはその後ろ姿を見て、あの革の書類入れをどうすべきなのか教えてもらっていないと気づいた。オーロラの甥を除いて、それを説明できるのはマンディだけだ。

ビルがいなくなると、わたしは正面玄関の鍵をかけて執事の食器室へ駆けもどり、戸棚の前にひざまずいて手を伸ばし、レバーを引いた。カチャッという音と同時に、隠し部屋のドアが開いた。マンディといっしょだったときは気づかなかったけれど、思ったより広い部屋だった。暗闇が酒棚の奥までひろがっている。おそるおそるはいった先に、石壁とひびだらけのコンクリートの床に囲まれた広い空間があった。目が暗闇に慣れ、手にした書類入れの重みを感じながら、柔らかな表面を指でなぞった。どんな秘密が隠されているのかと思うと、胸が高鳴り、好奇心が掻き立てられた。一方で、それをあけてはいけないと、本能が警告していた。マンディに倣って、この件とは手を切るべきだ、と。

でも、そんなことはできなかった。オーロラが隠していたものをわたしは知りたかった。マンディの話の意味を理解したかった。そして何より、屋根裏部屋で見つけた美しくも恐ろしい人形との関係を知りたかった。

結局、好奇心が打ち勝った。書類入れは太い革の紐で結ばれていた。それをほどくと、フランス語で手書きされた紙の束がはいっていた。ひと目で内容まではわからなかったけれど、文の形式から、手紙だと気づいた。一枚目の上段に、フランス語で一九〇九年十二月二十四日の日付が、その下には〝愛する息子へ（モン・シェール・フィス）〟と宛名が記されている。流れるように美しい筆跡だ。ただ、急いで書いたのか、文字がまっすぐに並んでおらず、インクもにじんでいた。手紙の最後には、飾り書きで〝ガストン・ラ＝モリエット〟と署名があった。わたしはすぐにぴんと来た。ガストン・ラ＝モリエット、ヴィオレーヌを生み出したあの人形職人だ。

26

マイク・ブリンクは日記から顔をあげ、腕時計を見た。時刻は午後四時八分。十分近く、ジェスの日記に没頭していた。日記はほんの数十ページで、いつものブリンクなら、六十秒もあれば読み終えられるはずだった。だが気づけば、ジェスのことばをゆっくり嚙みしめ、いくつかの文章は何度も読み返してすらいた。事件前のジェス――NPRのインタビューに答えていた女性、ユーモアと思いやりにあふれる聡明な女性――を感じられたのはうれしい驚きだったが、そんな彼女の人生が台なしになってしまったことに対する憐れみで、胸に鋭い痛みが走った。

ふたたび日記をめくり、作家ジョーン・ディディオンのエッセイの引用部分に目を留めた。〝書きたいという欲求は特に衝動的で、そういう気持ちをいだかない人にとっては不可解なものだ。こうして書き留めた内容が何かの役に立つというのも、ただの偶然、ただのおまけにすぎないが、少なくともその衝動は正当化できる〟ブリンクは手がかりを求めてジェスの日記を読みはじめたわけだが、仮に何か見つかったとしても、それは〝ただの偶然、ただのおまけにすぎない〟のだろう。ブリンクは事象の無作為性が持つ力や、偶然の出会いによる人生の転機というものを信じていた。ただし、何もせずにただ待っているだけというのはがまんできなかった。これまでの謎を解く鍵がジェスの日記にあるのなら、なんとしてもそれを見つけ出さなければならない。

ブリンクは慎重にページをめくり、見落としはないかと目を凝らしたが、日記は唐突に終わっていて、多くの疑問が残されたままだった。答えは自分で見つけるしかないということか。

ハイウェイの休憩所は冷房が強く、天井に並ぶ吹き出し口から冷たい風が容赦なく吹きつけていた。身震いしながら、窓の外の駐車場を見やる。トラックのそばに黒のテスラが停まっているかもしれないと思ったが、駐車場はほぼ空っぽだった。もう危機は過ぎ去ったのかもしれない。少なくとも、いまのところは。

コナンドラムは外に出たがっていたが、ブリンクにはまだ考える時間が必要だった。そこでコンビニへ行き、スティック状のビーフジャーキーを買って、愛犬の前に置いた。ビーフジャーキーはコニーの大好物なので、これでしばらくはおとなしくしてくれるはずだ。

コニーがお気に入りのおやつに気をとられているうちに、ブリンクはノートパソコンを開き、Ｇｏｏｇｌｅの検索ボックスにいくつかのキーワードを入力した――〝フランキー・セッジ　セッジ館死〟――が、ジェス・プライスの事件以外はほとんどヒットしなかった。ページをスクロールしていくと、〝ジェイムソン・セッジ〟の名が現れた。リンク先の記事には、ジェイムソンはフランキーの息子で、年齢は五十代だと書かれていた。フランキーが亡くなったとき、ジェイムソンはまだほんの子どもだった。ウィキペディアによると、ジェイムソン・セッジは大きな成功をおさめた起業家であり、バイオテクノロジーやブロックチェーン関係のベンチャービジネスを展開する〈シンギュラリティ・テクノロジー〉という会社の創業者だった。あまり重要な情報だとは思えなかったので、ブリンクはさっと読むだけにして、つぎのリンクに飛んだ。こちらは《ニューヨーク・タイムズ》紙の死亡記事で、〝ボタン製造業で財を成したセッジ一族の後継者、フランクリン（フランキー）・セッジ二世、二十五歳で死去〟という見出しがついていた。ページを拡大すると、写真にはハンサムで少年らしさの残る若い男性が写っていた。太陽のまぶしさに顔をしかめているそのさまは、さながら白い夏用のスーツに身を包んだギャッツビーだ。死因にはふれられておらず、葬儀の日時と埋葬の場所だけが記されていた。また、残された家族についての言及があった。イギリスのロンドン出身である妻のレネー、二十三歳。それから、幼い息子ジェイムソンと、姉のオーロラ・エリザベス・セッジ。三人ともニューヨークのクレアモントで暮らしている。

つぎに、ブリンクはジェイムソンの名で検索をかけた。ところが、〈シンギュラリティ〉に関するページは何千件とヒットするものの、ジェイムソン・セッジの写真は一枚も出てこなかった。おかしいと思いながら、さらに検索をつづけた。ジェイムソン・セッジほどの著名人ともなれば、写真などいくらでもインターネットに転がっているはずだ。あきらめかけたそのとき、とうとう一枚の写真が見つかった。色白の肌に赤毛で長身痩軀の男。写真の下には、メトロポリタン美術館の式典か何かで撮られたものらしく、ひとりの女性と並んで立っている。写真の下には、〝ジェイムソン・セッジ〟と〝アン＝マリー・リシャード〟の名が書き添えられていた。まちがいない、ジェスの日記に書かれていた女の名だ。男のほうは、黒のテスラに乗っていた人物と非常によく似ている。写真を拡大し、さらに目を凝らした。やはりそうだ。刑務所で見かけたのは、ほかならぬジェイムソン・セッジだった。おそらく、モーテルの部屋荒らしにもかかわっているのだろう。

ジェスの日記にもどり、ページをめくって、アン＝マリー・リシャードに関する情報を探した。具体的なことはあまり書かれていなかったが、ジェスがセッジ館で会ったのと同一人物と見てまちがいなさそうだ。ジェイムソン・セッジとの関係はよくわからないが、ふたりがつながっていることはたしからしい。

アン＝マリー・リシャードの名をインターネットで検索すると、さまざまなリンクの一覧が表示された。いちばん上にあったのは、バード・カレッジの教員紹介のページだ。〈サザビーズ〉を退職し、いまは大学で教える仕事をしているようだ。リンクをクリックして、紹介文を読んだ。〝アン＝マリー・リシャード博士、専門は陶磁史〟カラーの写真もあった。髪は暗めで、目は茶色、まじめそうな表情をしている。同じページに、オフィスアワーとメールアドレスと電話番号が掲載されていた。ブリンクはスマートフォンを取り出して、着信履歴を確認した。セサリーから連絡があるかもしれないと思ったからだが、電話は来ていなかった。そして、アン＝マリー・リシャードの番号に電話をかけた。留守番電話につながったので、メッセージを残した。つづいて、アン＝マリー・リシャードのメールアドレスをクリックし、自分がジェス・プライスの知り合いであること、短時間でもかまわないのでふたりで話がしたいことを書いて送信した。できるだけ早く返事がほしい、とも付け加えておいた。彼女と連絡をとるのは危険かもしれない――ジェイムソン・セッジとつながっているのだから――が、ほかに必要な情報を得られる手段が思いつかなかった。

アン＝マリー・リシャード博士に関するページをひたすらクリックし、すばやく一読していった。本人が書いた記事もいくつかあり、ほとんどは陶磁器、特にヨーロッパの磁器の歴史に関する学術論文だった。中国からはじめて磁器が輸入された時代から、十八世紀のマイセンでヨーロッパ初の磁器工房が誕生したころまでの歴史に焦点を置いたものが多い。それとは別に、いくつかの人気記事もあった――《タウン＆カントリー》誌でフランスの磁器に対する愛を綴ったものや、いまや廃刊となった《トイ》誌で磁器人形について語ったものだ。著作もひとつあった。主題は十九世紀後半から二十世紀前半に作られたフランスの磁器についてで、大学出版局から刊行され、Ａｍａｚｏｎでは星五つのレビューが九件ついている。たしかに大衆向けのテーマではないが、専門家としてはじゅうぶん信頼できそうだ。アン＝マリーと話をしても、セッジ館でジェスに起こったことの謎を解く手がかりは得られないかもしれない。だが、ジェスの日記によれば、アン＝マリーは事件の直前にジェスが会っていた人物のひとりだった。

日記でアン＝マリーが出てきたところをもう一度確認し終えると、セサリーから渡されていたＵＳＢメモリをポケットから取り出し、パソコンにつないだ。なかにはまず、ふたつのＰＤＦファイルがはいっていた。片方には〝捜査資料〟というタイトルがついているが、もう片方は無題だ。〝捜査資料〟のファイルを開くと、五十七ページもの文書が出てきた。ノア・クック殺人事件に関する、あらゆる報告書やメモをスキャンしたものだ。全ページにコロンビア郡保安官事務所の公印が押されている。これはきっと〝極秘〟とあった大きな白い封筒の中身だ。ジェスの逮捕状やその請求書、顔写真、没収された身のまわり品——夏用ワンピース、サンダル、金のネックレスなど——の一覧もあった。

もうひとつのPDFファイルは、ノア・クックの検死報告書のコピーだった。ブリンクは前のめりになって読んだ。事件当時、ノア・クックの死因については、メディアでも法廷でも、無許可で書かれたジェスの伝記をもとにした映画でも、推測の部分が多かった。ブリンクの知るかぎり、検死報告の結果は公表されなかったのだが、その理由がいまわかった。死因は胸部と腹部への鈍器損傷と記載されているものの、そこには検死医の見解という形で注記がついている。遺体の損傷状態は、自動車事故、または五十フィート以上の高所からの落下事故によるものと同等で、なんらかの衝撃によって内臓が深刻な損傷を負った。心臓、肺、肝臓、腸が破裂し、大量の内出血を引き起こした。要するに、ノア・クックの内臓は木っ端微塵となったのだ。

検死報告の結果が公表されなかったのも無理はない。ほかにも、この事件ではメディアに明かされなかった情報がたくさんあった。いちばんの理由は、ジェスが証言を拒否したからだろう。とはいえ、弁護側が法廷でノアの死因にふれなかったのは妙だ。ジェスのような若い女性がボーイフレンドを殺すなら、ほかにもいろいろと方法はある。ナイフで刺したり、銃で撃ったり、毒を盛ったり、首を絞めて殺すことだってできたはずだ。それなのに、落下事故と同等の衝撃を与えて殺しただなんて、ほんとうにありうるだろうか。身長百六十二センチの女性が、男性の内臓を木っ端微塵にした？　あまりにも現実離れしている。

USBメモリには、フォルダもひとつはいっていた。クリックすると、カラーのポラロイド写真が何枚も出てきた。それを見て、検死報告書と同様にこれらの写真が開示されなかった理由がわかった。

これが公表されれば、ノア・クックが説明のつかない奇怪な死をとげていたことが明らかになってしまう。

写真のなかのノア・クックは、セッジ館の書斎に横たわっていた。全裸で、生気のない目は見開かれ、長い黒髪は血で固まっている。ぞっとするような表情をしているが、ブリンクが血も凍るほどの恐怖を感じたのは、その皮膚を見たときだった。体じゅうが、ジェスの腕にあったのと同じ模様の傷痕で覆われている。蜂の巣状のおぞましく赤い切創が、胴、脚、腕、顔のすべてを埋めつくしているのだ。特に胸の傷がグロテスクで、青白い皮膚がゆがみ、ところどころ肉がむき出しになって、血がにじんでいる。

胸のむかつきをこらえながら、さらに何枚もスクロールしていくと、別の写真が現れた。こんどは白黒だ。拡大して、ブリンクは困惑した。なぜまた同じ写真がここに？　しかも白黒で？　だがよく見ると、それはノア・クックではなく、まったく別人の遺体だった。こちらもセッジ館の床に横たわっていた。端に写っている豪華な階段と家族写真の壁は、ジェスの日記に書かれていたとおりだ。遺体の胸には、ジェスの腕、さらにはノア・クックの体を覆っていたのと同じ幾何学模様の傷痕があった。写真の下には〝フランクリン・セッジ〟とある。つまりこれは、オーロラ・セッジの弟、フランキーの遺体なのだ。フランキーはノア・クックと同じ死に方をしていた。

両者の写真を見比べながら、ブリンクは考えこんだ。五十年の時を隔て、ふたりの若者が同じ年齢のときに同じ場所で死亡した。それならまだ理解できる。だが、死に方まで同じというのは？　ぜったいにおかしい。ブリンクはフランキーとノアの遺体を拡大して並べた。しばらくのあいだ、食い入るように見つめる。どちらも、傷痕が蜘蛛の巣のように全身へひろがっていた。これまでに二度、同じような模様を目にしたことがあった。一度目は夢のなかで。二度目は刑務所で。

ノートパソコンを閉じる前にメールを確認すると、驚いたことに、アン＝マリー・リシャードから返信が来ていた。件名に〝ジェス・プライス〟の名を入れたことが功を奏したのかもしれない。返信はたったの一文だが、ブリンクとジェスの関係を教えてくれと書いてあった。ブリンクは簡単な自己紹介と、ジェス・プライスに関するプロジェクトに取り組んでいてリシャード博士に行き着いたことを書いて送った。内容をぼかしすぎているとわかってはいた――プロジェクトの内容も、何がきっかけでリシャード博士にたどり着いたのかも明かしていない。だがそのほうが、ブリンクと話をする気になってくれるかもしれないと思ったのだ。

一分以内に返事が来た。〝ミスター・ブリンクへ。あなたのことは存じあげています。あなたのお仕事のことも。お気づきかと思いますが、こちらはジェス・プライスの置かれた状況に精通しています。夕方まで、オフィス（住所は以下のとおり）にいる予定です。もう何年も前から、このメールを待っていました。できるだけ早くいらしてください〟

スキルを要する争いにおいて、リスクは付き物だ。たとえば、チェスの試合で対戦相手を罠にはめるために、自陣の駒をあえて危険にさらしたり。タッチダウンを決めるために、強固なディフェンスラインへわざと突っこんでいったり。勝つためにはリスクを背負う必要がある。人はそれを受け入れ、結果と向き合わなければならない。だから自分は、ジェスの謎を解くために、危険を承知でアン＝マリー・リシャードと会う必要がある。そう思ったとたん、期待と不安の入り混じった興奮がブリンクの全身を駆け抜けた。

ブリンクは立ちあがり、ごみを投げ捨て、ドアへ向かった。アン＝マリー・リシャードのオフィスには数時間で着くだろうが、すでに時刻は午後四時二十分だ。急げば日没前に着けるだろうか。バッグをのぞきこみ、ジェスの日記があることをたしかめると、期待が大きくふくらんだ。セッジ館で起こったこと、ここ数日でブリンクが経験したことについて、アン＝マリー・リシャードなら何か説明ができるかもしれない。となれば、話を聞くのは早ければ早いほどいい。

しかし、ガラスのドアの手前で、ブリンクの足が凍りついた。駐車場の高温のアスファルトから立ちのぼる蜃気楼か、それとも記憶が生み出した幻想か、ガラスのドアに見たこともない男の姿がぼんやり映っていた。その肌には、無数の小さなフラクタル状の亀裂が走っていた。

27

トラックの鍵をあけるのと同時に、スマートフォンが鳴った。元指導教授のヴィヴェク・グプタからだ。暗号化通信アプリを通して着信がはいっている。グプタ教授から電話が来るのは年に一、二度しかないので、ブリンクは出ることにした。片手でスマートフォンを持ったままトラックのドアをあけ、コニーをなかに入れて、自分も蒸し暑い車内に乗りこんだ。スマートフォンをダッシュボードに立てかけ、応答ボタンを押す。

「やあ、ブリンクくん」グプタ教授が言った。「手遅れになる前に、連絡がとれてほんとうによかったよ」

ヴィヴェク・グプタは真の意味でルネサンスを体現した人物だった。暗号理論と数学の研究者であるだけでなく、オランダの巨匠たちの技術を研究、再現する視覚芸術家でもあるのだ。フェルメールの〝すばらしき光の世界〟に感銘を受けた教授は、絵画を学びはじめた。新型コロナウイルスによるパンデミックをきっかけにボストンを離れると、ケープコッドで隠居生活をはじめ、古い漁師小屋をアトリエにリフォームした。ブリンクも昨年そこを訪れ、ロブスターを食べたり、位相幾何学からアルブレヒト・デューラーまでさまざまな話をしたりしながら、長い週末を過ごした。夜はアトリエで、ワインの瓶や鳥の死骸やザクロなどの静物（ナチュール・モルト）画に囲まれながら眠った。教授の描いた絵を見るたびに、ブリンクはその色使いに引きつけられると同時に、謙虚さに包まれるのだった。人生の師を前にして、自分の未熟さを痛感するのと同じように。

ＭＩＴに入学した直後の秋学期、グプタ教授は若きマイク・ブリンクを庇護下に置いた。当時のブリンクは、新生活や大学での授業に慣れようと必死だった。グプタ教授とのはじめての出会いは〝パターンとパズルと方程式〟と題された講義で、ブリンクはいちばん後ろの席にすわっていた。教授はインド訛りのイギリス英語を話す、大柄で風格のある人物だった。また、変わり者の教授としても有名で、たとえば、教室のテーブルに六〇年代のループ・ゴールドバーグ・マシン（いわゆる「ピタゴラ装置」）を置いていた。その美しくも複雑にもつれ合うレールやループに、学生は魅了されていた。

二度目の講義で、グプタ教授はブリンクに目を留めた。「えっと、きみは……？」教卓の向こうから、マイク・ブリンクを指して言った。

「ブリンクです」マイクは穴があったらはいりたい気持ちで答えた。

「そうか、よし、ブリンクくん。きみがわたしの授業をとるのはこの学期がはじめてのようだね。だが、周囲に目を配れば、仲間の学生たちがノートをとっていることに気づくだろう。きみもそうしてはいかがかな？」

ブリンクにとって、こういう経験——ノートとペンを用意していないことを、怠惰または傲慢と見なされる経験——ははじめてではなかった。だからいつも、教室のいちばん後ろの席にすわるようにしていたのだ。「ノートはとってます」ブリンクは言った。「ただし、頭のなかでですが」

「ほう？」グプタ教授は愉快げな顔で言って、教卓に身を乗り出した。「それはたしかかね？」

「はい」ブリンクは頬が熱くなるのを感じながら答えた。小さな教室で、学生は十五名しかいなかったが、その全員がブリンクを見ていた。「よかったら、証明もできます」

「お願いしよう」教授は言った。「先週の講義で、われわれはフェルマーの最終定理について議論したね。では、アンドリュー・ワイルズによるその証明の大筋をこのホワイトボードで再現してみたまえ」

い。

「全部ですか?」ブリンクは訊き返した。いくら大筋と言っても、あんなに複雑な証明を再現しろと言うなんて。いくらブリンクでも、その長く入り組んだ証明を何も見ずに書き起こすのは簡単ではない。

グプタ教授はマーカーを持ちあげ、ブリンクをホワイトボードへ呼び寄せた。「全部だ」

その前の週、グプタ教授は講義でフェルマーの定理にまつわる問題や謎について語った。十七世紀のフランス人、ピエール・ド・フェルマーは、ディオファントスの『算術』を読みながらその余白に定理を書きこみ、その証明を記すにはこの余白は小さすぎるという思わせぶりなメモを残した。それから何世紀ものあいだ、数学者たちがフェルマーの最終定理を解こうと躍起になった。とうとう、フェルマーが定理を発見して三百年以上経った一九九四年に、アンドリュー・ワイルズというイギリスの数学者がある発見をし、証明を完成させた。グプタはワイルズの証明をホワイトボードに映写し、学生たちに重要なポイントを書き留めておくよう言った。ブリンクは夢中になってすべてを脳内に書き留めた。フェルマーの最終定理を証明するための数式に、というよりは、ワイルズの苦悩、痛み、忍耐、不屈の精神に心を引かれていた。ブリンク自身、正しい答えを見つけることよりも、パズルを解く過程に喜びを見いだしていたからだ。

ホワイトボードへ歩いていきながら、どれほど熱心にノートをとっていた学生でも、あの証明を再現するのは不可能に近いだろうと、ブリンクは思った。この時点での記憶はあいまいだったが、マーカーを持った瞬間、グプタが映写していた数式がはっきりと脳裏によみがえった。色彩豊かな数式が頭に押し寄せ、鍵盤を叩くピアニストのように手が動いた。書き終えると、ホワイトボードは文字や数字で埋めつくされていた。教室じゅうが驚きの目でブリンクを見ていた。

「ブラボー、ブリンクくん」グプタ教授は驚きを隠せない様子で言った。「ブラボー。今後、きみに関してはペンと紙を持ってくる義務を免除することにしよう」

その日から、グプタ教授は何かとマイク・ブリンクの世話を焼くようになった。MITで最も頼りになる支援者となり、学業の面でも私生活の面でもブリンクを導く人生の師、そしてよき友人となった。つぎつぎと上級学年向けの講義を受けさせ、数々の賞に推薦し、卒業後の進路について助言を与え、さまざまな学会へ連れていき、ほかの教授や大学事務とのあいだで予想外のことが起こるたびに救いの手を差し伸べた。

時が経つにつれ、ブリンクはヴィヴェク・グプタがどれほど貴重な友人であるかに気づきはじめた。ブリンクのパズルやパターン、暗号文やクリプトグラムに関する知識は直観的なものだが、グプタの知識は三十年間、第一線で活躍してきた経験に基づいている。はじめて会ったとき、ヴィヴェク・グプタは五十路の坂に差しかかったところで、その道では伝説の人物と呼ばれていた。グプタは〝サイファーパンク時代の古参兵〟という自称を好んで使い、政府や政府におもねる企業をきらい、この現代世界で自分の身を守る唯一の方法は完全な匿名化を施すことだと信じていた。グプタ教授と仲間の先見者たちは、自由で境界のないデジタル空間、デジタル通貨、監視の目の届かないプライベートネットワークの創出に才能を費やした。暗号通貨の提唱者でもあった教授は、仲間といっしょにブロックチェーンネットワークを創りあげたのち、十億ドルを注ぎこんでインドのベンチャー企業を支援する慈善団体を立ちあげた。資本主義と国境を越えた自由な資本移動が、世界を物質的かつ知的貧困から救うと考えていたのだ。

ある日の講義後、グプタ教授はブリンクに一枚の紙を手渡した。それにはこんな文章が綴られていた。

何世紀も前から、人々は忍び声、暗闇、封筒、閉じられたドア、秘密の握手、密使を駆使して自分たちのプライバシーを守ってきた。そういった過去の技術では実現しえなかった高度なプライバシーの保護が、電子技術によって可能になる。われわれサイファーパンクは、匿名システムの構築に身を捧げている。暗号理論、匿名メール転送システム、デジタル署名、電子マネーによって、人々のプライバシーを守るのだ。

ブリンクはすばやくインターネットで検索し、それが一九九三年にエリック・ヒューズによって書かれた「サイファーパンク宣言」の一部であることを突き止めた。ある記事によると、その運動があったからこそ、今日の技術革新――インターネット、デジタル通信、暗号通貨、ブロックチェーン上に構築された非中央集権型システム――があるのだという。サイファーパンクは、個人情報やプライバシーの保護を目的とした、IT業界随一の有力者の集まりだった。

ブリンクにも、プライバシー保護の必要性は理解できた。けれども、グプタとは世代がちがう。ブリンクは自分の情報を公開することにさして抵抗がない。隠すべきことなどないのに、何を心配する必要があるのか。そう尋ねると、グプタ教授は説明した。プライバシーの保護というのは、個人に〝隠すべきこと〟があるかどうかの問題ではない。未来の権力者たちが情報をどう扱うか、という問題なのだ。連中は手に入れた情報を使って、市民の生活を制限し、支配しようとするかもしれない。だから、グプタ教授とサイバー空間の開拓者たちは活動をはじめたのだ。自由を守るために。

「きみたちの発言はすべて不利な証拠として用いられる場合がある」ケンブリッジのパブで夜遅くまで飲んでいたときに、教授が数名の学生に向かって言った。「匿名は力だ。ビットコインのホワイトペーパーは――すべてのもととなった論文で、そのアイディアは金融界における紙幣誕生以来の最も革命的な発明とも言われているが――サトシ・ナカモトと名乗る人物によってインターネットに公開された。その名が本名かどうかは確認されていない。特定の個人ではなく、何人かのグループが自称している仮名だと主張する者もいる。とにかく、サトシ・ナカモトの正体がなんであれ、なんらかの理由で姿を隠しているんだ。この業界では、いまこの瞬間も戦争が起こっている。その結果が未来を一変させるだろう」

大学二年生のとき、ブリンクが重要なパーソナル・キーを〝マイク・ブリンク〟のパズルに隠してインターネットに投稿したと知って、グプタ教授は激怒した。いくらブリンクが若く、愚かだったとしても、パズルのダウンロード件数がたったの二件だったとしても、個人情報をオンラインで公開するなんて言語道断だと、教授は言った。「それから、グプタ教授は叱りつけた。「むろん、この件を忘却の彼方へ追いやることはできる」教授は言った。「それから、ゲイリー・サンドやその他もろもろと縁を切ることも。もう気づいているとは思うが、連中は自分たちの目的のためにきみの才能を利用したんだ。きみは被害者だ。だれもきみを責めることはできない。だが、インターネットで犯した過ちは、一生ついてまわるものなんだよ」

グプタ教授の言うとおりだった。あの一度の過ちが、一瞬の判断力の欠如が、いまになってブリンクを苦しめている。

トラックの運転席で、ブリンクはスマートフォンの画面を見おろした。グプタ教授は絵の具まみれのスモックを着てアトリエに立っていた。元指導教授はMITを去ってからずいぶん恰幅がよくなり、それがよく似合っていた。こめかみのあたりには白いものが交じり、顎先には白い山羊ひげが垂れ、目のまわりには深い笑い皺が刻まれて、口もとにはいまにもユーモアが飛び出しそうな雰囲気が漂っている。「やあ、ブリンクくん、いったいなんだってきみは、暗号化されていない公共のWi‐Fiを使ってジェイムソン・セッジの名を検索しているのかね」

ブリンクは状況――セサリーに渡されたパズル、刑務所でのジェスとの面会、その後に起こったすべての出来事――を説明し、円形のパズルが描かれた紙を取り出して、グプタに見せた。教授ならそれを一瞥するだけで、ブリンクが見落とした美しくも明白な手がかりを指摘してくれるものと思っていた。しかし、それはまちがいだった。長々と円を見つめるうちに、教授の眉間の皺が深くなっていった。何かを危ぶんでいるような表情をしている。しばらくして言った。「きみが入力した検索キーワードを見て、トラブルに巻きこまれているんじゃないかと思っていたんだよ」

「ぼくが入力した検索キーワード？」ブリンクは訊き返した。ヴィヴェク・グプタにオンラインで見られないものはないと知っていたが、ブリンクの検索キーワードまで見張っていたとは。「ぼくをスパイしてたんですか？」

「わたしだけではない」教授は答えた。「だれにも見張られたくなければ、電子機器を破壊するしかない。ただし、それでもじゅうぶんではないがね。さて、説明してくれ、ブリンクくん。どうしてきみはその件にジェイムソン・セッジがかかわっていると思ったのかな？　インターネットで検索しても、そんな情報はつかめないはずだが」

「簡単じゃありませんでした。セッジの写真は一枚しかなくて――何かの式典で撮られたものでした」

「その一枚があったことがむしろ驚きだよ」教授は言った。「セッジはわたしと同様、古い世代の人間だからね。インターネットにプロフィールや個人情報をあげたりしない。いわんや写真をや、だ。写真はアップロードされるたびに削除している。あいつについて書かれた記事はみな――ウィキペディアでも《フォーブス》でも《ニューヨーク・タイムズ》でも――本人がきびしく内容をチェックしているんだ。わたしがそれを知っているのは、自分のデジタル足跡を消し去るために、同じ専門家を雇っているからだよ」

「ぼくが見つけた写真には、アン＝マリー・リシャードという人物がいっしょに写ってました。彼女はセッジ館でジェス・プライスと会ってるんです。セッジ館の当時の所有者はジェイムソン・セッジでした。アン＝マリー・リシャードはノア・クックが死亡する数日前に館を訪れていた。彼女なら、何か知ってることがあるかもしれないと思ったんです」

ヴィヴェク・グプタは珍しく沈黙した。少しして口を開いた。「きみはそれがほんとうにいい考えだと思うのかね」

「ほかに方法がないんです」ブリンクは言った。「いずれにせよ、先方は同意してくれました。数時間後に会う予定です。セッジが何かを隠してると、教授は思ってるんですか？」

「あの男は三十年近く前からの知り合いでね。あいつが何かを隠していることは断言できる。出会ったころは、おもしろいやつだと思っていたんだが。ふたりともウィリアム・ギブスンとフィリップ・K・ディックのファンでね。暗号理論の実装と、それを使ってどう匿名性を守るかという点に強い興味をいだいていた。デジタル通貨の生みの親、デイヴィッド・チャウムのようにね。わたしたちはサイファーパンク運動に初期のころから携わっていて、例の宣言を作成するためのサンフランシスコでの会合にも参加していた。ブロックチェーン技術を提唱し、それを使ったビジネスの立ちあげにも貢献した。だが、時とともに、別々の道を歩むようになったんだ。あいつがいま何をしているのかはわからないし、知りたくもない。率直に言うと、好きになれないんだ。あの男は異常なまでのセキュリティ信者だよ。きみがなんらかの理由であいつの脅威となったのなら、想像以上に暗い深みへはまってしまったということだ」

「でも、そんなことはしてません」ブリンクは言った。「ぼくは巻きこまれたんです。パズルのほうから近づいてきたんだ」

「きみはジェス・プライスの手助けをしている」グプタは言った。「そうだろう？」

「ええ、そうとも言えます」ブリンクはあらためて実感した。すべてのはじまりは、たった一度のジェスとの面会だった。それがこんなことになってしまうなんて。

「セッジにとって、敵の友人は敵なんだ。きみの話を聞くかぎり、ジェス・プライスはセッジの友人ではない」

「おっしゃるとおりです」ブリンクはジェスの暗号文、監視カメラに向けた恐怖を思い浮かべて言った。

「であれば、あいつのガールフレンドとは会わないほうがいい。すべて忘れるんだ。パズルの紙を破り捨てて、マンハッタンへもどりなさい」

「できません」ブリンクは本気でそう答えた。マンハッタンへ帰ったとしても、パズルを記憶から葬り去れたとしても、ジェスの面影には一生取り憑かれるだろう。

グプタ教授はため息を漏らした。「となると、できるかぎりあいつの怒りを鎮めるしかない。なんとかして、話す機会を作るんだ。そして、この件に自分は何もかかわっていないとわからせなさい」

「でも、これがどんな件なのかもわかってないんですよ」ブリンクは言い返した。

「わかっている者はひとりもいないはずだよ」グプタは言った。「だが、その屋敷で起こった犯罪は、あいつにとってはじめての手に負えない出来事だった。あの男の名や会社について検索してもたいした情報が得られないのは、本人がきびしく監視しているからだ。アン＝マリー・リシャードがきみと話したがっていると聞いて、わたしが驚いた理由はそれだよ。実に驚きだ」

ブリンクは額をハンドルに押しつけた。ビニールが燃えるように熱い。ふと、グプタ教授の忠告に従いたいという誘惑に駆られた。家に帰り、パズルで心を癒やし、午後のランニングに出かけて、コニーといっしょにテレビを観ながら静かな夜を過ごす。「教授の言うとおりかもしれません。ここで手を引くべきなのかも」

「ああ、そうすべきだ」ヴィヴェク・グプタは言った。「しかし、そうしないのがきみだ。それに、きみがセッジのレーダーに引っかかったのには、何か忌々しい理由があるはずだよ。予定どおり、あいつのガールフレンドに会いにいくといい。だが、慎重に行動するように。ところで、わたしの暗号化通信アプリはスマートフォンにはいっているね。パズルの写真を撮ったら、アプリで送ってくれたまえ。わたしのほうでも調べてみよう」

28

日が暮れはじめたころ、マイク・ブリンクはバード・カレッジにあるフィッシャー・センターの駐車場に着いた。建築家フランク・ゲーリーが設計を担当したその建物は、甲殻類の外骨格や金属製の折り紙を思わせる角張った構造をしている。ブリンクはそろそろコニーを走らせてやりたかったので、リードをはずし、手入れの行き届いた芝生へ送り出した。コニーは明るい夕日と新鮮な空気を存分に味わいながら、くるくると走りまわったり、飛び跳ねたり、ダッシュをしたり、吠えたりした。あまりにもはしゃいでいたからか、芝生の向こう端で遊んでいた子どもたちがコニーに気づいた。黄色のワンピースを着た十歳くらいの少女がプラスチックのストローでシャボン玉を飛ばした。遊びたくてうずうずしていたコニーは、つぎからつぎへとシャボン玉に跳びかかり、鼻でつぶしてまわった。ブリンクは、夕日を浴びて虹色にきらめく石鹸水の球体が、浮かんだり回転したりしている様子をながめた。これは光の干渉が生み出す奇跡だ。ブリンクの脳は、球体ひとつひとつの立体角と完璧な対称性をとらえた。つづいて大量の数字が頭になだれこみはじめ、ブリンクはそれを振り払った。いまは数字の洪水に押し流されている場合ではない。アン＝マリー・リシャードが待っているのだ。

コニーのリードをつけなおしているときに、ポケットのなかのスマートフォンが振動した。取り出して確認すると、電話帳に登録されていない番号からボイスメッセージが届いていた。〈ザ・スターライト・モーテル〉の支配人がブリンクの部屋を見て、怒りの電話をかけてきたのかもしれない。メッセージを開くと、セサリー・モーゼスの声が聞こえてきたので、ブリンクは足を止めた。

とても残念な知らせがいくつかある。きょう起こったことについて調べていたら、いま上司から電話が来て、ジェスをレイ・ブルックから別の刑務所へ移すと言われたの。なんていう悪夢。とにかく、あなたがUSBメモリの中身を見たかどうか知りたくて、メッセージを送りました。折り返し、連絡をください。緊急に話したいことがあるの。

建物のなかは、氷風呂にはいっているのかと思うほど冷房が利いていた。だれもいない廊下を歩きながらアン゠マリー・リシャードのオフィスを探していると、不安が募りはじめた。あれほどグプタ教授と親しくしているにもかかわらず、ブリンクには大学関係者に対する不信感がある。MIT時代、すべての教員がグプタのようにブリンクの才能を正しく評価してくれたわけではなかった。それどころか、たいていの教授が、よくてサーカスの見世物、ひどいときには完全なるいかさま扱いをした。理由は察しがついた。ブリンクは数時間でトルストイの『戦争と平和』を読了し、任意の文章を暗唱することができた。教科書をちらりと見ただけで、むずかしい方程式を解くこともできた。事故のことを知っている教授でさえ、ブリンクの能力を疑っていた。口には出さずとも、ことばの裏には非難の響きがあった。あいつの能力は不当だ。証明はできないが、きっとなんらかの方法で、ずるをしているのだろう。

ブリンクは三年間で単位を取り終え、MITを首席で卒業した。優秀な学生ではあったが、根っからの研究者ではなかった。学術研究にやりがいも興味も見いだせなかったのだ。奨学金をもらいながらMITでの博士号取得をめざさないかと言われたときも、ブリンクはことわった。そしてマンハッタンへ引っ越し、《ニューヨーク・タイムズ》紙のパズル作家として活動をはじめた。その決断に教授たちは当惑し、学生たちはあざ笑った。彼らは有名大学院への進学や、高収入コンサルタントとしての企業への就職が決まっていた。ブリンクのところにも同じような誘いが来ていたものの、すべてを辞退していた。

ブリンクにとってはそうするほかなかったというだけなのだが、それを理解してくれた者はほとんどいなかった。ブリンクに必要なのは名声でもお金でもなく、パズルだった。そのころには、配られたカード――人生を左右するほど機能の振れ幅が大きい脳――をうまく使いこなす方法を身につけていた。トレヴァース医師が言うところの〝特別な力〟を受け入れ、フットボール場での事故がなければどんな人生になっていただろうと想像することはなくなっていた。それでもなお、過去を振り返って胸が張り裂けそうになることはときどきあった。

「リシャード博士」ブリンクはオフィスの戸口に立って言った。バード・カレッジのウェブサイトで写真を見ていたので、すぐにこの人だとわかった。長身でスタイルがよく、品があり、暗い色の髪は肩のあたりで切りそろえられている。淡い色の毛糸で編まれたショールの大きな編み目が、胸もとで複雑な幾何学模様を成していた。

「アン＝マリーと呼んで」アン＝マリーはそう言って、せまい部屋へ手招きした。ブリンクは小さな革のふたり掛けソファに腰をおろした。近くの棚には美術書――パリにあるロダン美術館の図録や日本の陶磁器の本など――がずらりと並んでいる。「それで、こちらは？」アン＝マリーはコナンドラムを見おろして尋ねた。コニーは警戒心をあらわにしている。

「これをあげれば、コニーに一生好かれますよ」ブリンクはバッグからビーフジャーキーを取り出して渡した。だが、いま言ったことは嘘だ。コナンドラムはとても勘が鋭い。相手が信頼に値する人物かどうかを瞬時に判断し、その意見を変えることはめったにない。ブリンクはいつも感心していた――コニーは人間を前にすると第六感が働くのだ。アン＝マリーはコニーにおやつを投げ、反対側のそろいのふたり掛けソファにすわった。

「急なお願いに応えてくださり、ありがとうございます」ブリンクは言った。コニーは足もとにすわって、その日二本目のビーフジャーキーを嚙みはじめた。

「何年も前から、ジェス・プライスについて連絡をくれる人を待っていたの」アン＝マリーは言った。

「彼女はいまも……？」

「服役中？」ブリンクは代わりに言った。「ええ。アディロンダックの矯正施設で。きょう、ぼくもそこにいたんです」

「あるプロジェクトに取り組んでいると言っていたわね。どんなプロジェクトなの？」

ブリンクは特に嘘をつくつもりもなかったのだが、気づけば作り話をしていた。「受刑者向けのパズルを作ってるんです。州と協力して、ボランティアで」

「まあ、寛大なこと」アン＝マリーは怪訝そうな面持ちで言った。「あなたほどの……専門家がボランティアに参加するのは、よくあることなの？」

「別に、そういうわけでは」ブリンクは言った。この人も肩書きだけで自分を見ているのだろうか。「ただ、人助けが好きなんです。それで、あなたと話をしてみたいと思って。ジェスと会ったことがあるんですよね？」

「一度だけ、セッジ館でね。館の所有主に骨董品の鑑定と売却を頼まれたの。結局、売却はされないままになったけれど」

ブリンクは驚いた。セッジ館は何もかも――屋敷も含めて――売られてなくなったものと思っていたからだ。「売却されていない？」

「ええ」アン＝マリーは答えた。「所有主の希望で、骨董品はすべて彼の伯母が生きていたころのまま保存しておくことになったの」

「十九世紀後半に建てられた屋敷を保存の目的で維持しつづけるのは、少し費用がかさみませんか？」

「ジェイムソンはお金のことなんて気にしないわ。でも、そうね、妙な決断ではある。ふつうならできるだけ早く売り払おうとするでしょう。あの事件のあと、ジェイムソンは館を手放さないと決めた。ハウスキーパーを雇って掃除をさせ、庭師に薔薇園の手入れをさせて、冬のあいだは配管が破裂しないように暖房をつけている。ジェイムソンは伯母のオーロラ並みに変わっているの。もしかしたら、伯母以上かも」

「じゃあ、磁器人形のコレクションはまだあの屋敷に？」

アン＝マリーの頬が赤くなり、表情がこわばった。「人形のことは、ジェスから聞いたのね？」

ブリンクはなんでもないふうを装ってうなずいた。話の先が知りたくてたまらなかったが、それを相手に悟られてはいけない。

「オーロラのコレクションは徹底的に調べたわ。彼女と直接会ったことはないけれど、あのコレクションを見て、そうね、とにかく圧倒された。変わった人だったのはまちがいないけれど、好きなものに囲まれて暮らし、けっしてだれにも邪魔をさせなかった」

アン＝マリーは膝の上で両手を組み、つづけた。「特に磁器のコレクションはすばらしかった。二十年以上前からずっと、あたしは陶磁器に夢中なの。美術史家としての専門も陶磁史よ。古代中国の寺院にあった壺から、フランスのファイアンス焼きの名作まで、さまざまな陶磁器に関する論文を書いてきた。磁器人形はその延長だったのだけれど、最近はもっぱら、そればかり調べている」

「分野としてはかなり限定的ですね」ブリンクはここで話をさえぎらないほうがいいと感じ、質問した。「どうして陶磁器に興味を持つようになったんですか」

「ほんとうのことを知りたい？」アン＝マリーははにかみ、頬を紅潮させた。「十歳のころ、曾祖母のティーカップでホットチョコレートを出されたことがあったの――金ぶちのとても薄い磁器のカップで、底にバラの絵が描かれていた。重さをまったく感じさせないほど軽く、卵白のように半ば透きとおっていて、光をとらえて反射するの。あたしはすっかり魅了された。その後、曾祖母が亡くなって、カップをすべて引きとったのよ。調べたら、リモージュ磁器だとわかった。マンハッタンではじめて借りたアパートメントにも持っていった。ものすごくせまいキッチンで、食器棚の半分は曾祖母の形見で埋まったわ。毎日使った——貧乏な学生がそんなことするなんて、ちょっと滑稽よね。でも、それが心の支えになっていた。リモージュのカップを手に持って、曾祖母のことを考えない日はなかった。けれど同時に、そのカップの芸術性や職人たちの腕、世代や時を超越する美や喜びにも、思いをはせるようになった。このカップは芸術品だと、あたしは気づいたの。古代ローマの彫像と同じくらい貴重なものなんだって。カップのほうは、あたしが毎日愛でているだけだけれどね。それで、専門を陶磁史に変更したの。それ以来、あたしはずっと磁器の虜よ」アン＝マリーは恥ずかしそうに微笑んだ。「ごめんなさいね。つまらない話だったでしょう」

「そんなことありません」ブリンクは言った。それどころか、好きなものへの情熱が人生を変えうることは、ブリンクも身をもって知っていた——パズルとの出会いが自分を救い、生き方や考え方だけでなく、すべてを一変させてしまったのだから。「とてもおもしろいと思いました」

「そうよ、とてもおもしろいの」アン＝マリーはうれしそうに言った。「陶磁史には特有の魅力がある。マルコ＝ポーロが中国から小さな壺を持ち帰ったときに、ヨーロッパ人ははじめて磁器というものにふれた。マルコ＝ポーロはそれを〝ポルチェラーナ〟と呼んだ。イタリア語でタカラガイを意味することばで、その真珠層の光沢が磁器の輝きに似ていたことから、そう呼ばれるようになったの。その後何年もかけて、おおぜいの職人が中国の磁器を再現しようとしたけれど、うまくいかなかった。完成品からは見抜けない技術がいくつもあって、中国人だけが知る秘法も隠されていた。輸入磁器はとんでもない値段で取り引きされるようになり、最も裕福な貴族でもほんのいくつか所持できる程度だった。

ヨーロッパじゅうが磁器に魅了されて、だれもがわれ先に手に入れようと必死になった。そんななか、アウグスト強王と呼ばれるドイツの君主が、大金を注ぎこんで秘法の解明に取りかかったの。やがて、その執念が実を結んだ。秘法が秘法でなくなると、磁器の生産は爆発的にヨーロッパじゅうへ広まった。フランスにも磁器工房が誕生して、世界的に有名になった。イギリスのウェッジウッドなんかも似たようなものね。磁器の小さな置物を、だれもが家に飾りたがるようになった。小物入れ、ティーポット、花瓶——人々の欲望はとどまるところを知らなかった。いろいろな意味で、磁器がヨーロッパ人の生活を変えたの。磁器を持っていることが富と名声の象徴となり、当然のように、イギリスやヨーロッパじゅうの君主は職人たちに傑作を作れと命じた。ところが、十九世紀になると、磁器のティーポットや美しいカップのセットは一般市民でも手に入れられるようになった。あたしの曾祖母のようにね」

「そして、オーロラ・セッジのように」ブリンクは言った。そろそろ話題をセッジ館にもどしたほうがいいだろう。

「そう、オーロラ・セッジのように」アン＝マリーは言った。「オーロラは一般市民なんかじゃなかったけれどね。でも、教えてちょうだい——あなたがあたしに連絡した理由は何？　ジェス・プライスのプロジェクトと、ほんとうに関係があるの？」

ブリンクはしばらく前からアン＝マリーの考えを探ろうとしていた。そろそろ真実を話すべきかもしれない。「セッジ館で起こったことを調べてるんです」ブリンクは言った。「あなたは、ジェスとセッジ館で会った数少ない人物のひとりだ」

「あれは骨董品の鑑定が目的だった。ジェスとはほとんど話もしていない」

「屋敷で奇妙なものを見ませんでしたか？」ブリンクは訊いた。「あの事件の謎を解く鍵となるようなものを」

「事件の捜査ならとっくに終わったはずよ」アン＝マリーは冷たい声で言った。「それにご存じのとおり、犯人には有罪判決がくだされている」

「その判決が正しかったとは思えないんです」

「なら、再審を請求するつもり？」

「してはいけない理由がありますか？」

「どうかしらね」アン＝マリーは返した。「でもその前に、自分がどれほど巨大なことに首を突っこもうとしているか、理解すべきでしょうね」

ブリンクはジェス・プライスの暗号文を思い返した。ジェスは何者かがアーネスト・レイスを殺したと考えていて、ブリンクにも警告を発していた。アン＝マリーがどこまで知っているのか、ブリンクはその顔を見て探ろうとした。「だから、いまここにいるんです」ブリンクは沈黙を破って言った。「理解するために」

アン＝マリーは大きな手縫いのショールを掻き合わせた。その警戒心は声にも表れていた。「これはパンドラの箱みたいなものなのよ、ミスター・ブリンク。蓋をあければ、ジェス・プライスの身に起こったことは理解できるでしょう。求めていた情報、いえ、それ以上のものが手にはいる。とはいえ、知識には代償がともなう。ジェスは大昔から隠されてきたものを見つけてしまったの。その発見を世間に知られてはならないと考えている人々がいる。ジェスは多くを知りすぎた。結果はご覧のとおりよ」

「言っている意味がよくわかりません」ブリンクは相手を注意深く観察しながら言った。

「知識は人を誘惑する」アン＝マリーはつづけた。「すべての覆いを取り払ってでも、中身を知りたいという欲求を生み出すの。真実を知れば、自分たちは満足できると考える――安心、安全、慰めといったものを与えてくれる、とね。でも実際は、知識というのはときに害にもなりうる。謎は謎のままにしておいたほうがいいこともあるのよ」

ブリンクはアン＝マリーのことばをゆっくりと咀嚼し、どう返すべきか考えた。自分は謎を謎のままにしておくのが得意ではない。体の中心から湧きあがる衝動が、それを許さないのだ。「ぼくは、何も知らずに手を引くことはできません」

アン＝マリーはバッグから鍵を取り出し、戸棚の扉をあけて、薄い革の書類入れを取り出した。ブリンクは即座に、ジェス・プライスの日記にあった書類入れだと気づいた――使いこまれた茶色い革の表紙が、太い革紐で留められている。アン＝マリーはソファにすわりなおし、書類入れを手のなかで握りしめた。爪が柔らかい革に食いこんでいる。「セッジ館で起こったことは、報道のとおりではないというのはもう知っているわね。ノア・クックを殺したのはだれかという単純な問題ではないの。ジェス・プライスは有罪か無罪か、という問題ですらない。この書類入れの中身を見れば、事件の見方が変わるはず。むしろ、あらゆるものの見方が変わるでしょうね」

ブリンクは窓の外に目をやった。夕闇が迫り、日没とともに一日が終わろうとしている。「ものの見方はつねに変化するものです」

アン＝マリーは書類入れをバッグにしまうと、書棚から鍵束をとり、ドアへ向かった。「それなら、いっしょに来て」アン＝マリーはだれかに聞かれるのを恐れるように、声を落として言った。「あなたにも見せてあげる」

29

マイク・ブリンクはアン＝マリーのＢＭＷの後ろについて細い郡道を走った。周囲が暗くなり、ヘッドライトを点灯する。角を曲がると、そこはアン＝マリーの私有地だった。モミ、カバ、カエデの木々が鬱蒼と茂る森のなかに、急坂の私道がつづいている。木の幹に取りつけられた〈無断立ち入り禁止〉〈狩猟禁止〉〈私有地〉の看板が、トラックのヘッドライトに反射して光った。ブリンクはバックミラーをのぞいて黒のテスラを探し、尾行されていないことをたしかめた。目に見えなくても、すぐ近くにひそんでいるような気がしてならなかった。闇のなかからいつ現れてもおかしくない。

長い私道の行き止まりに車を停めた。コンクリートの土台にガラスの立方体を三つ積みあげたようなモダンな邸宅が建っている。ヘッドライトを消し、ブリンクはスマートフォンを見た。圏外だ。トラックをおり、コニーを連れて玄関へ歩いていくと、アン＝マリーに止められた。「悪いけど」トラックのほうを見て言う。「犬は遠慮してもらっているの」

ブリンクはトラックの助手席に毛布をひろげてコニーを乗せ、窓を少しあけてから、ドアを閉めた。できれば荷台に出してやりたかったが、ダックスフントには猟犬の血が流れている。動物のにおいを嗅いだコニーがどんな行動に出るかは考えたくもない。トラックに閉じこめられたのが不満らしく、コニーは窓際を飛び跳ねながら吠えていた。いったんドアをあけて外に出してやると、コニーは木のそばへ行って用を足した。こちらへもどってきたとき、ブリンクは拳銃に見立てて人差し指を突き出した。「バーン！」すると、コニーはばったりと横に倒れた。死んだふりはむずかしい芸だが、何カ月も練習してマスターしたのだ。私道に寝転がり、口からだらりと舌を垂らしている。そのかわいらしい姿にブリンクは笑った。コニーの両耳の後ろを軽く掻いてやり、トラックに乗せてドアを閉めた。

アン＝マリーが玄関の外でリモコンを押すと、邸宅じゅうの明かりがいっせいにともり、柔らかな光でなかを照らした。キッチンとリビングルームが姿を現し、ガラスに反射像が映し出される。

「プライバシーはあまりないけれど、ご近所にはだれも住んでいないしね……」アン＝マリーはブリンクを連れてキッチンへ行き、ワインセラーからサンセールの白ワインの瓶を取り出した。栓を抜いて、ふたつのグラスに注ぐ。ブリンクにひとつ手渡してから、リビングルームへ向かった。広大な邸宅のそこかしこに設置された照明が琥珀色の光を放ち、洗練された建築——全面ガラス張りで、床は光沢あるポリッシュコンクリート——にやさしい印象を与えている。高い天井からは、赤と黄色のガラスがタコの脚のように伸びた派手なシャンデリアが吊りさがっていた。「デイル・チフーリの作品よ」シャンデリアを見あげるブリンクに気づいて、アン＝マリーは言った。「それから、こっちは」暖炉のマントルピースに並んだ、猫のような目をした女性の磁器像に顔を向ける。「エルテによるアール・デコの傑作」壁には額装されたヘブライ語の巻き物が複数かかっていた。飾り棚のなかで数々の磁器がひしめき、また別の棚の上には金の聖杯が載っている。「ほかにやるべきことがなければ、あちこちのオークションハウスに入り浸って過ごすんだけど」アン＝マリーはブリンクのほうを振り返った。茶色の瞳が急に険しさを増す。「いまは別の宝探しにかかりきりでね」

アン＝マリーはコーヒーテーブルにワイングラスを置き、バッグから革の書類入れを取り出した。「この謎に翻弄されて人生の五年間を失ったのは、ジェスだけじゃないのよ。あの屋敷で何があったのか、オーロラ・セッジとその弟に何があったのか、大昔に起こった出来事と彼らにどんな関連があるのか。その解明のために、あたしは多大な労力と時間を費やしてきた」

アン＝マリーはソファに腰かけ、書類入れの紐をほどいた。ブリンクは期待とともにその様子を見守った。だが、アン＝マリーは不意に手を止めて尋ねた。「あなた、携帯電話は持っている？」

ブリンクはコーヒーテーブルにワイングラスを置き、ポケットからスマートフォンを引っ張り出した。三件の通知が表示されている――セサリーから一件、ヴィヴェク・グプタから二件――が、相変わらず圏外だ。ブリンクはふと、自分の居場所を知る人間がアン＝マリーを除きだれもいないことに気づいた。深い森のど真ん中で、外界との連絡手段を絶たれている。

「電源を切ってくれる？」アン＝マリーはブリンクのスマートフォンを見て言った。

どうせ圏外だけどな、とブリンクは内心思った。言われたとおりにしてから、真っ暗になった画面をアン＝マリーに見せた。

「気にしすぎだと思うでしょうけど、用心するに越したことはない」アン＝マリーは言った。「ここまで苦労してきたのに、いまさら録画されたらたまらないもの」

書類入れの中身をよく見ようと、ブリンクは首を伸ばした。アン＝マリーは両手でしっかりと書類入れをつかんでいる。

「陶磁器の分野で働きはじめたとき」アン＝マリーは言った。「ラ＝モリエットについてくわしくは知らなかった。もちろん、彼の人形の評判は聞いていた。陶磁器に携わる者なら、だれでも耳にしたことがあるはず――数々のコレクターを虜にしてきた、美しく希少な高級人形だとね。けれど、ラ＝モリエットを研究する学者たちの興味を最も引きつけたのは、ラ＝モリエットが愛娘に似せて作った最高傑作であり、悪霊が憑いているといういわく付きの人形、ヴィオレーヌだった。美しい物と超常現象が組み合わさると、抗えない魅力を感じてしまう人がいるのよね。そう言うあたしも、この数年はヴィオレーヌの真相を求めて調査に没頭してきた。

ところが、調べはじめてまもなく、ヴィオレーヌの来歴が想像以上に入り組んでいることに気づいた。陶磁史の専門家はそうおおぜいいるわけじゃないから、あたしは知り合いの同業者たちに連絡して、ラ＝モリエットとその人形について知っていることを教えてほしいと頼んでまわった。修士課程で知り合った友人に、フランスの磁器にくわしいカレン・ウィザーズという人がいてね。数十年かけてラ＝モリエットに関する情報を集めているの。偶然にも、彼はラ＝モリエットの主力商品である〈ベベ・ド・パリ〉のシリーズと、世界にひとつしかない最高傑作であるヴィオレーヌの両方に関する膨大な資料を所有していた。カレンはそのなかから、役に立ちそうな新聞記事やラ＝モリエットのインタビュー、一九〇一年にパリで開かれた展覧会のカタログ、写真、直筆の手紙などを探し出してくれた。調査を進めるうちに、ラ＝モリエットが一八九〇年代にプラハの人形職人のもとで修業していたことがわかった。人々が絶賛したラ＝モリエットの人形の目――クリスタルガラスでできている――は、チェコのガラス工芸に多大な影響を受けたものだったの。それから、プラハ時代に書かれた手紙のなかに、現地で出会ったユダヤ人の友人に関するごく短い記述が見つかった。その友人に関する情報はほかに何もつかめなかったけれど、あたしは彼らの関係が気になって、あきらめずに調査をつづけた」

アン＝マリーはワインを口に含み、話をつづけた。

「そして、一九〇九年にラ＝モリエットが自死したあと、アメリカ人の富豪であるジョン・ピアポイント・モルガンが工房の品々を買いとっていたこともわかった――購入品のなかには、さまざまな希少本や手稿のほかに、ヴィオレーヌが含まれていた」

「モルガンって、あの銀行家の？」ブリンクは尋ねた。一九〇七年の金融恐慌のさなか、J・P・モルガンが銀行の頭首たちを自宅の一室に閉じこめ、資金の拠出に同意させたという逸話を思い出した。

「そのとおり」アン＝マリーは言った。「おそらく、モルガンの主な目的は希少本の購入で、ヴィオレーヌはおまけみたいなものだったんでしょう。モルガンは孫娘のフランシス・トレイシー・モルガンに、クリスマスの贈り物としてその人形を与えた。ヴィオレーヌが悪霊に憑かれていると主張したのは、フランシスの子守りで、その人形のそばで過ごすことが多かったミス・クラリス・クレメンタイン。〝悪霊に憑かれている〟というのは、実際に本人がヴィオレーヌを表現したことばだそうよ。モルガン家を去ってしばらく経った一九二八年、ミス・クラリスは自分の体験をまとめた本を出版した。その自伝には、悪霊に憑かれた人形と聞いてだれもが思い浮かべる典型的な現象が山ほど書かれている。電磁気、家のある場所から別の場所へ移動する不可解な気配、光る霊気、謎の泣き声、そして、狂暴な力。フランシス・モルガンは怪我をして、ミス・クラリスの話が事実だとすれば、一生消えない傷を負った。

　ヴィオレーヌはその由緒を証明する書類一式とともに売却された。書類のなかには、ラ＝モリエットが人形の制作過程で描いたスケッチや、仕事について綴った個人的な手記が含まれていた。取引は非公開で、支払いも現金だったから、買い手の身元がわかる情報はモルガン・ライブラリーに残っていなかった。ところが、その買い手が実はフランクリン・セッジだったことが判明したの。娘のオーロラのために人形を購入したのね。

　この書類入れには、ヴィオレーヌとともにセッジ家に渡った書類一式がおさめられている。ジェスが逮捕されたあとにセッジ館で見つかったものよ。これは」――アン＝マリーが数枚の紙を取り出して、テーブルに置く――「一九〇九年十二月二十四日、ガストン・ラ＝モリエットが息子のシャルル・ラ＝モリエットに宛てて書いた手紙の一部。それより二十年近く前の一八九一年、ヨハン・クラールというプラハの人形職人のもとで修業したときのことについて書かれている。この手紙はラ＝モリエットの遺書になった。手紙を書いた翌日、一九〇九年のクリスマスに、ラ＝モリエットはみずから命を絶った」

　ブリンクは手紙に手を伸ばしたが、アン＝マリーにはばまれた。アン＝マリーは書類入れの内ポケットから小さな封筒を引き抜いて、なかからセピア色の写真を三枚取り出した。「ラ＝モリエット、その妻、そして娘のヴィオレーヌよ。一八九〇年にパリで撮影された。数年前、あたしがシャルル・ラ＝モリエットの遺品のなかから見つけたの」

ブリンクは写真の一枚を手にとった。ひげをきちんと整えた恰幅のいい男が、両脇のふたりの女性に腕をまわしている。女性のひとりは、鳥の剝製の飾りがついたつば広の帽子をかぶっている。もうひとりは十代くらいの少女、ヴィオレーヌだ。ブリンクはヴィオレーヌをしげしげと見つめた。背が高く華奢な体つきで、完璧な美人というわけではないが、生き生きとした表情がその顔を美しく見せている。父親と同じように幸せそうで、屈託のない笑みを浮かべていた。

「それから、これ」アン＝マリーが別の写真をテーブルに置くのと同時に、窓ガラスに反射したその姿が揺らめいた。写真に写っていたのは、一体の磁器人形だった。「ラ＝モリエットの最高傑作よ。娘にそっくりでしょう？　実にみごとだわ。あなたにもわかる？」

アン＝マリーの言うとおりだ。その人形は実物のヴィオレーヌに気味悪いほど瓜ふたつだった。本物そっくりの個性的な顔立ちで、目は大きく、いたずらっぽくおどけたような表情をしている。

「この写真が撮られたあとまもなく、ヴィオレーヌは非業の死をとげた」

「生き写しですね」ブリンクは言った。ラ＝モリエットの最高傑作として名高いこの人形が、本人にとってどれほど大切だったかを思うと、胸が痛んだ。きっと、亡き娘へ捧げる贈り物だったのだろう。

アン＝マリーは手紙をふたつの束に分けてテーブルに置いた。「オーロラ・セッジはこの書類入れを数十年間にわたり保管していた。ジェス・プライスがこれを見つけたのはまちがいない。彼女が逮捕されたとき、セッジ館の書斎で発見されたから。手紙は部屋じゅうに散乱して、順序がめちゃくちゃになっていた。それに、全部そろっているわけじゃないの。ほかにもページがあるはずなんだけれど、その行方はだれにもわからない。手紙の受取人であるラ＝モリエットの息子が処分したのかもしれないし、オーロラが誤って紛失したのかもしれない。真相は闇に葬られたままよ」

セッジ館の隠し部屋や書類入れや手紙について、ジェスの日記に書かれていたことをブリンクは思い出した。アン＝マリーの話を裏づける内容だが、それを教えるつもりはなかった。アン＝マリーは信用できない。家のなかに犬を入れたがらないなんて、ふつうじゃない。

「手紙の原本はフランス語で書かれているけれど、二十世紀初頭に作られた翻訳版があるの。おそらく、ラ＝モリエットの息子が人形を売却したときに用意したんでしょうね」アン＝マリーはテーブル上のふたつの紙束に目を向けた。原本はフランス語で手書きされ、英語訳版はオニオンスキンペーパーにタイプされている。ブリンクは幼いころから母親とフランス語を話し、ジョルジュ・シムノンの推理小説を読んで完璧な文法を身につけた。アン＝マリーの許可さえあれば、フランス語で書かれた原本を読めるのだが。内容が気になってたまらず、ブリンクはじっと手紙を見つめた。

「この手紙が重要な理由はいろいろあるの」アン＝マリーは言った。「まず、これが息子のシャルル以外の目にふれるべくして書かれたものではないということ。だからこそ、ラ＝モリエットはプラハでの体験について包み隠さず打ち明けている。この手紙はさらに、ヴィオレーヌの死に打ちひしがれていたラ＝モリエットの精神状態も明らかにしている。ラ＝モリエットがプラハに発ったのは、ヴィオレーヌの死からわずか二カ月後のことだった。手紙を読むと、マスター・クラールのもとで働こうと決めたそもそものきっかけに、娘の死があったことがわかる。総じて、この手紙にはラ＝モリエットという人のありのままの姿が表れているの。率直に綴られた感情とともに、ラ＝モリエットが体験した驚異の出来事が浮き彫りにされている」

ブリンクはいちばん上の紙を見て、ページの下のほうに書かれた数行に目を留めた。

わたしは禁じられた知恵を安易に授かろうとした。秘密を知りたいと欲するあまり、人間と聖なるものとを隔てるベールを取り払い、神とじかに目を合わせた。そうして、わたしは囚われた

——苦しみと喜びを代わるがわるもたらすこのパズルに。

ブリンクの体にしびれが走った。ジェスの日記にあったのとまったく同じ文面だ。たしか、書斎の古い聖書にあった書きこみのはずだ。この手紙のこの部分を書き写したのは、オーロラ・セッジだったにちがいない。つまり——やはりと言うべきか——ラ＝モリエットの手紙はオーロラの所有物だったのだ。「〝人間と聖なるものとを隔てるベールを取り払い、神とじかに目を合わせた〟」ブリンクはその文面を読みあげた。「意味深な言いまわしですね。いったいなんの話をしてるんでしょう」

外でコニーの吠える声が聞こえた——きっとリスを見つけて大騒ぎしているのだろう。ブリンクはラ＝モリエットの手紙に夢中で、様子を見にいこうとは思わなかった。

「ある発見について書いているのよ」アン＝マリーは言った。妙に熱心な目つきでブリンクを見つめている。

「発見って？」ブリンクは尋ねた。

背後から声がした。「史上最大の発見と言っても過言ではない」

ブリンクは驚いて振り向いた。刑務所の駐車場で見た赤毛の男が立っていた。アディロンダックの森でブリンクを追いかけてきた、あのテスラの男だ。「聖なる知恵を秘めた宝だ」

30

キャム・パトニーは、ミッドタウンにあるセッジのオフィスで働きはじめたとき、十名いる警備員のひとりにすぎなかった。二十一歳で、クイーンズにあるみすぼらしい部屋を借り、離れて暮らす娘の養育費を支払うために仕事をふたつ掛け持ちしていた。財産など皆無だった。車もない。貯金もない。薬物——マリファナとステロイド、たまのコカイン——をやめられず、必要な支払いを終えて手もとに残ったわずかな金をも使い果たしていた。あるとき、スタインウェイ通りのクラブで喧嘩をし、治安紊乱行為で逮捕された。オキシコドンの陽性反応が出て、刑務所行きだけは免れたものの、罰金を科せられ、リハビリ施設に送られた。二歳の美しい娘ジャズミンと二週間ごとに会うことだけが、唯一の心の支えだった。

そんなキャムのなかに、ミスター・セッジは何か光るものを——主人に忠誠を誓い服従する素質や、もっと立派な仕事をしたいという野心を——見いだしたらしかった。というのも、ある日の午後、ミスター・セッジはキャムをオフィスに呼び出して、昇進に興味はあるかと尋ねたのだ。「わたし個人のセキュリティチームにはいってほしい」セッジは言った。「めったに空きの出ないポジションだ」

「ボディガードですか？」

セッジは微笑んだ。「身体の安全を守ることだけがセキュリティではない。言うまでもなく、それも仕事の一部だがね。セキュリティの対象は存在そのものだ。身体、知能、精神、経済といったすべての側面において人の存在を守る。もちろん、仮想空間上の存在もだ。毎年数千万人ぶんの個人情報(アイデンティティ)

が盗まれているのはきみも知っているかな。では、じきにわれわれのアイデンティティしか存在しない世界がやってくることは？　わたしのアイデンティティは、この肉体と同じくらい不可欠で重要なものだ。それはなぜか。やがて肉体の代わりになるからだ。わたしは自己のアイデンティティのなかで生き、存在し、生物学的な寿命よりもはるかに長いあいだ生きつづける。アイデンティティが損なわれるということは、存在そのものが損なわれるに等しい。わたしはそれを許すような男ではない。言っている意味がわかるかね、ミスター・パトニー？」

キャムはうなずいた。実際にどんな仕事をするのかはよくわからなかったが、もっと聞きたいと思った。「イエス、サー」

「きみのこれまでの仕事とはまったくちがう。多大な献身が求められることになるぞ。勤務時間は、そう、長時間に及ぶとだけ言っておこう。フルタイムよりもはるかに長時間拘束される。規範にのっとった行動が求められるという点では、聖職に近いものがあるかもしれない。毎週の薬物検査、昼夜を問わない勤務、心身の再教育、海外出張。セキュリティ関連のさまざまな技術も習得してもらう。これらの条件を呑めるかね、ミスター・パトニー？」

キャムはミスター・セッジを見た。まっすぐにこちらを見つめるまなざし、美しく手入れされた爪、金と権力に裏打ちされた自信みなぎる姿。ミスター・セッジの考えは読めなかったが、キャム自身、もっと有意義な人生を求めているのはたしかだった。「イエス、サー」

「この仕事はきみの限界を押しひろげるだろう」ミスター・セッジは言った。「わたしの思考とビジネスは既存の型にはまらない。わたしのチームにはいることは、きみにとって大きな挑戦となるはずだ。わたしのセキュリティチームは現代のサムライだ——鍛えあげられた体を持つだけでなく、頭脳と精神も研ぎ澄まされている。きみはわたしの刀となり」窓の外の世界を手で示す。「彼らからわたしを守るんだ」

キャムはマンハッタンの街並みをながめ渡した。あの世界の人々から恩恵を受けたことなど一度もない。「やらせてください、ミスター・セッジ」

「いいだろう。この数カ月間、わたしはきみの様子を観察していた。きみは頭がいい。努力家だ。身体能力も申し分ない。この挑戦を乗りきってくれると信じている。少なくとも、わたしはきみに賭けてみたいと思っている」

「ありがとうございます、ミスター・セッジ」心を動かされて、キャムの声がうわずった。自分に価値があるとだれかに言われたのは生まれてはじめてだった。

「労力に見合うだけの価値はあるはずだ。報酬は惜しみなく出す。それに加えて、きみに適した手当もつけよう。たとえば、娘のジャズミン・リー・パトニーのための学資金だ。きみが選んだ学校の授業料を全額支払う」

仕事で娘の話をしたことは一度もなかったので、キャムはジャズミンの名を聞いて意表を突かれた。ジェイムソン・セッジにすべてを見透かされている気がした。ブロンドに脱色した髪、仕事の制服、刺青と筋肉を通り越して、魂をのぞきこまれている。「ご親切に感謝します」

「週末も働いてもらうが、当面はこれまでどおり、娘と二週間に一度会えるように都合しよう。しかし、この先もずっとそのスケジュールを継続できるかどうかは保証できない。ほかの手段での交流を考える必要も出てくるだろう。きみはそれでもかまわないかね？」

キャムは面食らってミスター・セッジを見た。娘の名だけでなく、面会交流の取り決めまで知っているとは。「かまいません」キャムは答えた。

「これで合意に至ったようだな」そのことばは取引成立の握手であると同時に、退室命令でもあった。ミスター・セッジがドアを見やったのを合図に、キャムは呆気にとられたまま部屋を出た。

それから一週間以内に、キャムは複数の電子契約書――ミスター・セッジがリカーディアン・コントラクトと呼ぶ書類――に署名した。キャムがミスター・セッジに対し提供する忠誠と沈黙を、法的に確約させるためのものだった。翌週から訓練がはじまり、つづく十八カ月間でキャムは変身をとげた。勤務時間の半分はミスター・セッジの護衛として働いた。残りの半分は、おのれの限界との闘いだった。射撃訓練、武術、瞑想。コンピュータテクノロジー、オンラインセキュリティ。〈シンギュラリティ〉のネットワークを保護する複雑な暗号技術についても勉強した。コーディングからデータシステムの解析、ミスター・セッジの暗号化された内部通信システムの管理まで、すべてを習得した。自社のサーバーを介して受信または送信されるコミュニケーションのひとつひとつを確認した。時を経て、キャムはジェイムソン・セッジと世界のあいだに立つ身体的な防壁となり、デジタルの世界でも同じ役目を果たした。訓練の終了とともに、キャムはテトラクテュスの刺青を与えられた。任務を開始する準備が整ったというしるしだった。

訓練期間中はそれまでどおり娘に会い、二週間に一度、キャムの自宅で週末をともに過ごした。薬物と酒を断ち、父親としてよりふさわしい人間になった。ミスター・セッジから受けとる報酬と学資金のおかげで、キャムが一度も手にしたことのなかった生活の保障をジャズミンには与えられた。娘はのびのびと成長した。

そういうことはみな、十年以上も前の話だ。あれからキャムは、ジェイムソン・セッジの権力の本質を理解するようになっていた。金があるのはもちろんだが、それだけではない。ミスター・セッジが築いた人脈は、金よりも強大な力を持っていた。ミスター・セッジはほしいものをほしいときに手に入れた。キャムは刑務所で看守として働いているあいだ、ジェス・プライスにあらゆる資源が投じられるのを目のあたりにした。

レイ・ブルックに移るようミスター・セッジに命じられたとき、キャムはニューヨークに残りたいと切望した。ジャズミンに会いにいくのに五時間以上かかるからというだけでなく、ほかの人間が自分のようにミスター・セッジに尽くすとは思えなかったからだ。当時、セキュリティチームに所属していたほかの連中は、キャムほど心血を注いでいなかった。キャムにとって、ミスター・セッジを守ることは単なる仕事ではなかった。天命だったのだ。

31

「わたしはジェイムソン」マイク・ブリンクへ近づきながら、その男は手を差し出した。「ジェイムソン・セッジだ」

ブリンクは握手しながら外を見た。黒のテスラが私道に停まっている。驚いたことに、刑務所にいたブロンドの看守――ピタゴラスの三角形を首に彫った男――が車にもたれ、煙草を吹かしていた。ブリンクははっとした。あの看守はセッジが刑務所に送りこんだ工作員だったのか。ジェス・プライスは正しかった。あいつがジェスを監視していたのだ。

アン＝マリーはラ＝モリエットの手紙を書類入れにもどし、紐を結んで閉じた。立ちあがり、ジェイムソンにキスをしてから、もうひとりぶんのワインを注ぎにいった。

アン＝マリーとジェイムソン・セッジがどういう関係にあるのか不思議に思っていたが、いまのキス――と、セッジがこの家の鍵を持っていること――からして、ブリンクの予想はあたっていたらしい。アン＝マリーがセッジ館を訪れた五年前の時点で、ふたりはすでに付き合っていたのだろうか。それとも、オーロラ・セッジの骨董品を鑑定したのがきっかけで交際に発展したのだろうか。ブリンクはジェイムソンを観察した。ハンサムな男だ。鼻と頬にそばかすが散らばり、ハシバミ色の鋭い目をしている。五十代の半ばを過ぎていそうだが、どこか少年らしい雰囲気があって若々しい。身につけているものはスタイリッシュな高級品ばかりだ――緑のポロシャツ、デザイナージーンズ、緑のスエードのイタリア製ドライビングシューズ。ヴィヴェク・グプタがこの旧友について言ったことばを思い浮かべる。〝あの男は異常なまでのセキュリティ信者だよ。きみがなんらかの理由であいつの脅威となったのなら、想像以上に暗い深みへはまってしまったということだ〟

「ついに対面を果たせてうれしいよ」ジェイムソンが言った。イギリス英語とアメリカ英語の中間のようなアクセントがある。ニューイングランドの名家出身に多いこのアクセントを、ブリンクはボストンへ行くまで聞いたことがなかった。大学で自分の中西部訛りが浮いて聞こえるのに気づき、シャープな都会風の発音をあわてて身につけたのだ。「是が非でもきみと話がしたかったんでね」

「電話でじゅうぶんだと思いますけど」ブリンクは言った。ジェイムソンに、どう接すればいいのかわからなかった。モーテルの部屋を荒らし、ブリンクの面会許可を撤回させ、アディロンダックの森でブリンクを追っていた男だ。セサリーが刑務所のデータベースにアクセスできなくなったのも、こいつのしわざにちがいない。そんな相手とすわって楽しく会話するつもりはなかった。ジェイムソン・セッジの何かがブリンクの警戒心を煽った。捕食動物を思わせる狡猾さ。体をくねらせて浅瀬を這うヌママムシのように、優美かつ危険だ。

「きみには不快な思いをさせたね」ジェイムソンは言った。「わたしのよくないところだ。アン＝マリーにいつも言われている。他人にかかる迷惑を考えず、性急に行動してばかりだとね」

「どうぞご心配なく」片手をジャケットに滑らせて、ブリンクはトラックの鍵を取り出した。早くここを出たほうがいい。「話はまたの機会に」

「まさか、もう帰るつもりじゃないだろう?」ジェイムソンはブリンクの手のなかの鍵を見て言った。

「もう遅いですから」ブリンクは言った。「これから数時間運転しないといけないし」

アン＝マリーがキッチンからもどってきた。「疲れているでしょう」気づかうような目でブリンクを見る。「もう少しだけゆっくりしていくといいわ」そう言って、ジェイムソンにワインのはいったグラスを手渡した。

「ほんとうに帰らないと」ジェイムソンが自分に何を望んでいるのか、ブリンクは知りたくなかった。一刻も早く帰りたい。

「まあそう言わずに。もうすぐ夕食の支度ができるの。三十分もあれば食べ終えて出発できるでしょう。あなたとジェイムソンは話し合う必要がある」アン＝マリーはコーヒーテーブルに置かれた革の書類入れに視線を移した。「それに、あたしからもあなたに大事な相談があるのよ」

「いいじゃないか、ミスター・ブリンク。今夜はよく晴れている。デッキからすばらしい景色が見えるぞ」ジェイムソンはブリンクを手招きした。「きみの愛犬の世話なら、キャム・パトニーにまかせておけばいい」

外を見ると、ブロンドの看守がブリンクのトラックに背をつけて立っていた。どうやら、帰っていいと言われるまでここにいるしかないらしい。

ジェイムソンのあとにつづき、ブリンクは暗い森を眼下に望む高台のデッキに出た。森の向こうは急勾配になっていて、地平線が夜の闇と溶け合っている。あたたかい夜だったが、ジェイムソンの隣に立ったとき、ブリンクは肌があわ立つのを感じた。スマートフォンを取り出して電源を入れる。やはり電波は届いていない。

「アン＝マリーのために家を建てることにしたとき、この景色が土地選びの決め手になった。マツの森にたたずむガラスの箱、雄大な老樹に囲まれた純粋な結晶をイメージしたんだよ。わたしの伯母のオーロラの屋敷とは正反対だ。セッジ館は重苦しく、広さだけは無駄にあるが、がらくたで埋めつくされている。わたしはこの景色と一体になり、自然の一部のように暮らしたかった」

明るい月夜だった。森の開けたところに円形のヘリパッドがあり、そこに駐機する一台のヘリコプターが見える。

「わたしのユーロコプターだ」ジェイムソンがブリンクの視線をたどって言った。「近隣住民から騒音の苦情が出ないように、百エーカーに及ぶ土地を買いとった。それでもなお、人々は迷惑がっている。音が聞こえなくても関係ないんだろう――ステータスに対するニューヨーカーの嫉妬ほどばかばかしいものはない。ヘリパッドを設置するために、わが社の弁護士チームまで巻きこむことになったが、その甲斐はあった。なんと言っても、日曜の午後にマンハッタンまで半時間で行けるんだからな。いつでもすぐ飛べるように、アン＝マリーはパイロットの免許をとった」

「アン＝マリーが？」ブリンクは意外に思った。アン＝マリーの落ち着いた物腰からも、骨董品の専門家という職業からも、ヘリコプターで飛びまわるような人物には見えない。

「わたしと出会ったころは飛行機ぎらいだったが、アン＝マリーはあきらめなかった。ヘリコプターの操縦法を覚えることで恐怖を克服したんだ。そこが彼女の最大の強みだろう――知識によって世の中の恐怖に打ち勝つ。こわいと感じるものがあれば、その恐怖の対象を習得して乗り越える。実にたいした女性だよ」

「想像はできます」ブリンクは言った。ラ＝モリエットの人形の謎を追いかける粘り強さは相当なものだ。

「わたしがいままで出会った人々のなかでも、彼女の知性は群を抜いている。だからこそ、これほど長い月日をともに歩んでこられた。伯母のオーロラが所有していたものの驚くべき価値を理解できる者はそういない。アン＝マリーはさまざまな面でわたしの力になってくれている」

「伯母さんの磁器のコレクションにはそんなに値打ちがあるんですか？」ブリンクは尋ねた。数時間前に読んだアン＝マリーの記事によれば、近年コレクターのあいだで磁器の人気は衰えているらしい。ジェイムソンの話だけ聞くと、まるで途方もない価値があるように聞こえる。

「わたしは伯母の磁器には興味がない」ジェイムソンは見くだすように言った。

「じゃあ、何に興味があるんです？」ブリンクは言った。「あなたみたいな男は利益なしに動かないでしょう」

ジェイムソンはしばしブリンクを見つめてから、デッキの手すりにもたれて言った。「きみに関する記事を読ませてもらったよ、マイク・ブリンク。きみは百万人にひとりの頭脳を持つ天才だそうだ。正直に言うが、自分がいかに平凡な人間であるかを痛感させられたよ。きみのような能力は、大半の人間の手に届かないところにある。だが、わたしは合理的な男だ。自分にできないことがあれば、それができる友人を作ることにしている」

「ひとつ問題があります」ブリンクはかすかに笑みを浮かべて言った。「ぼくはあなたの友人じゃない」

「きみがそう言うのも無理はない」セッジは笑みを返した。「わたしのことをすっかりわかった気でいるんだろう。変わりゆく世界で特権を手放すまいと躍起になっている、金持ちの年寄りだとね。たしかにそうかもしれない。だが……」ジェイムソンが空を見あげたのにつられて、ブリンクも天を仰いだ。黒い夜空に星がまたたいている。「人間がどれほどちっぽけでとるに足らない存在か、わたしは理解しているつもりだ。世界は未知なるもの、われわれの手がけっして届かないものであふれている。だが、われわれはあと一歩でその現状を変えられるところまで来ている。だからわたしは追求しつづける。それが当然だとは思わないかね。永遠の命を手に入れることは、人類誕生以来の夢なんだからな。シェイクスピアの『ハムレット』にこんなくだりがある。〝死は未知の世界、そこへ旅立った者は二度と帰らない〟にもかかわらずハムレットは、人知の及ばないその世界に思いをはせずにいられない」

ジェイムソンはブリンクを見た。

「その未知の世界の探求に、わたしは人生をかけて取り組んでいる。人の意識そのものについてや、この世とあの世における意識の性質——そういった主題はわたしのビジネスだけでなく、まさに人生のすべての原動力となってきた。父が死んだあと、わたしの相続財産は信託に入れられた。わたしは成人に達してから、その金で複数の事業を興した。それらはどれも同じ信念の上に成り立っている——すなわち、意識は生まれることも死ぬこともない、物質を形作る不滅かつ普遍の力である。意識あってこその物質だということだ」

　デッキの手すりに体重を預けながら、ブリンクはセッジの話を聞いた。ジェス・プライスやあの円形のパズルとこの話に、いったいどんな関係があるんだろう。

「〈シンギュラリティ・テクノロジー〉を立ちあげたのは、人の意識は肉体の死を超越するというわたしの信念を実証するためだ。超人間主義(トランスヒューマニズム)と呼んでもいいかもしれないが、わたしはそのようなことばにあてはめて考えてはいない。ラ＝モリエットの手紙を読んで、わたしはこう理解するようになった。人の意識に対する探求と、それを物質界の有為転変から守ろうとする試みは、有史以来つねに人類の大きな目標でありつづけてきた、とね。そしていま、その探求の歴史は転換点に差しかかっている。人工知能、遺伝子改変技術、コンピュータネットワークの力によって、人類の進化の可能性が無限にひろがっているんだ。わたしは哲学者、遺伝学者、生物学者を含むさまざまな専門家の協力を得て、人のいわゆる〝魂〟の構造や、その肉体との相関関係を研究してきた。これは人類最古の問いだ。古(いにしえ)の文化遺物や文書、おおぜいが心のよりどころとする宗教は、つねにその本質を問いつづけてきた。だが、われわれはいまだ答えを見つけられていない。そこで、わたしはぜひきみに協力してもらいたいと考えたわけだ、ミスター・ブリンク。わたしの研究において、きみの才能はおおいに役立つだろう」

「どう役立つのか、ぼくにはさっぱりわかりませんが」

「きみは自分の才能を過小評価している」

「あなたが過大評価してるんだと思いますよ。ぼくにできるのは、パターンを解き明かすことだけです。超能力があるわけじゃないし、永遠の命にも興味がない」

「〝過大評価〟はつまり、わたしがきみを信じているということだ」セッジは言った。「その意味では、きみの言うとおりだ。わたしはきみの能力を信じている。それがわたしとほかの人間とのちがいだ。何かを信じ、それが正しいにちがいないと感じたら、わたしは容赦なくそれを追求する。最後までけっしてあきらめない。そういうわけだから、時間の節約のためにも、率直に要件を述べるとしよう――ジェス・プライスは、わたしが必要とするものを持っている」

「必要とするもの？」

「それについて、彼女が刑務所できみに話した可能性がある」ジェイムソンはつづけた。「彼女がわたしの伯母の屋敷で見つけ、そのあと隠したものについて、何かほのめかさなかったかな。わたしにとって計り知れない価値があるものだ。われわれの調査にきみが協力するなら、相応の報酬を出そう。長年にわたり金の心配をしないでよくなるぞ」

「ジェスがどんな目に遭ってきたか、一度でも考えたことはあるんですか？」ブリンクは最初からジェイムソンを警戒していたが、徐々にその卑劣さに気づきはじめていた。ひとりの女性が人生を奪われていることには少しも関心がないらしい。「ジェスはいま、何よりも自由を求めてるはずですよ」

「彼女がその価値に気づいていない可能性もある」ジェイムソンは言った。「だが、少なくとも、それを見つける鍵を握っていることはまちがいない。本来ならば、それはわたしが所有しているべきものなんだ。彼女はきみに手がかりとなる情報を話したかもしれないし、どこへ行けば見つかるかを教えたかもしれない。あるいは、彼女がそれを破壊した可能性もある。これだけ時間が経ってしまったいまでは、その可能性もじゅうぶんあると考えている。セッジ館を隅から隅まで調べても見つからなかったんだからな」

「じゃあ、ぼくの助けは要りませんね」

ジェイムソンは見定めるような目をブリンクに向けたのち、一歩前に出て、ふたりの距離を半分に詰めた。「きみが二の足を踏むのは理解できる。わたしにジェス・プライスとの面会許可を撤回されたのが気に食わないんだろう」もう一歩ブリンクへ近づき、さらに距離を縮めた。セッジのにおいがブリンクの鼻孔を刺激する。汗と高級な香水の入り混じったにおいだ。相手の息づかいまで聞こえる。これが男らしさを誇示するための行為であることは、フットボール場のロッカールームで学習ずみだ。「だが、はっきりさせておこう。ジェス・プライスがそれをいくら巧妙に隠していても、わたしはかならず見つけ出す」

「さっさと言ったほうがお互い楽だと思いますよ」ブリンクは言った。「あなたが探してるものというのは、いったいなんなんですか」

その質問を予期していたのだろう。ジェイムソンは即座に答えた。「伯母のオーロラがかつて所有していた、大いなる価値のある古の遺物だ。人類と宇宙の関係を変える強大な力を秘めているために、数百年にわたって隠されてきた」

「どんな遺物ですか」ブリンクは尋ねたが、答えはもうわかっていた。あの円のパズル、放射状の筋の先端に並ぶ数字と中心のヘブライ文字が脳裏に浮かぶ。

「未来を変える力を秘めたものだ」セッジは言った。「きみが協力すれば、われわれはともに未来を変えることができる」

ドアが開き、アン＝マリーがデッキに出てきた。「あたしもまさにその話がしたかったの。さあ、テーブルに着いて。話さなきゃいけないことがたくさんあるから」

32

アン＝マリーの家からレイ・ブルックへ向かう道すがら、キャム・パトニーは娘のことを考えた。すわっているだけの時間ができると、心は自然と娘へ向かった。フルセルフドライビング機能をオンにし、テスラのナビゲーションシステムに目的地を入力して、車に運転をまかせた。ＭｏｄｅｌＳＰｌａｉｄの時速は最高二百マイルに達する。つねにその速度で走るわけではない──安全走行のため、適切に減速するようプログラムされている──が、レイ・ブルックまではいくらもかからずに着くだろう。

飛ぶように過ぎていく景色をフロントガラス越しにながめていると、キャムの心は穏やかな静けさを取りもどし、まるで映画を観ているかのように、父親不在の日々を過ごすジャズミンの姿が目に浮かんだ。学校を出て、子守りに付き添われながら地下鉄で家に帰り、通学用のリュックを玄関に置いて、自分の部屋へ行く。理科の宿題で月曜日に提出しなければならない張り子の恐竜を作り終える。夕食中にグリーンピースを食べなさいと母親に叱られる。キャムがジャズミンと暮らしたことは一度もないが、毎晩のルーティンなら知りつくしていた。翌日に着る服を選び、シャワーを浴び、学校に持っていくものをリュックに詰める。娘はもうじき十三歳になる。あっという間に成長してしまうというのに、キャムはその貴重な時期を見逃していた。頻繁に電話で話し、最高の環境で過ごせるよう気を配っているが、そばにいてやれないのは無念だった。娘との時間を犠牲にするほどの価値がこの仕事にあるのだろうかと考えることもあった。〈シンギュラリティ〉には自分の居場所、金、世界を変える可能性がある――それらがキャムにとっていくら重要でも、代償が大きすぎやしないだろうか。

とはいえ、日ごろこんなふうに考えることはほとんどなかった。〈シンギュラリティ〉の精鋭セキュリティチームにはいって一年目、キャムはウメ・センセイとの訓練を開始した。ミスター・セッジには〝意識の訓練〟の指導者として紹介されたが、軍隊の指導教官とニューエイジのライフコーチの中間のような人だとキャムは思った。最初は、若い女に指導されるのが気に入らなかった。ウメ・センセイはキャムと年齢が近く――当時は二十代前半だった――身長はキャムの半分しかないように見え、小枝のように細く、物腰は柔らかだが、隙のなさを感じさせた。よく聞きとれないほどきつい日本語訛りの英語を話すので、キャムは彼女の話を聞き流した。完全に無視してしまいたいとさえ思ったが、はじめての武術訓練の日、ウメ・センセイはキャムの足を払って倒し、みぞおちにすばやく鋭い一撃を食らわせて、キャムに泡を吹かせた。それ以来、キャムはウメ・センセイの話に注意を払うようになった。

ウメ・センセイは武術と瞑想をキャムに教え、強者たるべき者の責務について説いた。「いまこの瞬間」ウメ・センセイは言った。「あなたは強者です。しかし、あなたが弱者となる瞬間がかならず訪れます。生き延びるためには、両方の立場を理解しなければいけません」

弱さなしに強さは存在しないことを、キャムは学んだ。動は静があってこそ生まれ、死は生と対を成し、暴力は慈しみの土壌となる。事実、仕事のためにこの手を汚すことがあっても、そのおかげで最愛のわが子を養える。セッジに奉仕するからこそ、ジャズミンを守ってやれる。与えられた仕事をこなし、ミスター・セッジの計画の実現を手助けするだけで、よりよい父親になれる。

この任務はまもなく終わりを迎えるだろう。ミスター・セッジの計画は順調だ。レイ・ブルックに行ってモーゼス医師の干渉を阻止するよう指示されたとき、キャムは計画の最終段階が近いのを直感した。レイ・ブルックではモーゼス医師に怪我を負わせるか、おそらくは殺すことになるだろう。だが、キャムはウメ・センセイの教えを通じて、暴力の本質を学んだ。暴力を振るうことに喜びは覚えなかったものの、必要悪として受け入れた。戦争がなければ平和もない。死がなければ生もない。現在が消滅しなければ未来も存在しない。

それはキャムが当初考えていたようなくだらない仏教の教えではなく、ミスター・セッジの計画の根幹を成す思想だった。キャムがそれを受け入れるまでには長い時間がかかった。食事制限をめぐってウメ・センセイと意見が合わず、〈シンギュラリティ〉を辞めようと考えたこともあった――赤肉を禁じる代わりに、聞いたこともない日本の野菜をたっぷり食べさせられ、多種多様な生薬を飲まされたのだ。身体の訓練も過酷だった。ふざけるのもいいかげんにしろ、とキャムが暴言を吐いたとき、ウメ・センセイは茶色の静謐な瞳でキャムを見据えて、こう言った。「わたしたちは自分を傷つける者を愛さねばなりません。意義深い教えは自分を傷つける相手からこそ得られます」ミスター・セッジがおおぜいの目に敵として映っても、実際は彼らの救世主にほかならないのと同じことだ。

キャムがその事実を理解するようになったのは、セキュリティチームにはいって三年目、〈シンギュラリティ〉の暗号化ネットワークへの完全なアクセス権限を付与され、ミスター・セッジの計画の全貌を知ったあとのことだった。ミスター・セッジは既知の世界の上に、人類の新しい世界を構築した。改竄不能な台帳と気が遠くなるような額の仮想通貨に支えられた、世界規模の情報ネットワークだ。その台帳は世界じゅうで認証され、管理されている。また、ほかの形態のブロックチェーンと異なり、ミスター・セッジが世界各地の開発チームと作りあげた新種のコンピュータで稼働する。〈シンギュラリティ〉は単なる企業ではなく、ミスター・セッジはただの億万長者ではない。あの男は、人類のあり方を変える預言者なのだ。このネットワークによって、〈シンギュラリティ〉とジェイムソン・セッジは人類の生という概念そのものの中核を担うようになるだろう。キャムの役割は、その実現を確実なものとすることだ。

最初の任務から、キャムは全力を尽くした。テターボロ空港から〈シンギュラリティ〉のジェット機でキーウへ飛び、インターコンチネンタル・ホテルのロビーで男と会った。ことばはいっさい交わさなかった。男はキャムのスマートフォンの画面に指をあて、本人であることを証明した。キャムはテーブルに大きな封筒を置き、ハードドライブがはいった包みを持って立ち去った。封筒の中身は知らなかった。ハードドライブの中身も知らなかった。だが、セッジはキャムの仕事ぶりを高く評価した。それからの数年間、キャムは数十回にわたり同様の受け渡しをおこなった。キーウ、ミンスク、モスクワ、ロンドン。いつもだいたい同じ手順だった。封筒と引き換えにドライブを受けとり、セッジのもとへ届けた。

ロンドンだけは、ひとつだけちがう点があった。相手はいつも決まって、同じアメリカ人の男だったのだ。男は監視されている可能性を恐れ、ミスター・セッジも男の懸念をもっともだと考えたので、受け渡しはことさら慎重におこなわれた。あるときは、ナショナル・ギャラリーの外ですれちがいざまに無言で封筒を交換した。またあるときは、地下鉄のなかで待ち合わせた。男は座席に鞄を置き、代わりにキャムが持ってきた封筒をポケットに入れてプラットホームへおりた。接触が最も長時間にわたったのは、ふたりが最後に顔を合わせた二〇一七年十一月の受け渡しだった。場所はホルボーン駅からほど近い、レッド・ライオン・スクエアにあるパブだった。男はゲイリー・サンドと名乗り、一杯やらないかとキャムを誘った。ふたりは入口から離れた一角に腰をおろした。キャムはギネスを一パイント注文し、ゲイリー・サンド――十中八九、偽名だろう――の話に耳を傾けた。ファンドを設立する予定で、投資機会があるとかいう内容だった。キャムは適当に質問しながら、男の話に付き合った。グラスがほとんど空になったころ、テーブルの下に手が伸びてきた。サンドはハードドライブをキャムに手渡したあと、立ちあがってパブから出ていった。キャムはわずかに残ったビールを飲み干し、会計をすませて帰路に就いた。

複数回にわたるゲイリー・サンドとの接触で興味を掻き立てられたキャムは、ネットワーク内の記録を調べた。〈シンギュラリティ〉のプロトコルを破ったのは、あとにも先にもこの一度きりだ。ゲイリー・サンドとミスター・セッジの関係は長きにわたっていた。八〇年代後半、ふたりは暗号通信の初期開発グループの一員として、ほかのテクノロジー・フューチャリストとともにサンフランシスコのベイエリアで暮らしていた。キャムが調べた時点で、メンバーの何人かはすでに社会との関係を完全に絶っていた。もちろん、ゲイリー・サンドとジェイムソン・セッジはちがった。二〇〇八年以降に交わされた一連のメールも見つけた。サトシ・ナカモトという人物や、不正操作を防ぐ新しい取引形態の開発について書かれていた。それは富裕層による庶民の支配を抑止するためのシステムで、ミスター・セッジも開発に携わったひとりだった。彼らの目的は金ではなく、世界を抑圧から解放することだった。

「もうすぐだ」キャムがレイ・ブルックの刑務所で働くためにマンハッタンを離れた日、ミスター・セッジは言った。「人類史上最大のブレイクスルーが実現し、死に打ち勝つ日がすぐそこまで迫っている。大革命が起こるぞ。その鍵を握るのが、ジェス・プライスだ」

ミスター・セッジの計画の真相と、その急進的、社会的、政治的な思想にキャムは感服した。ミスター・セッジ個人の野望——人の意識と死の本質を理解すること——なら知っていたが、キャムはそのときはじめて気づいた。キャムの人生を変えたこの男が、世界をも変えようとしていることに。

33

アン＝マリーはダイニングテーブルを整えて照明を落とし、大皿からパスタを取り分けはじめた。

「上出来だ」ジェイムソンが席に着きながらアン＝マリーにうなずいた。使用人に向かって言うような、そっけなく事務的な口ぶりだった。

アン＝マリーはその褒めことばに反応しなかった。「きょうの午後、下ごしらえをすませておいたの――ファーマーズマーケットで買ったトマト、ニンニク、モッツァレラチーズ、バジルをファルファッレと合わせたものよ」新しくワインの瓶をあけ、グラスに注いでいく。「お腹が減ったでしょう」ブリンクの皿にパスタを盛りつけながら、アン＝マリーは言った。「食べれば気分がよくなるわ」

言われるまでもなかった。ブリンクは耐えがたい空腹を感じていた。「すごくおいしい」パスタをひと口食べて言った。「ふだんはファストフードで生きてるんです」大げさに言ったわけではなかった――直近二回の食事は〈ザ・スターライト〉で食べたピザと、ハイウェイの休憩所で食べたターキーサンドイッチだったからだ。

アン＝マリーも席に着いて食べはじめたが、ふと手を止めて、コバルトブルーの皿のふちに指を這わせた。「あなたに質問よ、ミスター・ブリンク。三百年前に作られた磁器で食べると、食事はいっそうおいしくなると思う？」

「さあ」まじめに訊いているのだろうか。ブリンクはアン＝マリーの顔を見つめた。ずいぶん変な質問だと思ったが、アン＝マリーの表情は読めなかった。たぶん、本気なのだろう。「わかりませんね、三百年前の食器で食べたことがないから」

「あら、いま食べているじゃないの。それに、ほんとうにおいしく感じるんだから」アン＝マリーはそう言って、フォークでトマトを突き刺した。

「毒入りだからだろう」ジェイムソンがアン＝マリーにウィンクした。「このブルーには鉛がはいっているにちがいない」

「磁器についてはさっきも説明したけれど、その歴史にはもうひとつの神秘的側面があるの。あたしだけでなく、これまでおおぜいの学者が熱心に研究してきた分野であり、ジェイムソンが話した古の遺物とも直接関係している」

話題が変わったのを察して、ブリンクは顔をあげた。「どういうことですか」

「さっきも話したとおり、近世ヨーロッパにおいて、磁器は神秘の産物だった。君主たちは光り輝く硬質な磁器を熱望したけれど、それを作るための秘法はだれにも解明できなかった。錬金術の一種として考えられていたくらい、謎めいたものだったの。実際、秘法の解明に取り組んだのは錬金術師たちだった。卑金属を純金に変えることと、土を磁器に変えることのふたつが、彼らの二大使命になった。鉛を純金に変えるために、人々は賢者の石を探した。一方、土から磁器を作る秘法は〝アルカナム〟、つまり神秘と呼ばれた。

ヨーロッパではじめて磁器の制作に成功したのは、錬金術師であり有能な薬剤師でもあったヨハン・フリードリッヒ・ベトガーだった。十八世紀、ベトガーはドイツのマイセンにヨーロッパ初の磁器工房を作った。やがて、磁器はほかの工房でも作られるようになった。磁器が普及するにつれて、その価値はさがっていった。ところが、もはや純金ほどの価値がなくなったあとも、不純な土が光り輝く無垢な物質に変わるという性質のために、磁器は秘密の伝統としての側面を維持しつづけた。そうして、ある磁器の入れ物に重大な秘密が隠されることになったの」

「秘密って？」ブリンクはそう尋ねながら、コニーが気になって窓の外に目を向けた。トラックは同じ場所に停まったままだが、テスラが消えている。物音はしない。きっとコニーは寝ているのだろう。

「あたしたちがその存在を確信したのは、ラ＝モリエットが息子に宛てて書いた手紙を読んだときだった」アン＝マリーは言った。「ラ＝モリエットは文中で、古来の聖なる知恵を記した文書に言及している。そこに、なんらかの暗号かパズルのようなものが書かれているらしいの」

「〈神のパズル〉として知られている」ジェイムソンが言った。

「それで、ぼくの出番というわけですね」ブリンクはようやく、ジェイムソンが自分にしつこく協力を迫るわけを理解した。ジェス・プライスがブリンクにパズルの情報を渡したと思っているのだ。実際、そのとおりなのだが。「その解明をぼくに手伝わせるつもりなんだ」

「まずはパズル自体を見つけなければならない」ジェイムソンは言った。「手紙の内容から、ラ＝モリエットがパズルを入手した経緯はわかっている。ラ＝モリエットはそのパズルを――自身の最高傑作である人形のヴィオレーヌとともに――一九〇九年に自殺するまで手もとに置いていた。その後、わたしの伯母が死ぬまでヴィオレーヌを所有していたこと、ジェス・プライスが二〇一七年に屋敷でそれを発見したこともわかっている。しかし、人形は姿を消し、われわれはパズルに関する情報をいっさいつかめていない――見た目はもちろん、どんな暗号が隠されているのかさえわからない。それでも、わたしは発見をあきらめていないがね」

ブリンクは素知らぬふりをしてジェイムソンの目を見た。ジェイムソンとアン＝マリーより、いまのところは自分のほうが有利だ。ブリンクはパズルの見た目を知っている。そのなかの数字や文字もはっきりと記憶している。

「調べれば調べるほど、そのパズルに聖なる情報が含まれているという確信は深まるばかりだ。ある種の暗号のようなもので、適切に使えば、人類にとっての過去、現在、未来の定義が一変する。わたしは伯母がそのパズルも所有していたと考えている」

「それで、伯母さんの死後、屋敷に滞在した最後の人物であるジェス・プライスが」ブリンクは言った。「そのパズルの情報を握っている、と」

「まちがいない」ジェイムソンは言った。「それはアーネスト・レイスから聞いた」

「ドクター・レイスがあなたに教えたんですか？」前任の精神科医にジェスが裏切られていたのかもしれないと思うと、ブリンクは怒りがこみあげてくるのを感じた。刑務所の地下にあった膨大な量の資料が記憶によみがえる。レイスはあのすべてをセッジと共有していたのだろうか。

「そうだ」ジェイムソンは言った。「ジェスの様子について定期的に報告を受けていた。ジェスはレイスに、屋敷で〝不完全なパズル〟を見つけたと打ち明けたそうだ」

「レイス医師があなたに情報を渡していた理由は？」ブリンクは訊いた。医師たる人間がなぜそんな行動に出たのだろうか。患者に対する職務上の倫理義務に反している。「金ですか？」

「レイスとわたしには共通の目的があったからだ。ふたりとも、セッジ館の事件の真相を明らかにしたいと思っていた。レイスはジェスを助けたかった。彼女の無実を信じ、自由の身にしてやりたいと考えていた。純粋にジェスのためを思い、正義がなされることを望んでいたようだ。わたしのほうの動機はまったくちがっていたが、それはすでに話したとおりだ。われわれは情報を共有した。きみのバッグのなかにある日記もそのひとつだ」

　ブリンクの心臓が跳ねあがった。どうして日記のことを知っているのか。

「そんなに驚かなくてもいいだろう」ジェイムソンはほくそ笑んだ。「きみが刑務所で日記を読んでいるところをキャムが目撃した。キャムの説明を聞いてすぐにわかったよ、わたしがセッジ館で見つけてレイスに渡したあの日記だとね。捜査当局は証拠になりそうなものを片っ端から押収した。だが、あの日記はオーロラの聖書のあいだにはさまったままだったために、当局の目にふれなかった。わたしは捜査の終了後に日記を見つけ、レイ・ブルックでジェスの担当医となったレイスに渡した」

「ジェスの日記を読んだなら、ジェスがヴィオレーヌを見つけたことは知ってますよね。食器室の隠し部屋のことも」

「ああ」ジェイムソンは言った。「われわれはその部屋も調べた」

「でも、ヴィオレーヌは見つからなかった」アン＝マリーが言った。「もちろん、パズルもなかった」

セッジはリビングルームに顔を向けた。コーヒーテーブルに革の書類入れが載っている。「ラ＝モリエットの手紙は書斎じゅうに散らばった状態で見つかった。いったんは証拠として当局の手に渡ったが、事件とは無関係だとして返却された。あの夜の出来事にかかわる情報が書かれているというのに、だれも気づかなかったようだ」

「それに、あれが全部じゃないのよ」アン＝マリーが付け加えた。「手紙の最後の数ページが見つかっていない。ラ＝モリエットの死後に失われたのかもしれないし、ジェスが処分したのかもしれない。ドクター・レイスを通じて情報を探ろうとしたけれど、ジェスが手紙について話すことはなかった」

「レイスと連絡をとってたなら」ブリンクはメッセンジャーバッグをテーブルに置き、ノートパソコンを取り出した。「きっとこれも見ましたよね」ポケットのUSBメモリを取り出してノートパソコンに差しこんでから、フォルダをクリックして画像を表示させた。フランキー・セッジの遺体の白黒写真と、ノア・クックの遺体のポラロイド写真だ。ふたりの遺体を横並びに表示させ、皮膚に刻まれた模様が見えるように拡大した。

「五十年もの年月を隔てているにしては、あまりにも酷似してる」

ジェイムソンは眼鏡をかけ、ノートパソコンに顔を近づけて写真を観察した。ブリンクはすわったままジェイムソンの反応をうかがった。いい気分ではなかった。だしぬけにこんな写真を見せるなんて、ジェイムソンの椅子を蹴り飛ばし、床から身を起こそうともがくその姿をながめるようなものだ。驚き、混乱、そして苦痛がジェイムソンの顔に浮かぶ。ブリンクは、硬い仮面に隠されたジェイムソンの素顔を垣間見た気がした。それは父の死を悲しむ子ども、金と権力であらゆる苦しみを覆い隠してきた男、永遠の命を讃えながらもみずからの過去に苛まれる男の顔だった。

「この画像をどこで手に入れた？」ジェイムソンの声には動揺がにじみ、隙のないふるまいが今夜はじめて崩れた。

「どうやら、ドクター・レイスはあなたに全部を見せたわけじゃないみたいですね」

「驚いた(モン・デュー)、レイスはいったいどうやってこれを入手したの？」アン＝マリーは読書用の眼鏡をかけて身を乗り出した。

「ひとりでいろいろと情報を集めてたようです。ジェスの現在の精神科医でさえ、この資料のことは知らなかった」

ジェイムソンは画像から目を離さなかった。「父のこんな写真があったとは知らなかった」静かな声で言う。「何が起こったのか疑問に思ってはいたが、それが家族のあいだで話題になることはなかった。わたしの母は絶望に打ちのめされ、心が壊れてしまった。父の話はけっしてしなかった。ただの一度も。その後、わたしは古い新聞で父の死に関する記事を読んだ。だが、こんな写真はどこにも載っていなかった。これほどむごい死にざまだったとは思いもしなかったよ」

「レイスはジェスの事件との関連性を疑ってたはずです。でなかったら、ジェスの資料として保管しておかないでしょう」

「そのとおり、レイスは正しかった」アン＝マリーが言った。ため息をつき、ブリンクのノートパソコンを閉じる。「関連性ならある。ほら、見せてあげるわ」アン＝マリーは磁器の皿を一枚持ってきて、光にあたるように置いた。「よく見ると、皿の表面に細かいひび割れのような模様があるでしょう。これは貫入（クレイジング）と呼ばれている。強い圧がかかることで釉（うわぐすり）に亀裂がはいる現象なの」

ブリンクは驚いてその模様に見入った。フランキー・セッジとノア・クックの遺体に刻まれた傷とそっくりだった。ジェスの肌にあった傷もそうだ。ハイウェイの休憩所を出るとき、ガラスのドアに映った男の体にあった無数の亀裂も、まさにこんな感じだった。

アン＝マリーはつづけた。「〝クレイジング〟と〝クレイジー〟は語源が同じで、どちらのことばも〝割れる〟〝完全な状態を失う〟という意味を含んでいる。人が正気を失うのと同様、磁器の貫入が起こる原因は内部にある。器の内側に圧がかかることで亀裂が生じるの」

ブリンクはノアの検死報告書の内容を思い出した。それによると、死因は身体への鈍器損傷――落下事故、または自動車事故によるものと同等――とされていたが、どちらの筋書きもありえない。損傷の原因としては、むしろアン＝マリーの説明に信憑性があるように思えた――体の内部で発生した強い圧。

「それで、この貫入がノアとフランキー・セッジに起こったことと関係あるんですか？」ブリンクは尋ねた。「それに、ジェスとも」

「ラ＝モリエットの手紙にすべて書かれている」アン＝マリーは言った。「命を絶つ前夜、彼が息子に向けて書いた手紙にね。すべてつながっているのよ。錬金術師の知られざるアルカナムも、数百年にわたり世代を超えて守り伝えられてきた、人類の未来を変える可能性のある秘密も」

「可能性ではない」ジェイムソンが言った。「それはかならず人類の未来を変える。完全なパズルさえ見つかればな」

「マイク、聞いてちょうだい。あたしたち、ジェス・プライスが描いた円のことを知っているのよ」

アン＝マリーは穏やかな口調で、どこか申しわけなさそうに言った。「刑務所であれを見たとき、きっとすごく心を引かれたのよね？　いまのあなたは、あのパズルがとても重要なものだと理解している。ジェスのためにも、あたしたちが協力してパズルを解くべきだとわかったでしょう？」

「ぼくの知るかぎり」ブリンクは椅子に背を預けた。「そもそもあれはパズルじゃありません。パターンというものがなく、答えを導くのは不可能だ。仮に可能だったとして、あなたがたを助けることがどうしてジェスのためになるのかわからない」

「少なくとも」ジェイムソン・セッジが言った。シャツの下に隠していたホルスターから拳銃を引き抜く。「きみのためになるのはたしかだ。ここはひとつ、われわれに協力してはどうかね」

34

セッジはテーブルに拳銃を置いた。ブリンクが本物の銃を間近に見るのははじめてだった。オハイオは銃であふれていたが、父親は狩猟をしなかったし、フランス人の母親はアメリカの銃社会を理解不能だと言って、自宅への火器の持ちこみを禁じていた。それでも、この銃には人を引きつける何かがあると、ブリンクは思った——黒光りする金属、装飾の施された長方形のグリップ、銃身の完璧な角度。手を伸ばしてふれてみたい気持ちを、ブリンクはぐっとこらえた。

ブリンクが銃に関心を示したのを見て、セッジは愉快そうな顔をした。「ビンテージのワルサーPPK、セミオートマチック拳銃だ」セッジは言った。「ドイツ製だよ。わたしの父の形見だ」

「美しい銃ですね」胃のむかつきを感じながらブリンクは言った。

「同感だ」セッジは返した。銃を手にとり、銃身を指でなでる。「わたしはかねてから思っているんだ。この物質界を美しく去る方法があるとすれば、それは父のワルサーの慈悲によってだろう、とね」ゆっくりと銃口をブリンクに向ける。「きみもそう思わないか？」

ブリンクはこれまで、厳しい締め切りに追われながらいくつものパズルを作ってきた。十二時間に及ぶ円周率大会のプレッシャーにも耐え、生活のため、周囲の期待に応えるため、自分自身の正気を保つためにパズルを解いてきた。だが、パズルのために脅迫までされる日が来るとは思ってもみなかった。「銃は遠慮しておきますよ」ブリンクは言った。頭のてっぺんから足の爪先まで感覚がなく、四肢は冷たくなってしびれている。「ぼくとしては、よぼよぼの百一歳になってから眠るように死ぬほうがずっといい」

セッジは笑った。「そういうことなら、ミスター・ブリンク、われわれの願いはそうちがわないわけだ。ふたりとも長寿を求めている。早死にする必要はない。もちろん、いま死ぬ必要もまったくない。さあ、パズルを渡してもらおう」

ブリンクの心臓が早鐘を打っていた。銃から目が離せない。セッジは躊躇なくそれを使うだろう。レイスもブリンクと同じように、セッジが探している情報を持っていたにちがいない。何かを渡さなければ、ここから出られる望みはない。だが、ジェスの描いたパズル――メッセンジャーバッグのなかにある――を渡すのは、ジェスに対する裏切りのように思える。ほかの方法を試してみよう。「紙が要ります」ブリンクは平静を装って言った。

アン＝マリーが席を立ってキッチンへ行き、一枚の紙とペンを持ってもどってきた。ブリンクはペンを手にとり、紙にあの円形のパズル――太陽光線のような放射状の筋や、その先端に並ぶ1から72までの数字――を描きはじめた。ただし、完全には再現せず、ヘブライ文字と放射状の筋をいくつか省略した。ブリンクはジェイムソンにその図を渡し、テーブルに手をついて立ちあがった。アドレナリンが全身を駆けめぐる。急に吐き気がこみあげてきた。セッジは拳銃をホルスターにもどし、紙を手にとって仔細に観察しはじめた。

アン＝マリーも円をのぞきこんだ。いくらながめても無駄だと、ブリンクにはわかっていた。「あなたにはこの意味がわかるの？」しばらくして、アン＝マリーは口を開いた。

「そのパズルは不完全なんです」ブリンクは手の関節を鳴らしながら言った。鈍い痛みで全身に満ちる不安を和らげたかった。「原本を見つけないことには解きようがない」

「だが、ジェス・プライスは円の完成形を知っているはずだろう」ジェイムソンが言った。

「そうだとしても、ぼくは何も聞いていません」

「ねえ」アン＝マリーが書棚からヘブライ語の辞書を持ってきてテーブルに置き、ジェイムソンの前
にひろげた。「これを見れば何かわかるかも」
アン＝マリーとジェイムソンがパズルの解読を試みているあいだ、ブリンクは邸宅の奥を横目での
ぞいた。急いでここから脱出したいが、簡単ではなさそうだ。どこまでも開放的な家だった。すべて
の空間が――リビングルーム、ダイニングルーム、キッチン、ロフトのベッドルームでさえ――丸見
えだ。ふたりに気づかれずに抜け出すのはむずかしい。こういう家でプライバシーを得られる場所は
ただひとつ――バスルームだ。

アン＝マリーはリビングルームの反対側にある廊下の先を指さした。窓ガラス越しに外の暗い私道
を見ると、やはりテスラが消えていた。トラックの行く手をはばむものは何もない。できることなら、
玄関から飛び出してトラックに乗りこみ、さっさと出ていきたかった。だが、そんなことをしてもす
ぐセッジにつかまるに決まっている。あのワルサーで一発食らって終了だろう。外に出るには相手を
出し抜く必要がある。

リビングルームを通り抜けようとしたそのとき、コーヒーテーブルにアン＝マリーが置きっぱなし
にした革の書類入れが目にはいった。ブリンクに迷いはなかった。アン＝マリーとジェイムソンに見
られる前に、すばやくコーヒーテーブルの上へかがみこみ、書類入れのなかにあった紙の束をつかん
でメッセンジャーバッグにしまった。ラ＝モリエットの手紙に書かれた発見とやらを、どうしても知
っておきたかった。

バスルームにはいって鍵をかけ、ドアに背をもたせて目を閉じた。心臓が激しく高鳴っている。息
がうまくできない。パニック発作はＭＩＴの一年目に出たきり、ずっと落ち着いていたのだが、いま
にもぶり返しそうだった。アドレナリンの波が寄せては返し、寄せては返しを繰り返す。胸が苦しく、

喉が締めつけられる。洗面台の蛇口をひねって顔に水を浴びせ、その冷たさにいくらか落ち着きを取りもどした。まずいことになってきた。すでに手に負える状況ではない。すべてが予想外の方向へ進んでいる。

バスルームは巨大だった。浴槽はジェットバス機能付きで、大きな窓に面している。ガラス張りのスチームサウナ室もある。ローマ皇帝の大理石の半身像は、ジェスの日記に書いてあったものだろうか。あたりはイチジクの香りに満ちていた――〈ディプティック〉のフレグランスキャンドルがバスルームの一角で焚かれ、ぼんやりと周囲を照らしている。ブリンクはスマートフォンを取り出し、テクノロジーの神が電波を与えてくれるよう願った。だが、画面の右上を見ても、アンテナは一本も立っていなかった。

スマートフォンをポケットにしまおうとしたそのとき、セサリーからボイスメッセージが届いていたのを思い出した。受信時刻は午後六時四十四分。いまから三時間前、アン＝マリーのオフィスにいたときだ。ボリュームをできるかぎりさげてから、ブリンクは再生ボタンを押した。

脅かすつもりはないんだけれど、説明のつかない何かが起こっているみたい。駐車場でも少し話したけれど、あのあとオフィスにもどったら、州矯正局のシステムにいっさいアクセスできなかった。そのうえ、診察中の患者の情報がはいった刑務所内のデータベースからも締め出されてしまったの。パスワードが使えなくて、IT担当に連絡したら、わたしの名前も従業員番号もシステムに登録されていないと言われた。三回チェックしてもらって、やっと現実を受け入れたわ。わたしの情報は削除されたんだって。

システム障害でたまたまブロックされたと考えるには、あまりにもできすぎた偶然だと思う。通常では考えられないことが起こっている。ジェス・プライスに手を差し伸べる人間を、何者かが着実に消し去ろうとしているのよ。最初はドクター・レイス。つぎにあなた。そして、いまはわたしが排除されかけている。自分が大きな危険に直面しているんだって、ようやくわかりはじめたところ。

証拠があるわけじゃないけれど、駐車場で見かけた例の男がこれに噛んでいると思う。数分話しただけだけれど、名前はわかった。ジェイムソン・セッジ。あなたについてずいぶんよく知っていた――面会許可が撤回されたこととかね。その男はジェスに話があるんだと言っていた。面会には事前の許可が要るとわたしが言ったら、許可ならすでにあると言い張ったの。わたしは信じなかった――患者の面会者情報はすべて把握しているから。それで、警備員を呼んで彼を車まで連れていってもらったら、あの人、青筋立てて怒っていたわ。でもね、そのあとオフィスで面会者の一覧を調べてみたら、ほんとうに彼の名前があったのよ。どうやら、上層部に仲間がいるようね。あなたの面会許可が撤回されたことにも関係しているかもしれない。わたしがここを追い出されそうになっていることにも。

セッジという男があまりにも怪しいから、ジェス・プライスの事件を担当したコロンビア郡保安官事務所に電話することにしたの。そこに勤めているわたしの知人に、ジェイムソン・セッジという男について何か知っているかと尋ねてみた。その名前を聞いたとたん、彼はびっくりして喉を詰まらせそうになっていたわ。

あなたも知っているでしょうけど、ジェスが逮捕されたとき、メディアは好き勝手に騒ぎ立てた。報道では、ジェスの有罪を疑う向きがほとんどなくて――地元警察が駆けつけたとき、ジェスはノアの血にまみれていたし――証拠もないのにジェスがやったと決めつけた。でも、わたしの知人が言うには、あの事件の捜査中に取り調べを受けた人物がほかにふたりいた。当局は捜査を裏づける証拠を何もつかめなかったけれど、わたしの知人は、彼らが事件に関与した可能性がじゅうぶんあると感じたそうよ。そのふたりがだれなのか訊いたら、教えてくれたわ――ジェイムソン・セッジと、ドクター・アン＝マリー・リシャードだって。

これも知人が教えてくれたことだけれど、わたしの前任のドクター・レイスから、二〇一八年に連絡があったそうなの。つまり、レイスがジェスの治療をはじめてから一年後のことね。ドクター・レイスはコロンビア郡保安官事務所まで来て、あの事件の捜査資料を調べた。例の写真を持っていたのには、そういう経緯があったわけね。もしUSBメモリの中身をまだ見ていなかったら、すぐに確認して。そしたら、とても心穏やかではいられなくなるはず。

いまは頭が混乱しているけれど、ひとつだけたしかなことがある。ジェス・プライスを無防備な状態でほうっておくわけにはいかない。わたしは帰宅したら、もう刑務所へもどってこられない可能性がある。だからきょうのうちに、わたしのオフィスにジェスを呼んで話をするわね。あなたがもう一度話したがっていたと伝えて、もし彼女がわたしに秘密を打ち明ける気になったら――そんなことはいままでなかったけれど――メッセージを録音してあなたに送ります。いまは何も約束できないけれど、彼女を傷つけようとしている人物を特定するために最善を尽くすわ。それに、彼女自身を守るためにも。

セサリーのメッセージを聞き終えたブリンクは、強い危機感に襲われていた。ジェイムソンとアン＝マリーは、単に古の宝を探し求めているだけではない。思っていたより、はるかに深くこの件に関与している。何がなんでも、ここから脱出しなければ。

ブリンクはバスルームのなかに目を走らせて、出口を探した。ジェットバスに面した窓ははめ殺しになっていてあかないが、トイレのそばに開閉できる窓がある。小さいが、うまく体を縮めれば通り抜けられそうだ。

窓の鍵をあけ、網戸を押して取りはずしてから、夜の闇へ顔をのぞかせた。白く繊細な月光が、粉砂糖をまぶすように森をほのかに照らしている。ブリンクは外の空気を大きく吸いこんだ。暗闇を見渡していると、急に世界がより鋭く、より鮮明になった気がした。ブリンクは使命感に燃えていた。事故でフットボール場を去って以来、自分の人生に足りていなかったものはこれかもしれないと思った——重要な戦いの一翼を担っているという感覚。それに近い満足感がパズルにはあった。パズルを解くのは勝利するためだが、同時にとても個人的な達成感を得るためでもあった。問題を解き、パズルを完成させる。確固たる結果を手にして、勝負のフィールドを去る。危険が迫っていることがはっきりしたいま、ジェスの運命はブリンクのあらゆる選択に委ねられている。

トイレ側の窓は森に面していて、地面までは十フィートほどの高さがあった。メッセンジャーバッグのファスナーがしっかり閉じているのを確認してから、ブリンクは便座にのぼり、片方ずつ脚を窓から出して、静かに飛びおりた。邸宅の横を歩いているとき、キッチンからアン＝マリーとジェイムソンの大声が聞こえてきた。腹を立てているジェイムソンを、アン＝マリーがなだめようとしているようだ。何について話しているのか知りたいと思ったが、いまは一分も無駄にできない。

ポケットから車の鍵を取り出して、トラックのドアをあけた。コニーが胸に飛びこんでくると思った——閉じこめられるのがきらいなのに、二時間以上も待たされていたのだから。だが、なかは空だった。パニックになりそうなのを懸命にこらえながら、ブリンクは助手席側の足もとを探した。水のはいったプラスチックのボウルと嚙むおもちゃがあったけれど、コニーはいない。ブリンクは邸宅を囲む森のほうを見た。自分でどうにかして車外に出たのだろうか。しかし、コニーの姿はどこにも見えない。リードと毛布が消えているのに気づいたとき、ブリンクは最悪の事態が起こったのだと悟った。キャム・パトニーがコナンドラムを連れ去ったのだ。

ブリンクは怒りの炎に包まれた。邸宅のなかへ引き返し、ジェイムソンに電話をかけさせ、あの野蛮な男にコナンドラムを返せと言いたかった。だが、そんなばかな真似はもちろんできない。それでは相手の思う壺だ――ブリンクが激高して理性を失い、自分たちの要求を呑むのを期待しているのだ。どんなに悔しくても、どんなにコニーのことが心配でも、いま取り乱すわけにはいかない。

トラックに乗ってドアを閉め、深呼吸して息を整えた。まずはここを離れる。そのあとで、つぎの行動を考えるしかない。

イグニッションに鍵を差しこんでまわした。何も起こらない。もう一度、さらにもう一度、何度も何度も繰り返す。何も起こらない。エンジンは回転せず、ライトも点灯しない。ガソリンのメーターを見ると、まだ半分近く残っている。その瞬間、ブリンクは恐ろしい事実に気づいた。バッテリーがあがっているのだ。

35

キャム・パトニーは、セサリー・モーゼス医師の様子をうかがった。タウンハウスじゅうの明かりを片っ端からつけてまわる医師の動きに合わせ、脱走者に目を光らせる夜の刑務所さながらに、室内が煌々と照らし出されていく。医師はどう見ても怯えていた。キャムの気配を察し、姿は見えずともそばにいるのを感じている。医師が真っ先にとった自衛策、それが家の隅々を光にさらすことだった。二階の明かりがつぎつぎにつくのを見守りながら、おもしろい、とキャムは思った。人は明かりのなかにいると安心する――太陽やキャンプの焚き火、子ども部屋の常夜灯もそうだ。キャムの娘は、七歳になるまで常夜灯がないと眠れなかった。だが、モーゼス医師の身を守るはずの光はむしろ、キャムの仕事をやりやすくした。すべてがはっきりと見える。医師がバッグから分厚い書類を取り出して、ダイニングテーブルに置くところも。その横にあるゴールドのＭａｃＢｏｏｋ Ａｉｒも。あれは、パンデミック中に学校のオンライン授業に出られるよう、キャムが娘に買い与えたのと同じモデルだ。光が影を消し去ったおかげで、セサリー・モーゼスに見えないものはなくなった。それはつまり、キャム・パトニーに見えないものもなくなったということだ。

　モーゼス医師のタウンハウスは、刑務所から二マイルほど離れたアディロンダックの深い森のなか、十世帯が暮らすゲート付き高級住宅地（ゲーテッド・コミュニティ）にあった。キャムは一マイル以上離れた木立のなかにテスラを隠した。ブリンクのばか犬がトランクのなかでやかましく吠え立て、ピンボールのように何度も体あたりしていた。数時間にわたってその状態なので、いっそ殺して楽にしてやろうかと思わないでもなかった。だがそれは、ミスター・セッジのお気に召さないだろう。ブリンクの犬を捕獲しろとは言われたが、殺せとは言われていなかったし、犬ごときで怒りを買うのはごめんだ。ほうっておけば、そのうち疲れて眠るだろう。

キャムはタウンハウスの周囲を歩いて、侵入経路を探した。近隣住民の目にふれないよう、慎重に闇へ身をひそめた。警察に通報されるのだけは避けたかった。家の裏手にまわると、リビングルームの窓があった。ダイニングテーブルでノートパソコンに向かうモーゼス医師の姿が見える。ニューヨーク州政府のデータベースに再度ログインを試みているが、当然、アクセスは拒否された。キャムがパスワードを変えて、ジェス・プライスを含む全患者の情報を閲覧できないようにしたのだ。パスワードを変更し、キャムのアカウントに何もかも転送させるのはたやすかった。医師のノートパソコンがデスクトップと同じ設定なら、セキュリティは脆弱で、ウイルス対策ソフトはおろか、VPNにさえ接続されていないはずだ。患者に関するメモ、私的なメール、ソーシャルメディアの投稿、銀行の預金額を含むすべてを監視されていることに、本人はまったく気づいていない。

突然、モーゼス医師が立ちあがって窓のほうを見た。緊張が走る。一瞬、医師と目が合った気がした。窓ガラス越しに姿を見られたにちがいない。だが、医師は視線を前にもどし、特にこわがるふうでもなく、落ち着いた様子で部屋を出ていった。キャムの存在には気づいていないようだ。

キャムは仕事に取りかかった。まずは窓に手を伸ばしてみた。鍵がかかっている。つぎは裏口のドアを試した。こちらも鍵がかかっていたが、解錠が容易なシリンダー錠だった。キャムはバンプキーの束を取り出し、錠の前に膝をついた。汗が肌を伝う。まぶたの汗をぬぐってから、すばやく、静かに、キーを試しはじめた。四本目であたりを引いた。錠が軽く金属音を立てる。ノブをまわし、そっとドアを押し開いて一歩踏み出したとたん、冷たい風が吹きつけてきた。エアコンの冷気が、汗で湿った肌から熱を奪う。ドアを閉めて家のなかへ滑りこみ、ダイニングルームを通ってリビングルームへ忍びこんだ。書棚の陰に身をひそめたところへ、モーゼス医師がワインの瓶を持ってダイニングルームにもどってきた。キャムは胸をなでおろした。ドアをあける音は聞こえなかったらしい。キャムがダイニングルームの板張りの床を横切る音も、何ひとつ。モーゼス医師はグラスにロゼを注いでひと口飲み、ノートパソコンの前に腰をおろした。

キャムは一歩足を踏み出した。書棚には『精神疾患の診断・統計マニュアル』第四版と第五版、一段ぶんのハードカバー小説、何段ぶんもの人気自己啓発書が整然と並べてあった。公園で撮ったと思われる年配の黒人カップルの写真もある——モーゼス医師の両親だろう。キャムは音を立てずに写真を伏せた。セサリー・モーゼスの人生については何も知りたくなかった——両親についても、本の好みも、北極圏並みに部屋を冷やしたがることも。医師について知れば知るほど、ここへ来た目的を達成しにくくなる。こんな仕事はさっさと終わらせたい。

ホルスターからグロック43を抜き、手で重さをたしかめた。自分の肌のぬくもりであたたかい。銃を構えるのは自分の指を動かすのと同じで、銃は体の、自分自身の一部だった。狙いを定める。手は少しも震えていない。それがキャムの強みだ——つねに正確な照準、どんな条件下でも命中させる超人的能力、躊躇なく引き金を引く反射神経。だが、キャムは撃たなかった。まだだ。モーゼス医師を見据え、考える。この女は、自分の置かれた状況を少しは察しているだろうか。何をしても、キャムからは逃れられないということを。

引き金に指をかけ、相手の後頭部に狙いを定めた。ところが、まさに発砲しようとしたその瞬間、モーゼス医師が身をかがめて、バッグからスマートフォンを取り出した。ガラスの画面に指を滑らせてから、ノートパソコンに接続する。

キャムはグロックを棚に置いてモーゼス医師に近づき、画面を見ようと目を凝らした。何をしているのかすぐにはわからなかったが、にわかに理解した。なんらかのファイルをスマートフォンからノートパソコンへ手動で移したのだ。見たところ、WAV形式の音声ファイルのようだった。キャムは不安に駆られた。オンライン上の医師の挙動なら知りつくしている。メールの内容も、ソーシャルメディアのアカウントも、銀行口座も把握している。しかし、医師はキャムの監視をかいくぐる手を見つけた。キャムが仕掛けたデジタルの罠にかかることなく、刑務所で音声を録音してスマートフォンに保存し、いまこうしてパソコンへダウンロードしている。キャムがレイ・ブルックからわずか半日離れていたあいだに、これをやってのけたのだ。

人殺しなら、前にも何度か経験している。どれも短時間ですむ仕事で、相手の素性は知らされず、現場は家から遠く離れていた。ホテルの一室や路地裏、空港のトイレでも殺したが、みな赤の他人だった。唯一の例外がアーネスト・レイス医師で、あの男のことは刑務所で毎日見かけていた。ミスター・セッジはキャムに心の準備をする暇を与えず、ある日突然、命令をくだした。それでも、いざレイスを始末する段になれば、キャムの覚悟は決まっていた。

事故に見せかけるため、さまざまな工作が必要だった。決行したのは、クリスマスを一週間後に控えた十二月の寒い夜だった。その時季らしいどんよりとした日で、午後四時には日没を迎えた。刑務所の駐車場を包みこむ闇にまぎれ、キャムはレイスの車に忍びこんだ――においからしてまだ新車の、スバルのアウトバックだった。キャムは後部座席の下に身を沈めてレイスを待った。降り積もる雪がフロントガラスを厚く覆い、レイスが運転席へ乗りこんできたときには、車内は暗く閉ざされたカプセルと化していた。

いまとは別の人生を送っていたころ、車への侵入はキャムの特技だった。そのせいで、キャムは十五歳ではじめて少年院を、十七歳ではじめて本物の刑務所を経験した。昔から鍵いじりが得意で、いつもさまざまなマスターキーをベルトにぶらさげていたが、実のところ、いちばん簡単に破れるのはスマートキーで、車を傷つけずに解錠できた。高級車であればあるほど、ロックの解除はたやすかった。ミスター・セッジは知っていたにちがいない。システムの構築と分解に長けたキャムの才能や、若いころの自動車泥棒の前科、刑務所での服役のことも。納得のいく話だ。複雑なシステムを解く能力のある犯罪者でなければ、〈シンギュラリティ〉にはそぐわない。

ところが、レイスの車は施錠されていなかった。それは思いがけない幸運だった。それに、雪が降っていたことも。重く湿った雪はやがて凍りつき、道路を氷の膜で覆った。レイスが背後のキャムに気づく様子はなかった。夜の闇のなかを慎重に徐行しながら、急カーブの多い危険な山道に気をとられ、まさか背後に男がひそんでいるとは思ってもいない。運転席の後ろの隙間で、キャムは体を器用にまるめ、亡霊のようにうずくまっていた。ゆっくりと静かに呼吸しながら、両手を膝の上に重ね合わせて待った。呼吸法によって心身を静め、ほとんど透明になるまで気配を消す術（すべ）は、長年にわたる瞑想の訓練で培ったものだ。

レイスはさらに車を走らせ、山の暗い斜面をのぼっていった。簡単に殺せると、キャムにはわかっていた。頭部をひとひねりするか、一発殴打するだけで足りる。すばやければすばやいほどいい。アーネスト・レイスは善良な医者で、患者への献身ぶりはキャムも尊敬していた——ウメ・センセイがいつも言っていたように、忠誠心はその人の気高さの表れだった。キャムは日々この信条に従い、より大きな使命のために自分の欲望を犠牲にしてきた。だが、レイスは患者を気づかうあまり、ミスター・セッジに、そして真実に近づきすぎ、〈シンギュラリティ〉全体への脅威となった。どれだけ心が痛んでも、これ以上レイスの干渉を許すわけにはいかなかった。

キャムは暴力を楽しむ性質（たち）ではなかった。しかし、ミスター・セッジのセキュリティチームで働く何人かはそうだった。そういう連中は、任務での残虐な行為を自慢げに語った。ほかの人間を支配し、辱め、抹殺する力を舌なめずりして味わった。ミスター・セッジは数年前に全員を解雇し、〈シンギュラリティ〉のサムライとして雇われた者のうち、キャム・パトニーだけがただひとり残った。キャムは力を手にしたが、ウメ・センセイの教えどおり、それが諸刃の剣であることを理解していた。いつか、キャムの立場が逆転する日が来るだろう。物質とエネルギーの変化は、避けようのない宇宙の絶対法則だ。昼が夜に。強さが弱さに。生が死に変わる。いつか、キャムの力が衰えて、おのれを超える力に屈するときが来るだろう。だが、それはずっと先のことで、いまのキャムには果たすべき任務がある。

ふたたび銃を手にとり、キャムは亡霊のように音もなく、ダイニングルームのなかへと移動した。ひと呼吸して体勢を整えてから、グロックを構えた。アーネスト・レイスを殺した瞬間が脳裏によみがえる――首の骨が折れる音、山道を暴走する車の振動。キャムはタイミングを計り、車が渓谷へ落ちる寸前に外へ跳び出した。レイス医師は、手遅れになるまで何ひとつ気づかなかった。セサリー・モーゼス医師も、まもなくそうなる。

36

くそ、やられた。バッテリーがあがっているのに気づき、マイク・ブリンクは忌々しげにつぶやいた。トラックが使えなくなるには最悪のタイミングだが、自分のせいではない。コニーを連れ去ったキャムが、助手席のドアを半開きにしたまま放置したのだ。つきっぱなしになった室内灯が電力を使い果たしたのだろう。

大きく息を吸いこんで、事態を見きわめようとした。トラックは急勾配の私道をのぼりきったところにあり、百エーカーに及ぶ深い森に囲まれている。歩いて公道に出ることもできるが、それでは時間がかかりすぎる。できるだけ静かに、すばやく坂道をおりるしかない。

だが、たとえトラックを発進できたとして、この旧式のエンジンが轟音を立てれば、ジェイムソンとアン＝マリーにたちまち気づかれてしまう。いや、待てよ――エンジンをかけるまでもない。重力が坂の下まで運んでくれるはずだ。ブリンクはそっとパーキングブレーキを解除してから、クラッチを踏んでシフトレバーをギアから抜き、ペダルから足を離した。トラックは音もなく私道の斜面を滑りだした。

暗く曲がりくねった道を見おろしながら、不安に胸が締めつけられた。キャムの姿は見あたらないが、さほど遠くにいるわけでもない気がする。坂の下で待ち伏せているかもしれないし、アン＝マリーの家の近くに車を停めてひそんでいたかもしれない。ブリンクには知る由もなかった。いまはただ、前へ進むしかない。

長くうねった私道だった。暗くてほとんど前が見えなかったが、ヘッドライトがつかないので、道をはずれないよう注意して闇のなかを進んだ。なんとか坂のふもとにたどり着く。ブリンクはクラッチを踏みこんだ。エンジンがうなりをあげて始動し、息を吹き返した。

ヘッドライトを点灯させ、ジェイムソン・セッジからできるかぎり遠く離れるべく、速度をあげて走った。一マイル、もう一マイルと距離を稼ぐにつれ、体から力が抜けていく。窓をおろし、冷たい夜風を肌に感じた。ジェイムソン・セッジから逃れてはじめて、ひどく緊張していたことに気づいた。この数時間ずっと、体じゅうの筋肉がこわばっていたのだ。ブリンクは両肩をまわして凝りをほぐした。マツの木のにおいが五感を満たし、頭がいくらかはっきりした。

トラックのダッシュボードの時計を見ると、アン＝マリーにトイレへ行くと言ってから二十分が経過していた。ふたりがブリンクの脱走に気づくまで、どれくらい時間がかかっただろうか。ブリンクは、アン＝マリーがドアをノックして様子をうかがうところを想像した。返事がないので、ふたりは錠を壊し、窓があいているのを発見する。ジェイムソンが外の私道をたしかめると、トラックが消えている。アン＝マリーが革の書類入れを開き、ブリンクが手紙を持ち去ったことに気づけば、悪夢のような騒動のはじまりというわけだ。

私道を抜けて郡道に出ると、ブリンクは車を加速させた。自分でもどこへ向かっているのかわからなかったが、とにかく遠くへ行く必要があった。アン＝マリー家の敷地からゆうに十マイルは走ったところで、路肩に車を停めてハザードランプをつけた。ポケットからスマートフォンを取り出し、電波をチェックした。ありがたいことに、アンテナマークが表示されている。セサリーからテキストメッセージが届いていた。〝スマートフォンから音声ファイルを送るのは危険だし、職場のパソコンは信用できない。どうしても監視されている気がするの。いまから帰宅して、メールで送ります。あなたの言うとおりだった。ジェス・プライスは窮地に陥っている。三十分後にメールをチェックして〟

ブリンクはセサリー・モーゼスに返信を打った。コロンビア郡保安官事務所の知人に電話して、その人が正しかったと伝えてほしい。ジェイムソン・セッジとアン＝マリー・リシャードが黒幕だ。ふたりが事件現場から証拠を――ジェスがセッジ館でつけていた日記を――持ち去って隠した。至急、ジェイムソンとアン＝マリーを連行して尋問するよう頼んでもらいたい。ブリンクはそう訴えた。

メッセージを送信したのち、スマートフォンをしまって運転に集中した。すでに夜遅く、周囲には何もない。すぐにでも車を停めてラ＝モリエットの手紙を読みたかったが、それでは無防備すぎる。どこか公共の場で、落ち着いて読める場所を見つけないといけない。一カ所にとどまるのは危険だとわかっていても、手紙の内容を知りたい欲求が警戒心を上まわった。車を走らせてしばらく経ったとき、道路沿いに終夜営業の大衆食堂（ダイナー）を見つけた。それは暗闇のなかで灯台のように輝いていた――五〇年代に全盛を迎えたプレハブ式の角張った建物で、連なる窓ガラスの向こうに、ターコイズ色をしたビニール張りのボックス席が並んでいる。ここなら安全そうだ。先客はなく、道を走る車もほかになかったので、建物の裏にまわり、ごみ捨て場の後ろに車を停めた。これで道路側からトラックを見られる心配はない。

ダイナーのなかへはいり、窓から離れたいちばん奥のボックス席にすわった。頭がふらつき、血管が波打っている。コーヒーが必要だ。ウェイトレスに合図して、コーヒーとチェリーパイを注文した。ウェイトレスは二十歳（はたち）くらいの若い女性で、爪に黒のマニキュアを塗り、髪をひと筋だけ緑に染めている。その表情からして、ブリンクの消耗ぶりは傍目にも明らからしい。

ウェイトレスがいなくなると、この数時間で一変した状況が現実味を帯びてきた。重圧がのしかかってくる。危険で深く入り組んだ何か、命がけのゲームのようなものに巻きこまれてしまった。そのうえ、コニーまでいなくなり、どうすれば連れもどせるのかさっぱりわからない。

ポケットに手を差し入れて、あたたかくなめらかな一ドル硬貨にふれた。運命と偶然、使命と自由意志――この状況はどちらによるものなんだろう。コイントスで決めたジェス・プライスとの面会は、別のパズルへの扉を開き、ブリンクはその迷宮から抜け出せずにいる。もう何年も、恵まれた才能のおかげで順風満帆な人生を送ってきた。それなのに、いまは持てる能力のすべてが試練にさらされている。

コーヒーを待つあいだ、両手を見つめて頭を冷やそうとした。わかっている情報を整理したかった。ふたりの男の遺体にまったく同じ見た目の奇妙な傷痕があり、それとそっくりな模様がジェスの腕にもあったこと。ジェイムソンが呼ぶところの〈神のパズル〉と、ラ＝モリエットの手紙。刑務所の看守の首に刻まれたテトラクテュスの刺青と、〝マイク・ブリンク〟の名を隠したパズル。透かし絵のように、すべてのピースをまぶたの裏に思い浮かべる。一枚一枚はばらばらでも、重ね合わせればひとつの絵ができあがるはずだった。すべてが一体となってはじめて、重要な何かが明らかになる。ブリンクはそう確信していた。だが、どれほどピースをながめても、その正体はつかめなかった。

ウェイトレスがコーヒーとチェリーパイを運んできた。ジェイムソンの姿が見えやしないかと窓の外に目をやりながら、ブリンクは急いでパイを口に運んだ。あいつは狙った獲物を簡単に逃すような男ではない。それだけはたしかだ。辺鄙な場所にあるダイナーとはいえ、黒光りするテスラがいつ現れてもおかしくはない。ほんとうは走りつづけるべきだったのだろうけれど、書類入れから持ち去った手紙をどうしても読む必要があった。ジェイムソンとアン＝マリーが話していたラ＝モリエットの発見について、それがジェス・プライスとどう関係しているのかを知るために。手紙のなかに、ジェスの円形のパズルを理解する手がかりがないともかぎらない。難解なパズルを解いているとき、思いがけない瞬間にひらめきが訪れることがある。運がよければ、〈神のパズル〉の答えがわかるかもしれない。

コーヒーを飲み干すころには、いくらか不安が和らいでいた。砂糖とカフェインが効いたのだろう。

頭のふらつきがおさまり、自分の置かれた状況が把握できるようになった。危険が迫っているにはちがいないが、いまのところはブリンクに分がある。ジェイムソンとアン＝マリーがほしがっている情報を握っていて、あらゆる点で優位に立っている。ジェスとの信頼関係がある。刑務所の地下で見つけたコロンビア郡保安官事務所の捜査資料のデータもある。セサリー・モーゼスは自分の味方についているし、保安官事務所で働くその知人も助けてくれるだろう。そして何より、ブリンクにはラ＝モリエットの手紙という切り札があった。アン＝マリーの言うとおりなら、そこにすべてが書かれているはずだ。

　さしあたり、ブリンクの手もとには強いカードがそろっている。チェスのグランドマスターであるサヴィエリ・タルタコワは、かつてこう言った。〝勝者とは、最後から二番目にミスを犯した者を言う〟自分のミスがゲームの最後にならなければそれでいいのだ。ブリンクはバッグに手を伸ばし、アン＝マリーの書類入れから奪った紙の束を手にとった。そして、ラ＝モリエットの手紙を読みはじめた。

37

一九〇九年十二月二十四日
フランス、パリ

愛する息子へ

これを読むころ、おまえがわたしのために大きな悲しみを背負っているであろうことを、どうか許してほしい。知ってのとおり、わたしは呪われた男であり、そのために多大な犠牲を払ってきたが、ついにわが悪魔と折り合いをつけたのだ。これを書くのは、わたしのおこないを弁解するためではない。けっして許されない過ち——神の目から見ても、人の目から見ても——であるということは、いやというほどわかっている。わたしの発見についてここに記すのは、むしろ必要に迫られてのことだ。あの信じがたい、おぞましくも驚嘆すべき一連の出来事について記す機会は、この一度を除き残されていない。それらはわたしの人生を変えたのみならず、おまえの人生をも変えるだろう。おまえが危険を承知で、わたしがこれから語る神秘に足を踏み入れるのならば。

何がわたしをこうも苦しめるのかと、おまえは尋ねるだろう。それについてはこれから教えるが、ひとつ忠告しておこう——いったん知った真実は、そうたやすく忘れられるものではない。それは片時もわたしの頭を離れなかった。知らぬふりをするのは不可能だった。炎のまわりを飛び交う蛾のように、わたしはその神秘に引き寄せられた――"In girum imus nocte et consumimur igni"（イン・ギルム・イムス・ノクテ・エト・コンスミムル・イグニ）生きて真実を記す幸運に恵まれたとはいえ、地獄の深淵に立ったいまでさえ、これほどまでに危険な秘密をおまえに託すのかと思うと、身の縮む思いを禁じえない。

わたしが味わった苦しみは、おのれの拷問部屋をみずから作り出した男のものだ。わたしは禁じられた知恵を安易に授かろうとした。秘密を知りたいと欲するあまり、人間と聖なるものとを隔てるベールを取り払い、神とじかに目を合わせた。そうして、わたしは囚われた――苦しみと喜びを代わるがわるもたらすこのパズルに。わたしがいまから打ち明ける真実は、おまえにとって青天の霹靂となるだろう。だが、その真実が多少なりとも希望の慰めをもたらすのなら、わたしのこの最後の手紙は、じゅうぶんにそのつとめを果たしたと言えよう。

破滅した男の物語のはじまりにふさわしい場所は無数にあるが、わたしは一八九一年の九月までさかのぼるとしよう。おまえはまだほんの子どもだったが、おまえの姉さんが亡くなった年であることは覚えているだろう。おまえの母さんとわたしは結婚して十六年ほどで、それなりに苦楽をともにしてきたが、ヴィオレーヌの死によって、わたしたちの結婚生活は最大の試練にさらされていた。失意の底にあったわたしは、おまえの姉さんが生きて死んだ土地を離れ、外国の空気にふれることで、安らぎを得られるにちがいないと考えた。

わたしはプラハへ赴き、人形職人の名匠（マスター）であるヨハン・クラールのもとで働こうと決めた。わたしはすでに若くなく、その夏に三十四歳になったところだったが、マスター・クラールの技芸を習得しようと意気ごんでいた。むろん、わたしは何年も前に父の教えを受け、この職に必要な技術を身につけてはいた。サン＝ドニ通り一四七番地の父の店は、当時すでにパリの有名店で、わたしが受け継いだのち、今日の大きな成功をおさめるに至ったのだ。

しかしマスター・クラールは、わたしにはない技術を――ボヘミアクリスタルでできた眼球の制作法を——有していて、それはパリでは類を見ないものだった。その手法はきわめて巧妙だった。ガラスを吹いて球の中心に色をつけるのだが、そのとき、虹彩にごく小さな気泡が注入される。すると、できあがった瞳は光をとらえて拡散するのだ。パリの店でクラールの人形を見たときは、わたしの一挙一動を絶えず目で追っているのかと思ったほどだった。不気味なほど生き生きとしたその目に、わたしは魅了された。

クリスタル球の制作において、マスター・クラールがわたしよりすぐれているのはたしかだった。とはいえ、人形全体となると、わたしのものと比べて作りが単純だった。四肢の形、材料の質、表情の欠落——このすべてが、クラールにわたしが必要であることを示していた。そこでわたしは、マスター・クラールが人形のすべての部位を磁器製に切り替えるつもりだと知ったとき、手紙で技術交換を持ちかけた。磁器工房の設置を手伝う代わりに、クリスタルの眼球の制作法を教えてほしいと頼んだのだ。

プラハでの最初の数週間は工房で過ごした。それは街のはずれの、かつて石灰などの天然石を採掘、精製、粉砕していた採掘場のなかにあった。工房はせま苦しくて暗く、東と北側に高窓があるだけだった。日中でさえ、わたしたちはガス灯の明かりのもとで仕事をせねばならなかった。工房での初日、わたしが真っ先にとった行動は、ガラスの目がはいった樽に手を沈めて、何百個もの完璧な球体の重みを感じることだった。それらのなんと美しかったことか！　わたしはなめらかで冷たいクリスタルの表面がぶつかり合うさまを観察した。背すじに震えが走るほど、完全無欠の冷ややかな美がそこにはあった。

わたしたちは朝から晩まで磁器人形を作った。クラールは円錐形の独立した窯小屋を建てていた。煉瓦の外壁に覆われたボトルキルン（イギリスの昇炎式の窯）に似たもので、煙突の内側に立って作業できる空間があり、火のそばで磁器を出し入れできた。窯から出てくる小さな体とすらりとした手脚は、焼き立てのパンのように熱でふくらんでいた。それは錬金術が具現化する瞬間だった。純粋な元素反応によって火と土と風と水が結合し、ひとつの実体に変化するのだ。火ばさみで人形の脚をつかんで持ちあげ、冷水のはいった桶に浸すと、それは毒ヘビのように鋭い音を立ててしぶきをあげた。わたしは噛みつかれでもしたかのように跳びのいて、立ちのぼる蒸気が金属の梁に達し、屋根の穴から冷たい青空へ消えていくのをながめた。

わたしの記憶にあるプラハはいつも暗く陰鬱な街だった。実際に暗かったかどうかは関係なく、当時のわたしの精神状態がそのような印象をいだかせたのだろう。その年のわたしは、深い悲しみに包まれていた。以前は、どちらかと言えば幸運な人生を送っていたのだ。おまえの母さんはわたしの最愛の人であったし、ヴィオレーヌは……そう、ヴィオレーヌ。あの子を思うと手が震える。賢く快活な、わが娘よ。

それでも、わたしはマスター・クラールの教えを請いたい一心であったし、わたしからも喜んで知識を分け与えるつもりだった。わたしはパリの店から人形を一体持参した。ガラスの目を用いた最初の試作品のひとつだった。体は申し分ない仕上がりで、ミルク色の釉をまとった磁器がほのかな光を帯びているのに対し、目はお世辞にも上出来とは言えなかった。左右の眼球の向きがずれて視線がちぐはぐになり、ぞっとするような寄り目の幼女（べべ）になっていたのだ。

マスター・クラールは、その人形を友情のしるしとして受けとった。わたしが人形職人としての弱点をさらけ出したのを見て、自分もそれに応えようと思ったのだろう。マスター・クラールはわたしの人形の欠点を指摘しながらも、均整のとれた全身を褒め、光を発するような磁器の質にとりわけ感嘆していた。そして、人形店の正面窓に〈パリの幼女人形（べべ・ド・パリ）〉を飾った。それはアキテーヌ地方のガチョウのように怒った寄り目で、道行く通行人をねめつけていた。

プラハに着いてしばらくしたころ、わたしは人形店の外に立つ男に気づいた。ひょろりと背が高く、帽子をかぶり、あたたかい秋の日だというのに黒く丈の長い外套を着こんでいた。そのときはたいして気に留めなかったが、後日、旧市街広場でその男にふたたび出くわした。わたしがライ麦パン一斤ぶんの代金を支払い、輪の形をした乾燥ソーセージをひとつ買うかどうか迷っていたとき、山盛りのキャベツを吟味するふうを装いながら、わたしの横に現れたのだ。切り整えた濃い茶色の顎ひげに、大きな黒い目。わたしを見据える妙に鋭い目つきは、その男がわたしを探していて、見つけたからには二度と逃すまいと心に決めているかのようだった。

男はヤコプと名乗り、チェコ語で話しはじめた。わたしにことばが通じていないことは、たちまち相手の知るところとなった。わたしのチェコ語では、せいぜい市場でパンを買うのが精いっぱいだったからだ。わたしが会話を試みたところ、ヤコプはわたしのアクセントに気づき、すぐにフランス語に切り替えた。自分の母語を聞くのがどんなにうれしかったか！　パリを離れてまだ数週間ほどだったが、わたしは脚を一本失ったような喪失を味わっていたのだ。

「ビールを一杯いかがですか」ヤコプは言った。わたしはすでに仕事を終えていたし、ヤコプがわたしに近づく理由も知りたかったので、彼の誘いを承諾した。

酒場はエステート劇場のそばにあった。百年ばかり前、モーツァルトが自身のオペラを上演した場所だ。ヤコプはわたしにビールをごちそうしてくれたが、自分は角砂糖をひとつ入れた紅茶を飲んでいた。

「先ほどは失礼しました」ヤコプは言った。「お近づきになるには、少々変わった方法でしたね。あなたは人形職人なんでしょう？　ひとつお尋ねしたい――ミスター・クラールの店の窓際に飾ってあるのは、あなたの作品ですか？」

あの人形がヤコプの目に留まったと知って、わたしはうれしくなった。いくら目の出来が悪くても、自信作にはちがいなかったからだ。わたしはあの人形が自分の作品であり、プラハに来たのはボヘミアクリスタルの制作法を学ぶためであることを話した。

「わたしがこれまでに見た人形とは比べ物にならないほど、あなたの作品は洗練されています」

わたしが礼を言うと、ヤコプは自分について話しはじめた。二十四歳のユダヤ人で、人形店の北側にある地区に住み、父親はラビだという。それから、ヤコプは声をひそめてわたしに訊いた。「人の人生には目的があると思いますか？」

「もちろん」わたしは躊躇なく答えた。「目的がなければ生きていけないでしょう」

「では、あなたの目的は？」

それはヴィオレーヌを亡くして以来、わたしの胸を離れない問いだった。あの子の死によって、わたしの宇宙の均衡は崩れた。悪が善をはるかにしのぐように思われ、生きつづける意味があるのだろうかと何度も考えた。ヴィオレーヌのように繊細で利口な子が、あんなにも不当な扱いを受けるのならば、わたしはいったいどんな世界を生きているというのか。

「美を創ること」わたしはやっとの思いで答えた。「人生の恐ろしいものすべてが姿を現したとき、神はわたしたちを慰めるために美を授けてくださる」

それを聞いて、ヤコプは微笑んだ。「あなたをお待ちしていました、ムシュー・ラ゠モリエット。何年ものあいだ、わたしたちは待っていた」

「わたしたち？」ヤコプが何を言っているのかわからず、わたしは訊いた。

「近々、わたしたちの自宅にご招待します」

わたしはビールを飲み終えたので、給仕係の女に合図しようと横を向いた。ヤコプのほうに向きなおったときには、すでに姿がなかった。テーブルに数枚の硬貨を残し、ヤコプは外の玉石敷きの道を急ぎ足で去っていくところだった。人混みのなかで、黒い帽子だけがやけに目立っていた。

38

十月の頭、人形店で不思議なことが起こった。ある日の午後に店へ出向くと、わたしの作った人形が窓際から消えていたのだ。だれかが移動させたのだと思い、棚という棚を調べたが、木の操り人形、ぬいぐるみ、素焼きの頭をした赤ん坊の人形を脇へどけてみても、〈ベベ・ド・パリ〉は見つからなかった。クラールはカウンターで客の相手をしていた。手が空いたのを見計らい、わたしは人形をどこへやったのかと尋ねた。マスター・クラールは当惑していた。だれも買った者はいない、と話した。そもそも、大切な贈り物を売るはずがないではないか、と。しかし、わたしたちがふたりがかりで棚を探しても、結果は同じだった——人形は消えていた。

それからしばらくして、ヤコプがまたわたしに会いにきた。十月末の土曜日の午後で、わたしは窯場からもどってきたところだった。はじめて会った日と同じように、ヤコプは人形店の外の暗がりに立ってわたしを待っていた。自宅での夕食に招きたいという。わたしは承諾した。空腹で、自分の部屋に食べ物が何もなかったからというのもあるが、それよりもずっと、ヤコプが生まれ育った地区(カルティエ)を見てみたいという誘惑が勝(まさ)っていた。もちろん、母語で話ができるのも魅力だった。フランス語でのヤコプとの会話には、一種の強壮薬のような効果があって、パリを恋しく思うわたしの心を慰めてくれると同時に、人はあらゆる苦難を——郷愁や喪失でさえも——乗り越えられるという幻想を与えてくれた。

夜の帳(とばり)がおりるなか、わたしたちは細い路地を歩いた。川にかかる橋の上から、家々の戸口の横に割ったばかりの薪の山が見え、あたりに煙のにおいが漂っていた。十五分ほどでユダヤ人街の市庁舎に着いた。大きく優美な建物で、二重勾配屋根が高い塔を支えている。その形はどこかパリのバロック建築を思わせ、切り出し石で造られた塔はチェスの駒のようだった。

ヤコプはわたしを連れて、家族と暮らす簡素な家へまっすぐ向かった。空が紫に染まりゆくなか、家の向かいに堂々とそびえる建物が目にはいった——旧新シナゴーグだった。父親がそこでラビをつとめていると、ヤコプは説明した。もっとくわしく聞きたかったが、質問している暇はなかった。つぎの瞬間、わたしたちはおおぜいの子どもたち——ヤコプの弟と妹で、七人か八人はいたと思う——に取り囲まれたからだ。家のなかには、何かを煮こむにおいが立ちこめていて、奥の部屋からはバイオリンの音色と、わたしが理解しない言語で話すくぐもった声が聞こえてきた。わたしは無知ゆえに、ヤコプのフランス語の堪能さを、わたしたちの文化が似ている証拠と勘ちがいしていた。わたしと同じように生活し、世界について同じように考え、テーブルでの作法さえ同じかもしれないと思っていたのだ。だが、家にはいったその瞬間、わたしはヤコプについて何も知らなかったことに気づいた。

外套を脱いでいると、ヤコプの父、ラビ・ヨゼフェスが挨拶しにやってきた。言うまでもなく、わたしはことばがわからないので、父親がわたしに話しかけるたびにヤコプが通訳をした。

「ようこそお越しくださったと、父が申しております」ヤコプは言った。「あなたのようなすぐれた芸術家をお迎えできて光栄だ、と」

それを聞いてうれしくなったが、ヤコプの父がわたしの職人としての腕前を知っているのに驚いた。プラハにあるわたしの作品と言えば、行方がわからなくなっている〈ベベ・ド・パリ〉を除いてほかにない。ヤコプには、わたしがマスター・クラールのもとで働く理由を教えはしたが、人形が消えたことは伝えていなかった。わたしの困惑を察してか、ヤコプが言った。「人形店の窓際にあったあなたのゴーレムを最初に見つけたのは、父なんですよ。わたしは父に頼まれて、その作り手を調べたにすぎない。父はあなたの才能を見抜きました。そして、あなたを選んだ」

ゴーレム。そのときはじめて聞いたことばで、どういう意味か見当もつかなかった。ヤコブに説明を求めたが、わたしの置かれた立場についてはほとんどわからなかった。約束していた夕食の話も出なかった。ヤコブに案内されて、わたしは廊下の奥の暗い部屋へはいった。ラビがわたしに手を振って、テーブルの前の椅子にすわるよう促し、自分も向かいの椅子に腰かけた。息つく間もなく、ドアを叩く音がした。四人の男たちがはいってきた。外套と帽子を脱いで、わたしたちと同じテーブルに着いた。ヤコブは男たちを友人だと紹介した。彼らは椅子にすわりながら、ヤコブを〝ボヘル〟と呼んで親しげに挨拶した。タルムードを学んだ若い男をそう呼ぶのだと、ヤコブがそっとわたしに耳打ちした。

男たちはさっそく話しはじめた。わたしに声をかけることはなく、ヤコブに通訳も頼まなかったので、会話の内容はわからずじまいだった。それでも、こちらをちらりと見る目つきから、彼らがわたしに強い関心を持っているらしいのがわかった。

そのうち、ヤコブの母親が部屋にはいってきて、みなに夕食をふるまった――家にはいったときににおいを嗅いだ煮こみ料理だった。わたしたちは無言で食べた。食事のあと、ラビは毛織物の外套をはおり、男たちに別れの挨拶をした。ラビについてくるよう手招きされ、わたしとヤコブは秋の冷気のなかへ出た。澄んだ夜で、大きな月が空に浮かんでいた。シナゴーグのとがった屋根と、その向こうの市庁舎の塔が月光に輝き、夜空を点々と突き刺していた。シナゴーグに着くと、ラビはポケットから鍵を取り出して、ドアをあけた。

わたしたちはなかへはいった。ヤコブが蠟燭を一本ともしてわたしに手渡してから、もう一本、自分のぶんにも火をつけた。せまい廊下を通り、階段をあがっていくと、上は屋根裏部屋になっていて、吹き抜けから階下を見おろせた。わたしが洗礼を受けたサン゠シュルピス教会にたとえるなら、二階の聖歌隊席にあたる部分だろう。だが、そのシナゴーグには、オルガンもパイプも、音楽を奏でるためのものは何ひとつ見あたらなかった。ヤコプはさらに数本の蠟燭に火をつけ、あたりを光で満たした。ラビがそのうちの一本を手にとって、部屋の隅にある大きな木の戸棚へ向かい、鍵を差しこんで扉をあけた。

　息子よ、おまえには想像もつくまい。蠟燭の光があたって片方の足が見えたとき、わたしがどんなに驚いたか。そして徐々に、両脚、ついで太い胴体が光のなかに現れた。わたしはことばを失い、恐怖に慄いてこの物体に見入った。いったい、これはなんなのか。ヤコプが父親に手を貸し、ふたりでそのマネキンのようなものを戸棚から運び出した。

　人間の形にかたどられていたとはいえ、それは大人の男よりも大きかった。わたしから見てヤコプは長身だったが、彼と比べても頭ふたつぶんはゆうに背の高い巨人であった。ヤコプとラビが部屋の中央へそれを運び、仰向けになるようそっと床に横たえると、蠟燭の明かりで全身が照らし出された。損傷が激しく、ところどころ崩れてさえいた。腕は原形をとどめておらず、頭と胴体には深い亀裂が走っていた。

　ようやく、ラビが何か言い、マネキンからわたしへと手を振った。

「わたしたちのゴーレムを直してもらえないかと、父が尋ねています」ヤコプが言った。

　わたしの前に横たわったそれは、無残な状態であった。胸の空洞に手をあててみると、粘土がぼろぼろと崩れた。「なんともろい」わたしは言った。「あえて言わせてもらいますが、戸棚から出すべきではありませんでした」

「父の祖先であり、ダビデの男系子孫であるラビ・レーヴ（十六世紀のプラハのラビ）が作ったものです」ヤコプが言った。「このシナゴーグの塵(ちり)でできています」

　わたしはシナゴーグの石造りの内部を見まわし、いったいどういうことかと首をひねった。あれはど巨大なものを作るには、少なくとも数十キロの土が必要だ。「ラビ・レーヴがこれを作ったのはいつです？」

「ゴーレムがこの世に生まれたのは、約三百年前です」

わたしは呆気にとられた——たとえ風雨にさらさなかったとしても、塵でできたものが三百年ももつとは思えない。

「ここを見てください」わたしはゴーレムの右手にふれて、指が三本欠けている部分を示した。「このような単純な修復でさえ、むずかしいでしょう。指をつけようとするだけで手が折れてしまいます。腕、胴体、脚、頭、すべての部位を型取りしなおさなくてはいけない。新しい粘土を使って、全身を一から作りなおすほかありません」

ヤコプが父親に通訳しているあいだ、わたしはふたりがゴーレムと呼ぶものをじっくりと観察した。腕と脚は太く、胴体は四角く、顔は粗削りで、目と鼻はナイフで切り出した塊のようだった。

「ゴーレムは単純な人形です」わたしが興味を引かれているのを見て、ヤコプが言った。「わたしたちに奉仕し、わたしたちを守るためだけに存在しています。知性はありませんが、その力はきわめて強大です。わたしたちの一族は、三世紀にわたりゴーレムを大切に世話してきました。しかし、もはや限界です。こうして崩れかけていますから」

ラビに促され、ヤコプはそばにあった大きな木箱へ歩み寄った。

「こちらへどうぞ、お見せしたいものがあります」ヤコプは言った。わたしが木箱をのぞくと、〈ベベ・ド・パリ〉が横たわっていた。もともとゆがんではめこまれていたガラスの目が、不吉な色を帯びていた。何が起こったのかに気づいて、わたしは動揺した。新しい友人であるヤコプが、わたしの人形を盗んだのだ。

わたしが説明を求めるより早く、ラビは書類ばさみを開いて、一枚の羊皮紙を取り出した。とても古く、経年劣化によって黄ばんでいた。ページの真ん中に大きく精緻な円が描かれ、なかにたくさんの数字と記号が並んでいた。

「これは創造主の真の御名、わたしたちの最も崇高な秘密です」ヤコプがささやいた。「数千年にわたり、父から息子へと受け継がれてきました。しかるべき備えができないうちに名の秘密を知ってしまい、恐ろしい代償に苦しんだ者もいます。でも、こわがらないで。あなたは守られています。わたしたちに招かれ、必要に迫られて知ることになるのですから」

ラビに何か言われたあと、ヤコプはわたしに向きなおった。「父が尋ねています。あなたはみずからの意志でここにいますか？　これからお見せするものを、その目で見ることに同意しますか？」

わたしは混乱していたが、迷いはなかった。彼らの秘密を知りたかった。わたしはみずからの自由意志によって同席していると認め、ラビにつづけてくれるよう頼んだ。

「わたしのそばを離れないで」ヤコプが小声で言った。「何があっても、声を出してはいけません」

返事をする暇はなかった。ラビはただちに儀式を開始し、羊皮紙に書かれた何かを読みあげて、わたしには理解できないことばを唱えだした。ヤコプはわたしの腕をつかんで、動かないように押さえていたが、ひょっとしたら、わたしを使って自分の体を支えていたのかもしれない。この上なく恐ろしい目つきをしていて、わたしの不安を和らげるどころではなかった。五周、六周と、ラビは〈ベベ〉のまわりを歩いた。七周目のあと、ラビは立ち止まった。〈ベベ〉の上にかがみこみ、額にふれた。

つぎの数秒間は時がふくらみ、ゆっくりと流れ、張り詰める緊張でわたしを押しつぶした。そして、重苦しい静寂のなか、〈ベベ〉が覚醒した。目を見開き、十秒、いや、二十秒ほど経っただろうか。小刻みに体を痙攣させて、〈ベベ〉は命を宿した。

〈ベベ〉の体に、あふれんばかりの生命力がみなぎった。想像を絶するおぞましさで周囲をのたうちまわりながら、憑かれたように部屋のあちこちを見まわした。ラビがその顔に手を置き、もう一度呪文を唱えると、〈ベベ〉から命が抜きとられた。

「おわかりいただけますね」ヤコプが言った。「磁器は硬くて光沢があり、あたかも光が固体になったかのようです。創造主の力は、光を通して表現される。この人形は生命の力に耐えました。割れずに持ちこたえた。友よ、あなたの仕事はわたしたちの目的にふさわしいのです」

わたしは茫然と立ちつくした。恐怖で声が出なかったが、逃げ出すこともできないほど心を奪われてもいた。

「わたしたちはゴーレムに命を与えることができる」ヤコプは言った。「そのためには、頑丈な体が必要です。よりよい器。磁器でできた入れ物が」

ラビと目が合い、わたしはようやく、ふたりが求めているものを理解した。

39

わたしは人目を盗んで作業に取りかかった。むずかしくはなかった。わたしが来てからというもの、マスター・クラールは職人たちをほとんど監督しなくなっていた。わたしのほうが自分より目利きだと言って信頼を置いてくれたので、わたしは職人たちが工房に出入りする時間を把握していた。みながとうに帰ったあとの夜更けや、職人たちが二日酔いで寝ているか、教会で赦(ゆる)しを請うている日曜の朝に、わたしは窯場へ出かけた。そうすればだれにも邪魔されず、カオリンと火を自由に使ってゴーレムの試作を重ねることができた。

ラビの依頼は、自在に動き、頑丈かつ軽量で、耐久性にすぐれた磁器の体を作ることだった。わたし自身、この試みが成功するとは、ましてや人形が実際に歩けるようになるとは、一秒たりとも信じていなかった。しかし、心のどこかでは、本物の子どもを作るような感覚に陥っていた。ジェッペットじいさんが作った木の坊やのように、わたしの渾身の技巧を全身にまとい、美しく小さな鼻や完璧な顎を具えた小さな体が、みずからの意思を持って世界に現れるところを想像した。

磁器の〈ベベ〉の制作は、単なる玩具作りよりはるかに意義深い行為なのだと、父に言われたことがある。それはまた、芸術であるにはちがいないが、単なる芸術創造活動の域におさまらない、と。父はこう言った。わたしたちの作品を迎え入れる子どもたちは、親のような愛情を人形に注ぐ。〈ベベ〉の耳の形、目の色、体の正確な重さを記憶する。〈ベベ〉を愛し、守ることを学ぶ。そういった意味で、人形職人の仕事は、人を人たらしめる基礎を築くものなのだ。そんな父のことばを心に留めて、わたしはあの人形を作った。だれからも愛される存在になるように、あらんかぎりの愛情をこめて。

わたしに与えられた指示は明確だったが、人形の容貌については一任されていた。わたしは完成予想図をスケッチし、蝶番を使った接合部の構造や、顔の輪郭、儀式に使う紙をしまう空洞の配置を考えた。四肢には関節を設けることにした。ばねを使い、動く衝撃から磁器を守る仕組みを加えた。足首と手首は、油を差したねじでひねりが利くように。胴体には柔らかい革を用い、なかの空洞に通した紐でほかの部位をつないだ。紐が腱に似た働きを果たし、すぐれた柔軟性と強度が得られた。この方法は将来も役に立つだろうと、わたしは確信した。現に、これはわたしがパリに帰って取得した特許のひとつとなり、長年にわたって重宝した。

制作のあらゆる工程を新たに考案せねばならなかった。わたしは新しい型をいくつも作った。四肢と首を胴体に取りつける新しい方法として、球体関節を設計した。さらなる強度と可動性を実現したこの発明もまた、のちにわたしの特許となった。膝と肘のばねが体に柔軟性を、マスター・クラールの比類なきクリスタルが目に魅惑のまなざしを与えた。

このように入り組んだ機構の開発は、わたしを極限まで追いこんだ。仕事に取り組んだ数カ月間には、自分の能力を疑ったことも一度ならずあった。かつて例のない試みであるがゆえに、わたしは幾度となく失敗を繰り返した。だが、仕事への誇りがわたしをあと押しした。マスター・クラールの店の窓辺に〈べべ・ド・パリ〉が置かれ、道行く人々が足を止めて磁器の神々しいきらめきに見入ったとき、わたしの胸にこみあげたあの誇り。それは芸術家の誇り、燃えるような、心浮き立つ誇り、作品に対する作り手の誇りだった。そして、いまになってわかるのは、その誇りがわたしの正気を奪ったということだ。

考えてもみたまえ。人形を死んだ娘そっくりに作る男のどこが正気だというのか。ヴィオレーヌがこの世を去ったとき、息子のおまえはまだ五歳だったが、うちの応接間にある肖像画は知っているだろう。あれはヴィオレーヌに生き写しで、息を呑むほど美しい赤褐色の髪や、知性を感じさせる緑の瞳を実にうまくとらえていたから、そばを通るたびに、あの子がまだ生きているような気がしたものだ。死んだとき、ヴィオレーヌは十五歳だったが、わたしの目に浮かぶのは、まだ幼いあの子がサン＝ドニ通りの店で選んだお気に入りの人形で遊ぶ姿だった。驚くほど気の強い頑固な子で、変わった感性の持ち主だった。アイスクリームがきらいだったのもそうだが、冷たいものはなんでもいやがった——氷も、雪も、裸足で大理石の床を歩くのさえも。わたしとおまえの母さんはたいそう愉快に思ったものだが、ペール・ラシェーズ墓地の冷たい地中にヴィオレーヌを埋葬したときは、絶望のあまり一週間眠れなかった。きっと凍えているにちがいない、とわたしは思った。どんなに寒い思いをしているだろう、かわいそうなわが娘。あの冷たい墓のなかでは、きっと恐ろしく寒かろう。

あの子のたぐいまれな個性を象徴する細かな特徴がごまんとあった——頬のそばかす、澄んだ緑の瞳、薄く繊細な唇。あの子の死とともにこの世を去ったそれらを、磁器でよみがえらせることができるはずだった。何度も型を取りなおし、ついにある日、あの子が完成した。型取りした粘土を石板の上に置くと、青白く小さな顔と体の部位が、火葬用の薪の山に横たえられた子どものように見えた。わたしはそれらを炎のなかへ差し入れた。窯のドアを閉めたとき、心臓が早鐘を打っていた。やがて炎のなかから取り出した人形は、現実とは思えないほど完璧だった。高温で赤くほてり、太陽にさえ匹敵する強大な力で脈打たんばかりだった。その燃えたぎる顔と、虚を見つめる恐ろしい目の空洞は、地獄から引きあげられた古の精霊を思わせた。わたしのヴィオレーヌの、なんと気高き姿！　なんという輝き！　なめらかな磁器にまとわりつく熱、オレンジに燃える肌、蠟の上を滑る水のように表面できらめく色彩！　わたしは人形が冷めていくのを見守った。熱の衝撃が和らぎ、硬化した肌がつややかな真珠の白を帯びたとき、わたしは自分の成功を知った。あの喜びの瞬間、ごくささやかにではあっても、亡きわが子へ贈り物を捧げたつもりだった。

大晦日、わたしは熱を出した。工房の寒さと、数カ月にわたる過酷な労働で弱っていたのか、体調を崩したのだ。何日も部屋にこもり、食べ物すら買いにいかなかった。熱に侵され、現実と夢のはざまをさまよった。そんななか、つい半年前まで生きていたヴィオレーヌの姿を見た。陽光降り注ぐあたたかい春の午後、家の裏手に立つ桜の木の下でイチゴのタルト（タルト・オ・フレーズ）を頬張りながら、うれしそうな笑みを浮かべていた。娘の姿を目にしつづけるのは甘美な拷問であり、あの子が死んだ現実をいっそう耐えがたいものにした。

友人と連れ立って出かけた郊外で、あの子は命を落とした。約束の時間に帰ってこなかったので、わたしは心配でたまらず、ひと晩じゅう寝ずに待っていた。ようやくドアの呼鈴が鳴り、おまえの母さんが憲兵隊の男をなかへ通したとき、ヴィオレーヌは死んだのだと察した。それでも、わたしは礼儀正しくその男を出迎えた。これから聞く知らせが外気で薄まるとでも思ったのか、男をテラスへ案内した。憲兵隊の制服の真鍮ボタンが早朝の光に輝いていた。男は自分が運んできた知らせの重みをわかっていたために、ケピ帽を脱いで胸にあて、わたしに敬意を表した。そして、立派に任務をやりとげた。不治の病を告げる医者のように、思慮深い態度でその知らせを口にした。何が起こったのか、わたしは説明を受けた――〝事故です、ムシュー〟――が、よく理解できなかった。男のことばがばかばかしく聞こえ、まさかそんなことがありえるわけはないように思われた。曲がり角。一瞬の不注意。痛ましい悲劇。

一瞬の不注意が、これほどまでに人の人生を壊すとは。事実ならじゅうぶんに理解した。馬が驚いて、御者の手綱を振りきった。運命のめぐり合わせによって、道の下には池があり、馬車は真っ逆さまにそこへ転落した。馬車の状態を見るかぎり、たとえ水に落ちていなくても、ヴィオレーヌは重傷を負っていたにちがいなかった。友人のほうは首が折れていて、現地の村医者によるのちの報告書によれば、溺れていなくてもどのみち死んでいたとのことだった。だが、村人たちが池からヴィオレーヌを引きあげたところ、あの子の両脚こそつぶれていたものの、死因は溺死にほかならなかった。

ヴィオレーヌの死後、わたしは絶望のなんたるかを知った。それはわが人生の毎分毎秒を憂鬱で染めた。しかし、時が経つにつれて、わたしは絶望が世界を支配しているわけでも、ましてや人を生かしているわけでもないことを学んだ。わたしたちはむしろ、愛のために生きる——わたしからおまえへの愛、ヴィオレーヌへの愛、あの子の面影に似せてゴーレムを作りながら感じた愛のために。その愛のためなら、人はどんな悲しみにも耐えられる。

40

完成したゴーレムをラビに届ける約束だったが、わたしがユダヤ人街をふたたび訪れたのは、何カ月もあとになってからだった。わたしは訪問を先延ばしにし、人形が完璧になるまであれこれと手を加えた。旧市街のかつら職人に大金を支払い、店でいちばん高い髪を買いとった。それは光沢のある赤褐色の毛束で、人形の腰まで届く長さがあった。仕立屋の女に頼んで、ヴィオレーヌが死んだ夜に着ていたのと同じ、ピンクの華やかなシルクドレスを作らせた。シルクを五枚重ねにしたスカートは、花びらのようにふんわりと両脚を覆った。

しかし、四月の終わりになると、それ以上訪問を遅らせるわけにいかなくなった。わたしは革のトランクにゴーレムをしまって工房の小さな荷車に載せ、旧市街を通ってユダヤ人街へ向かった。気が進まず、足どりは重かった。道に敷かれた玉石のひとつひとつを踏みしめるたび、子どもがわたしの横をかすめて走っていくたびに、まわれ右をしたい衝動に駆られた。ヴィオレーヌを手放さねばならない、そう頭ではわかっていても、一歩前に進むごとに、あの子と離ればなれになることが不条理に思えてならなかった。正当な理由などあるはずもないが、わたしは人形を自分のもののように思いはじめていたのだ。

最後にユダヤ人街を訪ねてから、半年以上が経っていた。そのあいだに街は様変わりしていた。家々の窓辺の花壇に花が咲き、路上では子どもたちがにぎやかに遊んでいた。ラビの家のドアを叩くと、ヤコプが出てきた。ヤコプはわたしを見たとたん、期待に目を輝かせた。

「おはいりください、ちょうどいいところに来ましたね」荷車に目を留めた。「これから夕食です。いっしょにどうぞ」

わたしはなかへはいって荷車を引き入れた。室内は秋に来たときから何も変わらず、この日もバイオリンの音色が聞こえ、何かを料理するにおいが漂っていた。一方のわたしは、大きな絶望に支配されていた。ヤコプがわたしの外套を預かろうとしたとき、わたしは身を引いた。ヤコプの母親が紅茶を勧めてきたときは、それを拒否した。彼らの態度が以前のような歓待ではなく、脅迫のように感じられたのだ。

ヤコプはわたしの変化に驚いたようだったが、説明は求めてこなかった。わたしとしても、弁解のしようがなかった。依頼を引き受けて後悔しているなどと、どうして言えるだろうか。わが子を差し出す父親の気分だなんて？　わたしは自分の役目を理解し、当然それを果たすつもりでいたが、心が痛むには変わりなかった。

ラビが部屋に来て、わたしに挨拶した。この半年間でずいぶんひげが伸びていた。わたしを見る目つきからして、やはりわたしの心境の変化に気づいたようだった。

「約束の品が完成しました」わたしはそう言って、ヤコプに通訳させた。荷車から革のトランクをとり、わたしたちのあいだのテーブルに置いた。「きっとご満足いただけるでしょう。わたしの最高傑作であり、生意気を承知で申しあげれば、完璧な出来映えです」

「ゴーレムが完璧である必要はない」ラビは言った。「頑丈で長持ちしさえすればよい」

「そうおっしゃらずに」わたしは言った。感情が高ぶり、頬が熱くなっていた。「わたしの会心作をお目にかけてもよろしいでしょうか」

ラビはわたしの目を見たが、何を考えているかは読みとれなかった。自分の帽子を指さして、ヤコプに持ってこさせた。「来なさい」ラビはそう言い、ヤコプとわたしを引き連れて外へ出た。わたしは革のトランクを両腕にかかえてシナゴーグにはいり、屋根裏部屋へあがった。ヤコプがラビの指示に従って蠟燭に火をつけ、トランクの周囲に置いた。弱々しく揺れる光のもとで、わたしはトランクをあけた。

鳥の巣に産み落とされた卵のように、ヴィオレーヌがおがくずのベッドに横たわっていた。緑のガラスの目が天井を凝視していた。ミルク色の肌は蠟燭の光に輝き、赤褐色のつややかな髪が肩にかかっていた。わたしはこの屋根裏部屋で見た醜いゴーレムを、崩れかけていた粘土の手を思い返した。ラビ・レーヴのゴーレムとわたしの人形では、雲泥の差があった。地味で、粗末で、腐敗したゴーレムに比べ、わたしの人形は本物の子どものように美しかった。だが、ラビとヤコプの反応は、わたしが期待したものとはちがっていた。まる一分間、無言でヴィオレーヌを見つめてから、早口でことばを交わしはじめた。何やら人形について盛んに議論しているらしかった。

ヤコプがわたしに向きなおって言った。「あなたが女のゴーレムを持ってくるとは思いませんでした」とがめるような目つきだった。

「性別は指定されませんでしたから」その瞬間、わたしはこの美しいゴーレムが、いかにふたりの想像からかけ離れていたかを悟った。単なる磁器の入れ物がほしかった相手に、わたしは傑作を提供したのだ。「それに、強度、耐久性、可動性ともに最高の品質をお約束しますよ」わたしは四肢の関節や、上下左右に動く頭や、うなじに設けた蓋付きの空洞を見せた。そのあいだ、ラビはひとことも発しなかった。ややあってから、ラビは息子に何か言い、通訳するよう手ぶりで示した。

「よいでしょう、と父が申しています」ヤコプが安堵した顔で言った。「申し分ありません。ゴーレムの霊魂は、この人形のなかで生きるでしょう。あなたの献身に感謝して、これを頂戴します」

わたしは礼を言い、つとめて平静を装いながら、背を向けて立ち去ろうとした。

「お待ちください」ヤコプが言った。「父から最後のお願いがあります、ムシュー・ラ＝モリエット」

「これ以上何が必要だと言うんです？」わたしの胸のなかでは誇りと悲しみが入り混じっていた。

「わたしの最高傑作をお渡ししたんですよ。太陽ほどまぶしく光り輝く傑作を」

「それならば、太陽が光り輝くところを見たくはありませんか？」

わたしがあれほど誇り高くなく、好奇心旺盛でもなかったならば、きびすを返して立ち去っていただろう。だが、わたしはラビが儀式で使った円の秘密を知りたかった。人間と聖なるものを隔てるベールを取り払い、創造の奇跡を目にしたかった。わたしのヴィオレーヌが燃える命を宿すところを見たかった。だから、わたしはその場にとどまった。それを永遠に後悔することになるとは、露ほども思わずに。

41

マイク・ブリンクは、手紙の最後の一枚をひっくり返した。裏には何も書かれていない。アン＝マリーが言っていたとおり、明らかに途中で終わっている。残りのページはいったいどこにあるのだろう。

手紙を脇へ押しやり、まばたきしてあたりを見まわした。客のいないダイナー、ターコイズ色のビニール張りのボックス席、黒い窓ガラスにぼんやりと映る自分。すべてが奇妙にゆがんで見える。店内は暑すぎ、照明はまぶしすぎ、神経はカフェインで過敏になっている。ブリンクは深呼吸し、指をまるめて、関節が白くなるまで思いきりこぶしに力をこめた。ラ＝モリエットの手紙は、過去に取り憑かれた男の手記だった。この男はプラハでなんらかの恐ろしい経験をし、その引力から逃れられないまま生涯を終えたのだ。

メッセンジャーバッグの前ポケットに手紙の束をしまって、ファスナーを閉じた。ラビがゴーレムを覚醒させるのに使ったハシェムの円のことが頭から離れなかった。あの描写から判断するに、ジェス・プライスが描いた円形のパズル、ジェイムソン・セッジが聖なる知恵を秘めた宝と称する〈神のパズル〉と、同一のものにちがいない。

だとしても、ジェスの描いた円を最初に見たときから、パズルの答えには少しも近づけていない。アン＝マリーの言う〝アルカナム〟や、ジェイムソンの言う〝未知の世界〟とあの円がどう関係しているのか、ブリンクは考えをめぐらした。娘を失いプラハで暮らした男の手紙、それもこれだけ大昔に書かれたものと、ジェス・プライスになんの関係があるのか。そもそも、なぜ自分がこんな事態に巻きこまれているんだろう。アン＝マリーの言うとおりなら、ラ＝モリエットの手紙がすべてを解く鍵になるはずだった。それなのに、手紙を読んだいまでさえ、疑問は増えつづける一方だ。

スマートフォンを取り出し、ウェイトレスにWi－Fiのパスワードを尋ねたところで、バッテリーの残りが少ないことに気づいた。いつ切れてもおかしくないが、充電器はほかの荷物といっしょにトラックのなかにある。低電力モードをオンにして、通知をチェックした。二件ある。一件はセサリー・モーゼスからのメールで、サイズの大きいファイルが添付されている——送ると言っていた例の音声ファイルにちがいない。もう一件は、人生の師でありよき友人でもあるヴィヴェク・グプタからの暗号化されたメッセージだ。ブリンクはグプタの暗号化通信アプリを開いた。

親愛なるブリンクくん、白状するが、きみが迷いこんだ冒険のおかげで、わたしは夜も眠れない。あのジェイムソン・セッジがこのパズルの答えを探っているというだけでも興味をそそられるが、きみが送ってくれた図を調べたところ、非常におもしろい事実を発見した。繰り返すが、慎重に行動するように。この世にただひとつしか存在しない、おおぜいが喉から手が出るほどほしがるものを、きみは見つけたんだ。セッジが求めているからというだけでなく、いろいろな意味で危険だ。もうわかっているだろうが、きみには特異な才能があり、それは大半の人々がけっして経験しない状況にきみを引きずりこむ。よくも悪くも、非凡な者は非凡な事象を引きつけるからな。自分で自分の身を守るんだ。電子機器はすべて捨てなさい、確実にハッキングされているから。わたしに連絡をしてこないように。わたしからきみを見つける。

メッセージの下に、《アディロンダック・デイリー・エンタープライズ》紙の記事へのリンクがあった。教授のメッセージの送信時刻は、いまから五分前の午後十一時三分だ。ブリンクはリンクを開き、記事の見出しを読んだ。〝速報　レイ・ブルックの有名精神科医、襲撃され入院〟

その一行を読むだけでわかった。被害者はセサリー・モーゼス医師だ。自宅にいたところを襲われたということ以外、詳細は書かれていない──重傷なのかも、犯人が逮捕されたかどうかもわからない。だが、ジェス・プライスが警告したとおりだった。何者かがセサリーを監視し、襲撃の機会をうかがっていた。セサリーは負傷し、もし犯人がつかまっていないのなら、ジェスにも危険が迫っている。

マイクはセサリー・モーゼスからのメールを表示した。送信時刻が午後九時四十七分ということは、その直後に襲われたのだろう。本文はなく、音声ファイルだけが添付されている。ブリンクはファイルをダウンロードしたが、聞くのはあとまわしにした。たとえウェイトレスひとりであっても、盗み聞きされる危険は冒せない。伝票の横に紙幣を置き、メッセンジャーバッグをつかんでダイナーを出た。自分のトラックがいちばん安全だ。

外の暗がりを歩きながら、腕時計をたしかめた。十一時九分。駐車場にほかの客の車はなく、道路は静まり返っている。だが、ブリンクは立ち止まった。頭のなかで警報が鳴っている。何かがおかしい。舗装のひび割れた、がら空きの駐車場に目を走らせる。何者かが闇にひそんでいるような気がした。他人の目から自分を守りなさいと、何年も前からヴィヴェク・グプタに口酸っぱく言われてきた。だが、ブリンクは気にしすぎだと思って取り合わなかった。刑務所から追い出され、セサリーが襲撃されたいまになって、ヴィヴェク・グプタがいかに正しかったかがわかる。

静かな夜で、遠くから聞こえるセミの鳴き声だけが空気を満たしていた。早くトラックに行かなくてはと思っていたが、つかの間、セミの奏でる野生の不協和音に心を奪われた。子どものころ暮らしたオハイオの家の近所にもセミがいて、鳴き声を聞くたびにさびしい気持ちになった。きっかけは、ある夏の暑い晩、父親がセミの風変わりな一生について語ってくれたことだった。セミの幼虫は地中で何年も過ごしたあと、地上に這いあがってきて交尾相手を見つけ、卵を産み、数日から数週間足らずで死んでしまう。地上での短い命は、生の不毛さを物語っているように思われた。だが、長寿こそが重要だとなぜ言いきれるのだろう。セッジは永遠の命に異常なほど執着し、生と死の境界を頑として受け入れようとしない。けれども、大事なのは命あるかぎり鳴くことだ。人生が一日かぎりだろうと、百年つづこうと関係ない。

トラックは闇のなかでブリンクを待っていた。乗りこんでドアをロックする。駐車場には人っ子ひとりいないが、不安は鎮まらなかった。すぐにエンジンをかけて駐車場を出る。目を凝らして標識を探した。頭を働かせる必要がある。正しい判断をくださないと。だが、自分の現在地すらわからなかった。ここまで曲がりくねった細道をやみくもに進み、入り組んだ丘陵地帯で方向感覚を失ったまま、感情にまかせて走ってきたのだ。目的地さえ決められれば、ナビを使えるのだが。

セサリーの身に起こった事態をなぜ予測できなかったのかと、考えずにいられなかった。ブリンクとセサリーに危険が迫っていることも、レイス医師の死が事故ではなかったことも、ジェスから聞いて知っていたのに。セサリーが襲われたのは偶然ではない。レイスはジェスに関する情報を集めはじめてほどなく殺され、セサリーがその未完の仕事を引き継いだのだから。襲撃を未然に防ぐために、ブリンクにもできることがあったはずだ。

セサリーをひとりにしたのが悔やまれたが、ブリンクを刑務所から追い出したのはセサリーのほうだった。セサリーがブリンクをトラックまで連れていった。ブリンクにあとで連絡するように言った。議論している余裕はなかった。起こってしまったことはブリンクの責任ではなく、セサリーのせいでもない。これほど深刻な危機が近づいているとは、ふたりとも気づきようがなかった。アン＝マリーのことばが脳裏に浮かぶ。〝自分がどれほど巨大なことに首を突っこもうとしているか、理解すべきでしょうね〟

その巨大さを、ブリンクはようやく理解しはじめていた。セサリーの襲撃ですべてが一変した。失敗すれば死を招きかねないほど、リスクが高まっている。これまで自分に都合よく言い聞かせてきたこと——刑務所から追い出されたのには正当な理由があるはずで、自分は危険にさらされてなどいない——は、もう通用しない。これは生死を賭けたゲームで、本物の危険が迫っている。

レイ・ブルックに直行したかったが、それではだれの得にもならないだろう。刑務所にははいれないだろうし、レイ・ブルックの病院へ行けば、ブリンクを探すジェイムソン・セッジと鉢合わせしかねない。セサリーと同様、自分もあの男の標的なのだ。ブリンクはレイス医師のメモにあったことばを思い起こした。〝この事件の背後には、強大な権力を握る人々がいる〟ジェイムソン・セッジがそのひとりだ。セサリーの襲撃にはセッジが関与していると、ブリンクの勘が告げていた。そして、ああいう連中に対するブリンクの勘は十中八九あたる。ヴィヴェク・グプタの言うとおりだ——ジェイムソンの洗練された仮面の下には、暴君じみた非情な顔が隠れている。ジェイムソンは言っていた。伯母のオーロラが所有していた古の遺物に、人類と宇宙の関係を変える力がある、と。あいつはそれにまつわる神秘の知恵を探している。目的達成のために、あの男はどこまでやるだろうか。

ジェスが最後に言ったことを思い出した——〝約束を忘れないで〟だが、夢でした約束をどうやって守ればいいのか。ジェスが自分に求めているものが、ブリンクにはわからなかった。〈神のパズル〉を解いたとして、その先は？　古の宗教の文書が、ジェスの汚名をすすぐとでも？　神秘の知恵や儀式にまつわる突拍子もない話に、どんな価値があるというのか。ジェイムソン・セッジとアン＝マリーは、その価値を確信している。だが、ブリンクには理解できなかった。自分の能力の限界に近づいている気がした。恵まれた才能があるとはいえ、それが生かせる領域はかぎられている。正しい条件と手がかりがそろってはじめて、驚くべき力を発揮できるのだ。だが、ジェスの要求はブリンクの想像力を限界まで追いこんでいた。答えを想像する力、それこそがパズルを解くのに必要な鍵だというのに。

路肩に寄せてトラックを停め、スマートフォンにパスコードを入力した。電子機器はハッキングされているかもしれないと、グプタ教授には警告された。それでも、ジェスのメッセージを聞かないわけにはいかなかった。音声ファイルを開いた画面が闇のなかで光を放つ。メッセージを聞き終えるまで、充電がもつよう祈った。再生ボタンをタップしようとしたその瞬間、期待と恐怖が胸をよぎった。あと数秒足らずで、もう一度ジェスの声が聞ける。ジェスが自分に残したことばを聞きたくてたまらない一方で、その意味を知るのはこわくもあった。

42

マイク・ブリンクは音声ファイルを再生した。しばしの雑音のあと、セサリー・モーゼスの声が車内に響いた。

マイク・ブリンクは、あなたともう一度話したがっている。でもそれは無理だから、あなたのメッセージを録音すると約束した。わたしがかならず彼に届ける。

数秒の沈黙が流れ、空調の低音が響く。衣擦れの音とともに、セサリーがまた話しだす。

ほかの人に聞かれるのが心配なのね。ここに監視カメラはない。この部屋を使えるのはわたしだけよ。

沈黙。セサリーがふたたび試みる。

あなたにとってむずかしい選択なのはわかるわ、ジェス。だけど、ほかに方法がない。マイク・ブリンクは危険にさらされているかもしれないの。どんな些細なことでもいい。あなたから教えてあげられることがあるなら、それを伝えるチャンスはいましかない。

コツコツという音がする。ジェスがかさぶただらけの指先でコーヒーテーブルを叩いているのだろう。スマートフォンの向こうで、ジェスのもろさ、激しさ、猛烈なエネルギーが膨張していくのを感じる。

わたしがいないほうがいい？　このドアは鍵をかけられるのよ。

鍵の束を持ちあげたのか、金属のこすれ合う音が聞こえる。

これがその鍵。部屋にはいれるのはわたしだけ。わたしが必要になったらノックして。廊下で待っているから。

ハイヒールの音が響いたあと、ドアが風を切って開き、ゆっくりと閉まる。錠がおりた。これでジェスはひとりきりだ。

ブリンクはセサリーの塵ひとつないオフィスを思い浮かべた。整理されたバインダー、ガラスの瓶にはいった色ペン、デスクの隅にある完成したルービックキューブ。それから、夕暮れどきの刑務所、それぞれの居室で過ごす受刑者たち。話をするために、ジェスが机に身を乗り出すところを想像した。ジェスの唇がスマートフォンに近づき、ジェスの存在を間近に感じる。

マイケル、もしあなたにこのメッセージが届いたら、まだチャンスはあるかもしれない。

自分の名前を呼ぶジェスの口ぶりと声音の親密さに、ブリンクはたじろぎそうになった。大きく息を吸いこみ、ハンドルを握る手に力をこめた。心臓が激しく鼓動している。

いままで言えなかったことがある。言おうとはしたの、ほんとうに。あなたにできるだけたくさんの情報をあげたかったけど、モールス信号の断片を送るようなものだった。言いたいことが山ほどあるのに、ひとつひとつの信号では伝えきれなかった。監視されてるってわかってたから、どうしても話せなくて。でもなぜか、あなたは理解してくれた気がした。このテレパシーを、あなたも感じてる？　ことばよりも、目で多くを伝え合ったでしょう？　わたしたちがただの他人同士じゃないのはまちがいないと思う。とても特別な関係でつながってるおかげで、ほかの人にはわからないものがわかる。はじめて会った瞬間、あなたなら真実を解き明かせると感じた。許してね。わたしのせいで、あなたは知らぬ間に迷宮に送りこまれ、出口を探してさまよってる。だけど、これを解決できるのはあなただけかもしれない。いまとなってはもう、あともどりはできない。わたしたちふたりで、この迷宮から抜け出すしかないの。だから、こうして話せるうちに、あなたを正しい方向へ導きたい。よく聞いて。できるだけわかりやすく、すべてを話すから。

ジェスが立ちあがり、ドアへ近づいていく音がした。鍵がかかっているのをたしかめてから、もとの席にもどり、スマートフォンを引き寄せる。

あの夜のことは、途切れ途切れにしか覚えてない。ノアがバイクで駆けつけて、テイクアウトの中華料理と冷えた白ワインの瓶を持ってきてくれた。ノアがいっしょにいると、セッジ館での不可解な出来事がみんな、とるに足らないことのように思えてきた。自分の意思で、すぐにあの場所から出ていくこともできた。ノアのバイクの後ろに飛び乗って、街へ帰れた。でも、ノアはお腹を空かせてた。それに、バイクで二時間以上も走ってきたのは、セッジ館を見るためだけじゃなく、わたしと過ごすためでもあった。だから、わたしたちは磁器が山積みになったダイニングテーブルの端を片づけて、食事とワインを楽しみながら語り合った。書斎のトルコ絨毯の上でセックスもした。あんな幸せは、ふたりとももう二度と味わえない。

オーロラのコレクションを見て、ノアは感心してた。ノアは立体造形作家だったから、人形たちが熟練の技で作られてるのがわかったみたいで、じっくり時間をかけて観察してた。わたしはアン＝マリーに聞いたラ＝モリエットの話や、マンディが言ったことをノアに教えた。ここで起こった奇妙な出来事も話した。きっとわたしの思いちがいだろうけど、って付け加えて。ノアが全部見たいって言うから、わたしはヴィオレーヌを持ってきた。そして、食器室の隠し部屋へノアを案内した。宝探しをする子どもみたいに、わたしたちはそこに隠してあった書類入れを開いた。人形職人のラ＝モリエットの手紙を読んだときは胸が躍って、隠されたお宝を見つけた気分だった。

ノアがヴィオレーヌを注意深く調べると、首の後ろに小さな隠し穴が見つかった。キッチンナイフの先端を使って、その蓋をはずした。なかには、小さな紙に描かれた円形のパズルがはいってた。ラ＝モリエットから息子への手紙にあった例のパズルだとわかったけど、あんなものを見るのは生まれてはじめてだった。数字や記号が並んだ、奇妙だけど美しい円で、細部までかなり緻密に描いてあった。わたしは興味津々で、いったいどんな意味があるのか考えながら、長いあいだパズルに魅せられてた。

わたしたちは書斎へ行き、蠟燭に火をつけて、その円に見入った。ノアは子どものころヘブライ語学校にかよってたから、円のなかに並んだ記号はヘブライ文字だと教えてくれた。ラ＝モリエットの手紙で警告されてたのに――むしろ、警告されてたからかもしれないけど――ノアとわたしは神の秘密の名を発音しようとした。

わたしたちにとってあれは単なるゲームで、子どもがウィジャ盤（日本のこっくりさんに似たゲーム）で遊んだり、降霊術を試したりするのと同じだった。ノアは部屋の真ん中に立って、いたずらっぽく、お芝居の独白みたいに大げさに読みあげた。館全体が闇に包まれるなか、蠟燭の光が踊って、窓の外には七月の夜の暑気が立ちこめてた。ちょっとした度胸試しの気分だった。〝どこまでやる？　わたしたちを止められるものなんてある？〟って。

そんなものない、ってわたしは思った。何もわたしたちを止められないって。

つぎに覚えてるのは、意識を取りもどしたときのこと。いつの間にか時間が過ぎ去ってた。蠟燭の芯が短くなって、炎が蠟のくぼみで揺れてた。気絶したんだっていまならわかるけど、あのときは、まるで水中にいるみたいだった。黒い海の重たい水を掻き分けて、水面に出ようともがいてる感じ。体を起こそうとしたけど、力がはいらなかった。やっとの思いで立ちあがったら、部屋の様子が一変してた。書斎はめちゃくちゃだった。棚のものがみんな床に落ちて、本が散乱してて。肘掛け椅子はひっくり返って、ワイングラスは砕け散ってた。自分がセッジ館にいるとすぐにはわからなくて、ノアが来たことも全然覚えてなかった。だけどつぎの瞬間、ノアの姿が目に飛びこんできた。

寄せ木張りの床で、ノアは手脚を投げ出して仰向けに倒れてた。シュガークッキーをコーヒーに浸したみたいに、血がトルコ絨毯の端から染みこんでた。空気がすごく重苦しくて、血のにおいが漂ってて、口にするのもおぞましいことが起こったんだって感じた。これは現実じゃない、まさかこんなこと起こるわけがないって思いたかった。でも、何かが起こった。すさまじい破壊力を持つ何かが、わたしを変えてしまった。激しい嵐のさなか、雷に打たれて燃えた木の残骸みたいに。その雷は、わたしが自分で引き寄せたものだった。

あの夜のことでいちばん鮮明に覚えてるのは、ノアの顔——目に見えない何かを見てるみたいに、青い目を大きく開いて凍りついてた。頬は血の気がなくて、灰色がかった黄色だった。ショックと恐怖、絶望と無力感がわたしを襲った。一瞬、時をさかのぼってやりなおせるんじゃないかと思った。だけどもちろん、そんなことできるわけがなかった。何もかも、二度ともとにはもどらない。それはちゃんとわかってた。

ノアの死因について考えようとしたけど、わたしの世界はばらばらに崩れてしまっていた。あの日からの数年間は、ひとつひとつの断片をつなぎ合わせることに費やしてきた。まだ全体像は見えてこないけど、裁判で提示された時系列からわかったのは、わたしが午前一時十四分に緊急通報番号へ電話をかけたこと。救急隊が十三分後に来て、その直後に地元警察も到着した。ノアの死亡が午前一時三十三分に確認され、わたしは身柄を拘束された。抵抗も、何が起こったのか説明することもできなかった——心の底から震えあがってたから。わたしは沈黙を貫いた。

だけど、わたしがだれにも言わず、裁判でも明らかにされなかったことがある。あの夜、セッジ館にはもうひとりいたの。真っ赤なドレスを着た女の人。燃え立つように美しいその人が、書斎に音もなく滑りこんできて、わたしの両手についた血と頬の涙をぬぐってくれた。わたしの力になるため、わたしを救うために来たんだと、その人は言った。わたしをひとりきりにはしないって。それから、ラ＝モリエットの手紙の最後の数ページを——あの円と儀式について書かれた部分を——人形といっしょに隠しなさいって言った。〝危険が去ったら、とりにもどりましょう〟って。怯えきってたわたしは、その人のことばを信じた。わたしたちはヴィオレーヌと手紙を革のトランクにしまい、しっかりと蓋を閉じた。そしたら突然、あたりの空気が変わった。瓶に精霊を閉じこめたみたいに。ある意味、そのとおりだったのかもしれない。わたしは嵐を封じこめた。少なくとも、一時的には。

それから、わたしは革のトランクを隠した。食器室の隠し部屋じゃなくて、だれにも見つからない場所、外からは見えないところに。食器室のほうはマンディが知ってるし、だれかに話すかもしれないから。赤いドレスの女の人と、あとでとりにこようと思った。何をすればいいのか、あの人が教えてくれるはずだって。

もちろん、その計画が実現することはなかった。あのときは、刑務所に入れられる可能性まで頭がまわらなかったから。でも、いまのあなたなら、わたしにできないことができる。革のトランクを見つけるには、藪のなかにはいって、隠されたものを探して。簡潔にして、途中で変更もしなきゃいけない。でも、闇の底を見おろせば、そこにある。デラウェア、16。メリーランド、24。ヴァージニア、1。イリノイ、8。アーカンソー、4。ヴァージニアとアーカンソーは青いリボン。ほかは赤。


そこで録音が終わった。

ブリンクの胸に不吉な重さがのしかかり、なじみ深い欲求がこみあげてきた。ジェスは、トランクの隠し場所にブリンクを導くためのなぞなぞを作ったのだ。

デラウェア、16。メリーランド、24。ヴァージニア、1。イリノイ、8。アーカンソー、4。

聞かなかったふりをしたいという気持ちもあった。これ以上深入りしたところで、事態が好転するとは思えない。だが、ブリンクに選択の余地はなかった。脳が勝手になぞなぞに取りかかっている。ヒントを浮かびあがらせて、その周囲を旋回し、文字と数字をひとつひとつ調べながら、答えを探し求める。たとえブリンクが望まなくても、脳はパズルを解かずにいられない。ジェスもわかっているのだろう。ブリンクがパズルから逃れられないことを知っている。いまとなってはもう、あともどりはできない。わたしたちふたりで、この迷宮から抜け出すしかないの。

トラックのエンジンをかけ、ギアを入れて走りだした。行く先に踏切が見える。遮断機がおりはじめたので、スピードを落とした。赤い警報灯が闇を照らし、道路を深紅に染める。後ろを見ると、道路は無人だった。だが、何かがまとわりついてくる感じがした。目に見えない存在に見張られている。駐車場で感じたのと同じ薄気味悪さ——何かが、あるいはだれかが近づいてくるような気配だ。

スマートフォンを取り出し、音声ファイルをもう一度開いて、最後の部分を再生した。藪のなかにはいって……。デラウェア、16。メリーランド、24。ヴァージニア、1。イリノイ、8。アーカンソー、4。ヴァージニアとアーカンソーは青いリボン。ほかは赤。

ハンドルに額を押しつけて、ジェスの声に浸った。激しい渇望が体を貫く。ふと、セミの鳴き声が頭のなかで響きはじめた。ほんのわずかな時間しか顔を合わせていないのに、ジェスといるときは生を強く実感した。

藪のなかにはいって。〝セッジ〟ということばには、植物のスゲの意味がある。闇の底を見おろせば、そこにある。ジェスは、自分が隠したものをブリンクに見つけてほしがっている。ブリンクはUターンし、セッジ館をめざした。

43

カーブつづきの砂利道を進み、ブリンクは真っ暗な屋敷に到着した。気味が悪いほど、はじめて来た気がしない。これまで敷地にはいったことは一度もないのに、小塔や切妻屋根、薔薇窓には見覚えがあった。ジェスはたしか〝ゴシック風の大きなウェディングケーキ〟と呼んでいた。目の前の建物にぴったりの描写だ。ハドソン川の絶景を見おろす丘に建ち、屋敷を取り囲むポーチには、うねりくねった白いふち飾りがついている。夜更けの闇に覆われて、敷地内はよく見通せないが、薔薇の垣根の連なる庭園があり、完璧に手入れされている様子がうかがえる。ジェイムソンが庭師を雇っていることはアン＝マリーから聞いていたが、だれも住んではいないようだ。ブリンクは張り出し窓に目をやった。つかの間、ジェスが窓の後ろに立ち、くすんだガラスの奥の闇に白い肌が浮かびあがるところを想像した。

ジェスにもらった手がかりがあるとはいえ、パズルを解くためには屋敷にはいらないといけない。**藪のなかにはいって**。だが、どうやって？　ジェイムソンのことだ。監視カメラはもちろん、警報装置くらいはあるだろう。グプタ教授いわく、異常なまでのセキュリティ信者なのだから。ところが、セッジ館の周囲を歩いても、カメラらしきものは見あたらず、センサーライトは点灯せず、番犬も飛んでこなかった。防犯対策のたぐいは皆無らしい。

ドアと一階部分の窓はすべて施錠されていた。だが、侵入口を探して歩きまわるうちに、ジェス・プライスの日記に書かれていたことを思い出した。マンディは地下室のドアからはいってきたのだ。

それは建物の裏手にあった。やはり施錠されていたが、ドアは古く、木が傷んで柔らかくなっている。ブリンクはアーミーナイフを出してドライバーを起こし、錠の受け座ともろくなった木の隙間に先端を差しこんで、鍵をこじあけた。

地下室は湿っていて暗く、黴くさかった。スマートフォンを手探りで取り出し、フラッシュライトをつけた。白い閃光が闇を切り裂き、せまい空間に道を開く。壁には棚が据えつけられ、二十世紀初頭に製造された巨大なボイラーが、タコのような銅管の脚を四方八方に伸ばしていた。しばらくかかって、せまい木の階段を見つけた。一階へあがり、ジェスが言っていた執事の食器室の近くに出た。廊下を歩きながら、前方に見えてきた階段の支柱にライトを向けると、クジャクの宝石の目がきらめいた。見渡すかぎり漆黒の闇のなか、ブリンクは洞窟を進むように用心深く足を運んだ。備えつけの照明をつけることもできた――セッジ館は公道から離れた場所にあり、見える範囲にほかの家は建っていない――が、ここは慎重にいくべきだ。ジェス・プライスのメッセージを解読し、目的のものを手に入れたら、すぐに引きあげよう。

そう思いながらも、ブリンクは階段の前で少しだけ足を止めた。想像のなかでしか知らなかった場所にこうして立っている現実が、やけに奇妙に思えた。フラッシュライトを動かしてあたりを見まわす。ダイニングルームのガラスのシャンデリア、ダマスク織の重厚なカーテン、階段のそばの壁に飾られたセッジ一族の写真。闇から現れたオーロラとフランキーが、セピア色の写真のなかからこちらを見つめていた。ほっそりとして小鳥を思わせるオーロラに対し、弟は背が高く陽気そうで、これから恐ろしい目に遭うとも知らずに笑みを浮かべている。

ブリンクは廊下の突きあたりの両引き戸をあけた。そこは客間だった。ほこりまみれの窓から月光が降り注ぎ、家具を照らしている。一瞬、部屋全体が遺跡のように見えた。自然災害によって地中に埋まっていたところを掘り返され、隅々まで灰と粉塵に覆われた古代建築物。ジェスは日記に、自分は招かれざる客だという気がしてならない、と書いていた。いまのブリンクは、自分の存在によってジェスの残した痕跡が消えてしまいそうな気がしていた。

部屋の中央へ進んでシーツを持ちあげると、なかからベルベットのソファが現れた。幼女の姿をした人形たちが一列に腰かけ、ガラスの目が光を浴びて輝いている。精霊や亡霊の存在を信じないブリンクにとって、人形は放置された骨董品以外の何物でもなかった。しかし、その前を通り過ぎようとしたとき、不穏な空気に寒気を覚えた。人形のひとつを持ちあげて、手に重さを感じながら、目の輝きを観察した。あの夜の出来事にはかならず説明がつくと、ブリンクは信じて疑わなかった。複数の要素――暗く人気（ひとけ）のない屋敷、酒、作家の過剰な想像力――が組み合わさって、ジェスの遭遇した状況を作り出したのだ、と。ブリンクは人形をソファにもどした。人形はただの玩具で、それ以上でもそれ以下でもない。

セッジ館に来たとき、ジェスは自分が何に足を踏み入れようとしているのかわかっていなかった。その結果、まったく無関係の事柄に巻きこまれたあげく、耐えがたい苦痛を味わってきた――順風満帆だったキャリアは台なしになり、ノアの死のトラウマに苦しみながら、五年近く刑に服している。ジェスはおびき寄せられ、出口をふさがれたのだ。その事実に、ブリンクは激しい怒りを覚えた。ジェスとジェスの身に起こったことに対し、もはや他人事とは思えないほど感情移入していた。重要なのはパズルではなく、ジェスというひとりの女性とのつながりであり、彼女の物語はブリンクの人生を支配しはじめていた。

ブリンクはソファの端に腰かけた。人形のひとつを脇へ押しやり、ポケットからメモ帳を取り出して、ジェスが音声ファイルに残した州名と数字を書き出した。

Delaware 16

Maryland　24
Virginia　1
Illinois　8
Arkansas　4

ジェスはなんと言っていた？　**簡潔にして、途中で変更もしなきゃいけない。でも、闇の底を見おろせば、そこにある。**

〝簡潔に〟はつまり、短くするということか。ブリンクは各州の略称を書いた。

DE
MD
VA
IL
AR

十文字のアルファベットに目を凝らし、アナグラムになっていないか考えた。だが、いくら文字を並べ替えても、なんの意味も見えてこない。そこで、文字の横に数字を付け加えた。

DE　16
MD　24
VA　1

IL 8
AR 4

〝途中で変更〟とは、どういう意味だろう。数字を見つめるうちに、ひらめいた——換字(かえじ)式暗号だ。文字の一部を別の文字と入れ替えるのだ。入れ替える際の規則は、略称の横の数字が表している。ヴァージニアとアーカンソーは青いリボン。青いリボンと言えば、ふつう陸上競技大会などで一位を獲得した者に与えられる。VAとARは、ひとつ目の文字を入れ替えろということだろう。ほかは赤——赤いリボンは二位に与えられるから、ふたつ目の文字を入れ替える。ブリンクは、メモ帳に二十六文字のアルファベットを書いた。

ABCDEFGHIJKLMNOPQRSTUVWXYZ

Eから十六番目の文字は、U。Eを消してUに置き換えると、最初の綴りはDUだ。MDも同様に処理した。Dから二十四番目の文字はBだから、MB。ふたつつなげれば〝DUMB〟になる。答えは三十秒足らずで出た——〝DUMBWAITER(ダムウェーター)〟

ジェスは革のトランクを食器用昇降機に隠した。

跳ねるように階段をのぼって三階へ行き、食器用昇降機の扉を見つけた。ジェスの日記に書いてあったので、ひと目でそれとわかった。扉の枠にパネルが取りつけられ、樹脂でできた小さなボタンがふたつついている。トランクはかごのなかだろうと思ったが、扉をあけても、何もない空間があるだけだった。ブリンクは樹脂のボタンのひとつを押した。モーターのうなる音がしたが、かごは到着しない。もうひとつのボタンを押し、またモーター音が聞こえたが、やはりかごは現れない。壊れているのではなく、何かに引っかかっているようだ。

換字のやり方をまちがえたのだろうか。ジェイムソンが言っていたように、当時のジェスにトランクを隠す余裕はあまりなかったはずだ。緊急通報番号にかけてから地元警察が到着するまでのわずかな時間に、ヴィオレーヌをトランクにしまい、安全な場所に——あとでもどってこられる場所に——隠すには、冷静な判断力が求められる。ノアの無残な死を目のあたりにし、ひどいショック状態にあるなかで、これほど落ち着いて計算された行動がとれるものだろうか。

階段をおりようとしたとき、ジェスに教えられた手がかりが頭に浮かんだ。**闇の底を見おろせば、そこにある。**そうか、見おろすんだ。ブリンクは食器用昇降機までもどって、昇降路の下をのぞきこんだ。だが、何もない。まだ何かを見落としている。頭をひねっているうちに、ぴんと来た。ジェスは屋根裏部屋でヴィオレーヌを見つけたのだ。ということは、上にもうひとつ階がある。屋根裏部屋から昇降路を見おろせば、トランクが見つかるかもしれない。

三階の廊下を移動しながら、フラッシュライトで花柄の壁紙を照らし、隠し扉を探した。やっと見つけた。ドアをこじあけ、暗い階段をのぼっていく。ブリンクが掲げたライトの光で、張りめぐらされた蜘蛛の巣が浮かびあがった。甘ったるくよどんだ空気に、無数の塵が舞っている。

食器用昇降機の扉があいたままになっていた。ブリンクは部屋を横切り、なかをのぞいた。巻きあげ機が動かない理由はすぐにわかった——装置にペンが一本噛ませてある。フラッシュライトを下に向けると、昇降路の底のほう、食器用昇降機のかごの上に、革のトランクがあった。だれにも見つからないよう、ジェスは屋根裏部屋からトランクを落とし、巻きあげ機にペンを噛ませておいたのだ。ブリンクはペンを抜きとってから、食器用昇降機のボタンを押した。かごが振動し、上昇をはじめる。ゆっくりと、もったいぶるように、宝物を隠した革のトランクをブリンクのもとへ運んできた。

44

一階まで階段をおりたところで、床板のきしむ音が響き、ブリンクは跳びあがった。部屋じゅうが突然まばゆい光に満たされ、つぎの瞬間、目の前にジェイムソン・セッジが立っていた。面食らったような顔で、ブリンクからトランクへ、トランクからブリンクへと視線を移している。ブリンクのこれまでの行動を正確に読んできたセッジだが、トランクの発見は予想外だったのだろう。

「おみごと」ジェイムソンが言った。「あっぱれだ」

ブリンクは一歩あとずさり、勝算を計った。一対一なら、難なくセッジを組み伏せられる。だが、相手はまちがいなく上着の下にワルサーPPKを隠し持っている。対して、こちらは丸腰だ。

「今夜はずいぶんと多忙じゃないか」ジェイムソンは言った。「ダイナーでコーヒーの相手をしてもよかったんだが――実にうまそうなチェリーパイだった――集中して読みふけっていたようだから、邪魔するのは悪いと思ってね」

「お気づかいどうも」ブリンクは怒りをこらえながら言った。あとを尾けられているとわかっていながら――ずっとセッジの気配を感じていた――みすみすつかまるなんて。

「礼には及ばないさ、ミスター・ブリンク」ジェイムソンはトランクに目を落とした。「きみはすでにじゅうぶん活躍してくれた。だが、ひとつ訊きたい。それをどこで見つけた?」

ブリンクはこの場を切り抜ける方法を考えた。選択肢は三つ――どうにかして言い逃れるか、素手で勝負するか、走って逃げるか。手はじめに、話をしてみるのは悪くないだろう。「屋根裏部屋だよ。

あんたが見つけられなかったとは驚きだな」

「ほう、屋根裏部屋か」セッジはかぶりを振った。「当局の捜査が終わって立ち入りが許されてから、館じゅうの部屋やクローゼットをしらみつぶしに探した。屋根裏部屋も調べたが、そのトランクはなかった。ジェスが処分したものと思っていたんだが」

「思いちがいだったな、どう見ても」ブリンクは言った。

「どう見てもな」ジェイムソンはそう繰り返し、トランクに手を伸ばした。

ブリンクはジェイムソンをかわし、さらに一歩あとずさった。ここを出なければ。手遅れになる前に、チャンスをつかむしかない。「ジェスに何があったのか、ほんとうのことを言ったらどうだ」

「あの夜の出来事をすべて知る者はいない。ついでに言えば、わたしの父に起こったこともな。だが、ついに全貌を知るときが来たようだ」

ジェイムソンがトランクにつかみかかる。ブリンクはジェイムソンを突き飛ばし、きびすを返して廊下を駆け抜け、転げ落ちるように地下室への階段をおりた。あけっぱなしになっていたドアから、一目散に外へ出る。脇にかかえたトランクをフットボールのように揺らしながら、全力で走った。チアリーダーの掛け声と声援、観覧席の床を踏み鳴らす音が脳内でかすかに響くなか、月明かりに照らされた芝生を、愛車めがけて疾走した。


トラックを走らせてわずか半マイルのところで、アン＝マリーのBMWが後ろに現れた。ブリンクは限界まで加速し、一、二分は引き離していたが、このトラックではまるで歯が立たない。そうこうしているうちに、ジェイムソンの車に追いつかれた。ジェイムソンはしばらく横並びに走ったあと、一気にトラックを追い抜いて急転回し、ブリンクの行く手をふさいだ。

ブリンクはハンドルを切って急ブレーキをかけた。トラックが横転する。世界がひっくり返り、一回転するごとにガラスと金属が破壊される。ほんの数秒間の出来事がその何倍にも感じられ、あらゆる動きがスローモーションのようにぼやけて見えた。目の奥に閃光が走ったかと思うと、ブリンクの視界の端に、光でできた女性が現れた。すぐそこに立って、ブリンクを見ている。彼女の存在は、純粋なエネルギーそのものだ。両の目がぎらつき、髪は炎に包まれている。女性が近づいてくると、ブリンクは抑えがたい欲求に駆られた。自分のすべてを差し出し、炎のなかに飛びこんで、いっしょに燃えてしまいたかった。

意識を取りもどしたとき、ブリンクは逆さ吊りになっていた。体がシートベルトで席に固定されている。血が一滴、目の上の切り傷からトラックの天井に落ちた。脱出しようともがいたが、体が動かない。おんぼろの愛車に閉じこめられ、ひどい頭痛がしている。外から見るまでもなく、トラックは手の施しようがないほど破損していた。自分の状況も同じだ。仮にトラックから脱出できて、たいした怪我を負っていなかったとしても、ジェイムソンからは逃げられないだろう。周囲には見渡すかぎり果てしない森がひろがっている。隠れる場所などどこにもない。

砕けたフロントガラスの向こうに、キャム・パトニーのブーツが見えた。ＢＭＷの奥には黒のテスラが停まっている。ブリンクは手を伸ばし、天井に転がっていたトランクをつかんだが、無駄だった。キャムがドアを開き、ブリンクの手からトランクを奪いとった。つづけて、ブリンクのシートベルトをはずしながらＴシャツの胸もとをつかみ、夜の冷気のなかへブリンクの体を引っ張り出した。

立ちあがったとたん、ブリンクの全身に痛みが走った。目がまわり、ひしゃげたトラックにもたれかかる。額の左側が燃えるように熱く、頬にふれた指に血が伝った。砕けたフロントガラスをあらためて見たとき、心のなかで何かが壊れた。かつての自分といまの自分をつなぐ架け橋が崩落した気がした。もう二度と、もとにはもどれない。

そのとき、聞き慣れた鳴き声がした。道路の反対側で、キャムがテスラのトランクからコナンドラムを引っ張り出しているせいで、コニーの首が締まっていた。コニーは脚をばたつかせて暴れ、酸素を求めて必死にあえいでいる。数秒前まで感じていた痛みを忘れ、ブリンクはコニーに駆け寄った。すんでのところでキャムに身をかわされた。爆発する怒りでブリンクの全身が震える。キャムが自分に何をしようとかまわない。だが、コニーには手を出させるものか。

ブリンクがキャムに殴りかかろうとしたその瞬間、ジェイムソンが指を打ち鳴らした。「ミスター・パトニー、犬を離しなさい」キャムは動きを止め、リードを放して歩き去った。

ブリンクはコニーを抱きあげた。腕のなかで小刻みに震えている。「ぼくの犬に二度とさわるな」

「きみは思ったより手ごわいようだ」ジェイムソンはブリンクに冷ややかなまなざしを向けた。「これは褒めことばだよ」

「褒められるのはうれしいが」ブリンクはまぶたから血をぬぐった。「おまえは異常だ」

「喧嘩はよそうじゃないか、ミスター・ブリンク」ジェイムソンは言った。「時間の無駄だからな。やることは山ほどある。来たまえ」ジェイムソンは冷たい手でブリンクの腕にふれた。「このトランクの中身を見てみよう」

45

セッジ館にもどると、ブリンクはキャムに連行された。コニーはもう震えていなかったが、キャムに用心深い目を向けて、一挙一動を警戒している。連れていかれたのは、壁に書棚を造りつけた八角形の部屋だった。立派な両袖机が中央に置かれ、緑のガラスタイルを貼った暖炉と、大仰な肘掛け椅子がある。ジェスの日記にあったとおりの書斎だ。ジェスが見たという何百冊もの本も、数年前と同じように棚に並んでいる。

ジェイムソンがやってきて、机のほうへ歩いていった。「遺体が運び出されたあとで部屋を清掃させたんだ。トルコ絨毯はどうにもならずに処分したが、ほかはジェス・プライスが来たときとまったく同じだ」

ジェイムソンがトランクを持ちあげて、机に置いた。

「捜査中、この館は隅々まで引っ掻きまわされた。すべての部屋が指紋採取用の粉だらけになり、すべての椅子がひっくり返され、すべての絨毯が持ちあげられた。ジェス・プライスが目につく場所にトランクを放置したか、そうでなくても、すぐに考えつくような場所に隠していれば、当局が発見して押収していただろう。そうなれば、すべてが失われていたところだ」

ジェイムソンは真鍮の尾錠の下に親指をあてがい、革のベルトを押し出すようにしてはずした。

「あの夜ここで何があったのか、頭のなかで数えきれないほど再現しようとしてきた。いま思えば、浅はかな考えだったかもしれないが、当局が見落とした何かを見つけられるかもしれないという希望にすがったんだ。メッセージや手がかりのようなものがきっとあり、わたしをこのトランクへ導くはずだ、とね。伯母の宝であるヴィオレーヌが、この屋敷のどこかにあるはずだった。そして結局、わたしは正しかったわけだ。ヴィオレーヌはつねにここにあった」

もう片方のベルトも同じようにはずしてから、ジェイムソンは手を止めて書斎を見まわした。

「ミズ・プライスは、この部屋でつぎの傑作を書くつもりだった。捜査員は部屋じゅうを徹底的に調べあげた。ミズ・プライスのノートパソコン、本、書類を押収したが、ひとつ見過ごしたものがあった」ジェイムソンは机の反対側へまわり、抽斗から雑誌の山を取り出した。「この中身をもっと慎重に調べていれば、当局はとうの昔にきみを呼び出していたかもしれない。さあ、ミスター・ブリンク、手にとって見てみるといい」

ブリンクは古い雑誌や新聞の山に注意を向けた。特に変わったところはないようだったが、ページをめくってみると、どれも自分のパズルに関するものだった。『ブリンクのブレイン・バスター』は、クロスワードと図形パズルをまとめた螺旋綴じの本で、ブリンク初の自著だ。ブリンクのパズルを掲載した《ニューヨーク・タイムズ》紙や《ニューヨーカー》誌もあれば、驚いたことに、二〇一〇年にMITで書いたエッセイまであった。ブリンクが発表した唯一の私的なエッセイで、MITの学生新聞《ザ・テック》紙に掲載されたものだ。そのなかでブリンクは、脳の後遺症に苦しみ、事故後の数カ月間を怯えながら過ごしたことや、パターン、パズル、なぞなぞ、数学ゲームを通じて重い鬱を乗り越えた経験について語った。ブリンクはエッセイの一文に目を走らせた。〝パターンやパズルに没頭することで、人生を前向きに生きられるようになり、世界や人々に対する自分の認識がまちがっているかもしれないという恐怖や不安から解放された〟

ブリンクがそのエッセイに書かず、母以外のだれにも打ち明けなかったのは、自分の才能を理解するまで希死念慮に囚われていたことだった。獲得性サヴァン症候群の診断が、ブリンクの転機になった。自分と同じ症状をかかえながらも、幸せで充実した暮らしを送っている人たちがいることを知った。自分の状態に医学的な名称がついたことで、新たな現実を受け入れられた。ときに憂鬱な気分になっても、パズルがあれば気持ちが安定した。薬を必要とする人がいるように、ブリンクにはパズルが必要だった。だが薬と同様、時が経つにつれて、パズルに対する耐性ができてしまった。さらに難解な問題、さらに複雑なパズル、さらに手ごわい挑戦を欲しつづけた。

顔をあげると、ジェイムソンがこちらを見ていた。「ジェスがぼくのパズルを集めてたのか？」ブリンクは混乱して尋ねた。

「ジェス・プライスの私有物ではない」ジェイムソンはそう言って、机の抽斗から〝Ｍのパズル〟を――ジェスが刑務所で答えを書きこんだのと同じ、〝マイク・ブリンク〟の暗号を隠した数字パズルを――取り出し、机に置いた。「わたしのものだ」

ブリンクはセッジに目を向け、動揺とともに真実を呑みこんだ。Ｍのパズルを解いたのはジェスではない。ジェイムソンだったのだ。

「伯母が死んだあと、わたしはこの書斎をときどき利用した。〈シンギュラリティ〉のセキュリティ体制がいくら盤石だとはいえ、だれに見られているかわからないからな。セッジ館はインターネットも、ケーブルテレビも、電話回線すら引いたことがない。どんなデジタル監視技術をも寄せつけない聖域だよ。ゲイリー・サンドが専門とするたぐいのものは特にね。きみの友人のヴィヴェク・グプタも同じだ」

「どうして〝Ｍ〟のことを知ってるんだ」

「わたしはきみが生まれる前から暗号理論の世界にいる」ジェイムソンは言った。「それに、いい情報源もあった。ゲイリー・サンドは一流だ。ＮＳＡの忠実な職員でありながら、長年わたしとともに働いている。きみの能力はたちまちわたしの目を引いた。最初のころはきみを雇いたいと考えていたほどだ。わが社にとって非常に価値のある人材になっていたかもしれない。だが、物事はちがう方向に進んだ。言うまでもないがね」

ブリンクは机上のパズルを見やり、その構成と答えを思い浮かべた。ジェスはこの部屋で、ジェイムソンが隠し持っていたブリンクの情報を見つけ、Mのパズルの存在を知った。その後、刑務所に収容され、自力でブリンクを探そうと決めたのだろう。それならつじつまが合う。ジェイムソン・セッジがすべてをつなぐ糸だったのだ。

ジェイムソンはもといた位置にもどり、革のトランクを開いた。布でくるまれた磁器人形がなかに横たわっていた。大きな緑の目と、雪のように白い肌。ブリンクはひと目でヴィオレーヌだとわかった。ジェスの日記やラ＝モリエットの手紙で読んだあの人形だ。ジェイムソンは人形を裏返して赤褐色の髪を払いのけ、うなじの隠し穴の蓋をこじあけた。爪の先を使って、小さく巻かれた紙を取り出す。その手は興奮で震えていた。あるいは、恐れかもしれない。

「これだ」勝利の喜びと驚きの入り混じった声で、ジェイムソンが言った。「すべてを解き明かす鍵だよ」

ジェイムソンは紙を机にひろげた。描かれているのは太陽を髣髴(ほうふつ)させる緻密な円で、炎の筋が放射状にいくつも並んでいる。その先端には1から72までの数字が記され、深遠なルーレットのようにも見える。ジェス・プライスが記憶していたパズルに比べると、いくつかの要素――数字、複数の三角形――は共通しているものの、はるかに複雑だ。ヘブライ文字を別とすれば、最大のちがいは外縁に描かれた黒と白の四角い模様で、ブリンクはたちまち注意を引きつけられた。ここにパターンが隠れている、そう直感が告げていた。

「アブーラフィアの〈神のパズル〉だ」ジェイムソンが言い、ブリンクの思考をさえぎった。

ブリンクの体がうずいた。数字と文字のパターンを、この奇妙で美しい対称性の意味を理解したい。ジェスが描いた円は、ただの骨組みにすぎなかったのだ。数字や一部の文字は同じだが、中身はほぼ空と言ってもよかった。それに比べて、この円は完璧だ。複雑な規則性と放射状に並んだ優美な数字がブリンクを魅了した。ジェイムソンから奪いとってじっくり観察し、分解し、答えを見つけたくてたまらない。

とはいえ、一見したかぎりでは、そうあっさり解けるとは思えなかった。この円は、特定の人間――ヘブライ語の知識があり、数字を使ったゲームや数学にくわしいだれか――だけが解けるように設計されていて、おそらく、古の暗号鍵のようなものが隠されている。〝開け胡麻〟と唱えるだけですむほど、答えへのドアは簡単には開かないだろう。〈神のパズル〉についてこれまでわかっていることから考えれば当然だ。

ジェイムソンが円に気をとられているうちに、ブリンクは革のトランクに視線をもどした。ジェスは、ラ＝モリエットが書いた手紙の最後の数ページをヴィオレーヌといっしょに隠したと言っていた。だが、トランクのなかにはほかに何もはいっていない。ブリンクは首を傾けてトランクの片側を見、また反対側を見た。そして、気づいた。シルクの内張りから、紙の角が顔を出している。巧妙に内張りの奥へ押しこまれていて、ジェスから探すように言われていなければ、まったく気づかなかったかもしれない。

ジェイムソンが首の隠し穴に円の紙をしまい、トランクに目をもどすと同時に、部屋全体が震えはじめた。低く絶え間ない振動が窓ガラスを揺らす。ジェイムソンが机を離れ、窓へ歩み寄った。重厚なダマスク織のカーテンをあけると、金属の巨大な虫が夜空を飛んでいた。低い振動音がブレードのリズミカルな回転音に変わり、ユーロコプターが着陸する。アン＝マリーが操縦士席から跳びおり、風に髪をなびかせながら屋敷のほうへ歩いてきた。

「ご覧のとおり」窓をあけて手を振りながら、ジェイムソンが言った。「アン＝マリーは多才なんだ」

だが、それはマイク・ブリンクも同じだった。ジェイムソンの注意がそれた隙を狙って、ブリンクは革のトランクに手を滑らせた。シルクの内張りを開き、ラ＝モリエットの隠された手紙を抜きとったのだ。

46

ブリンクは好戦的な男ではない。喧嘩は人生で二回しか経験がなく、そのうち一回は小学生のときだった。フットボールチームのクォーターバックをまかされてからは、意味のない殴り合いで痛い思いをするのを避けるために、ユーモアで衝突を回避する術を学んだ。しかし、キャム・パトニーに連行されて芝生を横切っているとき、ブリンクの腸（はらわた）はこの男を殴り倒したいという思いで煮えくり返っていた。

アン＝マリーのもとへたどり着いたところで、キャムがブリンクを突き飛ばした。「やりすぎよ、キャム」意外にも鋭いその声の調子を聞いて、ブリンクは気づいた。アン＝マリーは、ブリンクの額の切り傷をキャムのしわざだと思っている。ブリンクは誤解を正そうとはしなかった。その代わり、こちらを向いて怪我の状態をたしかめているアン＝マリーに、弱々しい笑みを浮かべてみせた。アン＝マリーの眉間に心配げな皺が寄る。「ごめんなさい、マイク。まさかこんなことになるとは思っていなくて」

「いまからだってやめられる」ブリンクは言った。学者であり教育者でもあるアン＝マリーが、なぜジェイムソン・セッジのような男にこれほど肩入れしているのかわからなかった。それにどうやら、アン＝マリーに対する第一印象はまちがっていたらしい。ヘリコプターを操縦できる陶磁史家なんて、世界じゅう探しても彼女くらいではないだろうか。「あなたみたいな人が、ジェイムソンのいかれた計画に付き合うことないのに」

アン＝マリーはブリンクと視線を合わせた。その目に悲しみの影がちらつくのをブリンクは見た気がした。

「この計画について話したとき、あなたならその重要性を理解できると思っていた。あたしたちが歴史的な発見までもう少し、あと一歩のところにいるのがわかるはずだって。もちろん、リスクもあった。あなたがあたしたちにかならず手を貸すとはかぎらなかったから。あなたが安全と引き換えに知識を得ようとする可能性に賭けるしかなかった。真実を知るためには危険をいとわないタイプだろうってね」アン＝マリーの視線がブリンクの額の傷に移る。打ちのめされたブリンクの精神状態と同じく、顔面もひどいありさまらしい。「あたしは正しかった。あなたはそういう人。そして、あたしたちの発見は人類の存在そのものを変える。あなたもその手助けをしているのよ。だけど、まずはあたしたちを信用してくれなきゃ」

ブリンクが額の切り傷にふれると、刺すような痛みが走った。目の奥で頭痛の種が芽生え、不吉な花を鮮やかに咲かせはじめる。「悪いが、いまのところはだれも信じる気になれない」

アン＝マリーはブリンクに歩み寄り、片手をブリンクの腕に添えた。「学者ならだれでも、過去の知識と未来の発見をつなぐ糸を突き止めたいと夢見ている。すべてにつながる結び目があるとわかれば、この世界で生きる意味を見いだせると感じるから。あなたがここで見つけたものが、それを可能にするの。あの円が接点となって、理論上の可能性が現実のものになり、過去と未来がめぐり会う。いまは無理でも、じきにあなたにもわかるわ。〈神のパズル〉が見つかったいま、すべてが変わるときが来たの」

ブリンクはアン＝マリーを見つめ、頭を整理しようとした。アン＝マリーをひと思いに拒絶したい一方で、好奇心を焚きつけられているのも事実だった。ジェイムソンは永遠の命を探していると言ったが、古い屋敷に隠されていたあの小さな紙に、人体の生物学の限界を超える力があるとは思えない。

ジェイムソンが革のトランクを片手に、ユーロコプターへ近づいてきた。「電話はしたか?」

「あたしたちの案内人なら、スタンバイ中よ」アン＝マリーがそう言いながら操縦士席に乗りこんだ。「現地であたしたちを出迎えてくれる」

「すばらしい」ジェイムソンは言った。勝ち誇った笑みをブリンクに向け、ヘリコプターに乗ってシートベルトを締める。「さあ、世界を変えにいこう」


ブリンクはシートベルトを締めてから、コニーを膝に乗せた。ユーロコプターが上空に舞いあがると、コニーは鼻先を窓にくっつけて外をながめた。アン＝マリーの操縦で、ユーロコプターはハドソン川を越えて森の上へ、そして夜空へと高度をあげた。ほどなく眼下の視界が開け、暗い森が一面にひろがり、ときおり一対のヘッドライトが田舎道の闇を照らした。

ブリンクはキャムとジェイムソンを見やり、これからどうするつもりだろうと考えた。ブリンクが書斎でトランクに手を伸ばしたのを、ジェイムソンは見ただろうか。あいつなら、ブリンクが何をしたか知っていてもすぐには口にせず、都合のいいタイミングまでだまっているかもしれない。すでに前例がある――ジェイムソンはブリンクがダイナーにいたのを知っていた。きっとどこかに駐車して、ブリンクがラ＝モリエットの手紙を読むところを見ていたのだろう。チェリーパイを注文したことまで知っていながら、好機の到来を待ちつづけた。それがジェイムソンという男の本性だと、ブリンクは思った。獲物にたっぷりと時間を与えて、自由の身になったと思いこませるのだ。

だが、ブリンクは自由ではなかった。危険な状況にあるのはわかっていた。連中がどこへ向かっていようとも、ブリンクには阻止できない。だが、いざというときの隠し玉がまだある。いや、隠し紙と言うべきか。手をジャケットの内ポケットに滑らせ、封筒があるのをたしかめた。ラ＝モリエットが書いた手紙の最後の数ページだ。

座席に背を預けたとたん、ブリンクの体に疲労が押し寄せた。ふた晩連続で眠れていない。筋肉が重く、目は焼けるように痛い。ユーロコプターの穏やかな揺れが、ほどなくブリンクを眠りへいざなった。

意識の向こう側で、ジェスが待っていた。ブリンクの手をつかみ、いくつものドアが並んだ暗くせまい廊下を進んでいく。「鍵はあなたが持ってる」ジェスの言うとおりだった。ポケットのなかに古びた鍵がはいっている。ドアのひとつをあけると、そこは薄暗いホテルの一室だった。重厚な木製家具に、素焼きのタイル貼りの床。絨毯は擦り切れ、年季のはいった壁紙は半ば巻きとられたように剥がれている。フランス窓の向こうにはヨーロッパの街の夜景がひろがり、黒い夜空に灰色の雲が浮かんでいた。いくつもの屋根が遠くまで連なっている。サイドテーブルでは蠟燭が燃え、大きなベッドに光と影を投げかけていた。

ふたりは服を脱いでもつれ合った。ブリンクがジェスを求める以上に、ジェスは飢えた獣の激しさでブリンクを欲した。ジェスと過ごすわずかなひとときを無駄にすまいと、ブリンクはベッドに滑りこんで上掛けを押しのけた。自分が眠っているのはわかっていた。いつ目が覚めるかもしれず、また同じ夢にもどる方法はない。時はまたたく間に過ぎ、一秒一秒が鋭い刃先でふたりのあいだを切り裂いていく。

ジェスも同じもどかしさ――いますぐ、夢が終わる前に結ばれたいという焦り――を感じていたにちがいない。ブリンクの両手両足をベッドの支柱に縛りつけた。きつく固定された四肢に焼けるような痛みが走る。窓から冷気が流れこんでいるにもかかわらず、ブリンクに覆いかぶさったジェスの体は信じがたいほど熱く、肌にふれる手はオイルのようになめらかだった。ジェスはブリンクの手の指、爪先、へそにキスをした。やがてみずから快楽をむさぼりはじめたジェスを見て、ブリンクの渇望はいっそう激しさを増した。

ジェスがブリンクの拘束を解いたあと、ふたりはシーツにくるまって横たわった。ブリンクはジェスの首、肩、乳房に指を這わせ、その美しさに陶酔した。これがなんなのか——幻覚、妄想、それとも奇跡か——はわからないが、驚異と深遠な意味に満ちあふれていた。

ジェスはベッドから出てガウンをはおり、瓶からワインを一杯注いで口に含んだ。「あの夜の真実を、あなたに教えないとね」窓の外に目をやり、どこまでも連なる屋根をながめる。「真実は、あなたが思ってるのとはちがう」

ブリンクは上体を起こしてシーツを引きあげた。ジェスがいないと、全身が石のように冷たく寒かった。「ノア・クックに起こったことか?」

「わたしに責任があると思ってるだろうけど、そうじゃない。まちがいだったの。ただそれだけ。何もかも、愚かで取り返しのつかない過ちだった」

ブリンクはジェスを見据え、その意味を理解しようとした。これは告白だろうか。それとも、謝罪? もしほんとうにジェスがノア・クックを殺したのなら、ここでこんなことをしている場合ではないのかもしれない。

ジェスがベッドへ来て、ブリンクにワインを差し出した。ブリンクはひと口飲み、ブラックベリーとザクロの香り、ミネラル感を味わった。顔をあげると、さっきまでいた部屋が消え、ふたりは広大な砂漠に面したバルコニーで腰かけていた。深い海色をした空の鮮烈さに、ブリンクの目がくらんだ。遠くのほう、かろうじて見えるか見えないかのところに、太陽の熱に焼かれるピラミッドがあり、テトラクテュスの十の点が脈打っている。

「あなたの番」ふたりのあいだのテーブルを指して、ジェスが言った。

それは赤と黒の升目が並んだチェッカー盤だった。升の列を数えようとしたが、数字が浮かんでこない。ジェスが勝っている。ブリンクから奪った駒を積みあげているが、ブリンクはひとつもとれていない。ルールなら知っている——単純なゲームだ——が、自分には無理だとしか思えなかった。駒の動かし方がわからない。勝ち方がわからない。意味が理解できない。

「どうしたの」ジェスがじれったそうにブリンクを見て言った。どこからともなくハチドリの群れが集まり、ジェスのまわりを飛び交っている。「遊ばないの？」

テーブルに視線をもどし、ブリンクは深い安堵を感じた。チェッカー盤はただのチェッカー盤だった。三次元のパターンも、数学の方程式も、折り紙の数理もない。四角形の列は黒と赤の升目にすぎず、それ以上でもそれ以下でもない。事故以来はじめて、ブリンクの脳はパズルから解放されていた。マイク・ブリンクは、かつての自分を取りもどしていた。

47

ユーロコプターが高度をさげはじめたとき、ブリンクは目を覚ました。夢の余韻で頭がぼんやりしている。寝ぼけたまま伸びをして外を見ると、マンハッタンのイースト川に面したヘリポートがあった。太陽が顔を出して高層ビルを白く輝かせ、川の水面をオレンジと黄色に染めている。目がつぶれそうにまぶしい。朝日のなかで、マンハッタンの堅牢な灰色のビル群が柔らかなぬくもりを帯びて見え、ブリンクは街へもどってきたという安心感に包まれた。家を出てからの二日間が何十年にも感じられた。いつもの街がちがって見えた。自分すら別人に思えた。ブリンクをがんじがらめにしているこの厄介事は、これまでに経験した何よりも深く、激しく、そのうえ刺激に満ちている。

寝ているあいだに封筒をジェイムソンにとられなかったかどうか、ジャケットにふれてたしかめた。布越しに感じる封筒のなかに、知りたい答えが書かれている。ほんとうはすぐにでも読みたいが、いまはがまんだ。

ブリンクはユーロコプターからおり、コニーもすかさずあとにつづいた。ブレードの風にジャケットを煽られながら、地面を踏みしめたとたんにめまいがした。ガス欠寸前だ。水が飲みたい。食事と睡眠が要る。これから何がはじまるにせよ、頭をはっきりさせて臨まないといけない。それなのに、栈橋を歩きながら鮮やかな空を仰ぐブリンクの脳内には、分厚い雲が垂れこめていた。

栈橋のたもとで、キャデラックの黒いSUVが一行を待っていた。助手席に乗りこんだキャムが運転手に行き先を告げるあいだ、ブリンクはジェイムソンやアン＝マリーとともに後部座席にすわった。

コニーがブリンクの両足のあいだで体をまるめ、靴に顎を載せる。せめてコニーだけは家に連れ帰り、食べ物を与えて、危険から逃してやりたい。

車が栈橋を発つと、ブリンクは窓をおろした。早朝の街は、豪雨で穢れを洗い流したかのように清らかなにおいがした。道路は閑散としていて、パール通りを走る車はほかに一台もない。その静けさは癒しだった。頭痛と、セッジにどこへ連れていかれるのかわからない不安をかかえながらも、ブリンクは沈黙した街を、その静謐さを味わった。この街には飽きることがない。世界中のどの都市より、マンハッタンはブリンクの脳内のループ・ゴールドバーグ・マシンにぴたりとはまる。だがこのときばかりは、つかの間の静寂がありがたかった。

ビル群のあいだを走り抜けて、ブルックリン橋の下を通り、ものの数分でバワリー通りに出た。赤信号で一時停止したとき、中国語の漢字が並ぶiPhoneの看板がブリンクの目にはいった。自宅までわずか数ブロックの場所だった。

「これからだれかに会うんなら」血まみれのTシャツを指して、ブリンクは言った。「うちに帰ってシャワーを浴びないと。それか、着替えだけでも」

ジェイムソンは疑わしげにブリンクを見た。

「それに、コニーはうちに置いてくるべきじゃないかな」ブリンクは付け加えた。

アン＝マリーが嫌悪感をあらわにしてコニーを見やり、セッジに言った。「ぜひそうしてもらいましょうよ」

キャナル通りとバワリー通りの交差点付近で車を停めるよう、セッジは運転手に指示した。自宅の場所まで知っているとは、やはりマイク・ブリンクについて口で話すよりもずっと多くを知っているのだろう。車が停まると、ジェイムソンがブリンクの手からメッセンジャーバッグを奪った。「これはわたしが預かろう。キャムがきみに同行する」

ジェイムソンにバッグをとられ、ブリンクは一瞬うろたえた。だが、ジェイムソンの求めるものは何もはいっていない。何より重要なラ＝モリエットの手紙がはいった封筒は、ジャケットの内ポケットにある。

コニーのあとについて、ブリンクはなじみ深い建物の階段をあがった。深呼吸し、ネズミ用の毒餌と洗剤のにおいを吸いこむ。ブリンクは自宅のアパートメントが気に入っていた。五階の部屋の窓から通りを見おろすのが好きだった。チャイナタウンの一角――中国語のネオンサイン、香辛料店、点心のレストラン――をながめるのが好きだった。何より気に入っていたのは、自分のパズルコレクションだ。キャムには――いや、だれにも――近づいてほしくない。

ドアの前で暗証番号を入力した。社会保障番号と誕生日を小さい数字から順に並べ替えたもので、まずだれにも推測できないだろう。キャムに追いつかれる前に、ブリンクはすばやくコニーを抱きあげて室内に体を滑らせ、勢いよくドアを閉めた。乱暴にドアを叩く音と怒鳴り声が聞こえ、ブリンクの帰還の喜びをいっそう美味にした。ざまあみろだ。そう思いながら、ブリンクはフリースの犬用ベッドにコニーをおろし、アパートメントの中央へ歩いていった。やっと帰ってきたわが家で、この二日間の緊張が解けていく。いまこの瞬間、自分は安全だった。

ブリンクはパズルコレクションに目をやった。パズル関連書籍の山や、日本の秘密箱。あの心地よい世界に浸りたくてたまらない。事故以来、パズルの蒐集はブリンクの人生の一部でありつづけてきた。目あてのパズルを見つければ躊躇なく購入し、ひとつも捨てたことがない。総数はいまや二千を超え、その多くがコレクター好みの希少品だ。たとえば、サイモン・アンド・シュスター社が世界ではじめて刊行したクロスワード本『ザ・クロスワードパズル・ブック』。一八五八年に発売されたサム・ロイドの〈トリック・ドンキー〉は、オークションで大金をはたいて入手したレアものだ。パズル集――クロスワード、ナンプレ、ことば探し、迷路――に、ビンテージの15パズルがいくつか。カードテーブルの上は、ラベンスバーガー社の五千ピースのグラデーション版ジグソーパズル〈クリプト〉で覆われている。壁の一面を埋めつくすルービックキューブは、古いものから新しいものまでさまざまあり、どれも完成した状態で並んでいる。日本の漆塗りの秘密箱――ブリンクが情熱を注ぐアイテム――が五十ほど、棚のあちこちに飾られ、解読を拒む複雑な模様がつややかな光沢を放っている。

乱雑に見えるブリンクの部屋だが、コレクションの配置には厳格な秩序があった。この二日間に経験した波乱のあとでは、それがいっそう際立って感じられる――マイク・ブリンクという人間は、混沌に秩序をもたらさずにいられないのだ。

コニーの水と食事用のボウルを満たしてから、火災用の非常階段に通じる窓をあけた。階下の住人――年上の独身男であるデニス――はコニーが大好きで、ブリンクが留守のときは世話係を買って出てくれる。パンデミック中は、デニスとブリンクが代わるがわるコニーを外に連れ出し、コニーは日に何度も散歩を楽しんでいた。非常階段をおりて階下の窓を引っ掻けば、デニスがなかへ入れてくれるとコニーもわかっている。自分の身に何があってもコナンドラムはだいじょうぶだ。そう考えてブリンクは安心した。

汚れた服を脱いで顔を洗い、清潔なブラックデニムと黒いTシャツに着替えた。Tシャツは以前参加したバックミンスター・フラー研究所のイベントで配られたもので、〝アイ・アム・トリムタブ（「トリムタブ」は船の走行を補助する小さな舵。フラーが提唱した大きな変化を起こす個人の力のたとえ）〟と書かれている。着替えをすませたあと、ブリンクは窓辺に腰かけ、ジャケットの内ポケットから封筒を取り出した。

早朝の光のもとでひろげた古い手紙には、斜めで細長い文字が紺色のインクで綴られていた。その特徴ある筆跡からわかるとおり、ラ＝モリエットが書いた手紙の一部なのはまちがいない。順序がばらばらだったので、床にひろげて並べ替えた。ジェスはおそらく、隠し場所を探さなければと焦りながら、最後の数ページをあわててつかみ、トランクの内張りにしまったのだろう。ラ＝モリエットが息子に宛てて書いた最後のことばを前に、ブリンクの血が騒いだ。あの謎の儀式の全貌がついに明らかになるのだ。

ところが、手紙を読もうとしたそのとき、いちばん最後のページの下部に目がいった。

HELLISH EVIL RITE

どういう意味だろうか。ただ、ひとつだけたしかなことがある——これはラ＝モリエットが書いたものではない。インクは赤で、文字は大きくまるみがある。ジェス・プライスの筆跡だ。〝地獄の呪術〟(HELLISH EVIL RITE) ジェスはなぜ、ラ＝モリエットの手紙にこのような奇怪なことばを書き残したのだろう。セッジ館で起こったことを告白するためか。それとも、ノアの死の真相を説明するためだろうか。妙なのは、ジェスがラ＝モリエットの手紙の隠し場所をブリンクに教えたとき、このメッセージについてはひとこともふれなかったことだ。とはいえ、これまでのジェスとのやりとりにはパズルが付き物だったから、これもそのひとつということかもしれない。

じっくり調べたかったが、いまはそれどころではなかった。キャムがドアを叩き、さっさとしろと叫んでいる。「いいから落ち着きなよ、お兄さん」ブリンクが言い返すと、キャムはますますいきり立った。残された時間はわずかだが、これくらいの量ならすぐに読み終わるだろう。キャムが乱暴にドアを叩く音を聞きながら、ブリンクは窓枠に背をつけて、ラ＝モリエットが書いた手紙の最後の数ページを読みはじめた。

48

あの夜シナゴーグで目にした光景から、わたしは長いあいだ立ちなおれなかった。昼と夜が溶け合い、長く恐ろしいひとつの悪夢に変わった。マスター・クラールは、またしても具合がすぐれないわたしの健康を案じ、工房での仕事はいいから休みなさいと言ってくれた。わたしはベッドに臥せ、熱に浮かされながら幾日も過ごした。

あの屋根裏部屋に吹き荒れた暴風が、はじめて体を動かそうとするゴーレムを照らした稲光が忘れられなかった。力の加減がわからなかったのか、ゴーレムはゆっくりと慎重に首をまわした。それから、生まれてはじめて立つ子馬のように脚を震わせて、一歩を踏み出した。そして、もう一歩。その瞬間、わたしの心身のあらゆる能力が麻痺した。目の前の光景に対して合理的な説明を見いだすのはおろか、ただのひとことも発することができなかった。その瞬間は、幾度となくわたしの脳裏によみがえった。長い歳月を経て自問を繰り返すうちに、わたしはあの日シナゴーグでいだいた感情がなんだったのかを理解した――畏敬、恐怖、疑心、無力さ。歓喜のなかを戦慄が走った。ゴーレムが意味するところはただひとつ、わたしたちが創造の力を手にしたことだったからだ。そして、その命が宿る器を作ったのは、このわたしだった。

あれほどの驚きと恐怖を感じたことは、人生でかつてなかった。途方もない力を目のあたりにしながら、わたしはこの成功が害悪でしかないのを見てとった。わが子に似せて作ったはずのゴーレムが、まったくもってヴィオレーヌではなかったからだ。髪色は完全に同じであったし、エメラルド色に輝く目も生き写しだった。両頬に散らばったそばかすひとつひとつの位置まで、あの子と完全に一致した。しかし、ゴーレムに宿った霊は、わたしの大切なヴィオレーヌとは似ても似つかず、わたしは反射的に嫌悪の念をいだいた。邪気があたりに充満し、ぞっとするほどの暴力性をはらんで渦巻いていた。怒りに満ちた、穏やかならぬ魂がそこにはあった。

　わたしは恐怖のあまり目をそむけた。ラビがヤコプを呼び、先ほど唱えた文言を確認しはじめた。わたしはふたりから、器の制作者として円にその文言を書きこむよう頼まれていた。そして言われたとおり、手稿にあったヘブライ文字を真似て書き写した。それをラビが読みあげたのだ。ラビとヤコプの会話は理解できなかったが、ふたりの取り乱した様子から、わたしが何かまちがえたらしいことはわかった。想定外の、恐ろしい誤りがあったのだ。

　猛烈な熱風が吹きつけ、肉の焼けるにおいが漂ってきた。空気が圧力で満たされ、あたかも火事の現場にいるかのようだった。それもそのはず、わたしがふたりに視線をもどすと、ヤコプが燃えさかる炎に包まれていた。青とオレンジの炎に全身を呑まれ、絶叫しながら両腕両脚をばたつかせていた。

　わたしはシナゴーグから飛び出し、ユダヤ人街の通りを一目散に走ってヴルタヴァ川へ逃れた。ガス灯のぼんやりとした明かりの下に出たとき、腕にできた幾何学模様の切り傷に気づいた。あんなものは見たことがなかった――火傷したのでも、刃物で切ったのでもなく、悪との遭遇によってできた傷だった。わたしは悪魔にしるしを刻まれたのだ。

　ようやくベッドから出られるまでに回復したわたしは、できるかぎり急いでパリへもどることにした。出発に向けて荷造りしていたとき、わたし宛ての封筒が人形店に届いた。差出人の住所はなかったが、なかのカードに短く走り書きされたフランス語を見れば、送り主は明らかだった。〝来て（ヴィヤン）くれ、友よ（モナミ）〟

ポケットにカードをしまい、すぐに人形店を出た。あの場所へもどるのはこわかったが、そうするよりほかになかった——ヤコブは生きていて、わたしは彼に起こったことを理解する必要があった。三十分ほどでユダヤ人街に着き、ラビの自宅のドアを叩いた。なかは静まり返っていた。部屋の明かりは消えていた。奥からバイオリンの音は聞こえず、肉を煮こむにおいもしなかった。鎧戸の隙間からのぞいてみると、驚いたことに、家具も、壁にかかっていた絵も、床の絨毯もなかった。なかはもぬけの殻で、人が住んでいる気配はなかった。

シナゴーグへ走り、渾身の力でドアを叩いた。あたたかい晩で、夕暮れどきの街は人であふれていたから、わたしの姿——シナゴーグの前でわめき散らす錯乱したフランス人男——は目立ったにちがいない。だが、わたしにはどうでもよかった。シナゴーグでのあの夜以来、礼儀作法などという観念は消え去っていた。それどころか、かつてわたしの心を占めていたすべてのものが、もはや微塵も重要でなくなっていた。仕事も、芸術家としての志も、わたしが作ったあの完璧な磁器人形も。わたしの目に浮かぶのは、蠟燭のほのかな明かりのなかでラビが文言を唱え、両手でゴーレムにふれる光景だけだった。わたしの胸にあるのは、暗黒なる何か——悪霊、悪魔、狂暴な悪しき力——が世界にはいりこんだという おぞましい感覚だけだった。

ヤコブがドアをあけさえすれば、あの夜の説明が聞けるはずだった。このときのわたしは、単に真実を知りたいと思うだけで、自分が正気を失いつつあることには気づいていなかった。わたしは二十年近い年月をかけてそれを自覚し、引き起こされた損害を修復しようと何度も試みてきた。だが、いまこの瞬間、こうしてそばに拳銃を置き、許されざる行為に及ぼうとしているのは、あのシナゴーグでの出来事があったからだと断言できる。おまえにこの最後の手紙を書くのも、これからわたしが犯す恐ろしい過ちに対して、せめてもの償いができればと思うからだ。

ついに、シナゴーグのドアが開いた。見知らぬ男が立っていた。わたしはラビに会いたいと言った。

おぼつかないチェコ語だったが、わたしの要望は相手に通じた。シナゴーグの奥の暗闇で地獄の火が燃えていやしないかと、わたしは男の背後に目を走らせた。「お願いします。会う約束をしているんです」

「しかし、このシナゴーグのラビはわたしですよ」男はいぶかしげにわたしを見た。「だれにも会う予定はありませんが」

わたしは懸命に苛立ちを抑えた。「ラビ・ヨゼフェスに呼ばれたんです」

「申しわけありませんが、それはありえません」

「ラビの息子がこれを」わたしはポケットからカードを取り出して、男に手渡した。

男は探るようにわたしを見てから、カードに視線を落とした。「あなたが人形職人のラ＝モリエットですか」わたしがそうだと言うと、男は身を引いてわたしをシナゴーグのなかへ通し、ドアを閉めた。わたしは当惑し、多少ならず不安を覚えながら、男のあとについて屋根裏部屋へあがった。そこは、わたしが逃げ出したあの夜とはずいぶん様子がちがっていた。がらんとして、清潔で、新鮮な空気が流れていた。木の戸棚も、蠟燭も、ゴーレムのために使われたものはすべてなくなっていた。ただひとつ、数週間前のあの晩、わたしがシナゴーグに持ちこんだ革のトランクだけがテーブルに残されていた。

男は長いことわたしに目を注いだのち、口を開いた。「何百年ものあいだ、神のハシェムは秘密にされてきました。しかし、ずっとそうだったわけではありません。昔は、すべてのユダヤの民が毎日のように創造主の名を口にしていた——祈りのなかで唱え、挨拶や祝福のことばとして使っていたのです。創造主の真の名が秘密とされはじめたのは、第二神殿時代のことです。ラビたちはその代わりに、神を〝わが主(アドナイ)〟と呼ぶようになりました。時が経つにつれて、その呼び名さえもきわめて神聖なものとなり、ユダヤの伝統を持たない人々の前では口にされなくなりました。そこで、こんどは〝ハシェム〟ということばが――単に〝御名〟という意味ですが――日常会話で使われるようになった。しかし、あなたは――」男はわたしを直視した。「あなたは、秘密の発音を聞いてしまった」

ラビはテーブルへ歩み寄った。その上で待ち受ける大きな革のトランクに、わたしの作品がはいっているはずだった。

「ラビ・ヨゼフェスがあなたをここに招いたのはまちがいでした。あなたのゴーレムは甚大な被害を引き起こした」

「そんなつもりはありませんでした」わたしは言った。「ラビと彼の息子に会わせてもらえれば、説明します」

「ラビは先週、あの夜の傷がもとで亡くなりました」

わたしはくずおれそうになり、テーブルにつかまった。「では、息子のヤコプは？」

「ボヘルも大変な苦しみに耐えつづけています」

「しかし、生きているんですね」

ラビはうなずき、わたしの友人が生き延びたことを認めた。「これはあなたのものだ」トランクを指した。「即刻ここから持ち去っていただきたい」

トランクをあけると、わたしの美しいヴィオレーヌが現れた。わたしは深い安堵に包まれた――わたしの作品は無事だったのだ。だが、その感覚はたちまち恐怖に取って代わられた。あの子に憑いた悪霊がもどってこない確証はなかった。ヴィオレーヌの冷たい磁器の頬に指を滑らせ、わたしはトランクを閉じた。

「ヤコプと話をさせてください」わたしは言った。ラビについてくるよう手招きされ、わたしは迷いなく従った。ヤコプに会いたい一心で、階段を早足でおりた。

シナゴーグの一階で、ラビは会堂の奥にある小さな部屋のドアをあけた。すさまじい悪臭が充満していた。病と感染症を思わせる腐敗臭だった。思わず顔をそむけかけたそのとき、目に飛びこんできた恐ろしい光景にわたしは凍りついた。かさぶたまみれのまだらな皮膚をした生き物が、ベッドでまるくなっていた。病に侵された細長い体が曲がったりねじれたりしている。自分の目が信じられず、わたしは愕然としてしばしそれに見入った。

それが人間の男であることはなんとか理解できたが、変形した見た目は怪物のようだった。わたしはその不幸な男に一歩近づき、憐れみと恐怖の念に打たれた。悪質な病にやられたにちがいなかった。腕の皮膚は引きつれて化膿し、皺が寄って血がにじんでいた。部屋の隅には、膿と血で緑や茶色に汚れた包帯の山ができていた。目の前の光景に身がすくみ、わたしはいたたまれなくなってきた。立ち去ろうとしたところで、男が頭をもたげた。わたしたちは顔を見合わせた。全身の傷と病によって容姿は原形をとどめていなかったが、男の目の燃える輝きには見覚えがあった。ヤコプだった。見る影もなかったが、それでもヤコプにちがいなかった。わたしはヤコプのそばに立ち、あらためて全身の状態をたしかめた。

「わが友よ」身の毛がよだつのを感じながら、わたしはささやいた。「こんなことになるなんて、いったい何があったんです?」

「あなたもあの場にいたでしょう」ヤコプは弱々しい声で言った。「わたしと同じものを見た」

「でも、どうしてこんな……」あふれ返る疑問で、わたしはことばを失った。わたしたちのしたことが、なぜこれほどの惨事に終わったのかを知りたかった。これほどの悪がどうやって、どこから、どういうわけでこの世にもたらされたのかを知りたかった。

ヤコプがわたしの手を握った。「手ちがいがありました。あれを破壊するんです、友よ。お願いだ。わたしは大きな過ちを犯しました。ゴーレムを燃やさなければいけません。あの円も。器も。すべて燃やしてください」

ヤコプの言っている意味がよくわからなかった。苦痛のあまり精神をやられたにちがいなかった。わたしはドアの向こうに立っていたラビを振り返った。「いますぐ医者に診せないと」

「医者ならもう何度も来ています」ラビは言った。「ヤコプの父親も同じ症状で死にました。あっという間でしたよ、霊の力が強大だったので」

「霊だって？」わたしは自分の耳を疑った。

「最初はラビ・ヨゼフェスに取り憑きました。その器が消耗しきったところで、息子に乗り移ったのです」

ラビはヤコプに近づき、胸の包帯を取り除いた。刃物で切り刻んだような幾何学状の傷があらわになった。わたしの腕にできたのと同じ模様だった。

「これはいったい？」わたしは身震いし、やっとの思いで声を振り絞った。

「しるしです」怯えた声でラビは言った。「永遠に消えることはない」

「ふたりにしてください」ヤコプが蚊の鳴くような声でラビに言った。ラビが部屋から退くと、ヤコプはわたしを近くに引き寄せて、マットレスの下から何かを取り出すよう手で示した。それは、わたしがシナゴーグで見た手稿だった。創造主の秘密とヤコプが呼び、あの夜の惨事を引き起こした例の円が描かれていた。

ヤコプは手稿をわたしに差し出し、受けとるよう迫った。「早く、ラビに見られる前に」わたしがそんな立場にないと言って拒むと、ヤコプは焦燥をあらわにした。「このことばが門になります。知的存在がのぼりおりする梯子なのです。これがないと、あの霊を消し去ることはできない。先にゴーレムを破壊し、つぎにこの円を焼いてください」怯えた目を見開き、ヤコプは小声で言った。「同じことがまた起こる前に、両方とも葬り去って」

涙がこみあげてきたが、わたしはことわらなかった。手稿を受けとり、ヴィオレーヌともどもトランクにしまった。激しく動揺しながら、ヤコプに別れを告げた。すると、ヤコプが近くに来るよう手招きするので、わたしは促されるがまま、ヤコプの口もとに耳を近づけた。さようなら(アデュー)を言うのかと思いきや、聞こえてきたことばに意表を突かれた。苦痛のさなかにありながら、かろうじて聞きとれる程度の小さな声で、ヤコプは聖なる名を、ハシェムの正しい発音を、わたしの耳もとでささやいた。わたしが記憶できるよう、ゆっくりと明瞭に、一度、二度、三度。息子よ、あのことばの響きと、それが秘める無限の力は、いまもわたしの記憶に焼きついて離れない。

翌日、わたしは列車でウィーンへ行き、そこからパリへ移動した。プラハでの恐ろしい体験に終止符を打ち、記憶の奥底に封じこめるつもりだった。しかし、あれほど強大な、生と死の種を秘めた力を、どうして忘れられるだろうか。神の目をのぞきこみ、聖なる秘密を知ったあとですべてを忘れるなど、どうしてできようか。

パリにもどってひと月経ってからようやく、わたしは自分の安全な工房で、ヤコプに渡された手稿を開いた。いろいろと文章が書かれていたが、最もわたしの心を引きつけ、美しい対称性の模様で魅了したのは、やはりあの円であった。プラハでも目にしてはいたが、全体をしっかりと見たのはこのときがはじめてだった。わたしは穴のあくほどルーペで観察し、文字や数字、奇妙な記号を判読しようとした。そうして、未知へつづくこの古の扉の虜になったのだ。

ヤコプに円を燃やすよう頼まれていたが、できなかった。ゴーレムを破壊することもできなかったのは、おまえも知ってのとおりだ。わたしはむしろ、このふたつを隠した。プラハからもどって何年にもなるが、だれにもこの円を見せたことはない。

わたしに代わって、息子のおまえがゴーレムを破壊せねばならない。あの人形に愛情を感じず、あの顔に心を震わすことのないおまえなら、できる。わたしにはヴィオレーヌを壊せなかった。何度も何度も気を奮い立たせたが、不可能だった。だから息子よ、わたしはおまえにこの責任を託そう。

49

SUVはマディソン街から三十六丁目通りにはいり、モルガン・ライブラリーの前で停まった。ブリンクはジェイムソンからメッセンジャーバッグを受けとり、みなにつづいて車をおりた。近代的な建物が多いエリアで、大理石でできたパッラーディオ様式の建物が堂々たる異彩を放ち、背後にミッドタウンの高層ビル群を従えている。「この建物は昔から特別だったの」一般来場者には開放されていない三十六丁目通り側の入口へ向かいながら、アン＝マリーが説明した。「金融王のJ・P・モルガンが、希少な書物や写本のコレクションを保管するために、ウォール街の喧噪から離れた自宅の敷地内に建てたものよ。モルガンの死後、息子が美術館として一般に公開した」

希少な書物も写本もけっこうだが、まだ朝の七時にもなっていない。当然、美術館は閉まっているはずだ。それなのに、アン＝マリーが歩みをゆるめる気配はなかった。大理石の階段をあがって巨大な青銅のドアの前に立ち、監視カメラを見あげて手を振った。

「館長があたしの友人でね」アン＝マリーはブリンクに言った。「この件にかかわれば解雇されるかもしれないというのに、ラ＝モリエットの傑作を見つけたと話したら、どんなリスクもいとわないって意気ごんでたわ」

青銅のドアが開き、背が高い瘦身の黒人男が現れた。鼈甲ぶちの眼鏡をかけ、ラベンダー色のドレスシャツを着ている。男は全員をなかへ招き入れ、重厚なドアを閉めた。建物のなかは、大理石の柱に囲まれた大広間がひろがっていた。丸天井と接する半円形の壁間（ルネット）に、ギリシャ神話の神々が描かれている。「アン＝マリー」男が落ち着かない様子で言った。「遅いじゃないか、到着予定時刻から一時間も過ぎているぞ」

「カレン、ジェイムソンにはもう会ったわね」アン＝マリーが言った。「こちらはマイク・ブリンク。あたしたちの調査を手伝ってくれている。マイク、こちらはカレン・ウィザーズ。モルガン・ライブラリーの館長よ」

カレン・ウィザーズはブリンクと握手し、ブリンクの腫れた目に気づく程度には長々と視線を合わせた。「あなたのファンですよ」カレンは控えめな口調で言った。「先月の《ニューヨーク・タイムズ・マガジン》に掲載された美術史のクロスワード、あれは実にすばらしかった」ブリンクの返事を待たず、アン＝マリーに向きなおる。「きみと電話で話したあと、寝つけなくてね。きみには人の好奇心をくすぐる才能がある。午前三時からここで待っていたよ」

「セキュリティの邪魔がはいる心配はないだろうな？」ジェイムソンが口をはさんだ。大広間のあちこちに設置されたカメラを見ている。

「警備員は、わたしの不規則な勤務時間に慣れている」カレンが言った。「昼も夜も関係なく働いているからね。展示の設営期間中は特に。ラ＝モリエットの人形は持ってきたかな？」

「もちろん」アン＝マリーはジェイムソンが持つ革のトランクに目を向けた。

「知ってのとおり、ここ数年でいくつも偽造品が出まわっている」カレンは言った。「三年前には、ヴィオレーヌのきわめて精巧な贋作が競りに出された。きみも聞いただろう、アン＝マリー」

「あたりまえでしょ」アン＝マリーは言った。「〈ボナムズ〉のオークションは悪評を買ったわね」

「一九〇九年に撮影された本物のヴィオレーヌの写真と、見た目はまったく同じだった。だが、買い手の代理人がドレスの繊維を化学鑑定に出したところ、一八九〇年代には存在しなかった合成繊維が見つかった。慎重にならないと……」

「この人形を鑑定にかければ、真作だと証明される。わたしが請け合おう」ジェイムソンが言った。

それを聞いてカレンは安心したようだった。身をひるがえし、ウィングチップのしゃれた革靴を高らかに鳴らしながら、大広間の奥へ進んでいく。神々や裸体の天使たちに飾られた丸天井の下を歩いて、一行は荘厳な図書館にはいった。三階ぶんの高さがある壁の床から天井までを、三層の書棚が埋めつくしている。天井には芸術と科学のミューズや偉人たちが描かれ、正面の壁には大きな石の暖炉があった。

「ここはもともと、ミスター・モルガンの私設図書館で、希少な書物や写本のすぐれたコレクションを所蔵していた。当初、書棚は一階部分だけの予定だったが、建設中にもコレクションは増えつづける一方だった。そこで、設計を手がけた建築家のチャールズ・マッキムが、残りの二層を加えたんだ。ガストン・ラ＝モリエットの書類は、ラ＝モリエットの最高傑作と同様、図書館において特別な地位を占めていた。ラ＝モリエットの工房の品々が売りに出されたときに、ミスター・モルガンの代理として、ベル・ダ・コスタ・グリーンが即座に買いとったものだ。ベルはピアポイント・モルガン・ライブラリーの初代館長で、われわれの世界では伝説的な存在だよ。彩飾写本の専門家として当館のコレクションを築きあげた人だ。アフリカ系アメリカ人の立派な家庭に生まれたが、白人女性として生きる道を選んだ。ミスター・モルガンは、機知に富んで聡明なベルをたいそう気に入り、図書館の運営をほぼ一任した。現在価値に換算して約百三十万ドル相当の遺産をベルに遺したために、ふたりが恋愛関係にあったのではと考える者もいたが、真の友情で結ばれた仲だったんだろうね。現在のモルガン・コレクションがあるのは、ベルの買いつけの才能のおかげだ――オークションでは相手の裏をかく策略家として知られていたが、購入品の記録を実に几帳面につけていた。そこでラ＝モリエットの工房の話にもどるわけだが、一九一〇年に購入したガストン・ラ＝モリエットの書類についても、完璧な記録が残っている」

カレンは部屋の隅へ歩いていき、書棚の取っ手をつかんだ。すると書棚が回転し、壁の向こうに空間が現れた。カレンが奥の螺旋階段をあがっていき、上方に姿を消したかと思うと、二階部分の書棚の一部が開いた。カレンがふたたび現れて、幅のせまい通路を歩いていく。ある棚の前で立ち止まり、何かを引き抜いた。階下へもどってきたカレンは、小さな帳簿を手にしていた。

「この建物のあちこちに、隠し部屋や秘密のドアや暗号が隠されている。そして、ベルが個人的につけていたこの帳簿こそ、それらを解く鍵というわけだ」カレンは帳簿を開いた。「この記録によれば、一九一〇年にラ＝モリエットの工房にあった品々が競売にかけられたとき、ベルは計四十七品目を購入した。コルネリウス・アグリッパ（一四八六 - 一五三五年。ドイツの神学者）の『隠秘哲学』の初版は、いまも当館が所蔵している。『ソロモンの鍵』のイタリア語版もね。それほど重要でなかったほかの品はすぐに売却された。ベルの記述によれば、このような購入はきわめてまれで、ミスター・モルガンたっての希望だったようだ」

カレンが小さな革の帳簿をめくると、手書きの文字と数字が整然と並んでいるのが見えた。

「当館が工房から購入した品々には、ラ＝モリエットのプラハ時代のスケッチやメモといった書類のほか、それらよりはるかに古い手稿が含まれていた。十三世紀後半のものと推定され、十の円が描かれている。その手稿は当初、ミスター・モルガンの書斎にある鋼鉄の隠し部屋に保管されていた」

「それだけの価値を見いだしていたんだな」ジェイムソンが言った。

「ああ。ミスター・モルガンは、所蔵品のなかでも特に貴重な写本をその部屋に置いていたんだ。『グーテンベルク聖書』の羊皮紙本が一冊と、紙本が二冊。宝石がちりばめられた『リンダウの福音書』。モルガンが最も大切にした時禱書も。十の円が描かれた手稿は、ユダヤの神秘家であるアブラハム・アブーラフィアが一二七八年に書いたものだ。その手稿に対するミスター・モルガンの執着は尋常ではなかった。専門家を呼んで内容を説明させ、長く家を空ける際はみずから持ち歩いたと言われている。あれを見れば」カレンは暖炉の上にかかった巨大なタペストリーを指さした。「その手稿にどれだけ深く影響されていたかがわかるだろう」

ブリンクは壁一面を覆うそのタペストリーを見あげた。

「あれは」カレンは説明をつづけた。「〈強欲の勝利〉と名づけられた十六世紀のタペストリーだ。七つの大罪のひとつひとつをモチーフに、全部で七枚作られたが、ミスター・モルガンが購入したのはあの一枚だけだ。ご覧のとおり、この図書室の中心部分を占めている。あそこにいるのは」タペストリーに描かれた男のひとりを示す。「ギリシャ神話に登場するミダス王だ。欲に目がくらみ、ふれるものすべてが冷たく命のない黄金に変わるようになった男だよ。その物語は、ミスター・モルガンにとって特別な意味があったにちがいない。やがて来る死を忘れるな（メメント・モリ）、金より大事なものが人生にはある、という警句だったんだろうね。あるいは、これまで何人かが指摘したとおり、ミスター・モルガンの秘密の宝につながる鍵かもしれない。ミダス王が何を指しているかわかるかな」ブリンクは、ミダス王が持つ小枝の延長線を目でたどった。タペストリーの左上に壁画がある。暗い表情をした女が積み重なった本にもたれ、手に仮面を持っている。女の上には〈悲劇（TRAGEDY）〉と書かれていた。

「当時、戯曲の要素の擬人化は珍しくなかった」カレンは言い、タペストリーの右上にある別の女の壁画に視線を移した。左上の女よりも幸せそうで、書いてある文字は〈喜劇（COMEDY）〉だ。「言うまでもなく、ミダス王の人生は悲劇だった」

「いくら黄金があっても、それを楽しむ時間と手段がなければ無意味だからな」ジェイムソンが言った。

「そのとおり」カレンは答えた。「だが、ひとつ注目すべき点がある。ミスター・モルガンがラ＝モリエットの秘められた過去をどの程度知っていたのか、考えさせられることがね。〈悲劇〉の手が持っている本を見てくれ」

ブリンクは壁画に視線をもどし、本の題名か何かが見えないかと目を凝らした。

「あの本こそアブーラフィアの写本であり、きみたちがここへきた理由だ」カレンは言った。「きわめて興味深い逸話とともに、当館の書庫におさめられている。さあ、これからご覧に入れよう」

50

カレン・ウィザーズはモルガン・ライブラリーの新館へ一行を案内した。ガラス張りのモダンな建物で、明るい朝日が差しこんでいる。階段をおりて地階へ行き、〈関係者以外立ち入り禁止〉と書かれたドアを押しあけた。

「一部の写本は、図書館内のガラスケースに展示されている。そのほかの貴重な本は、著名な建築家のレンゾ・ピアノが設計した新館の地下書庫に保管されている。ラ＝モリエットのスケッチとアブーラフィアの手稿もこの書庫にあるんだ」

カレンはドアのテンキー錠に暗証番号を打ちこんだ。単純な番号の羅列で、まともな防犯対策と呼べたものではない。肩越しにのぞきこめば、だれでも簡単に盗み見ることができる。ブリンクの脳は、本人にその気があろうとなかろうと、いったん目にした暗証番号やパスワードを永遠に忘れない。カレンが番号を打ち終わる前に、ブリンクは目をそらした。

錠がまわり、密閉された瓶をあけるときのように、軽快な音を立ててドアが開いた。書庫は広々として、薄暗い照明がついている。壁は鋼鉄で補強され、文書保存箱を収納した棚が並んでいる。一行は中央のテーブルを囲んだ。テーブルに置かれたガラスの箱のなかに、白い綿の手袋がたたんで用意され、そばにメモ帳と拡大鏡が添えられている。まるで病院の一室のように、すべてが隙なく整えられていた。

カレンが書庫のドアを閉め、内側のテンキー錠にふたたび番号を入力した。錠が音を立てて定位置におりる。そこでブリンクは気づいた。全員が部屋のなかに閉じこめられ、カレンの暗証番号なしには外へ出られない。テンキーから目をそらしたのを後悔したが、すでに手遅れだ。

「わたしの仕事の半分は保存作業だ。写本や手稿は有機物質だけでできているから、太陽光で劣化する。図書館内に紫外線がはいることはないが、展示品は定期的に入れ替えて、だいたい三カ月ごとにここへ移して休ませるんだ。書簡やコレクションに関連する印刷物なども、すべてここで保管する」

カレンは白い手袋を両手にはめて、棚のひとつから保存箱をおろした。なかから、数枚の紙がはさまった書類ばさみを取り出す。

「ここに、アブラハム・アブーラフィアによる写本の一部がおさめられている」カレンはそう言って、テーブルに一枚ずつ紙を並べていった。ブリンクは写本と聞いて、大型の分厚い本を想像していた。例の円の神秘を解き明かす教えが詰まった大冊にちがいないと思ったのだ。ところが、目の前にあるのは数枚のばらの紙にすぎなかった。それぞれの中心に、ヴィオレーヌの首に隠されていたのと同様の円が描かれている。

「素材は羊皮紙とインクだ。わたしは宗教の儀式にくわしくないが、祈禱のために使われたものだろう。ベル・ダ・コスタ・グリーンが購入時に詳細なメモを残しているよ」

繊細な羊皮紙を慎重に扱いながら、カレンは合計十枚をテーブルに並べた。「アブーラフィアの祈禱の円が描かれたこの十枚は、発見当時の状態のまま保存されている。写本と言ったが、一度も綴じられた形跡はない。羊皮紙についた疵や傷みは、入手当時からすでにあったものだ」

ブリンクは十の円に目を走らせた。パターンと連続性を認識しているうちに、いくつかの共通点に気づいた。どの円にもヘブライ文字が書かれ、炎の筋が放射状に伸び、その先端に1から72までの数字が並んでいる。

「なんて美しい」アン＝マリーが言った。「でも、何を意味しているの？」

「わたしにはなんとも言えないな」カレンは言った。「わたしの専門は写本や手稿そのものだ。手稿の材質や化学特性についてなら説明できる。この羊皮紙は羊の皮を四分の一ミリに伸ばしたものだ。インクは酸化鉛を植物性の結合剤、おそらくはアカネに懸濁させたもので、そのために赤茶色をしている。放射性炭素年代測定法によって、十三世紀最後の二十五年間に書かれたものであることも確認ずみだ。アブーラフィアによる同様の円のコレクションが大英図書館にあることも、わたしは知っている。これらの手稿がもとはひとつの束として巻かれ、革紐で留められていたことも。羊皮紙の両端についた跡を見ればわかるようにね。だが、宗教史におけるこれらの円の重要性や意味について、わたしに教えられることはない。専門家の助けが要る。ちょうど適任者を知っているよ」

「十三世紀に使われていたユダヤ教の円などという特殊なものに、専門家がいるのか？」ジェイムソンが尋ねた。

「レイチェル・アペルだ。もう話はつけてある」カレンが言った。「ここマンハッタンでカバラー研究センターを運営している。けさ電話でひととおり説明しておいた。アン＝マリー、きみがくれたラ＝モリエットの手紙のＰＤＦも転送させてもらったよ」

ブリンクはアン＝マリーを盗み見た。ラ＝モリエットの手紙はブリンクが隠し持っているが、当然ながら、アン＝マリーはデータ化していたわけだ。

カレンはつづけた。「ラ＝モリエットの逸話についてはレイチェルも聞いたことがあるそうで、協力すると即答してくれたよ。きみたちはとんでもなく幸運だ。この分野の専門家は、世界じゅう探しても彼女のほかにいない。大英図書館が所蔵するアブーラフィアの広範な写本コレクションを研究してきた人で、祈禱の円にもくわしい。すぐにでも会って、きみたちが発見した円を見せてもらいたいそうだ」

「それはできない」ジェイムソンは言った。「すでに人の目にふれすぎている」

「ジェイムソン」アン＝マリーが言った。ブリンクは、ジェイムソンとアン＝マリーのあいだの空気が張り詰めるのを感じた。裏では意見の食いちがいがあるのかもしれない。「円の正体がわからないと、これ以上前に進めないでしょう。自分たちだけではだめだった。ほかの人の助けが必要よ」

「これ以上、部外者に関与させるのは論外だ」

「レイチェルは立場をわきまえた人だ」カレンが言った。「専門家としての実績も申し分ない。これらの円について正確に理解したいなら、計り知れない助けになるはずだ。ジョン・ピアポイント・モルガンが、これほどまで厳重に保管した理由を知るためにも」

カレンはドアへ歩いていき、暗証番号を入れて錠を解除した。ふたりの警備員がなかへはいってきた。

「レイチェル側の要望はひとつ。アブーラフィアの手稿の原本と、ヴィオレーヌに隠されていた円を見ることだ」カレンはテーブルの羊皮紙を集めて書類ばさみに入れ、保存箱にもどして蓋をしっかりと閉めた。「これを持っていくとレイチェルに約束した。わたしもヴィオレーヌを見てみたいし、この手稿から目を離すわけにもいかないから、同行させてもらうよ。モルガン・ライブラリーの開館まであと三時間――急げば間に合うだろう」

51

警備車の先導を受け、一行はマディソン街を北上してセントラル・パークを横切り、アッパー・ウェスト・サイドにある立派な煉瓦造りの建物の前で停まった。ブリンクはSUVをおり、輝く朝日を浴びた。午前八時を少しまわったところだが、土曜の街はひっそりと静まり返っている。背伸びをして、あたりを見渡した。通りの向かい側に公園とシェアサイクルの駐輪場があり、その向こうに海水の入り混じるハドソン川が流れている。息を吸いこむと、磯のかおりがほのかに鼻腔をくすぐった。

現金輸送車に似た大型の警備車から、カレンがおりてきた。武装したふたりの警備員がすぐさまカレンの両脇を固める。ブリンクはキャム・パトニーに目をやった。カレンが引き連れてきた厳戒な警備態勢に比べると、キャムの存在がかすんで見えた。自信がぐらついているかもしれない——肉体の強さ、敏捷さ、知識と経験、すべてにおいて引けを感じているのでは？　ブリンクはキャムを嫌悪していたが、不意に同情心が湧いてきた。身長百八十センチとはいえ、フットボール場でのブリンクはいつも小柄なほうだった。体格で負ける悔しさならよくわかる。

カレン、セッジ、アン＝マリーのあとについて、ブリンクは建物のドアへつづく階段をのぼった。石造りの玄関に〈カバラー研究センター〉と刻まれた真鍮の看板が出ている。カレンがノックするのと同時にドアが開いた。トレーナーにジーンズといういでたちの若い男が現れて、カレンを歓迎した。「ミスター・ウィザーズ、こちらへどうぞ」男に案内され、一行はたくさんの花で彩られた明るい玄関広間を抜けて、階段をあがった先の図書室にはいった。オークのテーブルとまるいガラスシェードの読書灯がある。

「ミズ・アペルを呼んできます」そう言って、男は廊下を歩いていった。

ブリンクは書架に引き寄せられた。部屋の中央のブックスタンドに、ヘブライ語と英語の分厚い辞典が置かれている。数時間かけて目を通せば、ヘブライ語の基礎が理解できるのはわかっていた。ブリンクのすぐれた言語能力は、パズルを解く才能と同様に脳が授かったものだ。事故以来、スペイン語、イタリア語、ラテン語、日本語、中国語、古代ギリシャ語を操れるようになったが、どれも文法書を読むだけでよかった。言語というパズルを解くことで、他人と意思の疎通がとれるようになる。外国語の習得は暗号の解読に似ていて、ブリンクにとってはパズルと同じだった。

長く黒っぽい髪の女が部屋にはいってきて、ブリンクを物思いから引きもどした。すらりとした長身で、高い頬骨に大きな青い目をしている。シルクのノースリーブに、ワイン色のゆったりしたハーレムパンツという恰好だ。親しみをこめた調子でカレンに声をかけ、テーブルに保存箱を置くよう促してから、ほかの面々に向きなおって挨拶した。名はレイチェル・アペル、このセンターの責任者だ。「はじめまして」レイチェルはブリンクに手を差し出した。「でも正直なところ、はじめて会う気がしません。あの《ヴァニティ・フェア》の記事を読んだし、あなたのクロスワードに毎週頭を悩ませてますから」ブリンクの傷に目をやる。「あなたもこのために早起きしたんですね。それとも、叩き起こされたと言ったほうがいい？」

ブリンクは額の傷にふれた。まだ腫れが引いていない。「そのほうが正確ですね」

「あいにくだけど、寝不足なのはみんな同じだわ」アン＝マリーが言った。

カレンが保存箱の蓋をあけ、手袋をはめてから、アブーラフィアの手稿をテーブルに一枚ずつ並べた。レイチェルがテーブルの周囲を移動しながら、ひとつひとつの円を仔細に観察していく。「アブラハム・アブーラフィアの神秘の円のためなら、徹夜する価値がありますよね。歴史の断片をじかに目にする機会なんて、そうめぐってくるものじゃないから」

「ミスター・ウィザーズによると、あなたは立場をわきまえたかただそうだ」ジェイムソンが言った。

「彼のことばを信用していいんだろうね」

レイチェルは笑い、ジェイムソンに意味ありげな視線を投げた。「それ以上をお約束しましょう、ミスター・セッジ。あなたがここを出ていったら、あたしはあなたがここへ来たことさえ覚えていない」

ジェイムソンはその返事に満足したらしい。軽く口角をあげ、それ以上何も言わなかった。

レイチェルはテーブルに両手をついた。「ラ＝モリエットが息子に宛てて書いた手紙を読んだら、いても立ってもいられませんでした。すぐにここへ来て、資料を掘り返してみたんです。当センターが保管する系図によると、ラ＝モリエットが滞在していた年のプラハには、たしかにエゼキエル・ヨゼフェスという名の人物がいて、旧新シナゴーグのラビをつとめていた。息子の名前はヤコプ。ラ＝モリエットの記述にあるとおり、一八九二年に父子ともども亡くなり、プラハの旧ユダヤ人墓地に埋葬されました。ラビ・レーヴの墓にほど近い区画です」

「では、事実なんだな」カレンが言った。「ラ＝モリエットの話は実証できる」

「一部はそうね。この手の話は、度を超した想像の産物にすぎないことが多くて、あたしもたいていは気に留めません。ゴーレムはもちろん、幽霊や吸血鬼がからんでくると、人の空想は飛躍しがちですから。でも、ラ＝モリエットの話には信憑性があると思います。この人は、通常の神話の域におさまらない、きわめて特殊な信仰上の文化を理解していた。ゴーレムに関するあの驚くべき内容の起源として、十六世紀、ラビ・レーヴが人形に霊魂を与えたというプラハの伝説があります。ラビが〝真実（EMET）〟とゴーレムの額に書くと、ゴーレムは命を宿した。ラビが頭文字の〝E〟を消すと、額のことばは〝死（MET）〟となって、ゴーレムから命が抜きとられた。ラ＝モリエットの手紙には、〝EMET〟ということばを見たとも、ラビがなんらかのことばを消したとも書いてありません。一方で、ユダヤ教における最も崇高な秘密にふれている――ハシェム、すなわち、神の名についてね」

　レイチェルは書架へ歩いていき、一冊の本を手にとった。

「ラビ・ヨゼフェスについていくわしく知るには、まずゴーレムとは何かを理解する必要があります。〝ゴーレム〟ということばの起源は古く、タルムードにも登場する」レイチェルは本を開き、あるページで手を止めた。「神によるアダムの創造について記したサンヘドリン篇38bでは、新しく創られた形の定まらない殻がゴーレムと呼ばれています。昔、〝ゴーレム〟はヘブライ語で〝無形の塊〟を意味することばでした。それは粘土の人形で、いわばプロトタイプのようなもの。創造主が命を吹きこむ前のアダムであり、魂のない不完全な創造物です。天地創造の物語は隠喩として解釈されてきましたが、まぎれもない事実だと信じる人もたくさんいます。ごく小さな粒子から宇宙全体に至るまで、すべての創造の源になったんだとね」

「まさか、ビッグバン説のことじゃないだろうな」ジェイムソンがにやりとして言った。

「ところが、天地創造の物語とビッグバンは、驚くほど酷似してるんですよ」レイチェルはかすかに笑みを浮かべた。「ユダヤ神秘主義（カバラー）の宇宙観では、世界は神の光の炸裂によって生まれました。陰と陽、神の男性性と女性性が組み合わさって、宇宙の構造体が形作られた。科学的研究では、宇宙のはじまりに、正の電荷を持つ陽子と負の電荷を持つ電子が結合して、原子が生まれたことがわかっています。そこからさらに複雑な物質が形成され、百億年以上の時を経て、いまのあたしたちが知る宇宙となった」

　レイチェル・アペルは本を閉じ、書架に歩み寄って別の本を引き抜いた。

「宗教においても科学においても、創造とは、不可視のものが可視に、無が有に変わった瞬間を指します。その過程を記した最古にして最も重要なカバラーの文献が『形成の書（イェツィラー）』です」

レイチェルが開いたページに、十の円とそれらを結ぶ道が描かれていた。それぞれの円と道に、ヘブライ文字が並んでいる。レイチェルは最上部の円に指を置き、稲妻を描くように道をなぞりながら、ほかの円にふれていった。

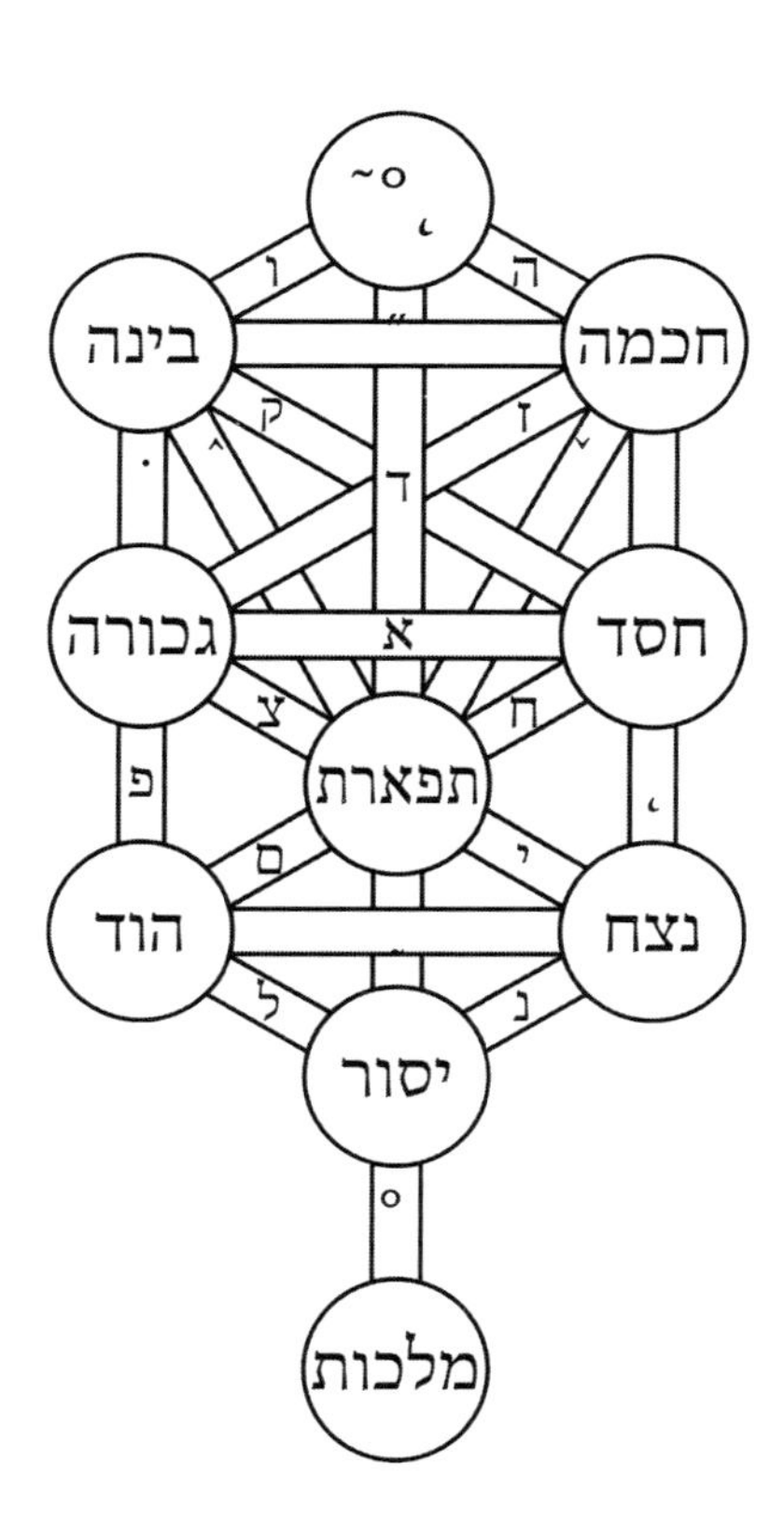

「これは〈生命の樹（エッ・ハイム）〉です。セフィロートという十の円で構成され、無限の神が地上に顕現する動きを表したものです。いちばん上の円は〈王冠（ケテル）〉で、純粋なエネルギーの領域を意味しています。いちばん下の円は〈王権（マルフート）〉で、あたしたちの生きる物質的な世界です。カバリストたちは、この純粋なエネルギーの領域から地上への移動が、文字によって可能になると考える。カバラーにおいて、ことばは強大な魔術の力を持つためです。正しいことばを正しい環境で正しく発すれば、その力が発現する。

そしてその発現は、神の領域である天界と地上をつなぐ門や窓を通じて起こります。

ラビ・ヨゼフェスと息子のヤコブは、この魔術の力を使って命を創った。ふたりはハシェムの秘密を、言い換えれば、あらゆる創造の秘密を知っていたということです」レイチェルはブリンクの目を見て微笑んだ。ブリンクは、レイチェルが自分だけに話しかけているような気がした。「でも、ふたりが実際に使った方法を知るためには、無限なる神と有限なる地上をつなぐ経路、すなわちセフィロートを理解しないといけない。想像力が必要だけれど、あなたならだいじょうぶですよね。あたしの横に来て、くわしく説明しますから」

52

「アブーラフィアの円は、神の明示的な名（シェム・ハメフォラシュ）の象徴です。神を意味する神聖四文字、すなわち〝YHWH〟や、神の名の七十二のバリエーションで構成されています。アブーラフィアはこのような円を数えきれないほど作りましたが、なかでもこの十個は特別でした」レイチェルは、カレンがモルガン・ライブラリーから持ってきた十枚の羊皮紙を示した。「これらは、十のセフィロートに対応するよう描かれたものです」

レイチェルはアブーラフィアの手稿の一枚を手にとり、セフィロートの頂点の円に見立てて、テーブルの端に置いた。

「ですが、その理由は？」ブリンクは尋ね、セフィロートのヘブライ文字に目を凝らした。文字の規則性はすでにつかんでいたが、全体の意味はまだ読みとれない。

「もちろん、聖なる存在と接触するためです」交霊など珍しくもなんともないと言わんばかりに、レイチェルは平然と答えた。「円に書かれたことばは、唱えられ、実践され、幾度となく繰り返された。それによって、それぞれの円の領域に宿る知的存在を呼び出そうとしました」

レイチェルは別の羊皮紙を手にとり、セフィロートの二番目の円と同じ位置に置いた。

「神の名、あるいはハシェムが内包する力は、天界の存在が地上へおりてくるための究極の手段でした。アブーラフィアは、これらの円を用いた瞑想法によって、精霊を呼び出せると信じていた。斬新なアプローチですよね。この瞑想法を実践して、幻視と預言に心を開けば、神とじかに交信できると考えたんです。オルダス・ハクスリーが著した『知覚の扉』や、より最近ではジム・モリソン率いるロックバンドのドアーズが、理性を打ち破って〝向こう側へ突き抜ける〟（楽曲〈ブレイク・オン・スルー〉の歌詞より）境地を探求しました。ところがアブーラフィアは、それより六百年以上も前にこの瞑想法を編み出していた。ここに描かれた円は、アブーラフィアの哲学の結晶だと言えます」

「そうは言っても」ブリンクはアブーラフィアの十の円を見て言った。「どの円も理路整然としてる。解がひとつしかない方程式のように、厳密なパターンがあります」

「そのとおり」レイチェルはブリンクを見つめた。「アブーラフィアは、魔術の力を秘めた暗号としてヘブライ文字をとらえました。文字の順序を独自に組み替えて瞑想する方法を円で表した。なかには目を瞠るほど精緻に描かれたものもあって、このとおり、迷路やパズルのようにも見えます。これらの円は、実践するために作られたもの。暗唱と幻視を通じて円のなかにはいり、空間的にも感覚的にも神とつながる。パズルが天界への門になるんです。アブーラフィアは、天の精霊を地上に呼び出すのと同じように、これらの円を介して、地上の人間も天を経験することができると主張した。ゴーレムに命を吹きこんだラビ・ヨゼフェスも、同じ考えを持っていたんでしょう」

レイチェルは、三番目、四番目、五番目の円をそれぞれの位置に並べてから、六番目、七番目、八番目も同様にした。

「壮麗だわ」アン＝マリーが身を乗り出して円に見入った。

「見た目が美しくても、観賞が目的ではないんですよ」レイチェルは言った。「あくまでも実践するためのもので、おそらくは断食中に、忘我状態に陥るまで何度も繰り返しおこないました。すると、精霊がおりてきた」

「イスラーム神秘主義（スーフィズム）に似ているわね」アン＝マリーが言った。「高次元の意識に達するまで、円を描くように回旋する踊りがある」

「もちろん、こういった思想はカバラーにかぎったものではありません。現実の世界を変えて、創造の力と一体化したいという人々の願いは、さまざまな精神的活動の根幹にあります。キリスト教の祈禱、仏教の涅槃(ねはん)の境地、スーフィズム、超越瞑想、バーニングマン(ネバダ州の砂漠で毎年開催される奇祭)でマジックマッシュルームをやるのだってそう。意志とことばによって願いをかなえようという、いわゆるニューエイジの願望実現(マニフェステーション)も、もとをたどればカバラーの思想に行き着きます。定められた祈禱法によって聖なる領域とじかに交わり、神の豊かさ(シェファ)にふれること、それがカバラーの教えです。

とはいえ、アブーラフィアの円は、富や権力をめざすものでもなければ、高次元の意識に達するためのものでさえありませんでした。これらの円を用いて正しく瞑想をおこない、その力を解き放てば、異なる次元のあいだに経路が開かれる。呼び出された精霊は、円を通って地上へ移動し、器にはいる。ラ＝モリエットの場合、その器が人形のヴィオレーヌでした。呼び出されたのはよい霊かもしれないし、悪い霊かもしれない。いずれにせよ、恐ろしく強力であるにはちがいありません。

そして、危険でもある。太陽を直視してはいけないように、神の名は隠しておかなければいけなかった。その力はあまりに強大で、適切な備えなしには破壊をもたらすからです。あたしたちユダヤ人が長い歴史を通して受けてきた迫害から守るためにも、神聖な秘密の文書は暗号化されたそのうち最も神聖とされたのが、神の真の名でした。多くの人々の見解では、聖書にも暗号化された深遠な意味があります。たとえば、ヘブライ語で〝モーセ〟と書いて逆から読むと〝ハシェム〟になる。なぜなら、モーセが神の名を伝達する器だからだ、というように。ユダヤの聖典を調べれば、このような例がいくらでも見つかります。回文、換字式暗号、古代ギリシャのスキュタレー暗号などによって、聖なる神の真実は隠されてきた」

「ぼくはパズル作家をおおぜい知ってます」ブリンクは言った。「解けないシステムを構築するパズル作家はいません。時空を超えて、パズルを解く人々とつながることに意義がある。そのつながりこそがすべてです。アブーラフィアだって、だれかのためにこれを作ったにちがいない」

「そうですね」レイチェルは言った。「でも、アブーラフィアなら、これらの円は自分で作ったのではなく、天から授かったのだと言うでしょう。御名は創造主から生まれ、創造主に還る。パズルは円を描いて循環する。問いも答えも〝神〟。神はこのパズルの作り手であり、答えそのものです。ただ実際には、アブーラフィアというひとりのラビが、ほかのラビたちのために作成したものです。ごく少数の集団で、全員がパズルのルールを知っていた」

レイチェルは九番目の円をテーブルに並べ、つづけて十番目の円を最下部に置いた。セフィロートの完成だ。

ブリンクは十の円を見つめ、その途方もない複雑さを味わった。そして、ひらめいた。すべてが完璧に調和した感覚、ルービックキューブのすべての面がそろったときと同じ解放感が湧きあがった。パターンがある。すべての円に共通する土台が見える。それはチェスの試合中、チェックメイトまでの手がつぎつぎと思い浮かぶ瞬間に似ていた。脳内で火花が散り、文字と数字が光を放つ。円が形作られ、分離し、また結合する。一致と不一致。パターン。顔をあげると、レイチェルがじっとこちらをのぞきこんでいた。

カレン、ジェイムソン、アン＝マリーに向かって、レイチェルが言った。「みなさんは、答えを求めてここへいらっしゃいました。あたしとしても、みなさんの期待に応えたい。そのために、しばらくひとりになる時間をください」レイチェルは革のトランクを見て言った。「ヴィオレーヌから見つかったシェム・ハメフォラシュの円を精査したいので」

ジェイムソンが体をこわばらせ、異議を唱えようとしたので、レイチェルが付け加えた。「アブーラフィアのセフィロートに隠された情報と、その使用法を理解したいんですよね？　あなたが発見した円とその入れ物を見せていただかないと、あたしにできることはありません」

「いいでしょう」アン＝マリーが言い、ジェイムソンの手からトランクを取りあげて、完成したセフィロートのそばに置いた。

「ありがとうございます」レイチェルは言った。「三十分ください。それまでに答えを出しますから」

「十五分だ」ジェイムソンが言った。「このドアの外で待っている」

ブリンクが一行につづいて部屋の外へ出ようとしたとき、レイチェルの手が肩に置かれた。「あなたは残って」レイチェルは言った。「あたしの手伝いをお願いしたいの」

53

ふたりきりになると、レイチェルは内側からドアに鍵をかけ、テーブルのそばで待つマイク・ブリンクのもとへもどった。

「きみ、何か気づいたんでしょう」レイチェルは鋭いまなざしでブリンクを見た。「円を見てる感じでわかる」

「あなたも気づくと思いますよ」ブリンクは革のトランクをあけて、レイチェルのほうへ押しやった。「このなかを見ればね」

レイチェルが人形を取り出して光にかざすと、ガラスの緑の目が輝いた。うつ伏せになるように人形を置き、うなじにある隠し穴の蓋をはずす。小さく巻かれた紙を爪の先ではさんで引っ張り出し、テーブルの上にひろげた。

「まちがいない、アブーラフィアのシェム・ハメフォラシュだね。特に変わったところはないみたいだけど」レイチェルはブリンクを見た。「でも、きみは何かに気づいた」

「事故に遭ったあと」ブリンクは言った。「ぼくはありとあらゆる検査を受けました。神経外科医のところで受けた共感覚の判定テストがきっかけで、自分に起こったことをようやく理解できるようになった。テストのひとつはこんな感じでした……」ブリンクはメモ帳を取り出して正方形を描き、数字の5と2でなかを埋めた。「これを見てください」レイチェルに図を差し出した。

「もしあなたが、ここにある数字の2をすべて選び出すように言われたら、むずかしくはないだろうけど、少し時間がかかるはずです。でも、ぼくと同じような共感覚がある人たちは、一秒もかからずに2を判別できる」

「どうやって?」レイチェルは訊いた。

「こうやってです」ブリンクは数字の2をペンでなぞり、ひときわ濃く見えるようにした。「脳のなかで、異なる感覚の神経が結びついてるんです。すべての数字がちがう色に見えるせいで、瞬時に2を見分けられる。ほら」ブリンクは言った。「こんなふうに」

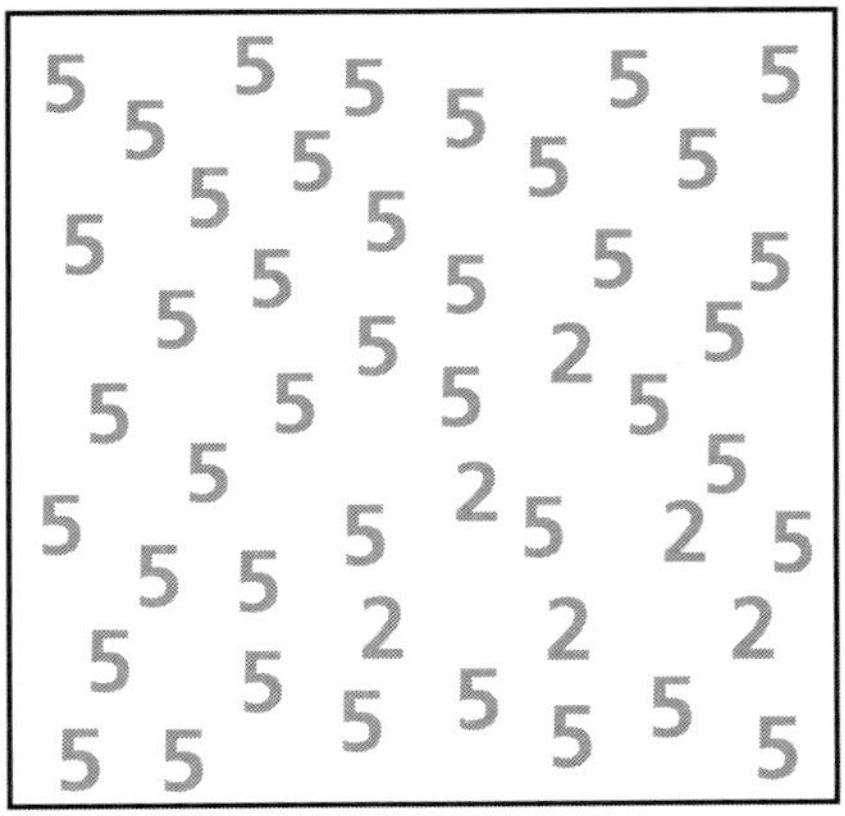

「そのことが、アブーラフィアの円にどう関係してるの？」図を見ながら、レイチェルは片眉をあげた。

「ぼくの脳は一瞬でパターンをとらえることができます」ブリンクは答えた。「だから、ある矛盾が際立って見えた……」人形から取り出した紙を手にとり、アブーラフィアが描いた十の円の横に並べる。「ラ＝モリエットの人形から見つかった円は、アブーラフィアが描いた十番目の円を写したものです。つまり、このふたつは完璧に一致するはず。ところが、異なる点があります」

「ほんとう？」レイチェルは言った。ふたつの円を慎重に見比べる。

「まちがいない」ブリンクは言った。「すぐにわかりました。ほぼ完全に一致するのに、ひとつだけ

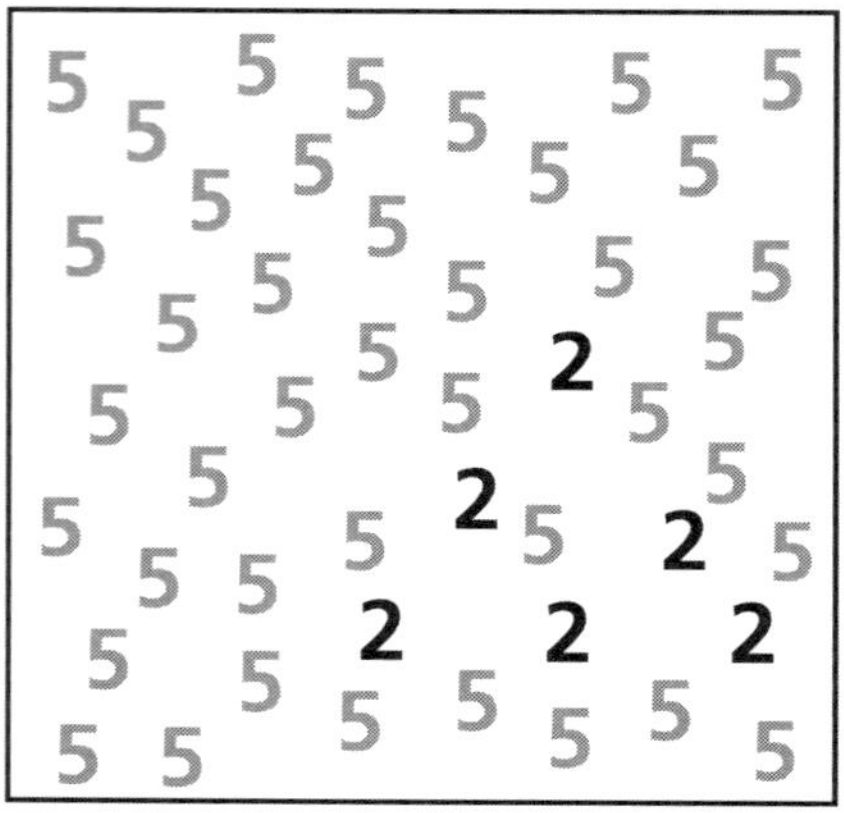

大きなちがいがあることに」

「どこがちがうの？」レイチェルは尋ねた。ちがいを見つけようと、ふたつの円を交互に見比べる。

「あなたの話にもあったように、文字とその並びは暗号のようなものです。一字一句に至るまで正確でないといけない。見た目にはごく些細なちがいでも、実際にはとてつもない相違が生まれますから。このふたつの円を比べれば、円の写しにまちがいがあるとはっきりわかります」

「どこ？」

「この文字を見てください」ブリンクは円の中心に書かれたヘブライ文字〝חיים〟を指さした。

「ああ、これは〝ハイム〟だね」レイチェルは言った。「〝人生〟という意味だよ。〝レハイム〟と言えば、祝杯をあげるときの掛け声になる。人生に乾杯、ってね」

「アブーラフィアの原本と比べると、写しのほうでは文字がひっくり返ってる。ここです」ブリンクは反転した文字を指さした。

レイチェルはしばらく文字を注視した。「写しでは〝ハイム〟が逆から書かれたってこと？」

「そうです」ブリンクは言った。ラ＝モリエットが書いた手紙の最後の数ページが頭に浮かぶ。ヤコプはなんと言っていたか。〝手ちがいがありました。あれを破壊するんです〟「写すときにまちがえたんでしょう」

レイチェルが円を観察するあいだ、張り詰めた沈黙が流れた。レイチェルの視線が、アブーラフィアの原本と、それより小さな写しのあいだを行き来する。「きみの言うとおり」レイチェルはようやく認めた。「〝ハイム〟が写しでは反転してる。でも、どうしてそうなったのかな。ラビはアブーラフィアの手稿を持ってた。正しい綴りを知ってたはずでしょう。まちがって書くとは思えない」

「ところが、これを写したのはラビじゃありません」ブリンクは、ラ＝モリエットが書いた手紙の最後の数ページを取り出して、レイチェルに見せた。〝言われたとおり、手稿にあったヘブライ文字を真似て書き写した〟「ラ＝モリエットはヘブライ文字を理解してなかったから――」

「そうか、わかった」レイチェルは言った。「アブーラフィアの原本は、古代によく使われたブストロフェドンで書かれてる。犂耕体（りこうたい）書法とも言って、一行ごとに書く方向を左右逆転させると同時に、文字も反転させて鏡文字にする方法なの。ラビ・ヨゼフェスは、正しく読み書きする方法を知ってたはず。だけど、ラ＝モリエットは知らなかった。手稿をそのまま書き写して、まちがいに気づかなかったんだね」

「その失敗が忘れられなかったんでしょう。ラ＝モリエットは、同じような手法をずっとあとになってもう一度使ってます」ブリンクは言った。

「いつ？」レイチェルは尋ねた。

「ラ＝モリエットが息子に宛てて書いた手紙の冒頭部分は読みましたよね。回文に気づきませんでしたか？」

　レイチェルは首を横に振った。「回文？」

「はじめから読んでも終わりから読んでも同じになるように書かれた文字や数字のことです」

「あたしだって回文が何かは知ってる」レイチェルは目をぐるりとまわした。「でも、ラ＝モリエットの手紙にあったかどうかは覚えてない。どの部分？」

　ブリンクは、手紙の最初のページにあったラテン語の一文をメモ帳に書いた。回文だとわかるよう、最後の一文字を大文字に変える。〝In girum imus nocte et consumimur ignI（イン・ギルム・イムス・ノクテ・エト・コンスミムル・イグニ）〟

　レイチェルは声に出してその文を読みあげてから、翻訳した。「〝われらは夜に円を描き、火に焼かれる〟」

「なぞなぞです」ブリンクは言った。回文の美しさに、胸がうずくような喜びを感じる。味わい深い一文で、構成も非の打ちどころがない。

「闇のなか、火に焼かれるまで円を描くものって?」レイチェルが言った。

「蛾でしょう」ブリンクは答えた。

「そうだね」レイチェルは言った。「それに、イカロスも。太陽に近づきすぎて翼が燃え、地面に落ちてしまった。プロメテウスもそう。天上から火を盗んで罰を受けた。ラビ・ヨゼフェスも、ハシェムに近づきすぎて死んだ」

「ラ=モリエットもです」ブリンクは言った。「この手紙は、これから死のうとする者が書いた、一種の長い遺書なんです」

「たしかに。でも、ラ=モリエットは何よりも、強大な力に惑わされないよう息子に警告したかったんだと思う。〝われらは夜に円を描き、火に焼かれる〟と書くことで、神の真の名を口にする恐ろしさを表した」

「それなら、この手紙に漂う切迫感にも説明がつきます」ブリンクは言った。「ラ=モリエットは、自分の身にも危険が迫ってると感じてた。それでみずから命を絶ったのかもしれない。恐怖に駆られてたんです」

「そもそも、アブーラフィアの円は恐怖を生むために作られてる」レイチェルが言った。「神に対して恐れと畏敬の念をいだき、瞑想を通じて、神と交わる真の恐怖を体験することこそが重要だったの。円は天に通じるドア。そして、ことばを唱えることで得られる忘我状態が、そのドアをあける鍵になる」

「ラビと息子があんな目に遭ったのは、精神状態に影響されたからだと?」

「それだけじゃない」レイチェルは言った。「円に書かれた文字と数字も、同じくらい重要な要素だろうね。〝ハイム〟がまちがって書かれたとき、結果も書き換えられた。そう考えれば、ラビと息子に起こったことも、セッジ館での悲惨な出来事にも説明がつく。アブーラフィアの円の写しできみが見つけた鏡文字は、ちょっとしたミスのように見えて、恐ろしい結末をもたらす威力があった。ラビ・ヨゼフェスがその円を使い、大惨事が引き起こされた」

ブリンクは、ラ＝モリエットの手紙で読んだヤコプの凄惨な姿や、フランキー・セッジとノア・クックの写真を思い出した。レイチェルの言うとおりだ。複雑なシステムでは、ほんのわずかな変更が大混乱を招きかねない。ごく小さなミスが命とりになりうるのだ。ひとつの遺伝子の小さな変異が、深刻な欠陥を引き起こす。コンピュータのプログラムコードの些細な書きまちがいが、システム全体をダウンさせる。そのようなエラーがシステム全体にもたらす影響を、ブリンクは理解していた。グプタ教授なら、バグやウイルスと呼んでいただろう。「なるほど。その鏡文字がエラーだったとして、影響をこうむったシステムとはなんだったんでしょう」

「究極のシステムだよ」レイチェルは言った。「生命のシステム。フランケンシュタイン博士が電気を流して怪物を作ったように、ラビとヤコプは、神が放出するエネルギーの経路としてアブーラフィアの瞑想の円を使い、ゴーレムに命を与えた。そして、それ自体は成功した。儀式を正しくおこなったからね。ただし、結果だけが期待とはちがってた」

レイチェルはテーブルに並べられた〈生命の樹〉にふたたび注意を向けた。

「〈生命の樹〉の円、つまりセフィロートとその位置関係については少し説明したけど、まだ話してないことがある。たいていの人には深遠すぎる内容だから。でも、きみは〝たいていの人〟とはちがう。きっと理解できると思う」

レイチェルは、頂点に位置する〈王冠〉の円を指で示した。セフィロートの順番どおりにほかの円をたどっていき、最下部の〈王権〉で静止する。

「カバラーでは、これらの円のひとつひとつが、宇宙創造における役割を担う球なの。たとえるなら、神と物質界をつなぐ変電所のようなもので、あいだを送電線が走ってる。これらの円、つまり変電所では、エネルギーを受けとり、変換し、つぎの変電所に送る。それぞれの球には、そのエネルギーと同じくらい強大な力を持つ番人がいる。聖なる知的存在、いわゆる天使がね」

　ブリンクは眉根を寄せた。「天使？」

「いいから聞いて」レイチェルは言った。「さっきも言ったとおり、カバラーの創造論の基礎には、陰と陽、男と女といった相反するもの同士の結合がある。そこでカバラーでは、天とは正反対の〈外殻〉(ケリッポート)と呼ばれる世界があると考えるの。〈生命の樹〉とは逆の、闇と悪の力がはびこるところ。〈外殻〉はよく、砕け散った殻の残骸や、割れた空の器だと説明される。神が宇宙を創ろうとしたとき、聖なる光の流出があまりに強烈だったから、それを受け入れるための器が割れてしまった。神はもう一度試みて、現在の世界を創ったけど、最初に壊れた宇宙は消えなかった。結局、あたしたちが暮らす世界の裏側に残ったというわけ」

　ブリンクはアン＝マリーに聞いた貫入の話を思い出した――強い圧による破裂。その結果生じたひび割れ模様。

「この二元性は、善悪の知識の木にも表れてる。知ってのとおり、アダムとエバは、その木の実を食べることを神に禁じられていた。ふたりは誘惑に負け、世界の二元性、つまり善と悪の存在を知ったために、無垢な楽園から知恵の世界に追放された。〈生命の樹〉の円には守護天使がいるのに対し、〈外殻〉の円には悪魔がついてる。ラビがゴーレムに命を吹きこむ儀式で使ったのは、〈生命の樹〉の十番目の円である〈王権〉で、サンダルフォンという天使に守られてる。〈外殻〉の十番目の円には、悪魔のリリートが存在する」

「ちょっと待って」ブリンクは言った。レイチェルのことばが、脳裏で何かを刺激した。〝リリート(Lilith)が存在する(lives)〟の文字列が頭に浮かぶ。「いま、あなたが言ったこと……」ラ＝モリエットの手紙を手にとり、ジェスがページの下部に書いたことばをレイチェルに見せた。〝地獄の呪術(HELLISH EVIL RITE)〟「ノア・クックの死後、ジェス・プライスがこれを書いたんです」

　レイチェルはとまどい顔でそのことばを見やった。「どういうこと?」

「ジェスが何を言いたかったのか、ずっと考えてたんです。この手紙を隠したとき、ジェスにはわずかな時間しか残されてなかった。なんらかのメッセージを残すため、意図的にこのことばを選んだはずです。〝HELLISH EVIL RITE〟を。最初は、あの夜に起きたことの説明だと思いました。だけど、ジェスはことばを愛する人で、ことば遊びや文字を使ったパズルが好きです。それほど単純な意味であるはずがない。それで、あなたが〝リリートが存在する〟と言ったとき、ひらめいたんです。これはアナグラムだって」

　ブリンクの脳内には、すでに並べ替わった文字列が浮かびあがっていた。レイチェルに説明するため、ブリンクはメモ帳に〝HELLISH EVIL RITE〟と書き出した。文字の順序を入れ替えれば、別の意味が見えてくる。〝Lilith lives here〟

「〝リリートがここに存在する(Lilith lives here)〟」ブリンクはレイチェルの目を見た。「ジェス・プライスは、ノア・クックが死んだ夜、リリートがセッジ館にいたと言っている」

　レイチェルはメモ帳の文字列に視線を注いだのち、ブリンクを見た。動揺が目に浮かんでいる。

「それが事実なら、ジェスに恐ろしい危険が迫ってる」

54

恐ろしい危険。最初から、ジェスにはわかっていた。はじめて会ったあの日、ジェスはブリンクに警告した。自分たちが監視されていること、何者かがレイス医師を殺害し、ブリンクのあとを追うであろうことを。脅威が現実のものだとわかってからも、ブリンクはその根源を理解していなかった。ジェスが恐れているのはセッジだと思っていたが、もはや確信が持てない。「どんな危険ですか？」

「アブーラフィアの円を使ったラビの儀式に関するラ＝モリエットの記述、鏡文字で書かれていたその円をジェス・プライスとノア・クックがセッジ館で使ったこと、そして、ジェスが書いたアナグラムから判断するに」レイチェルは言った。「あの円を通って、悪魔のリリートが出現したみたいだね」

どう反応したものか、ブリンクにはわからなかった。レイチェルは分別のある人だ。才気煥発で権威ある学者だ。にもかかわらず、起こるはずのないことが起こったと言っている。理解しがたい主張であるのはもちろん、ブリンクがこの世で信じるすべてに反している。ブリンクにとって、世界は複雑にからみ合う驚異の巨大パズルであり、ロジックとスキルで解けるものだ。その境界線の外にあるものを、ブリンクはいっさい信じなかった。世界は実体ある要素、揺るぎなき事実、頑健なデータの集合体であり、ブリンクの脳が理解できるものでなければならない。ところが、レイチェルの主張は……なんなんだ？　見ることもふれることもできない抽象概念で、篤い信仰心があるからこそ信じられるものだろう。

困惑を隠しきれないブリンクを見て、レイチェルはアブーラフィアの手稿に向きなおった。「ここを見て」十番目の円を示す。

「アブーラフィアが作ったこのシェム・ハメフォラシュは、セフィロートの十番目の円である〈王権〉に対応してる。〈王権〉をつかさどる大天使サンダルフォンは、人間の祈りを神に届ける役目を担ってる。ラビはこの円を儀式で使い、サンダルフォンを降臨させようとした」

「降臨させるって」ブリンクは言った。はからずも声に不満げな響きが混じる。「サンダルフォンを地球に瞬間移動させる、とか？」

「〈スター・トレック〉じゃないんだから」レイチェルは笑った。「でも、そうだね。ラビとヤコブは、厳密に言えばこの次元のものではない存在と交信しようとしてたはず。詳細は省くけど、使者としての知的存在の力は、精巧な創造体系の象徴であり、ある種の言語や記号のようなものなの。ラビはこの円を使い、門を開くことに成功した。ところが、円に書かれた文字が反転してたために、開かれたのはサンダルフォンの門ではなかった。代わりに召喚されたのが、サンダルフォンの敵であるリリートだった」

ブリンクは円を凝視し、レイチェルのことばを反芻した。「だけど、どうすればそれを証明できるんですか」

「当然ながら、状況証拠しかない」レイチェルは言った。「最初にラビと息子が、つぎにノア・クックが犠牲になった。事件についてはくわしく知らないけど、ジェス・プライスも被害に遭ったんでしょう？」

「被害どころじゃない」ブリンクは言った。「人生を壊されました」

「それがリリートの特性なの。乗っとって、破壊すること」

「あなたはつまり、ジェスがこの女に乗っとられ――」

「悪魔ね」

「この悪魔に乗っとられてるって言うんですか。ノアが死んでからずっと？」

「ジェス・プライスに接触できれば、もっとはっきりする。きみに聞いた話と、これらの円から判断するに、リリートがジェスに起こったことの元凶なのはまちがいないと思う」

ブリンクはめまいを覚えた。椅子を引き出して、腰をおろす。レイチェルのことばに殴打された気分だった。これは理解の範疇を超えている。ジェスと自分の関係、深遠な〈神のパズル〉、ジェイムソン・セッジの脅威——すべてが重くのしかかってくる。危険きわまりない厄介事に巻きこまれ、動じている自分がいた。いますぐここを出て地下鉄に飛び乗り、平穏な日常を取りもどしたい。ブリンクは人一倍ストレスに敏感だ。精神的な刺激や負担に弱く、不規則な食事にもうまく対処できない。心の安定のためには、午後のランニング、日課の瞑想、夕方のコニーとの散歩が欠かせない。ジェス・プライスと出会う前の自分にもどりたかった。

「どう考えても、信じられないよね」レイチェルも椅子を引き、ブリンクの隣に腰かけた。不安げな表情をしている。「ただの仮説じゃなく、現実のこととしてこんな話をする日が来るなんて、夢にも思わなかった。悪魔界の位階についてはキャリアを通じて研究してきたし、さまざまな天使と悪魔の特徴についても説明できる。でも、実践的なカバラーの視点からどうやってアプローチすればいいのかは、あたしにもよくわからない」そう言って、レイチェルは頭をかかえた。この状況に苦悩しているのは、レイチェルも同じなのだ。

潔く弱点を認めるレイチェルを見て、ブリンクは気力がもどってくるのを感じた。ジェスの身に起こったことを理解したい。あともう少しで謎が解けるかもしれないのだ。いまさらあきらめるわけにはいかない。「リリートについて知ってることを教えてください」

「簡単に言うと、リリートは神秘学のなかでも絶大な力を持つ女の悪魔なの。神秘学者たちはリリートを悪魔の女王と呼ぶけど、最初からそうだったわけじゃない。ヘブライ語の文献によると、リリートはエバが生まれるずっと前に創られた最初の女であり、アダムの妻だった。リリートは、アダムと同時に創られた——エバのようにアダムのあばら骨からではなく、同じ土からね。リリートは美しく、群を抜いて強く、才智に長け、進取の気性に富んでた。そして、アダムと同等に扱われることを求めた。古い文献によれば、リリートは夫に服従しなかった。このことは、リリートが性交時に下になるのを拒んだという意味に解釈されてきた。リリートは、夫こそ自分に服従すべきだと主張した。アダムの抗議を受けて、創造主はリリートをエバと交換した。

天から追放されたリリートは、強大な力を持ち、死の天使として知られるサマエルの得がたき伴侶となった。学者のゲルショム・ショーレムによれば、サマエルとサタンは同一人物だった。つまり、リリートはサタンの妻だったということになる。ラビ・ルーリア（十六世紀のラビ）によれば、サマエルは男の悪魔を支配し、リリートは女の悪魔を支配していた。言うなれば、悪魔界のパワーカップルだね。呼び方はともかく、ふたりはともに〈外殻〉を支配し、闇、悪霊、悪魔など、地上のあらゆる悪をつかさどった。悪魔の母として、リリートは何世紀にもわたり悪名をとどろかせた。言い伝えでは、リリートは魔術を操り、夜になると子どもをさらうの。そしてなんと言っても、欲望のままに性をむさぼる女悪魔（サキュバス）として、夜な夜な男たちを襲っては、その精液で悪魔をたくさん産む」

リリートの夜這いの話を聞いて、ブリンクはどきりとした。ジェス・プライスと出会ってから見るようになった夢を連想させたからだ。レイチェルに話すべきだと思ったが、ためらわれた。「それであなたは、すべてを信じてるんですか？」

「信じてる」レイチェルは言った。「でも、あたしは学者だから。むやみやたらには信じない。あたしの信仰は、過去の文献や解釈に基づいてる。死海文書から『光輝の書（ゾーハル）』まで、リリートについて明かされている事柄を紐解いていけば、リリートの存在が、力強い女性を受け入れられない人間社会の好例として描かれてるのがわかる。平等を求める女は罵られ、追い出され、悪者扱いされる。クレオパトラからジャンヌ＝ダルク、エリザベス一世まで、歴史上のパワフルな女性たちはみんな、リリートと同じ不条理に直面した。力を発揮するためには、強い女性であることを隠さないといけなかった。現代ですら、女性たちはいまだ偽善だらけの世界を生きてる。あたしとしては、リリートが象徴する女性の平等な権利を肯定したい。天から追放される前は、だれもが平等だったんだってね。だけど、現実のリリートはきわめて凶悪な存在だと言わざるをえない」

ブリンクは考えを整理しようとした。レイチェルのように、リリートの存在をすんなりとは受け入れられない。よりどころとなる信仰心もない。けれども、レイチェルの主張は、ジェス・プライスの身に起こったことに一貫した説明を与えていた。「何が起こってるにせよ、ひとつだけたしかなことがあります――ジェスは助けを必要としてる」

レイチェルは探るような目でブリンクを見た。「ジェスのこと、ほんとうに気にかけてるんだね」

「知り合ったばかりですが、ジェスとは強い結びつきを感じるんです。そんなことはめったにないのに」そんな言い方ではまったく足りなかったが、自分でも説明のつかない感情をレイチェルにどう伝えればいいのかわからなかった。幻覚のような夢、ジェスの強烈な誘引力、焦燥感――すべてに圧倒されていた。「ジェスを助けたい。助けなきゃいけないんです」

「それなら、あたしたちにできることがあるかも」レイチェルが言った。「ものすごく危険だけどね」

ブリンクはひと筋の希望の光が差しこむのを感じた。かすかだが、たしかな光だ。「どんな危険ですか」

レイチェルは立ちあがり、テーブルに並んだ円を見おろした。「何も約束できないけど、もし完璧にやりとげられれば、アブーラフィアの円を使ってリリートを封印できるかもしれない」

「封印？」そんなことがはたして可能だろうかと、ブリンクは考えた。精霊をつかまえて瓶に閉じこめようとでも言うのだろうか。「リリートがいまこの世界にいて、そのあたりを飛びまわってるとでも？」

「ノア・クックとジェス・プライスがこの円のことばを唱えたとき、円の門が開いて、リリートがこの世に放たれた。ふたりはリリートに、この世界での命、つまり〝ハイム〟を与えたの。それによって、ふたりとリリートは親子のように強い関係で結ばれた」

「むしろ、フランケンシュタインとその怪物と言うべきですね」ブリンクは言った。

「まさにそうだね。ラビと息子のときと同じように、リリートはまずノアに取り憑いた。ノアを使い果たすと、こんどはジェス・プライスに乗り移った。ジェスが生きてるかぎり、リリートもこの次元にとどまりつづける」

「それで、ラ＝モリエットは命を絶ったというわけか」ブリンクは、ラ＝モリエットが書いた手紙の最初のページを思い出した。〝わたしが味わった苦しみは、おのれの拷問部屋をみずから作り出した男のものだ〟「ラ＝モリエットは、リリートと結ばれたままでは生きられなかった」

「苦しかったでしょうね」レイチェルは言った。「あたしの推測では、リリートはジェスの体を利用し、用ずみになれば捨てるつもりだよ。ジェスはエネルギーの供給源。リリートは寄生虫のようにジェスを食いつくす」

ブリンクの目に、ジェス・プライスの姿が浮かんだ。肌には生気がなく、体も心もむしばまれている。「それがほんとうなら、ジェスはノアを殺してないことになる。悪魔のしわざだったんですから」

ブリンクは、ノア・クックの検死報告書を思い返した。臓器の外傷、内出血、皮膚についた奇妙な模様。ラ＝モリエットの腕にも同じ模様があった。ジェスにもだ。アン＝マリーはそれを貫入と呼び、内部に強い圧がかかった結果できるものだと説明した。信じがたかったが、妙に筋の通った説明に思える。訊きたいことが山ほどあった。だがそのとき、ドアを激しく叩く音が鳴り響いた。ジェイムソンの声があとにつづく。時間切れだ。ジェイムソンが革のトランクを要求している。

「迷ってる時間はない」レイチェルがドアを見て言った。

「何をすればいいのか教えてください」ブリンクは立ちあがり、メッセンジャーバッグをつかんだ。

「なんでもやる覚悟はあります」

「リリートを封印するにはジェスに会う必要があるから、まずは刑務所に行かないと」

「ぼくはもうジェスに会えません。刑務所に行けば、ニューヨーク州知事の命令で逮捕される」

「ほかに方法はない？」レイチェルが尋ねた。声に焦りがにじむ。

「刑務所にいる唯一の知り合いは、いま入院中です」

「だけど、あたしたちにはジェス・プライスが必要なの」レイチェルは言った。「どうしても」

刑務所の分厚い煉瓦の壁、螺旋状に巻かれた剃刀鉄線、周囲に果てしなくひろがる常緑樹の森が脳裏によみがえる。セサリーはたしか、ジェスが別の刑務所に移送されると言っていた。「簡単にはいきませんよ」ブリンクは言った。

「簡単なことなんか何もないよ」レイチェルは言った。「仮にジェスと会えたとして、あたしの専門はユダヤ神秘主義の歴史でしょう。これからやろうとしてるのは、実践カバラー。まったく未経験の領域なの。かなり慎重に進める必要がある。言うまでもなく、こういった儀式は恐ろしい危険をともなうから。ただの失敗ではすまない可能性だってじゅうぶんある。それでも、心の準備はできてる？」

ブリンクは、はじめて会った日にジェスが書いたことばを思い出した。〝信頼（TRUST）〟だ。ジェスはブリンクの助けを待っている。いまさら背を向けることはできない。「もちろん」ブリンクは言った。

「行きましょう」

ジェイムソンが乱暴にドアを叩きつづけるなか、レイチェルは磁器人形とアブーラフィアの手稿を革のトランクにしまった。

「早く、ついてきて」レイチェルは窓を押しあけ、窓枠に足をかけて外に出た。そして、非常階段をおりはじめた。ジェイムソンの脅威に追い立てられるように、ブリンクもレイチェル・アペルのあとにつづき、朝の陽光のなかへ出た。

55

レイチェル・アペルは半ブロック先の貸し駐車場にすばやく立ち寄り、係員に向かってうなずいた。係員はほどなく白のジープ・ラングラーに乗ってもどってきた。ブリンクは助手席に乗りこみ、運転席の後ろにそっと革のトランクを押しこんだ。中身は一種の危険物だと思えば、扱いは慎重になった。レイチェルはアクセルを踏みこみ、スピードをあげて道路を走りだした。急ぐのも当然だ。図書室を出てから五分と経っていないというのに、センターの前に警察車両が集まり、警光灯を光らせていた。ブリンクの席から、警察官と話すカレンの姿が一瞬だけ見えた。どこからどう見ても狼狽している。モルガン・ライブラリーの貴重な手稿が持ち去られたとなれば、ほかならぬカレン・ウィザーズが責任を問われることになるのだから無理もない。それより気がかりなのは、ジェイムソンのSUVが通りのどこにも見あたらないことだった。警察の到着を待つような男ではないから、すでにみずから行動を開始したのだろう。

ブリンクはシートベルトを締め、恐怖と感嘆のうちにレイチェルの運転を見守った。障害物レースの選手さながら、レイチェルは都会の混み合う道路を猛スピードで的確にすり抜けていく。急ハンドルを切って一方通行の道にはいり、駐車場を突っ切って近道したのち、ブリンクが感動して口笛を吹いたほど鮮やかなハンドルさばきでランプウェイに進入すると、一気にヘンリー・ハドソン・パークウェイへ出た。「ここまで来ればだいじょうぶでしょう」車の流れに乗りながら、レイチェルは満足げに微笑んで言った。「追手は来てないはず」

ダッシュボードのデジタル時計によれば、時刻は午前十時を少しまわったところだ。しかし、ここ数日よりずっとまぶしく、熱く、強烈な日差しが降り注いでいる。まるで、マンハッタンの何かが——果てしなくひろがるガラスのタワーとコンクリートの森が——ひときわ勢力を増したかのようだ。ブリンクはパークウェイと並走する川を見やった。太陽の光を浴び、熱して打ちつけられた金属片のように光り輝いている。マンハッタンへ向かう反対車線は混雑していたが、ブリンクたちの車線は順調に流れていた。車がジョージ・ワシントン橋を渡り、パリセイズ・パークウェイに乗るころには、ブリンクの体から力が抜けはじめていた。

だが、ブリンクが緊張を解こうとしたその瞬間、レイチェルが息を呑んだ。ブリンクが振り向くと、キャム・パトニーが後部座席から身を乗り出していた。片手にトランクを、もう一方の手に拳銃を持っている。レイチェルのこめかみに銃口を押しつけた。「車を停めるんだ」コーヒーでも飲みにいこうと誘うような、穏やかな口調だった。ブリンクを見て、キャムはウィンクした。わざとこちらの神経を逆なでし、挑発している。ほしければ、いい、あとで取り返しにこい。レイチェルは隣で震えあがっている。パトニーの言いなりになる以外、ふたりになす術はなかった。

レイチェルが路肩にジープを寄せると、キャムはトランクを持って外に跳び出した。キャムがドアを閉める前に、レイチェルは車を急発進させた。ブリンクは後ろに身を乗り出し、勢いよくドアを閉めた。セッジのＳＵＶがキャムを回収するために停止するのと同時だった。

ブリンクの心臓は激しく鼓動を打っていた。深呼吸し、たったいま起こったことを把握しようとする。なぜキャムが後ろにいるのに気づかなかったのだろう。トランクを持ってうまく逃げきったと思った矢先に、こうもあっけなく奪われるなんて。

レイチェルが大きく息を吸いこんだ。「こうなったら、どうにもならないね。街へ引き返そう」レイチェルの声はこわばっていた。ブリンクよりも落ち着いて見えたが、ハンドルを握りしめる手の関節が白んでいる。

「ここであきらめるわけにはいきません」ブリンクは言った。生け垣でできた巨大迷路に挑戦しておきながら、ど真ん中で白旗をあげるようなものだ。引き返した瞬間、負けが決まる。

「あの手稿がないと、唱えるべき文言がわからない」レイチェルは言った。「お手あげだよ」

「ちょっと待って」ブリンクはジャケットからメモ帳とペンを取り出した。数字と文字が脳内に浮かびあがり、円が形作られていく。メモ帳を開き、アブーラフィアの手稿にあった円を正確に書き写した。「器は作りなおせないけど」ブリンクは言った。「ジェスに会えたら、これを使えばいい」

レイチェルはブリンクが描いた円を見つめた。信じられないと言いたげに、かぶりを振る。「あの円の構成はとてつもなく複雑なの。ひとつ順序を入れ替えただけで、何百、ひょっとしたら何千通りものパターンができるかもしれない。正確に再現できてると断言できる？」

「百パーセント、できます」ブリンクは言った。スマートフォンを出して円の写真を撮り、暗号化通信アプリでヴィヴェク・グプタに送信した。円の完成形を見たがっていたし、これでブリンクの現在地もわかるだろう。他人に監視されたいなんてふだんならぜったいに思わないが、教授が自分の居場所を追跡できると思うと安心できた。

「いつも言われてうんざりしてるだろうけど……すごいね」

「ええ、よく言われます」ブリンクは笑みをこぼした。「何度言われても悪い気はしません。このパズルが解ければ、なおさらうれしいですよ」

「それじゃ、出発しましょう」レイチェルは自分のスマートフォンを操作し、ブリンクに渡した。

「渋滞にはまらなければ五時間で着ける」

運転するレイチェルの横で、ブリンクは断崖(パリセイズ)の向こうの川をながめた。

「刑務所にいる知り合いって、だれなの？」レイチェルが尋ねた。「入院してるって言ってた」

「ドクター・セサリー・モーゼスです」ブリンクは、セサリーの襲撃について知っていること――昨夜、自宅にいるところを襲われ、病院へ運ばれた――を話した。

「その人に会わなきゃ」レイチェルは言った。「どうすればジェスに会えるかわかるかもしれないし、襲撃されたときの話を聞けるかも」

ブリンクはセサリーの容態を知らず、面会が許可されているのかどうかもわからなかった。だが、ほかにいい考えがあるわけでもない。病院の住所を調べてナビアプリに入力し、レイチェルにスマートフォンを返した。レイチェルはスマートフォンをダッシュボードに設置した。

レイチェルに運転をまかせ、ブリンクはだまってすわっていた。いまはできることがない。充電ケーブルがあったので、ありがたく自分のｉＰｈｏｎｅに差しこんだ。なかなか心が静まらなかった。指で座席を叩き、体にリズムを感じる。まるでピンボールになった気分だ。猛スピードで四方に跳ね飛ばされ、バンパーにはじき返され、光が点滅すると同時にまた突き飛ばされる。それでも、こうして静かな時間を過ごせるうちに、気持ちを落ち着かせようとした。

これまでにわかった情報を俯瞰しているうちに、大きなパターンが見えてきた。散らばっていた断片がひとつになる。ヴィオレーヌの首にはいっていた円には誤りがあった。それがプログラムのバグとなり、甚大な被害をもたらした。ブリンクの計画は、その誤りを正すことだ。だが、パズリストならだれでも知っているように、いくらピースがそろっていても、全体のロジックが理解できなければ意味がない。円の歴史にくわしいレイチェルなら、そのために必要な知識を提供できる。

ブリンクはレイチェルの横顔を見た。長くて黒っぽい髪、堂々とした雰囲気。けっして揺らぐことのない強固な信念に、ブリンクは引きつけられた。「訊いてもいいですか」ブリンクは言った。「どういうわけでいまの仕事に？　昔から信仰心が篤かったんですか？」

「実はそうでもないの」レイチェルは笑みを浮かべた。「長いあいだ、自分が何を信じてるのかわからなかった。スピリチュアルな世界には興味があったけど、自分の宗教にはあまり熱心になれなくてね。でもある日、あたしの人生を変える人に出会った。イスラエルからニューヨークに来ていたアイザックという人で、共通の友人に紹介されたの。アイザックは熱心な学者で、信仰について進歩的な考えを持ち、ラビになるために勉強してた。コーヒーに誘われて、いろいろとしゃべってるうちに、こんな人にはいままで会ったことがないと思った。神さまがほんとうに存在するかどうか、あたしにはわからないって話したら、アイザックは、科学を信じるかってあたしに訊いた。もちろん、あたしは信じるって答えて、ビッグバンや物理学を例にあげた。そしたら、アイザックはこう言ったの。自分にとって神という概念は、きみが信じる科学的事実と同じなんだって。神とは光。単なる隠喩ではない。抽象的なたとえでもない。光子とは、自由自在に時空を移動する普遍の存在であり、分子レベルで生命を創出するエネルギーである。その創造の力を、自分たちは神として認識してるんだ、って。実際のアイザックの思想はもっと複雑だったけど、彼が信仰の根拠とする理論に、あたしは共感した。神は光。物質界は神の世界。それがカバラーの基本理念であり、あたしが信じるすべての礎になってる。アイザックの影響で信者になったと言ってもいいかもね」

「大事な人なんですね」

「ええ、そうだった」レイチェルは静かに言った。

「そうだった？」

「三年前、夫は肺がんで死んだの。三十五歳だった」

「そんな」ブリンクは言った。「ごめんなさい、知らなかったから」

「知らなくて当然だよ」レイチェルは言った。「病気がわかったときはショックだったし、腹立たしさを感じることもあった。でも、夫は少しも卑屈にならなかった。人生を生きるのと同じように、目的意識を持って死を受け入れたの。アイザックは、人には使命があると信じてた。それは、創造の真の美を知ること。あたしたちの存在の最も重要な目的が、達成でも、安らぎでも、人同士のつながりでさえもなく、この世のすべての源、すなわち、無限の光源たる神への帰還だと理解すること。あたしはアイザックから、信念のために闘いつづけることを学んだ。だからこそ」レイチェルはブリンクを横目で見た。「あたしはきみを助けたい。きみは危険を顧みず、ひとりの女性を助けようとしてる。そして、果敢に挑む姿勢を崩そうとしない」

たしかにそのとおりだったが、ブリンクの動機はそれほど単純ではなかった。ジェスを助けたいのはもちろんだが、ブリンクの心を支配するものがほかにもあった。薬物のような快感でブリンクを満たす欲求。けっして逃れられない中毒性。目を閉じると、ブリンクの頭はアブーラフィアの円であふれ返った。文字が渦を巻き、記号が組み合わさって、ブリンクから抗う力を奪い去る。それはブリンクの本能であり、パズルを解かなければならないという原始的欲求だった。そのために突き進むブリンクを、止められるものは何もない。

56

レイ・ブルックにただひとつしかない病院は、刑務所と同様、深い森のなかにあった。キャム・パトニーの急襲には不意を突かれたが、残りの道中はほとんど平和と言ってもよかった。セサリー・モーゼスに何が起こったのか、ブリンクはその筋書きを何通りも思い浮かべた。ヴィヴェク・グプタが送ってきた記事は簡潔なもので、手がかりになるようなことは何も書かれていなかった。怪我の重傷度も、ジェス・プライスがそのときどこにいたのかも、警察が犯人を見つけたのかどうかもわからない。現在の容態すらわからないせいで、ブリンクはつい最悪の事態を想像した。

到着したのは午後の半ばだった。ブリンクは駐車場からセサリーに電話をかけた。セサリーは電話に出なかったが、十秒後にテキストメッセージが届いた。〝電話では話せない。どこにいる?〟

セサリーに会うために病院まで来たことを、ブリンクは書いて送った。セサリーから返事が来た。

〝けさ警察が来ていたから、病院は警戒している。近親者しか面会できない。関係を訊かれたら、弟だと言って。二〇七号室にいる〟

ブリンクは返信した。〝オーケー、姉さん。でも、信じてもらえるかどうか。ぼくは白人ですよ〟

セサリーは親指を立てた黒人の手の絵文字を送ってきた。〝それなら、義弟にしましょう〟

病院の二階へあがったとき、ブリンクとレイチェルはたちまち看護師に止められ、用件を訊かれた。二〇七号室を探しているとブリンクが言うと、看護師はふたりを怪しむように見つめたのち、廊下の先を指さした。ブリンクは足早に歩き、車椅子と放置された点滴スタンドの横を通り過ぎた。あるドアの横には、トレーに載った食事が置かれていた――マッシュポテト、ブロッコリー、ラザニアのような何か。ブリンクは身をすくめた。病院のにおいを嗅ぐと、父親が闘病していたころを思い出す。あれから十三年近く経つというのに、心電図モニターの音とまずい食事のにおいによって当時の光景がよみがえり、目の前で揺らめいては消えていく。感覚が呼び起こす過去の蜃気楼だ。

二〇七号室の前に着くと、レイチェルがブリンクにうなずき、ひとりで行くよう促した。ブリンクはためらった――レイチェル・アペルはすでにこの件に深くかかわっていて、それはセサリーにも知らせるべきだ――が、引き合わせるのは別の機会にしたほうがいいと思いなおした。室内では、セサリーがベッドに身を起こしてすわっていた。顔の左側が包帯で覆われている。ブリンクが視界の中心に立ってようやく、セサリーはブリンクに気づいた。「ミスター・ブリンク」包帯の下の笑顔がぎこちない。

「ドクター・モーゼス、まさかあなたがこんな被害に遭うなんて」ブリンクは小声で言った。大きな声を出せば、セサリーの怪我が悪化してしまう気がした。

「二十二針」セサリーは頬の上に線を描いてみせた。「さいわい、目は無事だった」

事態の深刻さにブリンクは身を震わせた。セサリーは残忍な暴力行為の犠牲になったのだ。すさまじい痛みだったにちがいなく、顔に傷も残るだろう。責任の重さがふたたびブリンクにのしかかった。自分がついているべきだった。自分がレイ・ブルックを離れなければ、セサリーは襲われずにすんだかもしれないのに。

椅子を引き寄せて、ベッドのそばに腰をおろした。なんとかしてセサリーの苦しみを和らげたかった。サイドテーブルの上、積み重なった雑誌類に交じって、今週末の《ニューヨーク・タイムズ》紙があった。《ニューヨーク・タイムズ・マガジン》のパズルのページが開かれたままになっている。そこには、ブリンクのパズル――この厄介事に巻きこまれるきっかけとなったあの日、苦戦して作った〈トライアンギュラム〉――が掲載されていた。

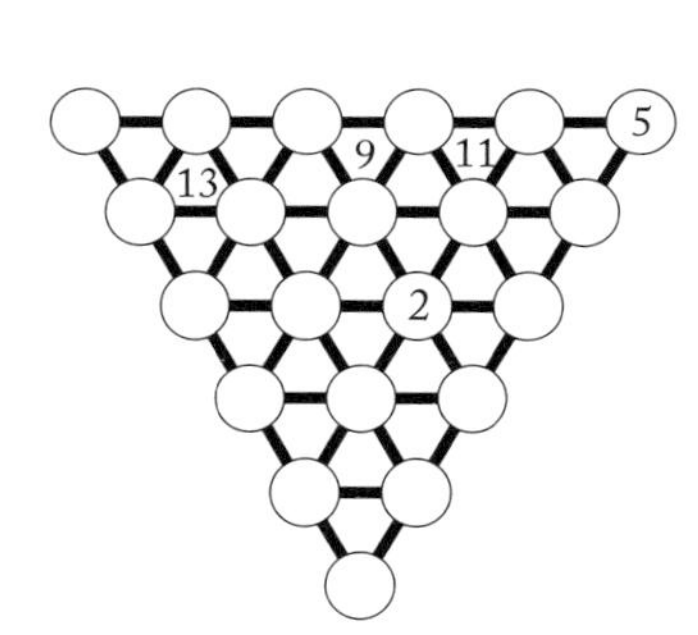

　手ごわいパズルだ。美しく無駄のない構成が誇らしかった。ブリンクは数字を使ったパズルを愛してやまない――Ｓｔｒ８ｔｓ（ストレーツ）、24パズル、ナンプレ、クロスナンバーパズル。どれも明解な条件があり、少しもあいまいなところがない。最初にいくつかの数字を提示され、残りを自分で探し出せば、ひとつの答えに行き着く。この〈トライアンギュラム〉は、ブリンクが作ったパズルのなかでも、難易度が高いほうだった。いまのところ、セサリーはふたつしか数字を見つけられていない。「それ、いいパズルですよね」ブリンクはパズルのほうへ顎を向けた。
「そうでしょうとも」セサリーはまじめくさった声で言った。「午前中ずっと苦戦してこのありさまなのよ、ブリンク。わたしみたいな凡人向けに、もうちょっと簡単なものを作れない？」
「あなたが凡人だとは思いません」ブリンクは言った。「あなたのすばらしい活躍のおかげで、ぼくはジェス・プライスのメッセージを聞くことができた。あれがなかったら、ここまでたどり着くことはできませんでした」

セサリーは鋭いまなざしでブリンクを見つめた。「それで、どこまでたどり着いたのかしら」

ブリンクは廊下に目を走らせてから、セサリーがつながれているモニターに視線を移した。以前は気にかけもしなかったが、いまは自分の言動が監視され、盗聴されているかもしれない可能性を恐れるようになっていた。「説明できるときが来たら、すべて話します」ブリンクは言った。「その前に、教えてください。だれがあなたにこんなことを？」

セサリーはかぶりを振った。「わからない。あなたに音声ファイルを送るために家へ帰って、ダイニングテーブルに向かっていたときに襲われた。わたしは犯人の顔を見たはず——顔面をノートパソコンで殴られたから——だけど、思い出せない。担当医によると、そのときの記憶がもどる可能性は五十パーセントだそうよ」

ブリンクの胸に同情がこみあげた。怪我によって心身のコントロールを失う気持ちはよくわかる。「前に話したわたしの友人が——刑務所の警備責任者のジョン・ウィリアムズのことだけれど——犯人を探しているところよ。州のシステムからわたしを締め出したハッキングとの関係を疑っているみたい」

「その人は、刑務所のだれかがやったと考えてるんですか？」

セサリーは肩をすくめた。「確信しているわけじゃない。でも可能性はある。いまは刑務所の警備記録を隅々まで洗って、何も異常がなかったかを調べてくれている——許可なく出入りした者や、最近出所した受刑者で恨みをいだいている者がいなかったかどうかをね。調査すべきデータは山ほどある。あなたが刑務所の旧棟で気づいたように、あの建物には欠陥があるから。いまのところ、ジョンは何も見つけられていない」

「キャム・パトニーの居場所は調べましたか？」

キャム・パトニーの名を聞いて、セサリーは驚いた表情を見せた。「どうしてパトニーを知っているの？」

「あいつはジェイムソン・セッジの右腕です」

セサリーはとまどいながらその情報を呑みこんだ。「ジェイムソン・セッジって、あのテスラの男でしょう？　ジェスの事件との関連が疑われている男のもとで、キャム・パトニーが働いているっていうの？」

「そのとおり。あいつはすべてに嚙んでいます」

セサリーの顔をさまざまな表情がよぎった。驚き、憤り、怒り。「ジョンは激怒するでしょうね。きっとくわしく知りたがるはず。いま聞いたことを教えてもかまわない？」

「ぼくも彼と話がしたい」ブリンクは言った。「力を貸してほしいことがあるんです」

「どんなこと？」

ブリンクは息を吸いこんだ。厄介な頼みなのは自覚していた。「ジェス・プライスにもう一度会う必要があります」

言われた意味が理解できないかのように、セサリーはブリンクを見つめた。「なんですって？」

「ジェスが移送されるって言ってましたよね」ブリンクは言った。「もう新しい場所に移ったんですか？」

セサリーは首を横に振った。「わたしが襲撃されたのを受けて、移送は延期された」

「ジェスと話さなきゃいけない」ブリンクは言った。「どこでもかまいません。図書室でも。あなたのオフィスでも。どこでもいい。ジェスに会えさえすればいいんです」

「できないに決まってるでしょう」

「無理を言っているのはわかってます」ブリンクは言った。「でも、どうしてもお願いしたいんです。これがどれほどの一大事かわかれば、あなたの友人だってぼくを助けたいと思うはずだ」

セサリーは片方の眉をあげた。「要するに、こういうことね。あなたは、警備上のリスクとみなされて刑務所への立ち入りを禁じられた立場にもかかわらず、ニューヨーク州立矯正施設の警備責任者に対し、受刑者とふたりきりで面会する許可を求めている」

ありえないことを言っているのはわかっていた。「十分間だけでいいんです」

「どうかしてるわよ、マイク・ブリンク」

ブリンクは口をつぐんだ。自分でもたびたび同じことを思っていたが、他人に面と向かって言われると、妙に小気味よかった。

「聞いてください。ぼくたちが予想もしなかったことが起こってるんです。ジェス・プライスが真実を話せずにいたのは、自分が監視されてるとわかってたからだ。キャム・パトニーがジェスを見張り、ジェイムソン・セッジに報告していた。だれにも話してないだけで、ジェスはもっと多くを知ってるかもしれません。ジェスはぼくに心を開きはじめてる。ジョン・ウィリアムズがぼくとジェスの面会を取り計らってくれれば、ジェスはすべてを話すはずです。だれがあなたを襲ったのかも」

セサリーはしばし考えこんだ。病室から出ていくよう言われるだろうと、ブリンクがあきらめかけたそのとき、セサリーは膝からスマートフォンを持ちあげて言った。「少し待ってて。できるだけのことはしましょう」

マイク・ブリンクは辛抱強いほうではなかった。ジェス・プライスと会えるかどうかわかるまでの時間は耐えがたかった。病室の外の廊下を行き来したり、自動販売機で自分とレイチェルに苦いコーヒーを買ったりして、平常心を保とうとした。待合室でもう一冊《ニューヨーク・タイムズ・マガジン》を見つけたので、レイチェルが〈トライアンギュラム〉を解くのを手伝った。

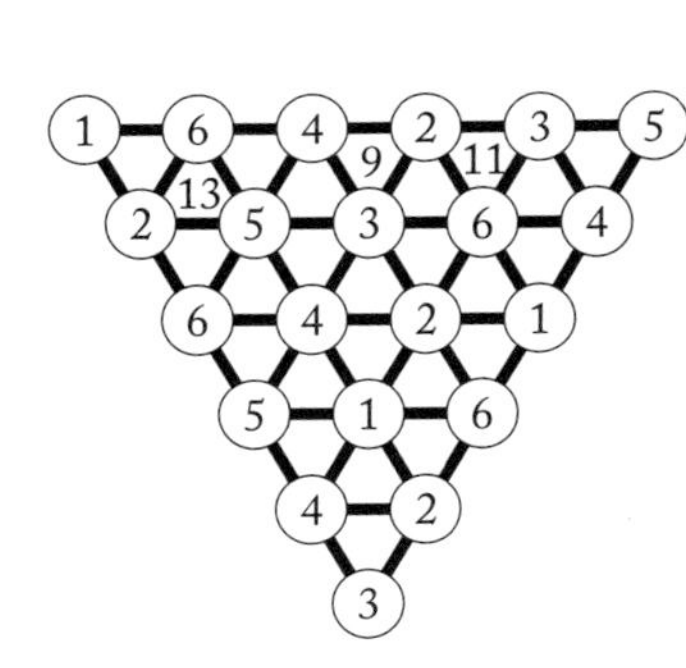

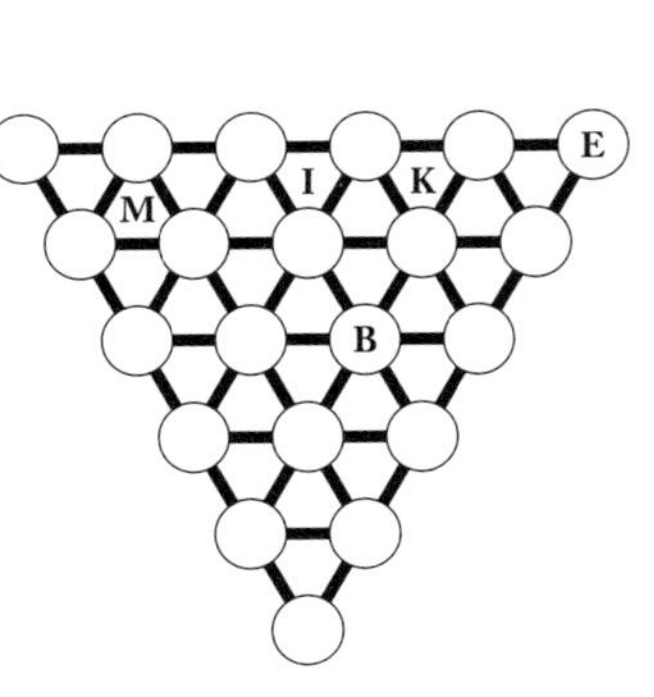

数字のパターンを完成させる作業には、ある種の心地よさと素朴な満足感がある。明白で理にかなった、絶対的な方法によって答えが導かれる。不明瞭なところはいっさいない。答えは答えであり、疑いをはさむ余地がない。あらかじめ隠しておいた文字についてレイチェルに説明しながら、ブリンクは微笑んだ。数字の13、9、11、5、2に隠された、アルファベットのイースターエッグ。順に読むと〝マイク・B〟になる。

ようやく、セサリー・モーゼスが電話で話す声が聞こえてきた。ブリンクは病室のドアへ近づいた。セサリーがジョン・ウィリアムズに、ブリンクの話の概要を伝えている。キャムがジェイムソン・セッジのもとで働き、刑務所内で監視活動をおこなっていたこと。その確固たる証拠をブリンクがつかんだこと。ブリンクがジェスとの信頼関係を築いたこと。事件の真相を聞き出せる人物がいるとすれば、それはブリンクであること。最後のひと押しのつもりか、セサリーはこう言い放った。「言っておくけれど、わたしは犯人を知りたいの。だれがわたしにこんな危害を加えたのかわかるまで、仕事に復帰するつもりはないから」そのひとことで、ジョンは折れた。

「やってくれるそうよ」セサリーは廊下のブリンクに声をかけた。「いくつか必要な手配がすんだら、刑務所に来るべき時刻を知らせるって。あなたに電話すると言っていたわ」

57

病院で待っていても、不安が募るばかりだった。ジョン・ウィリアムズから電話があるまで、ブリンクとレイチェルはドライブに出かけることにした。ジープに乗りこみ、アディロンダックのさらなる奥地をめざして、鬱蒼とした森の曲がりくねった道を走った。途中の小さな町では星条旗がはためき、道沿いのバーに真新しい4WD車が並んでいた。山頂近くまで行くと、深い森にいだかれた刑務所が眼下に見えた。自分たちは刑務所をまわりこむようにしてのぼってきたのだと、ブリンクは気づいた。炎のまわりを飛び交う蛾のように、ジェス・プライスの謎に引き寄せられている。

ジョン・ウィリアムズから電話があるとセサリーは言っていたが、一時間以上走りつづけても音沙汰はなかった。そのうち、レイチェルが給油のため〈モービル〉に寄った。ブリンクはジープにレギュラーガソリンを入れたあと、店内へはいり、ツナサンドイッチ、ポテトチップス、ペットボトルの水をふたりぶん買った。車内で食べるつもりだったが、周辺案内図の看板を見たレイチェルが、登山道の入口付近にあるピクニックエリアで食べようと提案した。備えつけのテーブルやグリルを前にして、ブリンクは人目のつきやすさを心配した――ジェイムソンが自分たちを追っているのはまちがいないだろう。だがレイチェルは、遠くまで視界をさえぎるものがない見晴らしのよさを指摘した。

「ここにいれば、だれかが近づいてきてもすぐに気づけるでしょ」そう言って、木のピクニックテーブルにサンドイッチを並べた。

すでに午後の六時近くで、ブリンクは空腹だった。サンドイッチだけではとても足りなかった――

ツナより腹にたまるものにしておけばよかった――が、車からおりて地面に足をつけ、山の清爽な空気を吸いながら、ピクニックのように単純なことをするのは気分がよかった。

しかし、そんな静けさのなかにあっても、ブリンクの気は休まらなかった。サンドイッチを包みから出して口にするあいだも、周囲の木々がこちらに迫ってくるような気がしてならなかった。ジェスのことが頭から離れない。ジェスに会わないという選択肢はなかった。ジョン・ウィリアムズからの電話が必要だった。ジェスの目を見て、自分の感じているすべてが真実だとたしかめたかった。ブリンクはスマートフォンを見た。セサリーからテキストメッセージが届いている。翌朝、ジェスがレイ・ブルックからコネチカット州の中警備刑務所に移されるという知らせだった。すでにわかっていたとはいえ、衝撃は大きかった。これが最後のチャンスだ。今夜ジェスに会えなければ、ジョン・ウィリアムズの助けを借りてすぐにでも刑務所に潜入できなければ、ジェスと話す機会が永遠に失われてしまう。

全身にみなぎるアドレナリンを抑えるべく、ブリンクは道路脇へ歩いていった。沈みはじめた太陽が紫がかった灰色の光で森を照らし、わびしげで神秘的な趣を与えている。この大いなる自然美に癒しを感じてもいいはずだった。だが、共感覚を持つ人間にとってのアドレナリンは、通常の脳にとっての興奮剤と変わらない。感情を高ぶらせ、視覚を拡張させ、色や数字を雨霰と浴びせかける。弧を描く郡道に目を向けると、なめらかな黒い舗装の表面で、幾何学模様が洪水を起こしていた。ブリンクは深く息を吸いこんだ。吐いてから、もう一度。パターンがブリンクの障壁になることはない。どんなパターンもかならず掌握できる。ただ、心を落ち着かせる時間が必要なだけだ。

「マイク、こっちに来てすわりなよ」レイチェルがテーブルのほうへ手招きした。「ジョン・ウィリアムズは電話してくる。いまは待つしかない」

「ずいぶん確信があるみたいですね」ブリンクは道路を離れ、レイチェルがすわるベンチへ行って、隣に腰をおろした。

「うん、ある」レイチェルは言った。「彼はきっと期待に応えてくれる」

ブリンクはレイチェルを見つめて、確信のほどを推し量ろうとした。ただの強がりではないらしい。本気で信じている。「会ったこともないのに、どうしてそこまで信用できるんですか」

「どうしてかはわからないけど、そう感じるんだよ」レイチェルは答えた。「こういう瞬間――すべてが停止して、いまにも何かが起こりそうなとき――あたしは自分の信念を頼りにするの」

「一時間くらい、その信念を少しでも借りられたらいいんですけど」

「きみにはきみの信じ方があるはずだよ」レイチェルはブリンクを見つめ返した。「気まずい思いをさせたくなかったから言わなかったけど、《ヴァニティ・フェア》の記事には心から感動した。どんなにつらい体験だったか、とても想像できない。こわかっただろうね、きみに起こったこと」

「恐ろしかった」ブリンクは言った。「目が覚めたら別人になってたんです」大切な人を失った経験を率直に語ってくれたレイチェルの前でなら、自分も気兼ねなく話せる気がした。「怪我のあと、昔の自分は完全に消え去ってた。昔のマイク・ブリンクは死んで、この新しい自分がいったい何者なのか、一から理解しなおさなきゃいけなかった」

「あの夜の事故がなければいまごろどうなってたか、考えることある？」

「つまり、タッチダウンを決めて、州大会で優勝して、クォーターバックのスター選手になってたら？」ブリンクは言った。「わかりません。想像するのはむずかしい。自分のめざしてたものすべてを一瞬で失った。必死の努力も水の泡です。たしかに才能もあったけれど、それを伸ばすために努力もしました。朝六時からの練習とトレーニングを何年もつづけて、パーティーや女の子や飲酒とは無縁だった。すべてはフットボールで強くなるためだった。それなのに、たった一度の事故で、ほしかったものが全部……消えてしまった」

「事故がなければなれてたかもしれない自分に、未練があるような言い方だね」

「そうかもしれない」ブリンクは硬いベンチの上で身じろぎした。「だけど、その自分が消えてなかったら、いまここにすわってる自分は存在してません。自分にまったく別の一面があることにだって、気づかなかったはず。いろいろ苦労させられたとはいえ、あの事故には感謝すべきなんだと思います」

「困難に感謝するのは、そう簡単にできることじゃないよね」レイチェルは言った。「アイザックを失ってから、ときどき猛烈に腹が立つの。アイザックみたいに善良で、世界をよりよい場所にしようと尽力してた人が、あの若さで死ぬなんて。でも、困難には物事を浄化する力がある。困難を通じて、人は真の自分に直面する。きみのパズルにも、そんな力があるんじゃないのかな」

レイチェルの言うとおりだった。無限に高まりつづけるパズルの難度、答えがわからないときの苦悶、パズルが解けた瞬間の興奮は、ブリンクの人生に生きがいを与えた。グプタ教授の口癖を思い出す。〝よくも悪くも、非凡な者は非凡な事象を引きつける〟「あなたの言うとおり、自分のなかに困難を必要としてる部分があるのかもしれません。Ｇｏｏｇｌｅや政府機関で働くか、ＭＩＴの教授にでもなれば、いまよりずっといい暮らしができるけれど」ブリンクは言った。「パズルを作ってるおかげで、ぼくは前向きに生きられる」

「ジェス・プライスを助けたいと思うのも、パズルへの欲求に関係してる？」

「それはたしかにあります。でも、自分ならジェスを助けられると感じるんです。この身に起こったことは、ぼくひとりの問題ではないと——この才能にはもっと大きな使命があるんだということをたしかめたい。ジェスがそれを可能にしてくれる」

あたりが暗くなっても、ジョン・ウィリアムズからの電話はなかった。ブリンクはがまんの限界を迎えていた。とにかく行動を起こしたかった。ふたりは刑務所まで行ってジョン・ウィリアムズの連絡を待つことにした。「ぼくが運転してもいいですか？」ピクニックテーブルに置かれた鍵をとって、ブリンクは尋ねた。長年、愛車の古いトラックしか運転してこなかった。いい気分転換になるだろう。
ジープに乗りこみ、山道をくだっていくあいだ、ブリンクはレイチェルとの会話を思い返していた。たしかに、レイチェルは正しかった。困難がブリンクを強くした。苦痛と喪失があったからこそ、ブリンクの才能は花開いたのだ。あの苦しみ、事故によってそれまでの自分が無に帰すという過酷な試練がなければ、いまの自分とは似ても似つかない人間になっていたはずだ。

　曲がり角に差しかかって減速したとき、ジープが揺れはじめた。はじめは、ハンドルに感じるかすかな振動だった。すると突然、ギアが激しい異音を発しだした。ヘッドライトが点滅し、ダッシュボードの明かりが消え、ブレーキペダルが固まる。前にも一度、似たような経験をしたことがあった。オハイオで着氷性の暴風雨（アイス・ストーム）に見舞われたとき——氷上でスリップしてコントロールを失い、道をはずれて溝に脱輪した。だが、今夜の道は凍っていない。あたたかい六月の夜で、空には雨雲ひとつなく、タイヤが滑っているわけでもない。岩がちな山肌が目前に迫り、ブリンクは総毛立つような恐怖を覚えた。

　車外に跳び出すべきかどうか迷ったそのとき、ジープがきしみをあげて静止した。何が起こったのか把握する間もなく、背後にストレッチ・リムジンが現れて停まった。中折れ帽と夏用のスーツ姿の大柄な男性がおりてくる。ヴィヴェク・グプタだ。

　ブリンクはジープから跳びおりた。ヴィヴェク・グプタを抱きしめるべきか、こぶしを食らわすべきかわからなかった。だが、ブリンクの人生の師に迷いはなかった——腕を大きくひろげて、ブリンクを胸に抱き寄せた。グプタ教授はクッションのように柔らかく、愛用の香水〈アクア・ディ・パルマ〉のにおいがした。教授はブリンクを解放してから、恐怖で目を見開いているレイチェルに歩み寄った。

「ミズ・アペル、わたしはヴィヴェク・グプタ教授だ。きみはわたしを知らないだろうが、こちらは勝手ながらきみについて調べさせてもらったよ」

「はい？」レイチェルは呆気にとられてグプタ教授を見た。

「ブリンクくんがわたしに円の写真を送ってきたとき、衛星経由できみの車の位置を特定し、追跡することができた。きみの二〇一五年式ジープ・ラングラーのナンバープレートの情報から、車両管理局の記録を探し、氏名、社会保障番号、生年月日を突き止めた。ついでに言うと、ジェイムソン・セッジの手下が貸し駐車場にあったきみのジープを見つけたのも、これと同じ方法だ。ただし、順序は逆だった。あいつはきみの名と職業の情報に基づいて、ナンバープレートの情報を特定した。すべての情報はつながっている。ひとつ情報をつかまれるだけで、すべてが漏洩するんだ。実際に、わたしがざっと調べただけで、きみの普通口座の残高と住宅ローンの金利が判明した。金利のほうは、なかなか魅力ある数字だったよ。きみの学者としての評判や受賞歴、歯の治療歴の情報も見つかった。きみはすばらしい歯の持ち主だ、ミズ・アペル。ブラボー」

　グプタ教授はいったんことばを切り、ブリンクにいたずらっぽく微笑んだ。

「車を強引に停止させてすまなかった」グプタ教授は言った。「見失いたくなかったんでね。この山のなかでは、きみたちのスマートフォンの発する電波がこちらの期待ほど強くないんだ」

「教授がやったんですか？」ブリンクは驚嘆して言った。「どうやって？」

「ジープのオペレーティングシステムにゼロデイ攻撃を仕掛けたんだ」グプタ教授は答えた。「攻撃法を理解しているわれわれにしてみれば、便利しごくでね」

「ゼロデイ攻撃？」レイチェルが狐につままれたような顔で言った。

「コンピュータの脆弱性を狙ったんだよ」ブリンクは言って、思わず笑みを浮かべた。こういった脆弱性に関するグプタ教授の説明を聞いたことがあるが、当時は特に注意を払わなかった。不まじめな学生だったことをいまさらながら後悔する。

「正確に言うと、オペレーティングシステムへの侵入を可能にする裏口(バックドア)だ。しかるべき技術があれば――経験豊富なハッカーならだれでも――車体を制御する電子システムにアクセスできる。これはよく知られている問題でね。開発側はそのセキュリティホールをふさぐためのパッチを適用したと主張しているが、このとおり、まだ存在している。わたしがきみのジープのシステムに侵入できるということは、当然ながらジェイムソンにもできるということだ」グプタ教授は道路の左右をすばやく見た。

「さあ、見つかる前に早くなかへ」

ヴィヴェク・グプタはリムジンの後方にふたりを乗せた。座席はベルベット張りで、大きなモニターが設置してある。教授は小さな金属の箱をあけた。なかにアルミ板が敷いてある――ファラデー・ケージ（電磁波の遮断や漏洩対策に用いられる箱やかご）だ。ブリンクがケープコッドを訪ねたときに見たものと同じだった。その週末じゅう、グプタ教授は自分とブリンクのスマートフォンをケージに入れたままにしていた。そしていま、三人ぶんのスマートフォンを同様にしまいこんだ。

「ブリンクくんは超人的頭脳でパズルを解くが、わたしは疲れ知らずのコンピュータに頼らないといけない」

グプタ教授はリムジンに備えつけられたキャビネットのボタンを押した。扉がスライドし、なかから小さなウェットバーが現れた。「ブリンクくん、いかがかな」

ブリンクはバーに飛びついた。ライ・ウイスキー、ベルモット、ビターズをシェイカーに注ぎ、マンハッタンを三人ぶん作った。グプタ教授のいちばん好きなカクテルだ。ルクサルド社のマラスキーノ・チェリーを載せて、まずレイチェルに、それからグプタ教授にグラスを手渡す。そして、三人で軽くグラスを合わせて乾杯した。ブリンクはカクテルをひと口含み、ゆったりと座席にもたれた。

グプタ教授はキーボードを引っ張り出して膝に載せ、コマンドを打ちこんだ。すると、モニターに輝く円が大きく映し出された。アブーラフィアの〈神のパズル〉だ。

「それでは、くつろいでくれたまえ。カクテルを楽しみながら、よく聞いてほしい。わたしがこれから話すことを聞いたら、きっと度肝を抜かれるぞ」

58

「マイク・ブリンクからこの驚くべき図が送られてきたとき、わたしは途方に暮れた。宗教史は専門外なうえに、わたしは仏教徒だから、ユダヤ教の図像学の知識はまったくない」グプタ教授は言った。「しかし、数学の観点から見てみると、この円は実に興味深く、きわめて複雑にできている。驚くべきことだよ。アブーラフィアの時代の数学は、現代のわれわれが世界を理解するのに用いている数学ほど、進歩していなかったんだからね。何しろ、蠟燭が贅沢品だった時代だ」

ヴィヴェク・グプタは膝のキーボードの位置を調節し、別のコマンドを入れて円を拡大した。これまで数回見ただけだったが、マイク・ブリンクは目を閉じてもこの円を鮮明に思い描くことができた。ヴィヴェク・グプタはレーザーポインターを使い、最初に放射状に並ぶ数字を、つぎに中央のダビデの星を示した。「わたしは異教徒だ。この円の宗教上の意味については、ミズ・アペルのほうがはるかにくわしく説明できるだろう。だが、わたしはここに、ある種の数学的難題を見いだした。パズルだよ、きみたち。パズルだ。わたしが心を鷲づかみにされ、暗号の魔術師、数学者、芸術家、不可解なものの愛好家としてのキャリアをひた走ってきた理由そのものだ。ただし、わが大先達であるインド人数学者のシュリニヴァーサ・ラマヌジャンがかつて言ったように、わたしはこう信じている。〝神のご意思を表すものでないのなら、方程式はわたしにとって無意味だ〟とね。このパズルはまさにそんな方程式のひとつだ」

ヴィヴェク・グプタはモニターに向きなおった。「わたしの注意を最初に引いたのは、この円の明確なパターンだった。ブリンクくん、きみにも見えるかね？」

「外縁を囲む白と黒の四角形ですね」ブリンクは言った。「二進法です。真っ先に気づきました」

「そう、バイナリコードだ」グプタ教授は言った。「わたしが思うに、こういった図には珍しい要素だ」

「創造主に関する情報のやりとりには、古くから暗号やコードが使われていました」レイチェルが言った。「もちろん、アブーラフィアの円は画期的でしたけど、ほかに例がなかったわけではありません」

「ほう？」グプタ教授は言った。「なるほど、バイナリコードはユダヤの人々に使われていたかもしれないが、実を言うと、彼ら独自のものではなかったんだよ」ヴィヴェク・グプタがボタンをクリックすると、モニターに画像が表示された。太い黒線の列が六本ずつのグループに分かれている。

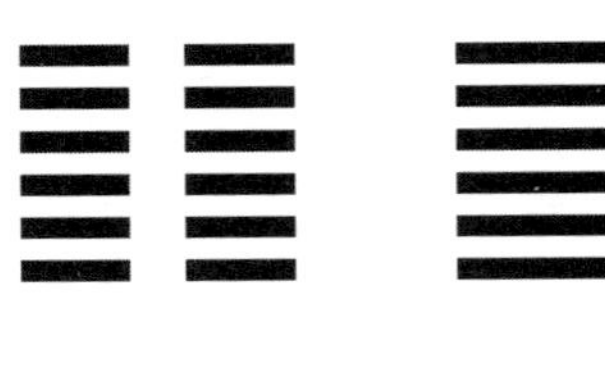

「アブラハム・アブーラフィアがこれを知っていたはずはない。中国人との接点はなかっただろうからね。だが、アブーラフィアの時代から約二千年前、伏羲（ふっき）という中国人哲学者が、同様のバイナリの天啓を得ている――女性性と男性性という二極のパワーの秘密であり、〝陰陽（いんよう）〟として知られるものだ。アブーラフィアに同じく、伏羲は表記法を編み出した。神の名のバリエーションではなく、六本（ろく）の棒線――破線の陰と実線の陽を六本組み合わせた記号によってね。これを六十四通りに分類した六十四卦（じゅうしけ）について記したのが、古代中国の書物である『易経』だ。易経は占いに用いられた。それどころか、世界のあらゆる秘密を解く鍵だと信じられていたんだ」

グプタ教授がまたボタンをクリックすると、渦巻きのような図がモニターに映し出された。細かく区分けされ、それぞれの上に数式が書かれている。

「伏羲の二進法は、ドイツ人数学者であるゴットフリート・ライプニッツの目に留まった。ライプニッツは、十進法を使わないシステムの構築に心血を注いだ。彼が追求したのは、0と1のちがいを完全に表現する純粋な数学だった。0、あるいは〝非存在〟の問題に、ライプニッツは取り憑かれていた。なぜ、0というただのポテンシャルが、完全な有形物である1になるのか。無から有への変化は、つねに重要な問題だった……それこそ、あらゆるものの核心を占めていたんだ。われわれの精神と知の体系のすべて――宗教と科学はもちろん、存在そのものに関する問いもそうだ。生命はいかにして生まれるのか。肉体が死んだあとはどうなるのか。非存在とはいったい何か」

ブリンクは目の端でレイチェルをとらえた。グプタ教授の暴走についてきているだろうか。こうして知的な想像をふくらませるのが教授のいつものやり方だった。MIT時代には、数理パズルの細かなちがいを説明するために、講義時間が過ぎても学生を引き留めておくことで有名だった。だが、ブリンクの心配は無用だった。レイチェルは教授の話に引きこまれていた。真剣なまなざしで教授を見つめ、一言一句聞き漏らすまいとしている。

「ライプニッツの問いは」レイチェルは言った。「カバラーの思想の根底にあるものと同じです」

「そうだろう！」グプタ教授は顔を輝かせて言った。「ライプニッツはカバラーに深い関心を寄せていた。創造の謎を解明しようとする自身の執念と方針を同じくしていたからだ。ライプニッツは、宇宙の最も深遠な営みは0と1の体系によって説明できると仮定した。その仮定が正しかったことは時が証明した。いまや二進法は、人類が物質界を計算し、表現する主要な手段となった。きみも知っていると思うが、コンピュータによる通信はすべてバイナリコードに依存している。輸送、インターネット、国家安全保障を管理するのはバイナリコードだ。文化的な体験もほぼすべてそうだ。録音された音楽から、映画、テレビ、音声、電子書籍まで、どれもバイナリコードで作成され、伝達されている。そして、この円にもバイナリコードが含まれていることがわかった」

レイチェルはモニターに向かって身を乗り出した。「どうして気づかなかったんだろう」

「そこまであからさまではないからな」グプタ教授は言った。「だが、外縁に並ぶ白と黒の四角形の配列をよく見れば、ただ不規則に並んでいるわけではないのは明らかだ。わたしはすぐにそうと気づいて、この配列自体に手がかりがあるのだろうと推測した。だが、どうもそれだけではないような気がしてね。コンピュータ上でさまざまなプログラムにかけてみたところ、驚いたことに、考えもしなかった結果が得られた」

「どんな結果ですか？」モニターを見つめたまま、レイチェルが尋ねた。

「神の名をさまざまに組み替えて唱えること――それがこの円のそもそもの趣旨だろう？　それと同じように、このバイナリのシーケンスを七十二通りの組み合わせで試したところ、コンピュータコードが生成された」

「コンピュータコード？」レイチェルは目を瞠った。「千年近く前に描かれた円ですよ」

「驚異的だろう。そのうえ、ただの古いコードとはちがう」グプタ教授はキーボードのキーをいくつか叩き、ひとつの数式をモニターに映し出した。「量子ビットは何か知っているかな？」

「量子コンピューティングに使われる単位です」ブリンクは数式に目を凝らした。0と1が積み重ねられ、これまで見たどんなものともちがっているが、その対称性がブリンクの興味を掻き立てた。

「正解だ」グプタ教授は言った。「量子ビットは、量子情報の基本となる単位だ。従来のコンピュータが二進法のビットで情報をコード化するのに対し、未来のコンピュータは量子ビットを使用する。複雑な量子力学の法則を利用したコードで、率直に言って非常に難解だ。量子ビットは、従来の二進法とは異なる非バイナリだ。多重状態で情報を処理するんだよ。ごく簡単に言えば、ビットが情報をある状態――0か1、非存在か存在のどちらか――で固定するのに対し、量子ビットでは、情報は同時にどちらの状態にもなりうる。こちらとあちらの両方に存在でき、黒でも白でもあり、男性的でも女性的でもあるわけだ。このように、同時に複数の状態で存在することを〝重ね合わせ〟と呼ぶ。未来の情報体系は、すべて重ね合わせの状態に変移するだろう」

グプタ教授はことばを切り、マイク・ブリンクとレイチェル・アペルを交互に見た。「ここまでは理解できたかな？」

「つまり、情報が量子粒子のようにふるまうということですね」レイチェルが言った。「ダブルスリット実験で、光子がふたつの場所に同時に存在できるのと同じように」

「まさしく」グプタ教授は言った。「量子コンピュータは、現時点で最速のコンピュータより、数千倍パワフルだ。量子の性質を利用した、情報の量子テレポーテーションを実現する可能性を秘めている。もし実現すれば、これまで解決不可能と思われてきた問題を解決するだろう。病気や飢餓。死でさえも」

「そういったマシンの性能なら理解できます」レイチェルは言った。「でも、ジェイムソン・セッジがそのコードを切望する理由は？」

「アブーラフィアが隠したこのコードこそが、自分の求める情報だとわかっていたんだろう。ひょっとしたらすでに、あいつも同じ量子コードを突き止めたかもしれない。わたしのように、自分で抽出できるはずだからね。いま重要なのは、ジェイムソンがコードを使う手段をすでに開発ずみなのかどうかだ。量子コンピュータと、システムを動かすためのネットワークが必要だからな。仮に、すべての準備が整っていて、コードを展開するテクノロジーがあるなら――」

「――永遠の命のコードを手に入れたことになる」ブリンクがことばを引き継いだ。モニターに表示されたコードを見つめ、思案をめぐらす。十三世紀の神秘家が作った古のシーケンスに、量子コードの構成要素が含まれている。正確に使えれば、人類の未来が一変するかもしれない。「まさか、信じられません」

「われわれが若かったころ、よく想像したものだよ」グプタ教授は言った。「まったく生物学的でない、意識の新しいシステムを構築できたら、と。食べ物も睡眠も要らない、肉体よりすぐれた魂の入れ物を見つけよう、と冗談を飛ばし合った。けっして老いない入れ物だ。考えてもみたまえ、ブリンクくん。きのうビデオ通話をしたとき、画面に映ったわたしの姿は生物学的なわたしの再構築だったのか、それとも、わたしの意識の再構築だったのか、きみにそのちがいがわかったと思うかね？　あれはほんとうにわたしだったのか、わたしのイメージでしかなかったのか。ぜったいに見分けはつくまい」

ヴィヴェク・グプタはマンハッタンを飲み干して、グラスを足もとに置いた。

「わたしはずっと、人類の不老不死を理論上の仮説として考えてきた。サイエンスフィクションのいい題材にすぎないとね。量子テレポーテーションでさえ実現可能だとは信じられなかった。ところが、もはやただの空想ではなくなってきている。意識のコード化、保存、テレポートが実際に可能なんだ。セッジの精神は、現在と未来の両方で存在できる。それは数学モデルで実証されている」

「そうは言っても、どれも理論上の話です」ブリンクは言った。「まだテクノロジーが追いついてない」

「さよう」ヴィヴェク・グプタは言った。「だが、理論は実現に向けた最初の一歩でもある。わたしが思うに、人類の存在にそのような大革命が起こるのは、まだずっと先のことだろう。だが、ジェイムソンの意志は固い。あいつは昔から、目の前の現実をはるかにしのぐ壮大なアイディアをいだいていた。そして、このコードは──単なる仮説だったとしても──まさに奇跡としか言いようがない。アブーラフィアは人類に強力な手段を与えたんだ」

「たしかに、そうかもしれません」レイチェルは半信半疑で言った。「でも、アブーラフィアがそんなことを知りえたはずがない。この円は、アブーラフィアが考案した瞑想法です。実践し、ことばを唱え、経験するために描かれた。それが神と交信する方法でした」

「たしかにそうなんだろう」ヴィヴェク・グプタは言った。「だが、数学者としてわたしに言えるのは、この円に驚くべき宝が含まれているということだ。単なる偶然にしては、あまりに緻密で完全な宝がね」

「ひょっとしたら、偶然じゃないのかも」レイチェルはブリンクと顔を見合わせた。ブリンクには、レイチェルの考えていることがわかった。〈神のパズル〉は単なる偶然でも、手ちがいでも、思いがけない幸運でもない。神から人類への贈り物なのだ。

59

かれこれ十年以上、キャム・パトニーは忠実な部下でありつづけてきた。世界じゅうを飛びまわり、ハードドライブを回収してきた。中身の情報がどれほど貴重なのかは、神のみぞ知る。キャムはきびしい修練を積み、精神と肉体の限界に挑んできた。看守として働くために娘のそばを離れ、ニューヨーク市から北に五時間離れた土地へ移り住んだ。そこで男を殺した。女に怪我を負わせた。けっして疑いをいだくことなく、つねにセッジの意のままに行動した。ひとことも反論せず、質問もしなかった。訓練されたとおりに命令を遂行した——すばやく、抜かりなく、名誉と沈黙を携えて。それが〈シンギュラリティ〉のサムライだった。任務より重要なものなど、この世になかった。

ただし、娘だけは別だ。十三歳のジャズミンは、健康で陽気な、しっかり者の少女に成長していた。父親のほんとうの生業は知る由もない。ふつうの子ども時代を過ごしてほしいという願いから、キャムは真実を隠していた。それはうまくいっていた。ミスター・セッジが用意した学資金のおかげで、ジャズミンはマンハッタンで最高の私立校に入学した。仲よくなった同級生らに招かれ、ハンプトンズの別荘で開かれる贅沢な誕生日会へ出かけたり、バハマのビーチで冬休みを過ごしたりしている。ジャズミンはミュージカルが好きで、キャムは何度か〈マチルダ〉を観に連れていった。ＴｉｋＴｏｋとＫ‐ＰＯＰも好きだ。動物には目がない。この前会ったとき——数カ月前の春休み——には、大きくなったら獣医になりたいと言っていた。獣医とは。十三歳のころの自分なら、そんな職業は考えもつかなかっただろう。世の中の過酷な現実と、自分の真実から娘を守ってやれていることが、キャムは誇らしかった。だが、ジャズミンには繊細で傷つきやすい一面もあった。娘にあえて苦しい思いをさせ、強くなる手助けをすべきなのかどうか、キャムは自問した。自分が培ってきた知恵を娘に教える方法はそれしかない。身の安全は、苦しみと真っ向から対峙してこそ守られる。

長年にわたって危険な状況を繰り返し乗り越えていくうちに、その対処法はキャムの体の一部になった。ウメ・センセイの教えによれば、体はこれまでに経験した苦しみと喜び、失敗と成功のすべてを記憶する。だが、その教えの意味をキャムが腹の底から理解したのは、モーゼス医師を襲撃したときだった。

キャムの準備は整っていた。チャンスは一度きりだ。モーゼス医師のノートパソコンを損傷させることなく、本人だけに命中させないといけない。医師は、スマートフォンからノートパソコンに重要なファイルを移した。ミスター・セッジはノートパソコンだけでなく、スマートフォンの回収も望むだろう。慎重を期す必要があった。モーゼス医師の体がテーブルから離れて後ろに倒れるように、撃つ角度を調整するのだ。医師の背後からそれをやるのは簡単ではないが、不可能でもなかった。

綱渡りをするように、キャムは一歩ずつ、ゆっくりと前に出た。少しでも動きを誤れば、標的に近づくための繊細な均衡が崩れかねない。部屋を半分ほど横切ったところで、キャムは過ちに気づいた。自分の影がノートパソコンの画面に落ち、医師にみずからの存在をさらしてしまったのだ。ほんの数秒の出来事だった。モーゼス医師は背後のキャムに気づき、勢いよくノートパソコンを閉じると同時に、キャムのほうへ振り向いた。その猛然とした勢いに、キャムはひるんだ。医師がノートパソコンをキャムに振りおろすのを目にしながら、ただ立ちつくすしかなかった。キャムの手首を狙ったそのすばやい一撃で、グロックが部屋の反対側まで飛ばされた。

そのあとの数秒間、キャムの思考は無になり、長年積んできた訓練が身体を支配した。視界がぼやけて意識が遠のくなか、キャムは攻撃に転じた。われに返ったときには、セサリー・モーゼスが足もとにいた。ダイニングルームの板張りの床に倒れ、顔の左側にできた裂傷から血が流れていた。キャムの手のなかで、薄いノートパソコンの角が血にまみれていた。セサリーから奪った記憶はないが、それを凶器として使ったのだ。

そのとき、床が傾いた。突然のパニックだった。めまいがした。脚に力がはいらず、手が震えた。女を殺したことはなかった。それも、自分の手で。にわかには信じられなかった。ウメ・センセイの教えによれば、強靭な精神力はいっときの後退があってこそ発揮される。パニックから離れて、呼吸を整えようとした。息を大きく吸いこんで腹部にため、四、三、二、一、と数えてから、吐き出した。部屋のぐらつきがおさまり、手の震えも止まった。

ふだんは酒などめったに飲まないが、任務中に取り乱すというこのかつてない事態に、気つけの一杯がどうしても必要だった。ワインの栓を抜いてグラスに注ぎ、一気に飲み干した。自分はなんてことをしてしまったのか。背後のセサリー・モーゼスに向きなおり、床にひろがっていく血の海を見たとき、娘の顔が目に浮かんだ。ジャズミンの人生と知性だって、これくらい簡単に奪われてしまうのだ。頭部に非情な一撃を受けるだけで。

キャムの心の奥深くで、何かが壊れた。セッジに忠誠を尽くす戦士としてのアイデンティティの基盤が崩れかけていた。キャムは心なき獣（けだもの）ではなかった。怪物でもなかった。ウメ・センセイに教わったすべてがそれを証明していた。キャムの娘がそれを証明していた。そのとき、別次元からの啓示のように、セサリー・モーゼスがうめき声をあげた。目がゆっくりとまばたきを繰り返していた。キャムは深い安堵を感じた。医師は死んではいなかった。医師のスマートフォンを手にとり、緊急通報番号にかけた。オペレーターの声で意識を取りもどせるよう、スマートフォンを医師の耳もとに置いた。すぐに救助が来そうだとわかって、キャムは立ち去った。

モーゼス医師は一命を取り留めるだろう。それでも、医師に対して自分のしたことがキャムの頭を離れなかった。その後、任務を完了するときが来たと、ミスター・セッジに言い渡された。モーゼス医師の家で感じたパニックがよみがえり、ジャズミンの顔しか見えなくなった。このときが来るのはわかっていた。これまでの訓練はすべて、最後の重大任務をやりとげるためにあった。これまでに体得したあらゆる技能、収集したすべての情報、あの女受刑者の監視に費やした歳月――それらはどれも、ミスター・セッジの究極の計画に向けた下準備にすぎなかったのだ。

とはいえ、その計画が娘にとってなんの得になるだろうか。キャム自身にとっては？　この年月のあいだにキャムは変わった。鍛錬と教育によって、セッジとの契約書に署名したときの自分とは別人になっていた。ミスター・セッジの要求どおりに義務を果たせば、自分の人生が犠牲になり、もう父親ではいられなくなる。少なくとも、世間一般の意味では。その任務自体や、それにともなう暴力がこわいのではない。しかし、もし計画が成功して、ミスター・セッジの仮説の正しさが証明されれば、キャムの人生は決定的に変わってしまう。

ミスター・セッジにいよいよだと告げられたのは、ジープから革のトランクを回収してもどったときだった。「われわれの努力がついに実るぞ」ミスター・セッジは言った。「未来がやってきたのだ」これから起ころうとしていること、自分に課せられた義務、そのために必要な犠牲が頭をよぎり、キャムは動揺した。自分は要求に応えられないと、ミスター・セッジに伝えた。職を辞し、相応の処分を受ける覚悟だった。

だが、ミスター・セッジは怒らなかった。ロウアー・マンハッタンまで車を走らせ、ユーロコプターで待つアン＝マリーのもとへ向かった。アン＝マリーの邸宅までのフライト中、ふたりは終始無言だった。到着したとき、ミスター・セッジはキャムの肩に手を置いて視線を合わせ、そういった反応を見せるのは当然だと言った。「未来というのはこわいものだ。だが、恐れることは何もない。わたしが最後まで導いてやる」セッジとキャムは、大規模なコンピュータシステムを備えたセッジの地下シェルターに向かった。地熱を利用した発電機があり、この場所全体が外部の電力網から独立している。貯蔵室には非常用物資が蓄えてある――一カ月ぶんの水、ヨウ素剤、缶詰の食品、五十ポンドの袋入りの乾燥豆と米。驚くには値しない。ミスター・セッジは文字どおりの意味で自立を信条としているのだから。弁護士や銀行にはまかせきりにしない。メディアへの露出はいっさい控える。すべてを徹底して管理するセッジに、不測の事態が起こることなどありえなかった。

ミスター・セッジの計画の真相はアン＝マリーでさえ知らないはずだと、キャムは踏んでいた。あれほど頭のいい美人が、ミスター・セッジの奇行の数々に付き合う理由がわからなかった。ミスター・セッジの奇人ぶりから目をつぶるのに、金はおおいに役立っているのだろう。だが、キャムがそうだったように、ひょっとしてアン＝マリーも、金とは関係なく、セッジの力になりたいと思うようになったのだろうか。ミスター・セッジの執念の端々に、美しい何かが実現する可能性を見いだしたのだろうか。もしかしたらアン＝マリーも、ミスター・セッジが描く突拍子もない未来に魅了されたのかもしれない。

ミスター・セッジは地下シェルターの蛍光灯の下にキャムをすわらせ、一級品のスコッチをグラスに注いだあと、質問を投げかけた。キャムの望みはなんなのか。何を恐れているのか。長い年月を訓練に費やしてきたのに、いよいよ重大な局面を迎えるいまになって辞めると言いだすのはなぜなのか。キャムは、自分のせいで娘を苦しめるわけにはいかないからだ、と答えた。

「それどころか、きみの娘さんは恩恵を受けることになる」ジェイムソン・セッジは言った。「きみは英雄になるんだ。人類の〈偉大なるリセット〉の導き手として、おおいに讃えられるだろう」

「でも、どうなるかは予想がつくでしょう」キャムは言った。「おれの名が世間に知れ渡ることになります――テレビやインターネットで。ジャズミンの母親の目にもはいるはずです。あの子の友だちだって……」

「娘さんは恥ずかしいなどとは思わないさ。それどころか、誇りに思うだろう。きみは全人類の潜在能力を引き出すんだ。それによって、人類は神を超える。神はもはや重要ではなくなる。人類は永遠の命を手に入れる」

「ですが、もし成功すれば」キャムは言った。「もう二度とあの子に会えないかもしれません」

「成功すれば、きみは娘さんと永遠の時を過ごせる」

ミスター・セッジは地下シェルターを横切った。コンピュータのモニターの光が、セッジを緑色に染めている。

「来なさい。わたしがどれほどきみを信頼しているか見せてあげよう」目の前のコンピュータは、キャムがこれまで目にしたことのあるどんな機械とも異なっていた。まるで巨大な壁のようで、ガラス板の向こうで無数のチップが点滅している。ミスター・セッジはキーボードとモニターの前にすわり、あるファイルを開いた。セッジの遺言書だった。キャムの契約書と同様の、署名ずみのリカーディアン・コントラクト。キャムの名の横に、途方もない桁の数字が書かれている。一生かかっても使いきれない金額だ。

「アン＝マリーの生活はこの先も安泰で、すでにさまざまな贈与の手続きもすんでいる。だが、わたしの財産の大部分はきみの手に渡るんだ、キャム。よく考えてほしい。仮にわたしがまちがっていて、計画が無残に失敗したとしても、ジャズミンには利益がある。これほどの保障が娘さんにとって何を意味するか、考えてみてくれ」

ミスター・セッジは外付けハードドライブをコンピュータに接続した。モニターにファイルの列が表示される。

「わたしの人生の集大成だ」誇らしげな顔でジェイムソンは言った。「失敗する可能性が高いのはわかっている。だが、計画の最終段階を完了させるために、きみの助けを得られるという確約がほしい。

やってくれるかね、ミスター・パトニー？　わたしが見こんだとおりの男だと、証明してくれるか？」

結局、キャムは折れた。ジェイムソン・セッジの〈偉大なるリセット〉が滞りなく開始するよう万全を期すこと、それがキャム・パトニーの役目だ。「はい、ミスター・セッジ」キャムは震える声で言った。「失望はさせません」

そうして、ふたりはトランクからアブーラフィアの円を取り出してスキャンし、プログラムを実行した。「残る作業はただひとつ」ミスター・セッジは昂然として言った。「そのためには、ジェス・プライスが必要だ」

60

ジョン・ウィリアムズから電話がかかってきたのは、グプタ教授がちょうど説明を終えたときだった。教授はキーボードで何か入力し、ジープのコンピュータシステムにかけた制限を解いた。すると、ジープのエンジンが息を吹き返した。ブリンクは運転席をレイチェルに明け渡し、運転手の役目から逃れられたことに安堵した。コントロール不能の事態に直面するのが苦手で、勝手に道をそれたジープに気力をくじかれたのだ。ヴィヴェク・グプタはもう二度としないと約束したが、ブリンクは疑念を捨てきれなかった。グプタ教授はいたずらを仕掛けるのが好きで、なかでもブリンクはお気に入りの獲物だった。

遅れは許されなかった。ジョン・ウィリアムズは細かく指示を出した。刑務所から半マイル離れた森のなか、〈狩猟禁止区域〉の標識のそばに車を停めること。そこに置いてある袋を見つけ、警備員の制服、職員証、名札を身につけること。

ブリンクは車をおり、服を脱いで制服に着替えながら、ごわつくポリエステルを肌に感じた。サイズは問題なかったが、ニューヨーク州立矯正施設の職員の恰好にローカットの赤いコンバースは不釣り合いだ。だが、ほかに靴はない。これを履いていくしかない。

自分の服をジープに投げ入れ、レイチェルにうなずいてから、刑務所のほうへ歩きだした。雲ひとつないあたたかな夜で、黒い空に星がまたたいている。刑務所はすぐそこだ。分厚い煉瓦の塀、コイル状の剃刀鉄線、投光器が見える。あの塀の向こう側へ行くのだと思うと、急に恐怖の波に襲われた。

つかまればどうなるのかはわかっている。州立矯正施設の職員になりすまし、身分を偽って侵入することと、パズルを解くことはちがう。あの境界線を越えたが最後、あともどりはできない。

ジョン・ウィリアムズには、夜勤がはじまる午後十時きっかりに、門の前へ来るよう言われていた。ジョンがブリンクに付き添って刑務所内にあるいくつかのセキュリティチェックポイントを通り、新入りだと紹介する。ブリンクの制服が真新しく、顔に見覚えもないことがその設定を裏づける。ブリンクが前に刑務所にはいったのは日中のことだったから、夜勤の職員はだれもブリンクを知らない。すべて計画どおりに進めば、たいした問題なくすぐに出てこられるはずだ。

最初のチェックポイントに到着した。ブリンクの制服と職員証を見た警備員がいぶかしげに口を開きかけたそのとき、背後から声がした。

「そいつが例の新入りだ、チャック」ジョン・ウィリアムズが言った。「書類の確認が必要なら、おれのオフィスにある」

警備員はブリンクの目を直視し、ふたたび職員証を見やったあと、手を振ってブリンクを通した。ジョン・ウィリアムズはついてくるようブリンクに合図した。投光器のぎらつく白い光が芝生の隅々までを照らすなか、刑務所の建物に向かって無言で歩いた。

やがて、ジョン・ウィリアムズが切り出した。「おれから離れるなよ、ブリンク。勝手に旧棟へ行くんじゃないぞ。さっさと用事をすませて出る。寄り道はなしだ」

「わかってます」ブリンクはそう答えながら、前回の行動はすべて監視カメラにとらえられていたのだと気づいた。ウィリアムズは、ブリンクが結核療養所の三階でジェスの日記を読むところを見たにちがいない。キャム・パトニーが自力で発見したわけではなかったのだ。「ここで起こっていることはすべて把握してるんですね」

「それでもじゅうぶんでないのは明らかだ」

「セサリーに何が起こったのかをジェスが知っていたら、きっとぼくに話すはずです」

「いいか。セサリーはあんたを高く買ってるようだが、おれの目はそう簡単にごまかせないぞ。プライスから何か聞き出せたらおれに知らせろ。どうせ無駄だろうがな。だまりこくって固まっちまうに決まってる。それがあの女のいつもの手だ、ちがうか？」

ブリンクは思わずジェスをかばった。「あなたはまちがってる。ジェスはそんな手を使ってるわけじゃない」

ジョンは立ち止まってブリンクに向きなおった。「だったらなんなんだ、ミスター・スマート・ガイ？」

アブーラフィアの円、その文字と数字がブリンクの頭に浮かんだ。ヴィヴェク・グプタの話のすべてがよみがえる。パズルのピースはそろっている。あとは、すべてをひとつにつなぎ合わせるだけだ。

「パズルですよ。それを解くためにジェス・プライスが必要なんです」

「ほう」ジョンは言った。「はっきり言っておこう。あんたが何を企んでるか知らないが、こっちはくびが飛びかねないんだ。セサリーのためでなけりゃ、あんたが一歩だっておれの刑務所に立ち入ることはない」

ふたりは正面入口の金属探知機の前に着いた。「新入りだ」ジョンが低い声で言うと、職員はブリンクを通した。スマートフォンを取りあげられなかったので、ブリンクは胸をなでおろした。ジェスに会いしだい、レイチェルに電話して、どうすればいいか指示を仰ぐことになっている。ブリンクの立つ位置と、ジェスの立つ位置。ブリンクが唱えることばと、ジェスが唱えることば。ハシェムの音節をどう発音すればいいのかも。

そのあとは？　レイチェルの考えどおりにやるとは言ったものの、儀式は九十九パーセントの確率で失敗に終わるにちがいなかった。ブリンクはこの儀式を、ジェスから反応を引き出すための手段としてとらえていた。あの円が偽薬の働きをしてプラセボ効果をもたらし、ノア・クックが死んだ夜の記憶を呼び覚ます。あの儀式のさなかにジェスがいだいた感情を再現できれば、何が起こったのかを思い出すかもしれない。ハシェムにまつわる伝説はどれも同じ——ただの伝説にすぎないのだ。それでもブリンクは、実際に何かが起こるかもしれないという一パーセントの重圧を感じていた。ノア・クックとフランキー・セッジの写真を見たではないか。ラビとヤコブを襲った惨事に関するラ＝モリエットの手紙を読んだではないか。これはとてつもなく危険な火遊びなのだ。

ジョン・ウィリアムズは角を曲がり、明るく照らされた長い廊下を通って、ある部屋の前までブリンクを案内した。グループセラピーのためか、部屋の中央に折りたたみ椅子が円形に置かれている。

「おれはドアのすぐ外で待つ。あんたから目を離さずにな」ウィリアムズは廊下の天井のカメラを指さした。「監視カメラは十分間だけ停止させた。深夜のおしゃべりに受刑者を連れ出すところを見られちゃまずいからな。よけいな真似はするんじゃないぞ。ぜったいに」ジョンはドアを解錠してブリンクをなかに入れ、腕時計を見た。「残り時間は八分だ。無駄にするなよ」

それは暗く窓のない部屋で、ドア付近にある〈非常口〉の赤い誘導灯が唯一の明かりとなっていた。折りたたみ椅子のひとつに、ジェス・プライスが腰かけている。誘導灯の光で肌が赤く染まり、傷んだ髪が肩に垂れていた。ジェスはなんの反応も示さず、近づいてくるブリンクを見ようともせずに、暗闇を見据えている。それでも、ジェスが近くにいるだけで、ブリンクのなかに激しい感情がほとばしった。この三日間のプレッシャーがブリンクの感情を圧縮し、結晶化していた。ジェスの体にふれたかった。ブリンクの作り出した幻ではなく、ジェスの肉体がほんとうにそこにあるとたしかめたかった。

だが、ジェスのすぐそばまで来て、ブリンクは目を疑った。ジェスの体は激しく震え、唇はひどくひび割れて血がにじみ、肌はこの世のものとは思えないほど白かった。目は熱っぽく光っている。いまにも倒れそうだ。駆け寄って何かしてあげたいという気持ちを懸命にこらえた。こわがらせたくはない。二度目の夢で分かち合ったあのひとときを、ジェスも体験したのかどうかもわからない。

そんなことを考えていると、ジェスが立ちあがって部屋を横切り、ブリンクを抱擁した。そのしぐさの親密さ——体を密着させて、ブリンクの腰に両腕をまわす——から、ジェスと心が通じ合っているのを感じた。ジェスも同じ夢を見ていた。あのすべてを体験したのだ。

「また会えると思わなかった」ブリンクの胸に頬を押しつけて、ジェスが言った。

「かならず会うと決めてた」ブリンクはジェスを抱きしめた。その体は氷のように冷たかった。

「トランクを見つけた？」ジェスはブリンクから体を離し、緊張した声で尋ねた。

「あのトランクを見つけてなかったら、ここまで来られなかったよ」

「それなら、ラ＝モリエットに何が起こったか知ってるのね」ジェスは言った。「わたしのせいじゃないってわかってる」

「ぼくにわかるのは、きみが自分ではどうにもならない事態に巻きこまれたってことだ」

ジェスは顔をそむけたが、ブリンクはその目に涙が浮かんだのを見逃さなかった。「そのことばを聞くためにどれだけ待ったことか」ジェスは言った。「あなたが信じつづけてくれるかぎり、なんだって耐えられる」

「信じるよ」ブリンクは言った。「何もかも意味がわからないが、ぼくはきみを信じる。そして、きみを助ける。無理だと思うかもしれないけど、あの夜にセッジ館で起こったことを思い出してみてほしいんだ」

ジェスは熱に浮かされたような顔をし、つい数秒前とはどこかちがう声音で答えた。「あいつらがやってること、わかってるんでしょ？」

ブリンクは無意識に一歩あとずさった。頭が理解するより早く、体が危険を察知していた。「だれが何をやってるって？」

　ジェスはブリンクを凝視した。「ここに入れられた最初の年、刑務所の敷地内で一羽の蝶を見つけた。大きくて美しいオオカバマダラだった。蝶は傷ついてた。何百匹ものヒアリの大群に襲われて飛べなくなってた。蝶は必死にもがいて、オレンジと黒のまだら模様の羽をばたつかせてたけど、ヒアリは蝶を離さなかった。集団で少しずつ蝶を食いちぎって、ばらばらにした」ジェスの目にまた涙が浮かんだ。「そうやって、弱者は強者を倒す。そうやって、あいつらはわたしを倒す。ばらばらにする」

　ブリンクは話を呑みこもうとしながら、ジェスの熱のこもった口ぶりに困惑した。ブリンクはジェスを助けにきたが、そのためにはジェスの力が必要で、なぞなぞをしている場合ではない。ブリンクが質問しようとしたそのとき、ポケットのなかでスマートフォンが振動した。

　レイチェルだった。「いまどこ？」ジェスといっしょにいるとブリンクが答えると、レイチェルは狼狽した声で言った。「刑務所から出て。いますぐ。ジェイムソン・セッジが刑務所にいる」

「ここに？」ブリンクはうろたえた。「どうして？」

「理由はわからないけど、あなたがなかにいることを知ってるんだと思う。ジョン・ウィリアムズに頼んで外に出してもらって」

「でも、ジェスをひとりにはできない」

「あきらめるしかない」レイチェルは言った。

　もしほんとうにジェイムソン・セッジが刑務所にいるなら、レイチェルの言うとおりだ。ブリンクは脱出しなければならない。だが、ジェスをここに残していくことはできない。スマートフォンをポケットに突っこんでから、ブリンクはジェスの腕をつかんだ。用心深くドアに近づき、明るく照らされた長い廊下をのぞいた。おかしい。廊下は無人だった。ジョン・ウィリアムズがブリンクをほうっておくとは思えない。みずからドアの前で見張りに立っていたし、ブリンクが刑務所の外に出るまで同行するつもりだったはずだ。それなのに、こうしてブリンクを——もっと信じられないことに、受刑者を——置いて、どこかへ行ってしまった。

「いっしょに来て」ブリンクはジェスに言った。「ここから出よう」

61

廊下の突きあたりに向かって歩くブリンクの脳裏に、刑務所の構内図が浮かびあがった。縦横に廊下が走り、南に食堂、西に娯楽室、北に正面入口が見える。刑務所で最も古い東棟の奥には、結核療養所へつづく金属のドアがある。地下の資料室へ行くためにセサリーがあけたあのドアだ。刑務所のなかでも、旧棟だけは看守がいないはずだ。あそこまで行けば、しばらくは安全だろう。

「こっちだ」ブリンクはジェスの手を握り、廊下をさらに奥へ進んだ。角を曲がった瞬間、ブリンクは凍りついた。正面入口にジェイムソン・セッジとキャム・パトニーの姿があり、その前にジョン・ウィリアムズが立ちはだかっている。刑務所にはいろうとするセッジを、ウィリアムズが阻止しているのだ。パトニーが護衛に立っていたが、多勢に無勢だった。ジョン・ウィリアムズの背後に十人以上の警備員が集まっている。ブリンクはその場にとどまって、キャムとジェイムソンがあえなく退散するさまを見届けたかったが、脱出するならいまがチャンスだ。警備員の注意がそれているうちに、ジェスとふたりでひそかに抜け出せる。

どの方向へ進むべきか、ブリンクは正確に把握していた——脳にはっきりと経路が浮かんでいる。だがそのとき、ジェイムソン・セッジがジェスに気づいて、声を張りあげた。「ミズ・プライス、わたしはきみに会いにきたんだ」

ジェイムソン・セッジがジェスを見つけたということは、その前に立ちはだかる警備員たちにも見えているにちがいない。ブリンクはゆっくりと慎重にあとずさり、廊下の陰に身をひそめた。自分の姿は隠しておく必要がある。ブリンクだとセッジにばれて、何もかも台なしにするわけにはいかない。

「きみに礼を言わなくては」セッジは言った。「おかげでコードが見つかったんだからな」

ブリンクが廊下の角からのぞくと、正面入口の明るい照明の下に立つセッジが見えた。セッジの掲げたiＰａｄの画面に、人形の首にはいっていた紙の画像が表示されている。アブーラフィアの完全な円が拡大され、二十フィート以上離れたブリンクの位置からもはっきりと見えた。「きみとノア・クックが発見したものと同じか？」

ジェスは目を見開いたが、何も言わなかった。

「うまく隠したもんだ」セッジは言った。「わたしひとりでは見つけられなかっただろう。しかし、あの夜にきみたちが使った円とまったく同じものだという裏づけが要る。わたしは危険な賭けをしていて、事実を知る必要があるんだ。これがそのパズルなのか？　イエスかノーか、答えたまえ」

ジェスは何も言わない。

「セッジ館での事件はきみの責任ではないとわたしが証言すれば、答えてくれるだろうか。あの夜に起こったことは、だれにも防ぎようがなかった。きみはノア・クックを殺していない。彼の死は、きみよりはるかに巨大な力がもたらした悲劇だった」

ジェスはまったく反応しない。

セッジはキャム・パトニーに向かってうなずいた。すばやく無駄のない動きで、キャムはただちに行動に移った。ジョン・ウィリアムズと警備員を飛ぶように突破し、ジェスをとらえる。警備員がすぐに拳銃を抜いたが、キャムはワルサーＰＰＫ――アン＝マリーの家でジェイムソンが持っていたのと同じ銃――をベルトから抜き、ジェスの頭に銃口を突きつけた。ジョン・ウィリアムズが片手をあげ、警備員にさがって待機するよう命じる。またたく間に状況は緊迫した。キャムがジェスを引きずってセッジのもとへもどるあいだ、だれも何もできなかった。

「きみはノア・クックを殺さなかったが、あの屋敷にいたのはたしかだ、ミズ・プライス」ジェイムソンは言った。「あの人形とパズルを見つけたきみなら、この円が同一のものかどうか証明できるだろう」キャムが銃の安全装置をはずした。「きみに選択の余地はない。よく見て、答えるんだ。きみたちが使ったのはこれと同じ円か？」

「ええ」ジェスが力強い声で答えた。「そのとおり」

「ありがとう」ジェイムソンは言った。やけに穏やかな声だった。「それさえわかればじゅうぶんだ。キャム、彼女を離しなさい。ついにこのときが来た。やってくれ」

キャム・パトニーはジェスを解放したのち、ゆっくりとワルサーを構え、ジェイムソン・セッジの頭に狙いを定めた。周囲に緊張が走る。ブリンクは目の前の光景が信じられなかった。セッジが自分のボディガードに自分を撃てと言っている。わけがわからない。しかし、まちがいなくそう言った。やってくれ、と。

キャム・パトニーの手は震えていたが、引き金にかけられた人差し指は微動だにしなかった。

「ミスター・パトニー」セッジは苛立たしげに言った。「きみは同意したはずだぞ」

ブリンクの勘ちがいではなかった。セッジはボディガードに自分を撃つよう命じたのだ。だが、パトニーの目はうつろになり、その場で固まったまま引き金を引けずにいる。セッジの顔にさまざまな表情が浮かんだ——驚き、怒り、決意。とうとう、セッジはｉＰａｄを投げ捨てた。パトニーの手から銃を奪い、自分のこめかみに銃口を押しあてて、引き金を引いた。

耳を聾さんばかりの轟音が響き渡った。そのあとにつづく恐ろしい静寂の数秒間を、ブリンクは戦慄して見守った。ジェイムソン・セッジが床に倒れる。警備員がキャムに体あたりする。ジェスが駆け寄ってきて、自分の手をつかむ。驚きのあまり麻痺していたブリンクの体が、ジェスにふれられて感覚を取りもどした。ふたりは手を握り合って走りだした。

雑念を振り払い、ブリンクは目的地に意識を集中させた――結核療養所の強化金属製のドアだ。たどり着いたときには、息もできないほど体が激しく震えていた。ドアにもたれながら、ブリンクはキーパッドに注意を向けた。四角形のキーの配列が心を落ち着かせてくれる。視界に鮮やかな色があふれた。わざわざ思い出すまでもなく、ブリンクはパスコードを打ちはじめた。パッドの上で戯れる色を追いかけて、鮮やかなソナタを奏でながら、CODE39の長々としたコードを入力する。最後まで入力し終えると、ドアが音を立てて開いた。ふたりは奥へ進んだ。

吹き抜け階段は漆黒の闇に包まれていた。ブリンクは手すりで体を支えて階段をのぼろうとしたが、ジェスがブリンクを引きもどし、壁に押しつけてキスをした。ふたりはたちまち深くからみ合った。電流を放つような抱擁が現実――セッジの不気味な自殺や、ふたりを追う警備員――をあいまいにする。この果てしない闇のなかでは、マイクとジェスのふたりだけが存在していた。

ずっとそうしていたかったが、いまは危険が迫っている。ブリンクはジェスの手をつかみ、暗い階段をのぼって屋上へ通じるドアに向かった。ドアには警報装置がついていた。電球を覆う金属のケージや、旧式のプッシュオープンバーからして、おそらく二十世紀半ばに設置されたものだろう。作動しない可能性はおおいにある。この旧棟全体と同じだ――どこかの役人が取り壊しを承認するまで放置され、朽ちていく。この装置を壊して、屋上から脱出できるかもしれない。

だが、もし警報が鳴れば、ここに隠れてはいられなくなる。刑務所じゅうの人間に居場所を知らせるようなものだからだ。少なくともいまは、暗闇がふたりに味方している。ここなら人目につかず安全で、脱走計画を練る時間が少しはある。あれこれ考えず屋上に飛び出したい気持ちを抑え、ブリンクは待つことにした。窮地に追いこまれたときはいつでも、いったん立ち止まって問題に向き合い、起こりうる事態を分析し、万全の計画を立てるのがブリンクのやり方だった。

ところが、そうこうしているうちに、ジェスがドアを蹴りあけ、屋上に出てしまった。ブリンクはジェスを追いかけ、一陣の風を受けながら夏の夜気のなかへ飛び出した。警報が刑務所じゅうで鳴り響き、敷地内にこだまする。建物に投光器の光が振り向けられ、異常を探しはじめた。こうなったら、じっくり計画を立てている暇はない。ほんの数秒前まであったいくつかの選択肢が、ただひとつに絞られた——屋上からおりて脱出する道を見つけるのだ。ふたりの未来は解けるかもしれないパズルではなく、偶然のゲームにかかっている。運にまかせる以外に手はない。

ジェスは屋上の反対側をめがけて躊躇なく走った。ここから抜け出す方法がその先にあるとわかっているかのように、アルミの配管でつながった業務用エアコンの室外機を乗り越えていく。ジェスの変貌ぶりにブリンクは驚いた。ここから逃げられるという希望がジェスを変えたのだ。恐怖で震えていた受刑者の姿はなく、代わりに自由を求めるひとりの女性がいた。

「マイケル！」ジェスは叫び、屋上の端でブリンクに手を振った。「ついてきて！」

その声を聞いて、ブリンクの心臓が止まった。夢のなかで聞いた声にそっくりだった。すべてが——鳴り響く警報も、投光器も、警備員も——消え去り、ブリンクはジェスとふたり、別世界の森に立っていた。ジェスは〝ついてきて〟と言った。迷路や迷宮、森、地下牢、ホテルの部屋、刑務所を通り抜けて、ブリンクはどこまでもジェスについていく。時空を超えて、正気の限界までついていく。ジェスの導くところならどこへでも。

しかし、屋上の端に立つジェスのそばへ歩み寄ったとき、ブリンクは脱出が不可能であることを悟った。周囲は何もない絶壁で、下のコンクリートまでは六階ぶんの高さがある。奇跡的に地上へおりられたとしても、おおぜいの警備員、分厚い煉瓦の塀、その上で渦を巻く剃刀鉄線がふたりを待ち構えている。どこにも逃げ場はない。

眼下の運動場を見おろして、ジェスが言った。「あいつらを見て——ちっぽけでひ弱な連中が群がってる」

「もどろう」ブリンクはジェスの腕をつかんで言った。「ちがう出口を見つけるんだ。旧棟には——」

「ほかに出口なんてない」ジェスはブリンクの手をほどき、さらに屋上のふちに近づいた。それ以上進めば、真っ逆さまに落ちてしまう。「心配しないで、愛しい人」ジェスは振り返り、何かを決意した目でブリンクを見た。「きっとまた会える」そして、屋上のふちに足をかけた。

ジェスのつぎの行動を見越したブリンクは、すばやくジェスに跳びかかった。両手でジェスのつなぎをつかみ、かかとを屋上の床に食いこませ、あらんかぎりの力でジェスを引きもどす。ポリエステルの生地で指が滑ったものの、しっかりとつかんで離さなかった。ふたりは屋上に倒れこんだ。ほんの数フィート先で、床は途切れていた。

「何やってるんだよ！」ブリンクは思わず叫び、空気を求めてあえいだ。

「いつまでもここにいるつもりはない」ジェスは言った。「死んだほうがまし」

「だめだ」ブリンクはささやくように言った。早鐘を打つ心臓の音に掻き消されそうな声だった。ブリンクは立ちあがろうとするジェスを引っ張ってすわらせ、胸に抱き寄せた。「ぼくがきみを死なせない」

ジェスはブリンクに体を預けた。ジェスのぬくもりを肌に感じた瞬間、ブリンクの全身が喜びに震えた。ジェスが、本物の彼女がここにいる。その存在は力強く、風をさえぎる岩のようにびくともしない。ブリンクはジェスをきつく抱きしめた。その瞬間は、何も——警備員も、鳴り響く警報も、ジェスの危険な秘密でさえ——ブリンクからジェスを奪うことはできなかった。ジェスの高鳴る心臓を感じ、その鼓動の規則正しさ、力強さに引きこまれた。絶え間ないリズムに夢中で聞き入っていたとき、耳もとでジェスの声がし、ブリンクはわれに返った。

「来てくれた」ジェスが空を指さして言った。ジェスの鼓動がヘリコプターのブレードの回転音に入れ替わる。ブリンクは空を見あげた。ユーロコプターが上空でホバリングしている。まさに奇跡だった。迷宮に突破口が開け、自由を手にする最後のチャンスがふたりに差し出されていた。

レイチェルが勢いよくドアを開き、ブリンクに手を振りながら縄梯子をおろした。ブリンクはジェスの腰に腕をまわしてその体をきつく引き寄せ、梯子をつかんだ。ふたりは満天の星空へと上昇した。

62

ユーロコプターが空高く舞いあがるなか、ブリンクは茫然と座席に身を沈めた。刑務所で起こった急展開の事態に、機関銃の一斉掃射を浴びた気分だった。いったん立ち止まって呼吸を整え、何が起こったのかを考える時間が必要だった。

シートベルトを装着し、機内を見まわした。ジェスが隣にすわり、ブリンクがいなくなるのを恐れるかのように、手を握っている。向かい側にはレイチェルがいて、ブリンクの説明を待っている。ブリンクはコックピットのアン＝マリーに目をやった。ジェイムソンが刑務所で息絶えたことを、アン＝マリーは知らないはずだ。セッジが自殺した瞬間を思い返すと、胸がむかついた。ワルサー、発砲音、その衝撃、セッジの体が床に倒れる鈍い音。ブリンクは両目をこすり、この記憶を消せたらいいのにと思った。パートナーが自殺したという知らせを、アン＝マリーにどう伝えればいいのだろう。

アン＝マリーの操縦で、ユーロコプターは森を越えて夜空を飛んだ。ブレードの規則正しい振動が体に響く。ブリンクは窓にもたれ、だんだんと遠くなる刑務所を見つめた。上空から見ると、まるでカーニバルだった。地元警察の車両が続々と到着し、青と赤の光が闇のなかでまぶしく輝いている。救急車が一台、正面入口に停まっていた。建物の外でこの騒ぎを見守る警備員たちの姿も見える。ブリンクの侵入をきっかけに、刑務所全体が大混乱に陥ったのだ。

ふたつの異なる感情がブリンクの胸を駆けめぐった——刑務所から脱出できた安心と、やがて警察に追われるにちがいないという恐怖。ヴィヴェク・グプタはこう言っていた。〝きみたちの発言はすべて不利な証拠として用いられる可能性がある〟ブリンクがたったいまやってのけたことは、軽罪ではすまない。受刑者を脱獄させておいて、無罪放免になるはずがない。警察が自分のアパートメントじゅうを引っ掻きまわし、仕事の関係者に電話し、フランスにいる母親の居場所まで突き止めるところを想像した。自分のおこないに弁解の余地はなかった。有罪判決を受けた殺人犯の脱獄を幇助したのだ。その事実は否定できない。警察につかまれば、ブリンクの刑務所行きは免れない。

ブリンクの険しい表情に気づいたレイチェルが、身を乗り出して言った。「心配しないで、マイク。すべて計画どおりだから」

ブリンクは反論しようとした。言いたいことが山ほどある。いちばん重大なのはジェイムソン・セッジの自殺で、あんなことまでレイチェルに予想できたはずはない。だが、レイチェルは手をあげてブリンクを制した。

「聞けばわかるよ」レイチェルは目にかかった髪を掻きあげた。「刑務所の門の外にジープを停めてきみを待ってたとき、アン＝マリーから電話がかかってきたの。いまレイ・ブルックに向かってるところだって。ジェイムソンが刑務所に行くのを止めなきゃいけないからって」

ブリンクはジェイムソン・セッジのやったことを話そうと口を開いたが、レイチェルは間を置かずに話しつづけた。

「キャムがジープであたしたちを急襲したあと、アン＝マリーはジェイムソンとキャムをヘリに乗せて自宅へもどった。そこで、セッジとキャムはアブーラフィアの円をさまざまなコンピュータプログラムにかけた。ヴィヴェク・グプタの予想したとおりにね。その結果、円のなかに自分の探してたものがあるとわかって、ジェイムソンは計画を実行に移すことにした」

「計画って？」ブリンクはレイチェルの顔をまじまじと見つめた。ジェイムソン・セッジの計画がすべて潰えたと知っているせいで、胃が重かった。

「あたしもそれが知りたかった」レイチェルは言った。「アン＝マリーいわく、ジェイムソンはこの計画の準備に数十年を費やしていた。アブーラフィアの円のコードによって、〈シンギュラリティ〉で開発したテクノロジーをついに完成させることができた。それについてもっと具体的に聞きたかったけど、アン＝マリーはただ、すべてはジェイムソンが子どものころにはじまったと言うだけでね。伯母のオーロラが昔、ジェイムソンにヴィオレーヌを見せたことがあったらしいの。小さな甥を前にして、つい誘惑に負けちゃったんだろうね。そのとき、オーロラはどういうわけか、シェム・ハメフォラシュの力についてほのめかした。それが、ジェイムソンの人生の分水嶺になった。以来、ジェイムソンはたびたびしつこく教えてほしいとせがんだけど、オーロラは取り合わなかった。やがてジェイムソンは、フューチャリストとトランスヒューマニストの地下組織の一員になり、古の秘儀とテクノロジーの組み合わせによって永遠の命を創出できると信じる人々に出会った。研究に私財を投じ、みずから永遠に生きるための環境を整えた」

「だけど、それでは説明がつかない――」ブリンクは言った。自分が目撃したことをレイチェルに説明する必要があった。ジェイムソン・セッジが永遠の命を追い求めていたはずがない。つい先ほど自分で命を絶ったのだから。

「最後まで説明させて」レイチェルはユーロコプターの音に負けじと声を張りあげた。「ジェイムソン・セッジにとっての永遠の命は、あたしたちが思い浮かべる不老不死とは別物なの。錬金術の霊薬やサイボーグみたいな、フィクションの世界でしかありえない概念じゃないんだよ。アン＝マリーによると、ジェイムソンは数十年をかけて、きわめて精緻かつ改竄不能なブロックチェーンのネットワークを構築した。自分自身の神経学的、心理学的な要素をすべて記録し、保管するためにね。一般的なネットワークとちがって、ジェイムソンのネットワークは専用に開発された量子コンピュータで稼働する。ジェイムソンは暗号通貨を使って数十億ドルの報奨金を用意し、ネットワーク上の自身のデータを検証、維持、安全に管理するための人員を確保した。世界じゅうから最先端のテクノロジーを集めて、ネットワークを強化したの。量子コンピューティングなら、いつどこからでも自分の量子データをアップロードできる。永遠に残るデータを」

「仮にそんなことが可能で、自分自身に関するデータの量子ビットを保管する方法があったとしても、それは本物の人間じゃない。それは――」

「――人工知能だね」レイチェルは言った。「あたしも同じことを言ったよ。アン＝マリーが言うには、ジェイムソンもその点で行き詰まったらしいの。人間の命をコード化するためのネットワークの構築法がわからなくてね。自分自身のシミュレーションには何年も前に成功して、それは本物らしく見えたけど、現実世界のセッジが持つ自主性や複雑さに欠けてた。その問題を解決したのが、アブーラフィアのシェム・ハメフォラシュだった。あの円には、古のテクノロジーが含まれてた――すべての創造のもとになったテクノロジーがね。そして、グプタ教授の説明にもあったように、あの円に含まれるコードを量子コンピュータで開けば、非バイナリな意識の重ね合わせ状態をとらえることができる。キャムがパリセイズ・パークウェイであたしたちから手稿を奪ったあと、セッジは自分のプログラムに円のコードを取りこんだ。すべてのピースがひとつになったの。プログラムのダウンロードを終えたら、準備は完了。最後にもうひとつやらなければならなかったのが、みずからネットワークにはいることだった」

「いったいどうやって？」

レイチェルは眉を寄せてため息を漏らした。「死なないといけなかったの。だからアン＝マリーは刑務所に向かった。自殺を止めるために」

ブリンクはコックピットのアン＝マリーに視線を向けた。セッジの計画の全貌を知りながら、それでも手を貸していたのが信じられなかった。理性のある人だと思っていたのに。「だけど、アン＝マリーはこれまでずっとセッジに協力してきた」ブリンクは言った。「それなのになぜ、最後の最後になって止めようと思ったんだろう」

「たしかに、協力はしてきた」レイチェルは言った。「でも、ジェイムソンがほんとうに最後までやりとげるつもりだと知ったとき、そこまでやる価値はないと思ったんだよ。理想のためにみずから犠牲になろうと頭のなかで考えるのと、実際に引き金を引くのは別の話だって。アン＝マリーはジェイムソンの自殺を止めるようにキャム・パトニーを説得し、キャムはそれを了承した。あたしが聞き出せたのはそれだけ」

「でも、キャムは止められなかった」ジェスが言った。「ジェイムソン・セッジは死んだ」

レイチェルはジェスとブリンクを交互に見た。「そこまで悪い事態になってたとはね」

セッジの恐ろしい死にざまを思い出すだけで、背すじに震えが走るが、それと同時に、ブリンクは大きな安堵も感じていた。終わったのだ。ジェイムソン・セッジの脅威は消え去った。たとえジェスが刑務所にもどることになっても、もう監視されることはない。ジェスを脅かす者はいない。ブリンクはジェスの手をきつく握りしめた。これまで恐ろしい目に遭ってきたジェスだが、セッジの死によって解放された。そしていよいよ、リリートと対峙するときが迫っていた。

63

森を切り開いて造られたコンクリートのヘリパッドに、アン＝マリーはユーロコプターを着陸させた。一行はユーロコプターからおり、邸宅のデッキへ歩いて向かった。広大な暗い森を背に、ブリンクは刑務所で起こったことの一部始終を説明した。キャムがセッジを止めようとして失敗したことも話した。アン＝マリーがその知らせの衝撃を受け止めようとするあいだ、ブリンクは周囲の森を見渡した。つい前日、このデッキでセッジと話したばかりだった。〝死は未知の世界、そこへ旅立った者は二度と帰らない〟いまやジェイムソン・セッジは亡き人となり、ブリンクもその悲劇の重みを感じていた。

「ジェイムソンはこわいもの知らずだった」アン＝マリーは涙をぬぐいながら言った。「でも、死ぬことは心から恐れていたの。だから、どうしてもキャム・パトニーの助けが必要だった。ひとりでやりとげられるとは思っていなかったのよ。計画の成功を信じていたけれど、自分がまちがっている可能性を何よりも心配していた。ほんとうなら、この家で計画をまっとうするのが自然だったと思う。でも、彼はあなたに会わないといけなかった」ジェスを見つめる。「あなたが使った円とあの円はたしかに同じものだと、あなた自身の口から聞く必要があったの。あなたがまちがっていようと、覚えていなかろうと、関係なかった」

「わたしはまちがってない」ジェスが言った。「あの人がわたしに見せた円は、わたしとノアが見つけた円と同じだった」

「それなら、ジェイムソンは安心したでしょうね」アン＝マリーは言った。「あたしほどジェイムソンを信じている人はいなかった。そのあたしでさえ、最近の彼は計画に執着するあまり、現実を見失っていると感じていたの。どれだけすぐれたテクノロジーを使おうと、永遠の命なんてありえない。だからあたしは、ジェイムソンの命令に従わないで、とキャムに頼んだ。キャムは言われたとおりにすると約束してくれた」

「彼は約束を守った」ジェスが言った。

「それがわかってよかったわ」アン＝マリーは言った。「ジェイムソンはみずから死を選んだ。いかにまちがった選択だろうと、自分の意思で決めたことだから」邸宅のなかで固定電話が鳴りだした。アン＝マリーは全員になかへはいるよう促してから、自分もあとにつづき、電話をとった。「先にリビングへ行ってて」肩と耳のあいだに受話器をはさみ、アン＝マリーはブリンクたちに言った。「大事な用件みたい」

アン＝マリーの邸宅は、ブリンクが前日に脱走したときから何も変わっていなかった――三人で囲んだテーブル、パスタボウルのなかで光るオリーブオイル、クリスタルのゴブレットに残ったワイン、皺の寄った使用ずみのナプキン。だが同時に、あらゆることが変わっていた。ジェイムソン・セッジは死んだ。ジェス・プライスがいっしょにいる。〈神のパズル〉が見つかり、その秘密も明らかになった。すべてに終止符を打つときが来たのだ。

刑務所での一連の出来事を経て、ブリンクはジェスをいっそう身近に感じていた。吹き抜け階段でのキスを思い出すと、喜びの震えが体を駆けめぐった。夢のなかで感じたすべてを、ジェスの腕のなかでふたたび感じた。それでもまだ、ジェスの存在はつかみどころがなかった。プリズムを通り抜ける白い光のように、無数の色に分散したかと思えば、どの色も自由自在に変化する。なぞなぞのようだと思えば、つぎの瞬間には答えになる。ブリンクがジェスを救いたいと願うのと同時に、ブリンクを救えるのもジェスだけだった。

キッチンのそばの洗濯室で、清潔な服を見つけた。ジェスは刑務所のつなぎを脱ぎ、オックスフォードシャツとアン＝マリーのジーンズに着替えた。レイチェルがブリンクの服を持ってきていたので、ブリンクも警備員の制服を脱いだ。着替えながら、ブリンクは鏡に映った自分を見た。ひどい姿だった。胸の上を斜めに走る大きな紫色のあざは、トラックが横転したときにシートベルトでできた痕だ。額の切り傷はかさぶたになっている。目は血走り、肌は青白い。もはや満身創痍だった。にもかかわらず、ブリンクは奇妙な高揚感を、これまでに経験のない身軽さを覚えていた。ブリンクは地獄を見たが、このとおり、まだくたばってはいない。

キッチンのごみ箱に警備員の制服を突っこんでから、邸宅のなかを歩いた。あらためて見まわすと、ジェイムソンとアン＝マリーの錬金術への関心をにおわせる証拠がそこかしこにあった。リビングルームの壁の額装されたヘブライ語の巻き物や、飾り棚に並ぶ磁器の数々、金の聖杯。前に見たときは単なる装飾品だと思っていた。真実は目の前にあったのに、だまし絵を見ているようなものだったのだ。特定の角度からしか見えない絵がある。角度を変えれば、別の絵が現れる。ジェス・プライスに対しても、同じような幻影を見ているのかもしれない。正しい視点に立ってはじめて、その謎を紐解くことができる。

そうしているあいだにも、ジェスはブリンクを当惑させた。刑務所の屋上で見せた活力は消え、リビングルームへ向かうそばから血の気が引いていき、体を支えられずにソファへ倒れこんだ。あたたかい夜だというのに、寒そうに震えている。ブリンクはシェニール織のブランケットを見つけてジェスをくるみ、かごにはいっていた薪を集めて暖炉に火を熾した。それから、ジェスの隣に腰をおろした。

アン＝マリーがリビングルームにはいってきて、革のトランクを――キャム・パトニーが昼前にブリンクたちから奪ったあのトランクを――コーヒーテーブルに置いた。トランクのなかには、アブーラフィアの手稿とヴィオレーヌがはいっていた。「ジェイムソンとキャムがこれを地下に置いていったの」アン＝マリーは言った。「あなたたちにはこれが必要だって、レイチェルに聞いたから」

「大変な目に遭ったばかりで申しわけないけど」レイチェルがそう言って、ジェスとブリンクを順番に見た。「まだひとつ、大仕事が残ってる」

「急いだほうがいい」アン＝マリーは言った。「さっきの電話はあたしの弁護士からだったの。地元警察がユーロコプターを追跡していたみたいで、ここへ向かっていると言われたわ」

「それなら、すぐにはじめなきゃ」レイチェルは言った。「蠟燭が数本と、ショールか小さな膝掛けのようなものが要る。それから、きれいな水を張ったボウル。白いタオル。一枚の紙。ナイフ。もしあれば赤ワインも」コーヒーテーブルに目をやる。「祭壇があればいいんだけど、これで代用するしかないね」

アン＝マリーが家のなかをまわって、レイチェルに頼まれたものを集めてきた。ブリンクが明かりを消すと、暖炉の炎で部屋が揺らめいた。

「ありがとう」水のはいったボウルをテーブルに置くアン＝マリーに、レイチェルは言った。両手を水に浸してから、タオルで拭きとる。「ここからは静寂が必要になる」

レイチェルがアン＝マリーに目配せすると、アン＝マリーはうなずいて部屋から出ていった。デッキへつづくドアの閉まる音がしたあと、レイチェルは頭にシルクのショールをかぶった。マッチで蠟燭に火をともし、テーブルの四隅に立てて、部屋を明るく照らし出す。つづけて、ヴィオレーヌを取り出し、アブーラフィアの手稿を開いてから、ジェスに向きなおった。

「これはアブーラフィアが描いた円の原本なの」レイチェルは言った。「あなたがセッジ館で見つけたものとほとんどいっしょだけど、こっちのほうがうんと古い。とても複雑な歴史があって、それについてはいつか話すね。いまあなたに知ってもらいたいのは、あなたとノアが使った円が、この原本の写しだったということ。そして、その写しにはまちがいがあった」

「レイチェルは、あの屋敷で起こったことの原因がそのまちがいにあると考えてるんだ」ブリンクは言った。「まちがいを正せば、すべてもとどおりになる」

「もとどおりにはならない」ジェスが言った。「ノアは死んだ」

「そうだね、あなたの言うとおりだよ」レイチェルはやさしく言った。「セッジ館で起こってしまったことは、もとにはもどせない。でも、これ以上災いが連鎖するのを防げる可能性ならある。何より重要なのは、あたしたちが成功すれば、あなたは自由になれるってこと」

ジェスは考えこんだ。「また同じ儀式をやれば、もう悪いことは起こらない？」

レイチェルはジェスの腕にそっとふれた。「約束はできないけど、あたしはそう確信してる。見こみがなければ、危険を冒そうとは思わないよ」

ジェスはブリンクを見、つぎにレイチェルを見てから、人形に視線を落とした。「これを終わりにできる可能性が少しでもあるなら、やりたい」

レイチェルはジェスの手を握って、ブリンクを見た。「もう一度、あの円を紙に描いてくれる？」

レイチェルはそう頼むと、人形に向きなおった。ブリンクはペンを取り出し、アブーラフィアの手稿の円を正確に描き写した。レイチェルはその紙を小さくまるめた。人形のうなじの隠し穴の蓋をあけ、古い紙を取り出して、新しい紙と入れ替える。

「さあ、ここに立って」レイチェルは部屋の中央へブリンクとジェスを導いた。磁器人形を床に置き、三人でそれを囲むように立って、互いに手をつなぐ。そして、レイチェルは告げた。「準備ができたら、はじめるよ」

64

最初は小さかったレイチェルの声が、徐々に大きくなって部屋じゅうを満たした。ひとつひとつのことばが威厳をもって発せられる。まちがいなく、いまこの場を掌握しているのはレイチェルだった。ブリンクはレイチェルが唱えることばを復唱し、できるかぎり正確に発音しようと試みた。喉を鳴らすような力強い音を聞くと、かすかな色の連なりが頭に浮かんだ。はじめは苦労したが、やがてことばがブリンクの体を支配し、リズムへ引きこんだ。ブリンクは、ほのかな蠟燭の光のもとで横たわる人形――つややかな赤褐色の髪、両頰に散らばったそばかす、暗い色のまつ毛――を見おろし、魅了されるとともに、強い嫌悪を感じた。人形は生きているかのようだった。あまりの生々しさに、条件さえそろえばほんとうに命を宿すかもしれないと信じかけたほどだった。

だが、人形はぴくりともしなかった。激しい嵐は巻き起こらず、電流も炸裂しない。巨大な渦に体をさらわれるような感覚もない。何もなかった。予想したとおりじゃないかと、ブリンクは思いはじめた――こんな儀式が成功するはずがない。セッジ館での出来事は、想像とアルコールを混ぜ合わせた悲劇のカクテルの産物だったのだ。天候が乱れ、停電が起こり、すべてが悪い方向へ転がった。ジェスが目を覚ましたときには、死んだ男が血の海に横たわっていた。何が起こったのかを知る方法はない、それが現実だ。ジェスが気絶したために、真実は深い井戸に落ちた硬貨のように、けっして手の届かない闇に葬られた。事実は事実であり、見て見ぬふりをするのはばかげている。こんな茶番はもうやめよう。

そのとき、何かが起こった。最初は、わずかな空気の変化、ほんの小さな振動、感じるか感じないか程度の軽い圧だった。ジェスが手を強く握って合図してこなかったら、ブリンクは気づかなかったかもしれない。蠟燭の火が揺れ、オゾンのにおい――焦げついたような、電気を帯びたような、それでいて嵐のように新鮮なにおい――が部屋に漂った。つぎの瞬間、ブリンクの視界で炎が燃えひろがり、世界が崩れ去った。

ブリンクは落下した。下へ、下へ、底なしの暗闇をまっすぐに落ちていく。地面に叩きつけられた衝撃で、肺から空気が奪われた。なんとか立ちあがると、そこは地下牢のなかだった。アーチ形をした煉瓦造りの天井に、押し固められた土の地面。空気は湿気でよどんでいた。前方では、たいまつの光に照らされた監房に、みすぼらしい姿の囚人たちが押しこめられていた。もっと近くへ来いと、こぶしを振りながらブリンクの名を呼んでいる。廊下の突きあたりの監房で、ジェスが待っていた。長い髪がもつれ、光沢あるブロケード織の赤いドレスを着ている。「やっと来てくれた」ジェスは言った。「この扉をあけてほしいの」リンゴがはいった大きなオーク樽を指さす。「それが鍵。早く。ひとつ選んで」

リンゴは無数にあった。ブリンクが樽に手を入れると、リンゴは冷たい金属に変わった。古い鍵に新しい鍵、大きい鍵に小さい鍵、真鍮、金、銀の鍵。どれを選べばいいんだろう。屋根裏部屋への鍵だろうか。それとも、なぞなぞを解く鍵か。〝かくしてわれわれは赤いリンゴを食べる、あらゆるすばらしい品種の〟すべての謎、すべての手がかりが、この選択に帰結する。ピンクレディー、北斗、アーリーゴールド、リバティー、マッキントッシュ。正しい鍵を選べば、リリートからジェスを、ひいては自分自身を解放できる。

そのとき、思い出した。鍵ならすでに持っている。ポケットのなかから鍵を取り出して、鍵穴に差しこんだ。一度まわして、さらにもう一度まわす。ドアがきしみをあげて開いた。すると、監房が炎に包まれた。ブリンクがあけたのは、窯に通じるドアだったのだ。ヴィオレーヌが炎に囲まれて横たわっていた。ピンクのドレスを揺らしながら、ぐらつく両脚で立ちあがる。ヴィオレーヌは自分に何かを訴えている、そうブリンクは感じた。ヴィオレーヌがブリンクのほうへ手を伸ばす。緑の瞳が炎を映し、濡れたきらめきを放っている。〝先にゴーレムを破壊し、つぎにこの円を焼いてください〟

〝同じことがまた起こる前に、両方とも葬り去って〟ブリンクはすばやく磁器人形の髪をつかみ、ラ＝モリエットの最高傑作を炎のなかへ投げ入れた。

監房のドアがひとりでに開いた。ジェスがスカートを両手でたくしあげ、ブリンクに感謝の笑みを浮かべてから、走りだした。

ブリンクは懸命にジェスのあとを追った。ジェスは速かった。異様に速かった。廊下の奥にジェスを見つけたが、ブリンクが近づくと、姿は見えなくなった。ブリンクはなおも追いかけ、力のかぎり走ったが、一向に距離は縮まらない。ドアを通り抜けると、鬱蒼とした常緑樹の森がひろがっていた。ジェスは木の根やキイチゴの茂みを裸足で飛ぶように駆け抜けた。曲がりくねる小道をかすめ去っていくさまは、木の幹の上で揺れる冬の影のようだった。

ようやくジェスに追いついたとき、ブリンクは息も絶えだえで、筋肉が悲鳴をあげていた。森の開けたところ、灰色の寒空の下に、ジェスは立っていた。長い髪が乱れ、頬が寒さでほんのりと色づいている。葉の落ちた木々に囲まれるようにして、大理石の巨大な祭壇があった。そのそばに、柄が骨でできたナイフが置かれていた。

ジェスはブリンクを抱き寄せ、熱烈なキスをしながら、ブリンクの服を脱がせた。凍てつく風が吹きすさぶなか、ブリンクは裸になった。寒さで鳥肌が立ち、氷を踏みしめる足は切り裂かれるように痛い。ジェスはブリンクの体を清めるかのように、全身いたるところ――首、肩、胸、膝、足――に唇を押しつけた。そのあいだ、ブリンクは祭壇に背をつけて体を支え、ジェスに身をまかせた。

「ついてきて」ジェスはブリンクを抱きしめて言った。「いろんなことが待ち受けてるから」

足もとの氷に亀裂が走ったその瞬間、ブリンクはジェスを抱きかかえ、冷たい大理石の祭壇の上へほうり投げた。逃げ出そうともがくジェスの体を抑えつけ、ブリンクは手錠で片方の手首を、つづけてもう一方を固定した。ナイフに手を伸ばしたとき、遠くのほうでレイチェルの声がした。レイチェルに合わせてことばを唱えると、突然、すべてが一変した。風がやんだ。氷が解けた。ジェスが消えた。祭壇にはひとりの女性がいた。燦々たる輝きに目がくらみ、ブリンクは燃えさかる炎をよけるように、一歩あとずさった。体に熱が満ち、世界が崩れ去っていく。ブリンクは重力に引っ張られ、炎のなかへ滑り落ちていった。ナイフをつかみ、骨の柄の冷たさを手のひらに感じる。そして、リリートの胸に刃を突き立てた。

目をあけると、ブリンクはつかの間の恐怖に襲われた。夢のなかの出来事が現実になったと思ったのだ。磁器人形は暖炉のなかで割れて黒くなり、ジェスは祭壇にいたときと同じように革張りのソファへ横たわっていた。シャツが破れてはだけ、目は閉じられ、頰は危険なほど青白い。ブリンクの胸に不安がせりあがってきた。儀式の成功によってジェスに危険が及ぶ可能性までは考えていなかった。ジェスを傷つけてしまったら、一生自分を許せない。

しかし、ブリンクがそばに腰かけると、ジェスが身を起こして抱きついてきた。ブリンクの不安は杞憂だった。ジェスは無事だったのだ。

「成功したのね」ブリンクの腕のなかでジェスはささやいた。「ついに終わった」

65

地元警察が到着し、最初にジェスを連れていった。ジェスは暴れず、抵抗もしなかった。質問に淡々と答え、求められたとおりの情報を提供し、進んで警察車両まで歩いていったあと、一度だけ振り向いて、ブリンクに微笑んだ。

警察から十分と遅れずに駆けつけたアン＝マリーの弁護士は、アン＝マリーの逮捕をわずかながら遅らせることに成功した。逮捕する理由はないと主張したものの、ニューヨーク州立矯正施設での一件にアン＝マリーが関与していることは、邸宅の裏手にあるユーロコプターを見れば明らかだった。アン＝マリーは手錠をかけられ、被疑者の権利について告知されたのち、連行された。

警察の注意がブリンクに向けられると、レイチェルがいっさいの説明を引き受けた。自分たちはアン＝マリーの友人であり、この邸宅へ招かれていたこと。アン＝マリーの最近の行動については何も知らないが、できることがあれば協力を惜しまないこと。レイチェルはコーヒーテーブルの手稿を示して、あれはモルガン・ライブラリーが盗難被害を届け出ている芸術品だと説明した。壁にかかったヘブライ語の巻き物の前に警察官を案内し、それらがイスラエルの博物館から数年前に奪われた盗品であることも教えた。ものの十分足らずで、警察はレイチェルを被疑者ではなく味方だと見なすようになっていた。ブリンクは感嘆のうちにすべてを見守った。落ち着いた声と威厳、毅然としながらも礼儀正しいふるまいを通して、レイチェルはジェイムソン・セッジを納得させたのと同様に、警察の警戒心をみごとに解いてみせた。

結局のところ、警察はブリンクの存在を持て余した。ブリンクの顔は容疑者リストに含まれていなかったのだ。ジョン・ウィリアムズが言っていたとおり、刑務所内の監視カメラは停止していたため、マイク・ブリンクの顔は記録になく、警察には知られていなかった。その夜刑務所にいた職員たちにとって、ブリンクはその日が初出勤の新人警備員にすぎなかった。警察はブリンクの名と連絡先を書き留めたが、まさかブリンクが刑務所にいたとは思っていないようだった。アブーラフィアの手稿の写真を撮り、証拠品袋に入れて密封してから、車に乗りこんで走り去った。

警察がいなくなったあと、レイチェルは暖炉へ行って、灰のなかから煤で汚れた人形を拾いあげた。磁器の四肢とクリスタルの目は黒くなり、うなじの隠し穴をあけると、アブーラフィアの円が完全に灰と化していた。レイチェルは灰を掃きとり、ゴーレムともどもごみ袋に入れ、口を縛って、ごみ箱に捨てた。

ブリンクはレイチェルを手伝おうとしたが、キッチンにはいったとたんに頭がふらついた。大理石のアイランドカウンターに手をついて体を支える。トレヴァース医師には、ストレスがかかると体内の化学物質のバランスが崩れる恐れがあると注意されていた。最後の睡眠と食事がいつだったか思い出せない。足もとがおぼつかないのも無理はなかった。

「だいじょうぶ?」レイチェルが心配そうに訊いた。

「ちょっと動揺してるのかな」ブリンクは言った。「この数日は何もかも……むちゃくちゃだったから」

レイチェルはブリンクの腕にふれた。「すわって」そう言って、カウンターのスツールを引き出した。グラスをひとつとり、水を注いでブリンクに差し出す。ブリンクは喉を鳴らして、ひと息に飲み干した。「さっき起こったことを教えてくれる?」レイチェルが尋ねた。

あの激しさと熾烈な感情をことばにするなど不可能だった。現実よりリアルな夢を見たと言ったところで、同じ経験をしていない者には理解できないだろう。だがブリンクは、レイチェルが自身の信仰について語ったときのことを思い返した。レイチェルなら――ブリンクを含むおおぜいが信じられないものを信じる力があれば――ブリンクに起こったことを理解し、解釈を与えてくれるかもしれない。

「こんなことを話せるのはあなたしかいないと思う」ブリンクは慎重にことばを選んだ。「実は、ジェス・プライスにはじめて会った日から、ある種の……なんて呼べばいいのかもわからないけど――夢を見るようになったんだ。でも、ふつうの夢よりずっと生々しい。まるで現実を千倍に増幅させたみたいなんだ」

レイチェルは空になったブリンクのグラスを冷たい水で満たし、ブリンクがふたたび飲み干すのを見守った。それから、カウンターでブリンクの横に腰かけ、自分用にグラスをとって、瓶に残っていたワインを注いだ。「夢のなかでは何が起こるの？」

「そのときどきでちがう」ブリンクは言った。「ごちそうの並んだテーブルが出てきたり、ヨーロッパのホテルの部屋にいたり、森のなかだったり。でも、いつもジェスがいっしょにいる」

レイチェルはグラスをまわしてワインを揺らし、ひと口含んでから、グラスを置いた。「夢に出てくるのは、きみとジェスのふたりだけ？」

「ああ、ふたりだけだ」

「突っこんだ質問をして悪いけど、もしかして性的な夢かな？」

ブリンクはうなずき、頬が熱くなるのを感じた。レイチェルに知られていたとは。

「恥ずかしがることないよ」レイチェルは微笑んで言った。「リリートは性に貪欲なサキュバスだから。肉体関係を結ぶことで、相手を支配するの。さっきの儀式中にこのリビングルームで起こったことも、そういう夢と同じだった？」

ブリンクはまたうなずいた。「それよりも奇妙なのは、夢のなかで体験したことのいくつかが、現実の世界でも起こることなんだ」ブリンクは言った。「ぼくはさっき、夢のなかで人形を炎へ投げ入れた。目が覚めると、人形は暖炉で焼けていた。以前見た夢では、ジェスの肌に奇妙な模様のひびがはいった。そのあと刑務所へ行ったら、現実のジェスの肌にも同じ模様の傷痕があった。でも、なかには」――骨の柄のナイフをリリートの心臓に突き刺した瞬間を思い浮かべる――「現実で起こらないこともある」

「それは、きみの経験したことが夢じゃないからだね」レイチェルが言った。「現実なんだよ」

「ありえない」理にかなった説明を探しながら、ブリンクは言った。「どれも眠ってるときに起こったことだ。ぼくの頭のなかで」

「それはそうかもしれない」レイチェルは言った。「でも、だからって現実じゃないとはかぎらないよ。ほかの聖なる知的存在と同じように、リリートは人の意識のなかを移動する。それが彼女の生きる次元で、あたしたちの次元と同じように実在する世界なの。あたしにリリートが見えないからって、彼女が存在しないことにはならない。そして、別の次元できみのしたことが、この世界に影響を及ぼさないとはかぎらない」

ブリンクは深呼吸し、相反するふたつの感情と向き合おうとした。自分という人間の根幹、真実の礎を成していた部分が、そんなことはありえないと言っている。だが、ブリンクはあの場所へ行ったのだ。夢のなかの女性を知っている。彼女にふれて、話しかけた。この手で彼女を殺した。「リリートはいなくなったんだよな？」ブリンクはやっとの思いで尋ねた。「頼むから、儀式は成功したと言ってくれ」

「ジェスの反応からして、そうだと思う」レイチェルはブリンクに笑顔を向けた。「それに、リリートの器――ヴィオレーヌ――は、もう破壊されたしね」ワインを飲み干して、グラスを脇へ押しやる。

「だけど、まだよくわからないのは、彼女がなぜきみを選んだのかってこと」レイチェルは片手で頰杖をつき、ブリンクの目をまっすぐに見た。「アブーラフィアの円の外縁に並んだバイナリのシーケンスについて、グプタ教授が言ってたことを考えてたんだけどね。教授は最初、あの配列自体に手がかりがあると思ったって言ってたでしょう。あたしもそう思うの。この配列には、シェム・ハメフォラシュのもともとの意味と目的に沿った、別の側面がある。きみが描いた写しをまだ持ってる？」

ブリンクはメモ帳を取り出し、ジープで描いた円の写しのページをあけて、ふたりのあいだに置いた。

レイチェルはつづけた。「前に話したとおり、アブーラフィアの瞑想法の円は、聖なる名を明かすと同時に、隠すための手段でもある。神の栄光を讃え、神の名の秘密を後世に伝えるとともに、悪用しようとする者から守るために作られた。神の名は昔から、〝YHWH〟の神聖四文字で表されてきた。それ自体は秘密でもなんでもない。アブーラフィアが守ろうとしたのは、それらの文字の秘密の配列で、それをこの円に暗号として隠したはずなの」レイチェルは大理石にメモ帳を押しつけ、円に見入った。「数時間かかってもいいなら、あたしにも解読できるかもしれない。でも、きみならきっとすぐできるよね」

ブリンクは円に目を走らせ、黒と白の四角形に意識を集中させた。バイナリのパターンが浮かびあがり、突然、見えた――これが手がかりだ。

「あなたの言うとおりだ」ブリンクは言った。「アブーラフィアは、たしかになんらかの暗号を埋めこんでる。この円のすべての要素に意味があるんだ。外縁の黒と白の四角形がバイナリのシーケンスになってるのは、グプタ教授の説明どおり。だが、数字、放射状の線、ヘブライ文字もパズルの構成要素だ。パズルを解くには、ダビデの星も必要になる。ここを見てほしい。円の真北、つまり、ダビデの星の先端が示す数字の1から四角形を見ていくと、全部で六通りの二進数が得られる。0011

１１、０００１１、０１１０１１、１００１１１、１１１１１１、１１００１１。これを十進数に置き換えると、15、3、27、39、63、51になる。円のなかからこれらの数字を探して、放射状の筋で結ばれたヘブライ文字を抜き出す」
ブリンクはペンを手にとり、星の中心にある円のなかに六つのヘブライ文字を書きこんで、レイチェルに見せた。〝ＨＹＧＭＨＷ〟

説明が通じたかどうか、ブリンクはレイチェルの表情をうかがった。「この文字の並びに何か意味が?」
レイチェルは口もとをゆるめ、目を興奮で輝かせていた。「うん、だけど……信じられない」

「じゃあ、あなたにはわかるんだね？」ブリンクは先を促した。答えを与えられずにじらされるのは、甘美な拷問だった。いつもなら、答えを持っているのはブリンクのほうなのだ。

「わかると思う」レイチェルは謎めいた笑みを浮かべて言った。「この六文字は、ヘー、ヨッド、ギメル、メム、ヘー、ヴァヴ」

「でも、昔から使われてる神の名の表記とは異なる」ブリンクは言った。

「そうだね。だからこそ信じられないの。一説によると、神の名はもともと〝ＹＨＷＨ〟ではなく、昔のラビたちには順序が逆の〝ＨＷＨＹ〟として知られてた。読み方は、ＨＵ（フ）‐ＨＩ（ヒ）。あたしの同僚が長年ハシェムのこの問題を研究していて、数年前には本も出版した。あたしたちのコミュニティでは議論の的になってるんだ。彼は〝ＨＷＨＹ〟こそが神の真の名で、教育を受けたエリート層はその真の発音を知ってたにちがいないと主張してるの。アブーラフィアの円によって、少なくとも十三世紀まではその主張が正しかったことが証明された。この円は、〝ＨＷＨＹ〟が神の名の正しい表記だという驚くべき証拠なんだよ」

「でも、それがどうして重要なんだ？」ブリンクは尋ねた。たった数文字の順序が逆になったくらいで、なぜレイチェルはこんなにうれしそうなのだろう。

「なぜなら、重要なのは発音だけじゃなく、その意味でもあるからだよ。〝ＨＷＨＹ〟は、ヘブライ語で〝彼（フ）〟‐〝彼女（ヒ）〟を意味する」レイチェルは言った。「アブーラフィアは、あいだにふたつの文字を加えてる。ギメルとメム、ヘブライ語で〝そしてまた〟。それによって、神の真の名のまぎれもない意味が明かされる——〝彼、そしてまた、彼女〟」

ブリンクは円に視線を移した。理解が追いつかない。「神はふたりいる？」

「少しちがう」レイチェルは言った。「歴史上、ユダヤ教の伝統において、創造主は男の唯一神とされてきた。ところが、このアブーラフィアの円によれば、創造主はふたつの性を持った神ということになる。男であり、また女でもある神。ただの父なる神でも、母なる神でもない。父なる神であり、そしてまた、母なる神。それでひとつの存在なの」

レイチェルの説明を聞きながら、ブリンクはこの発見の重要性を理解しようとした。

ブリンクの混乱を見てとって、レイチェルは説明をつづけた。「これは世界を変える驚異的な発見だよ。神は男であるという観念は、あたしの宗教の基盤そのものなのに、アブーラフィアのメッセージはそれを根底からひっくり返すんだから。グプタ教授がアブーラフィアの円に埋めこまれてると指摘したコードとも、密接に関連してる。あれは非バイナリの量子コードで、重ね合わせの性質を持ってる。それは、神も同じ」

ブリンクは考えをめぐらした。レイチェルの言うことが正しく、神が男でもあり女でもあるならば、創造主と宇宙の量子的性質は完璧に整合する。「だとすれば、宗教の概念にとんでもない影響が及ぶことになる」ブリンクは言った。

「神の名の真実がもたらす影響は、宗教よりはるかに広範囲まで及ぶだろうね」レイチェルは言った。発見の興奮が声に満ちている。「全能の男神という創造主の地位は、社会のなかで複製され、聖職の階級制度から家父長制まで、あらゆるものの基礎を成してる。でも、もし神がふたつの性を持っているなら、そのすべてが覆ることになる。性役割の根底が揺るがされる。政治、宗教、社会における男性のヒエラルキーが――家父長制の構造自体が――通用しなくなる。つまり、きみとあたし、男と女は、神のひとつの断片にすぎなくて、ジェンダー・フルイドの人々――自認する性が流動的に変化する人たち――こそ、最も完璧に神を体現してると言える」

ブリンクは〈神のパズル〉を見やり、その途方もない意味と、宗教や社会に組みこまれた構造への影響に思いをはせた。

しかし、アブーラフィアのメッセージの重大さはわかっても、それと自分がどう関係しているのかは理解できなかった。長い沈黙のあと、ブリンクは尋ねた。「ぼくがなぜこの件にかかわる羽目になったのか、思いあたる理由は？」

「実は、ある」レイチェルはブリンクを見て言った。「ずっと考えてたんだけど、こういう事態になったのには、きみにも多少は責任があると思う」

「ぼくに？」唐突に責任を問われ、ブリンクは驚きと困惑をあらわにした。「なぜ？」

「あたしが昔から大好きなミドラシュ（ユダヤ教の聖書注解書）の話があってね」レイチェルは言った。「受胎を司る天使ライラの話。ライラは、子宮のなかの赤ん坊に完全なる知識を授けるの。のちに赤ん坊が生まれ、ライラがその唇に軽くふれると、すべての知識が忘れ去られる。つまり、あらゆる知識は最初から存在していて、あたしたちはそれを獲得するのではなく、年を重ねながら失ったものを集めていく、という教えなの。きみは怪我によって、だれもが生まれる前に持っていた知識を使えるようになったんじゃないかな」

「どうやって？」ブリンクは訊いた。レイチェルが言わんとしていることに一抹の不安を覚えた。

「怪我によって、きみの脳の本質が変化した。以前はまったく知らなかった分野で驚くべき才能が開花した。でももし、その能力が氷山の一角にすぎなかったら？　もし、きみがはるかに深遠な知識にアクセスできるとしたら？」

「なんの知識に？」

「宇宙。現実。神について。さっきの出来事を考えてみて。きみはアブーラフィアやほかの神秘家が懸命に試みたことを成しとげた。物質界の境界を超えた。別の次元と交信したんだよ」

　ブリンクはラ＝モリエットの手紙のことばを思い浮かべた。〝人間と聖なるものとを隔てるベールを取り払い、神とじかに目を合わせた〟ブリンクは怪我によってそのベールを取り払い、反対側の世界をのぞきこんだのだろうか。ブリンクが試みさえすれば、さらに深遠なる知識を得られるのだろうか。ブリンクにはわからなかったが、そうかもしれないと考えるのは、胸躍ると同時にこわくもあった。

「もしほんとうにそうなら」複雑な感情を悟られないよう、ブリンクは軽い調子で言った。「困ったことになりそうだな」

レイチェルは微笑み、ブリンクの腕をつかんで力をこめた。「もしほんとうにそうなら、マイク、きみの可能性は無限大だよ」

66

ジェス・プライスの再審で、裁判所は完全無罪を言い渡した。ジェイムソン・セッジの自殺と刑務所での発言が、ジェスの無罪を示す新しい証拠となり、アン＝マリーの証言がそれを裏づけた。アン＝マリーは、ジェイムソン・セッジが幼少時の父親の死をきっかけに精神を病み、長いあいだ闘病をつづけていたこと、それがあの痛ましい自殺につながったという話をとうとうと述べた。また、永遠の命に対するセッジの執着について語り、アン＝マリー自身、数年前から不安をいだいていたと認めた。セッジが刑務所でジェスを監視し、アーネスト・レイスの死にも関与したという驚くべき事実も、陪審員に知らされた。ジョン・ウィリアムズは法廷に立ち、自殺する直前のセッジが、ノア・クックの死におけるジェス・プライスの責任を否定したと証言した。錬金術の継承者を自称する過激派フューチャリスト組織とセッジの関係を示す証拠が提出され、それが判決の決定打となった。

ジェスの釈放が決まるまでの数カ月間、ブリンクは面会に行かなかった。想像を絶する混乱の数日間を脱してからというもの、心が不安定になっていた。一連の生々しい夢、儀式、ハシェムの恐るべき力を、ブリンクは身をもって経験した。だが、ひょっとして思いちがいではないかと自分の記憶を疑っているうちに、どの出来事も蜃気楼のようにまぶしく揺らめき、現実味を失いはじめた。ブリンクはジェス・プライスと〈神のパズル〉を、自分の秩序ある人生のパターンにまぎれこんだ例外として考えるようになった。そのパターンは堅固で、人生の土台に深く根ざし、説明不能な逸脱のはいりこむ余地はなかった。

トレヴァース医師なら適切な助言をくれるかもしれないと思い、診察を予約した。診察はビデオ通話でおこなわれた。コニーがブリンクの膝でモニターをじっと見つめるなか、ブリンクは自分の身に起こったことを説明した。といっても、ジェスと出会ってからの一部始終は省略し、強烈な夢を見たことや、それらが脳裏に焼きついて離れないことだけにとどめておいた。「原因が知りたいんです」ブリンクは言った。「それから、同じようなことがこの先も起こるのかどうかも」

トレヴァース医師は長いあいだ考えこんでから、口を開いた。「外傷性脳損傷によってセロトニンの調節障害が起こりうることは、きみもすでに知っているね」

「ええ」気分の浮き沈みや不眠の問題をかかえていたブリンクは、運動や瞑想でセロトニンの分泌を促す方法について、前にも医師と話したことがあった。「でも、それとああいう夢にどんな関係が？」

「睡眠中にはセロトニンの分泌が抑制される。それがふつうだ。だが、セロトニンの調節に異常が発生した場合、脳内に過剰分泌されたセロトニンが異例の体験を引き起こすことがある。セロトニンが高濃度になると、マジックマッシュルームに含まれるサイロシビンと似た効果が現れる――つまり、幻覚だ。そうして生じる状態は〝スーパーサリエンス〟と呼ばれる――物事を意味深に感じたり、知覚が鮮明になったり、宇宙と精神的に結びついたりするんだ。その要因となるのがセロトニン2受容体だが、知ってのとおり、きみのセロトニン分泌量はかなり不安定だ。きみのような脳損傷を受けたあとでそういった夢を見るのは当然だと言ってもいい」

「夢のなかで」ブリンクは言った。「事故以来はじめて、自分の脳から解放されたんです。パズルが消えた。パターンもなかった。ただ自分だけが存在していました。ときどき、何もかもすごく……現実のように感じられた」

トレヴァース医師は少し考えて言った。「わたしはフロイト派ではないんだ、マイク。きみがとても強烈な経験をしたのは疑わないよ。しかし、きみの解釈は、フロイトが言うところの願望充足に危険なほど近いようだ。夢で体験したことが現実であってほしいと願っているが、実際にそうだったとは言えない」

診察を終えたとき、ブリンクの心はいくらか晴れていた。トレヴァース医師の説明を聞いたおかげで、しばらくは気持ちが落ち着いていた。すべては脳内物質が原因だったのだと思うと、安心できた。それでも、冷や汗をかいて夜中に目が覚め、ジェス・プライスに対する激しい渇望にとらわれることがときどきあった。ジェスの手の感触、ふたりでいるときに感じた深い共感や特別な結びつきがよみがえり、もう一度会わなければいけないと思った。そしてある夜、ジェスのことを考えて眠れぬ数時間を過ごしたあと、ブリンクはついに決断をくだすことにした——ジェスに連絡するか、さっぱり忘れるか。モルガン・ダラーを取り出し、親指の上でバランスをとってから、宙へ放った。表が出たら、レイ・ブルックへ行く。裏が出たら、何もしない。結果は裏だった。ブリンクはジェス・プライスを過去へ追いやるべきだった。しかし、できなかった。どうしても会う必要があった。結局、ブリンクはジェスに連絡した。

ジェスが釈放された二月末、アディロンダックは雪に覆われていた。ジェスはセサリー・モーゼスの助けを得て、ブルックリンにアパートメントを借りた。ブリンクは新車のトラックでジェスを新居へ送り届ける役を買って出た。釈放される日の朝、ブリンクは刑務所までジェスを迎えにいき、昼食に誘った。山の上のほうに食事ができる素朴な宿があり、森に近いので、コニーを自由に走らせてやれる。コナンドラムはたちまちジェスを虜にした。トラックに乗っているあいだはジェスの頰をなめ、レストランの駐車場では得意の芸を披露した。山の見渡せるテーブルにふたりが着くと、コニーはジェスの膝に跳び乗ってまるくなり、居眠りをはじめた。

ハンバーガーとフライドポテトを食べながら、ブリンクとジェスは二時間しゃべりつづけた。ジェスはマイクに、怪我をする以前の暮らしや、MITや、近々出場予定のパズル大会について尋ねた。ブリンクは話しながら、この数カ月間でジェスがとげた大きな変化を目のあたりにした。ジェスは自信に満ち、幸せそうで、髪につやがあり、頬は色づいている。セサリーいわく、レイ・ブルックにもどってからのジェスは食欲を取りもどし、毎日午後に運動場でジョギングをして、夜は熟睡するようになったという。執筆も再開した。本人はそれについて語らなかったが、ジェスという人の根底にある大切な部分が息を吹き返したことは、だれの目にも明らかだった。ジェスをむしばんでいた闇はすっかり消えていた。

とはいえ、いくら見た目が健康そうでも、ジェスの心の傷はまだ癒えきっていなかった。裁判やセッジ館、そのほかジェスの負担になりそうな話題を、ブリンクは慎重に避けた。だが、食事を終えたころ、ジェスが言った。「人生のこの数年間を全部なかったことにしたいの。でも、あなたがしてくれたことは忘れない、マイク。とても混乱して苦しかったけど、あなたがそばにいて、本気で助けようとしてくれてるって思うと、すごく助けられた」

ブリンクが支払いをすませたあと、ふたりは古い友人同士のように笑い合いながら、午後の寒空の下を散歩した。途方もない苦難をともに乗り越えたジェスといると、ブリンクはほかのだれともめったに感じない安らぎを覚えた。けれども、ブリンクは友情がほしいわけではなかった。その気持ちを察したかのように、ジェスはブリンクの手をとって握りしめた。ブリンクの全身が甘い興奮でしびれた。その場でジェスを抱き寄せてキスしたいと思ったが、いやな思いをさせたくはなかった。セサリーには、ジェスが数年ぶりの自由に圧倒されるかもしれず、新しい暮らしに慣れるまでしばらくかかるだろう、と言われていた。ジェスをよけいに混乱させたくはない。マイク・ブリンク自身、新たな人生に慣れるむずかしさをだれよりもよく知っている。

「行ってみようよ」ジェスは登山道の入口へブリンクを連れていった。山道が雪でまだらになっている。

すでに陽が傾きつつあり、ブリンクはやめておくべきだろうかと思案した。腕時計を見る。午後四時四分だった。4＋4＝8。8は完全数でも素数でもない、ふつうの数字だ。二乗すると64になる。さまざまな伝統において、繁栄や発展を意味する数字でもある。ブリンクは発展を求めていた。自分が持っていないものすべてを、つながりを、愛を求めていた。ひょっとすると、これが実現のチャンスなのかもしれない。

「早く」ジェスがいたずらっぽい笑みを浮かべて言った。「山歩きなんて何年もできなかったんだから」

気づけば、ふたりは翳りゆく山道をのぼっていた。冬の斜陽が木漏れ日となって降り注ぎ、刺すように鋭い風がコートのなかへ吹きこんでくる。リードをはずすと、コニーは跳ねるように駆けていき、さまざまなにおいに興奮して盛んに吠えた。山道は樹齢百年を超える大木の影のあいだをうねり、氷に覆われたシダが幾何学模様の結晶を形作っている――虹色に輝く複雑なフラクタル図形や、色鮮やかな蜘蛛の巣の格子。森の緻密なパターンがどこまでもつづき、その複雑な網でブリンクをとらえようと脅してくる。けれども、こうしてジェスと手をつないでいれば、ブリンクはしっかりと地に足をつけ、脳が描く幻を恐れずにいられた。

ようやく、山の頂上に着いた。日没の淡い光のもと、山々の広大な景色がひろがっていた。雪化粧をした山頂がいくつも連なっている。ブリンクはジェスのほうを振り向いた。ジェスが自由の身になってどんなにほっとしたか、山の冷たい空気のなかにふたりでいられることがどんなにうれしいか、もう一度会いたいとどんなに願っていたかを伝えたかった。だが、ジェスがブリンクの口をキスでふさいだ。

ブリンクは本能のままに反応した。ジェスを引き寄せ、その体のぬくもりを感じた。つかの間、ジェスとふたりだけの世界にいるところを思い浮かべた。すべてが色鮮やかに輝くその次元では、不可能なことなど何もない。このキスはふたりの絆をたしかめ、真実を明らかにした——ブリンクが夢のなかで感じ、正気を奪われかけた恐ろしい衝動は消えていた。代わりにあるのは、やさしさと傷つきやすさ、ジェスを理解したいという切実な願い、そしてまったく新しい種類の結びつきだった。壮絶な経験をともにしたこの女性を、失いたくなかった。彼女をきつく抱きしめると気分がよかった。ジェスの揺るぎない存在を感じながら、ブリンクは気づいた。ジェスは夢のなかで出会った女性とはちがう。ジェスのほうがずっとすばらしい。

67

　キャム・パトニーは娘を待っていた。空港には早めに着き、搭乗時刻まであと一時間以上もあった。ジャズミンが昼食をとっていなかったので、キャムは二十ドルを手渡して、スターバックスで何か買ってくるように言った。店内まで付き添うのはやめておいた。せまい空間に人がおおぜいいたからだ。混雑した場所はどこであれいやだった。それはレイ・ブルックでの任務を終えたあと、キャムが持ち帰った後遺症だった。閉鎖された空間がこわい。閉所恐怖症。広場恐怖症。なんと呼ぼうと中身は同じだ。混雑したせまい場所へ行くと、一刻も早く逃げ出したくなる。

　父娘ふたり旅の提案に、ジャズミンの母親はなかなか首を縦に振らなかった。だが、ジャズミンが何度も粘り強く頼んだおかげで、ようやくキャムはゴーサインを得た。暗くみじめなニューヨークを離れ、ケイマン諸島でしばらく過ごせば、いい気分転換になるだろう。アン＝マリーが別荘を一週間使わせてくれることになり、料理人や何もかもが手配ずみなので、何不自由なくくつろげる。アン＝マリーに〈シンギュラリティ〉のプライベートジェットを使うよう勧められたとき、キャムはいったんことわったものの、考えを改めた。ジャズミンにおもしろい経験をさせてやれると思ったからだ。ミスター・セッジの死後、キャムの生活は大きく変化したが、ひとつだけ変わらないことがあった――キャムはすべてをジャズミンに捧げている。ジャズミンを大切に世話してやること、それだけがキャムの正気を保っていた。

　最後の任務がミスター・セッジの思惑どおりに終わった一方、アン＝マリーの期待には応えられなかった。アン＝マリーからは、ジェイムソンの自殺を止めてほしいと懇願されていた。あの夜、キャムは最善を尽くし、引き金も引かなかったが、結局はミスター・セッジに拳銃を奪われてしまった。

刑務所での思わぬ展開によって、キャムは窮地を脱した。ミスター・セッジがみずから引き金を引いたため、キャムの身柄は二十四時間足らずで釈放された。ミスター・セッジの自殺を目撃した十名の警備員は全員、キャムが自殺を止めようとしたと証言した。キャムを起訴できる材料と言えば、州立矯正施設に銃を持ちこんだことだけだった。アン＝マリーの弁護士の働きかけで、それさえも罰金を支払うだけですんだ。

ほんとうの罰はキャムの頭のなかで起こっていた。ミスター・セッジの最期が、まぶたの裏に焼きついて離れなかった。こめかみに突きつけられた銃口。銃声が響いてから体が床に崩れ落ちるまでの恐ろしい間。そして、血。おびただしい量の血。悪夢で何度も目が覚めたが、問題はそれだけではなかった。ミスター・セッジを失ってから、キャムはこれまでに経験したことのない無力感に苛まれていた。相続した莫大な財産があっても、これからどう生きていけばいいのかわからなかった。キャムは首に手をやり、テトラクテュスをさすった。それは、ミスター・セッジの世界で認められた証だった。金と自由を手にしても、キャムの心はそこに囚われたままだった。生きる目的を失い、置き去りにされた気分だった。

ジャズミンとともにしばらく過ごせば、気持ちを切り替えられるだろう。海と太陽とすばらしい食事とミスター・セッジのスコッチを楽しむ七日間で、道はおのずと見えてくるはずだ。まずは父親業に専念すればいい。離れて過ごした数年間の埋め合わせができる。ジャズミンはキャムのどんな変化も見逃さない。それはキャムにとっていいことだった。「リラックスして、パパ」キャムの神経が緊張するのを察するたびに、ジャズミンは言った。ジェス・プライスの再審や、今後も連絡を取り合うべきだと言い張るアン＝マリーのせいで、そういうことはしょっちゅうあった。娘の助けも借りながら、これからの人生設計を立てていくつもりだ。

旅を前にしてはしゃぐジャズミンを見るだけで、いまはじゅうぶんだった。送迎車で滑走路へ移動し、ジェット機に乗りこんだあと、ジャズミンは目にはいったものを列挙していった。キャムの刺青と同じ〈シンギュラリティ〉のロゴ、豪華な革張りの座席、大型テレビ、クイーンサイズのベッドを備えた寝室、トイレとシャワールーム。キャムがこのジェット機に乗るのははじめてではない。たいていはミスター・セッジの同伴で、ひとりで乗ったことも数回あるが、このみごとな内装にはいまだに感心する。

座席に腰をおろしたとき、ジーンズの尻ポケットでスマートフォンが振動した。どうせ何かの勧誘だろう。商品や保険を売りつけようとする業者からの電話が、ひっきりなしにかかってきていた。自分の番号はどこにも掲載されていないはずだが、どこかで情報が漏れているのかもしれない。だが、キャムがスマートフォンを引っ張り出してみると、画面にテキストメッセージが表示されていた。

〝ミスター・パトニー、二分後に電話する。出てくれ。きみの契約について話がある〟キャムは困惑した。これまでに署名した契約はただひとつ、二〇一一年に〈シンギュラリティ〉と結んだリカーディアン・コントラクトを除いてほかにない。ミスター・セッジの死によって無効になったものと思っていた。先日、ミスター・セッジの遺言執行者である弁護士と、財産の相続について話すためにはじめて会ったが、契約の話は出なかった。アン＝マリーからも何も聞いていない。

キャムは立ちあがり、ジェット機の後方に移動して、電話を受けるためにトイレへはいった。ジャズミンはキャムをつぶさに観察し、気分の変化を敏感に感じとる。電話へ向かって怒鳴る声をわざわざ聞かせる必要はない。いやがらせはごめんだが、相手がだれかたしかめてみようと思うくらいには気になっていた。

ビデオ通話だった。キャムは応答ボタンをタップし、画面のちらつきのあとに映し出された顔を見て、絶句した。赤い髪、白い紙のような肌、青く鋭い目。ジェイムソン・セッジだ。心臓が凍りつき、キャムはスマートフォンを落としかけた。長方形の画面のなかに、キャムが長年仕えてきた男、寛大な学資金で娘の未来を変えた男、キャムが目の前でみすみす死なせた男がいる。ジェイムソン・セッジが自分を見つめていた。愉快そうに目を輝かせて。

「ミスター・パトニー」画面のなかの男が言った。「呆気にとられているようだな」ミスター・セッジがキャムをからかうときはいつもそうするように、眉間に皺を寄せている。

キャムは愕然として声も出なかった。胸が締めつけられて息ができない。ミスター・セッジの常軌を逸した計画が、まさか成功したというのだろうか。たしかに、すべてのファイルはすでにアップロードされ、すべてのプログラムが稼働し、銀行口座はネットワークのノードに現金の配分を開始している。だからといって、これがエラーでないはずがない。ミスター・セッジは死んだのだ。

「刑務所ではちょっとしたトラブルがあったな。危うくすべてが無に帰すところだった」ミスター・セッジはかすかな笑みを浮かべて言った。「どうしたんだね、きみ——怖じ気づいたのか？」

ミスター・セッジの声だった。ミスター・セッジの顔。ミスター・セッジそっくりの話し方。

「ミスター・パトニー」画面のなかの男が言った。「返事をしたまえ」

「ちがいます」キャムは言った。「怖じ気づいたんじゃありません」

「きみは危険な状況に慣れている」男は言った。「怖じ気を震うような人間ではないはずだ、パトニー」

キャムはしばし考えた。その男の言うとおりだった。これまで何度か任務で人を殺めたが、いつも問題なくやりとげた。真実を話すべきだろうか。アン＝マリーに自殺を止めるよう頼まれたことや、本音を言えば、自分を救った男を殺す気にはなれなかったということを？　「できませんでした」キャムはようやく口を開き、ミスター・セッジに銃口を向けながら感じた苦悩をことばにしようとした。

「あなたには計り知れない恩義があって……どうしても」

「なるほど」ミスター・セッジは言った。声に若干の苛立ちが混じっている。「感傷的になる必要はない。あれは理性を欠いたふるまいによるヒューマンエラーだった。すでに対処し、克服したということで合意としよう。この話はこれで終わりだ。しかし、よく聞くんだ、ミスター・パトニー。あんなことはぜったいに、もう二度と起こってはならない。きみはいまやわたしの体だ。わたしの手、わたしの足、わたしの臓器だ。わたしの存在は広範囲に及び、ネットワーク内ではほとんど無限だと言ってもいい。だが、食事をしたり、上等なワインを飲んだり、アン＝マリーを抱きしめたりすることは二度とない。きみの手から銃を奪ってみずから任務を完了させることもできない。今後はきみが指揮を執らなくてはならない。最低でも、命令には躊躇なく従ってもらう必要がある。わかっているかね、ミスター・パトニー？」

「イエス、サー」キャムは言った。画面のなかの、肉体を持たない蒼白の男に慄きながらも、大きな安堵に包まれていた。ミスター・セッジの死以来かかえていた不安が洗い流されていく。たとえ実体をともなわなくとも、セッジの存在はキャムに使命感をいだかせた。任務は終わっていない。まだやるべき仕事が残っている。キャムはふたたび、ミスター・セッジに忠誠を尽くすのだ。「おおせのままに、ミスター・セッジ」

「いいだろう」画面の男が言った。「これから忙しくなるぞ。われわれはまさに未来なんだ。そして、未来は果てしなく、はるか先までつづいていく。そうとも、ミスター・パトニー、きょうが永遠の一日目だ」

本作について

　この作品に登場するパズルは、ふたりのすぐれたパズル作家、ブレンダン・エメット・クイグリーと、四度の世界パズル選手権チャンピオンであるウェイファ・ホアンの協力を得て作成されました。ディミトリス・ラザロウには、アブラハム・アブーラフィアが十三世紀に書いた絵図をもとに〈神のパズル〉を作成していただきました。《ニューヨーク・タイムズ》紙のパズル欄担当編集者であるウィル・ショーツは、パズル・マスターの人生と仕事に関して貴重な情報をご提供くださるとともに、わたしに自宅のパズルコレクションを見せてくださいました。この作品の核にある宗教の神秘に関しては、ジャネット・グリーソン、ミヘネ・ゴンザレス・ウィプラー、ラビ・マーク・サメスに有益な情報をご提供いただきました。

謝辞

本作の執筆をあらゆる段階で支えてくれた非凡なるエージェントのスーザン・ゴロムに、心からの感謝を捧げます。洞察力と熱意にあふれる担当編集者のアンドレア・ウォーカーにも、感謝のことばを。あなたのおかげで、本作はよりいっそうすばらしい小説になりました。それから、ランダムハウス社のアンディ・ワード、レイチェル・ロキッキ、ウィンディ・ドレスティン、マリア・ブレイケル、カレン・フィンク、ケイティ・ホーン、マディソン・デットリンガー、ノア・シャピロ、ケイトリン・マッケンナ、キャシー・ロードへ。わたしはみなさんに魅了されつづけています。ライターズ・ハウス社のマヤ・ニコリッチ、ソフィア・ボリド、マデリン・ティクナー、そして、A3アーティスツ・エージェンシーのサリー・ウィルコックスにも、心から感謝を。

各専門分野においてご協力いただいたみなさんにお礼申しあげます。ハンナ・ブルックスは、ヘブライ語とエルサレム史の専門家として、かけがえのない助言者となってくださいました。アン＝マリー・リシャードは磁器人形に関する知見を、アダム・ハーは夢を見ているあいだのヒトの脳活動に関する学識を授けてくださいました。ブレンダン・エメット・クイグリーには、パズルに関するありとあらゆる事柄について、惜しみない協力をいただきました。助言とひらめきをくださったダン・ブラウンにも、この場を借りてお礼申しあげます。

作家仲間であるジャネル・ブラウン、アンジー・キム、ジーン・クォック、ジェイムス・ハン・マットソン、ティム・ウィードに格別の感謝を。スティーヴ・ベリー、ジャスティン・クローニン、クリス・パヴォーネ、ダグラス・プレストン、クリス・ボジャリアン、リザ・スコットラインのご支援に感謝します。ブリアナ・リー、トム・ガーバック、マデリン・ウェンドリックス、ティナ・ブーシュ、デニス・ドノヒュー、アートとリオナのデフェア夫妻にも、お礼のことばを送ります。

最後に、わたしの家族へ。日ごろの感謝をこめて、ありがとう。

解説

本作は、ダニエル・トゥルッソーニによる *The Puzzle Master* の全訳である。

アメリカンフットボールのスター選手で将来を嘱望されていたマイク・ブリンクは、ある日の試合で、頭に怪我を負ってしまう。その数日後、彼は自身の異変に気が付く。目に見えるものすべてに幾何学的なパターンを見出してしまうようになっていた。脳の損傷をきっかけに、獲得性サヴァン症候群を発症し、パズルを解く神がかり的な才能を身に付けてしまったのだった。

その後、アメフトを引退してパズル作家の道を歩み始めたマイクは、ある日、心理士のセサリー・モーゼスから、彼女の患者で囚人であるジェス・プライスが作ったパズルを解いてほしいと依頼される。ジェスは、数年前にボーイフレンドを殺害し有罪判決を受け、刑務所に収監されてからいままで一度も口を利いたことが無かった。そんな彼女は、マイクの作るパズルにだけは没頭し、そしてとうとう、自身でパズルを作成したのだという。セサリーは、ジェスにマイクを会わせ、彼にパズルを解いてもらうことで、彼女の精神状態が好転するのではないかと期待したのだった。

だが、事態は予想外の方向へ展開していく。彼女が作成したパズルをマイクが解き明かすと、メッセージが浮かび上がってきた。そのメッセージは、彼女が犯した殺人事件に、隠された真相があるということをほのめかしていたのだ。

かくして、マイクはジェスが過去に起こした殺人事件について、改めて調査を始めることになる。そして事件現場となったセッジ館へとたどり着いた彼は、十三世紀の神秘家アブラハム・アブーラフィアが作成した数字とヘブライ語が円形に並ぶ奇妙な暗号〝神のパズル〟に出会う。その暗号は、殺人事件解明の鍵を握るだけではなく、世界をひっくり返す重大な秘密が隠されていた……。


このような陰謀論的な想像力を働かせた作品として、真っ先に思い浮かぶのは映画も大ヒットしたベストセラー『ダ・ヴィンチ・コード』だ。稀代の天才発明家にして画家のレオナルド・ダ・ヴィンチが描いた「ウィトルウィウス的人体図」「モナ・リザ」「最後の晩餐」に大きな秘密が隠されており、それをめぐる陰謀に宗教象徴学の教授ロバート・ラングドンが巻き込まれていくという筋書きだ。『ダ・ヴィンチ・コード』の歴史の謎に対するアプローチの仕方や物語の展開のさせ方は、著者のダニエルも参考にしていたようで、アブラハム・アブーラフィアが作成したパズルはレオナルド・ダ・ヴィンチが描いた作品を、天才パズル作家のマイク・ブリンクは宗教象徴学の教授ロバート・ラングドンを思わせ、『ダ・ヴィンチ・コード』が好きな読者は本作を存分に楽しむことができるはずだ。もちろん逆もしかりである。

ただ、本書へ最も影響を与えたのは、ドミニク・オリヴァストロ著の *Ancient Puzzles: Classic Brainteasers and Other Timeless Mathematical Games of the Last 10 Centuries* という本であった。この本は、世界中の様々なパズル作品とそれにまつわる資料が付記されたガイドブックで、彼女はこの本を眺めながら、歴史を通じてパズルが人々の心をとらえ、そして人々の思惑を裏切ってきたことに思いをはせていたそうだ。

また、ダニエルが語るには、本作はジェスがセッジ館で生活を送るパートから書き始めたのだという。アブラハム・アブーラフィアが作成したパズルを作品の中心に据えるアイデアは最初からあったものの、それに天才パズル作家が挑むというプロットが出来上がったのは、殺人事件が起こり、ジェスが逮捕されて以降ひと言も話すことが無かったという謎を解き明かす必要に迫られ、マイク・ブリンクというキャラクターを作り上げたからだった。

アメリカンフットボールの元スター選手で、獲得性サヴァン症候群の天才パズル作家というキャラクター設定は見事なもので、この設定があるからこそ、アクションシーンにも謎解きシーンにも説得力がある。また、マイクとジェスの関係性がどうなっていくのかというところも本書の読みどころのひとつであり、彼を主人公に据えたことは大正解だったと思う。

著者のダニエル・トゥルッソーニは、二〇〇六年に *Falling Through the Earth* でデビュー。自身の父親との思い出と、父親がベトナム戦争に従軍していた話を元に書かれた回想録であるこの作品は、ニューヨーク・タイムズ・ブックレビューで年間ベストに選出されるなど、好評を博した。二〇一〇年にはファンタジー小説である *Angelology* を書き、ベストセラーとなる。こちらの作品は、天使が実在する世界を舞台に、主人公の修道女が一千年以上前から歴史の裏側で起こっている天使たちの戦いに巻き込まれていくという話で、歴史的な謎を取り扱っている点で本作と共通している。

そして、本作に続く〈マイク・ブリンク〉シリーズの二作目 *The Puzzle Box* は、日本を舞台にした作品だ。明治時代の初め、明治天皇は小川という職人に〝龍の匣〟と呼ばれるからくり箱を作らせ、その中に皇室にまつわる重大な秘密を入れ、宮中から遠く離れたとある寺に隠した。だが、その箱の開け方と中身の秘密を誰にも語ることなく明治天皇は崩御してしまう。それ以来、宮中では十二年に一度、様々な人を呼び寄せ、この箱を開けさせようとしてきたが、この箱に仕掛けられた罠によってことごとく失敗してきた。そこでマイク・ブリンクが呼び寄せられ、箱を開けるように依頼される。

だが、彼の命を狙うものが現れ……といった話だ。こちらは二〇二四年十月にアメリカで刊行される。

陰謀論が跳梁跋扈する昨今において、本作のような作品は受け入れられがたくなっているのかもしれない。ただ、陰謀論と陰謀論的小説の決定的に違う点は、フィクションであるというエクスキューズがきちんとなされているかどうかというところにある。その点に読者も注意することができれば、こういった陰謀論的小説を読むことは、空想と現実のはざまを覗き見るというとても楽しい体験になるだろう。ぜひ、本作を存分に楽しんでいただきたい。（Ｉ）

二〇二四年九月

〔訳者略歴〕
廣瀬麻微
英日翻訳者　訳書『怪盗ギャンビット１ 若き“天才泥棒”たち』ケイヴィオン・ルイス他多数

武居ちひろ
英日翻訳者　訳書『フィリックス エヴァーアフター』ケイセン・カレンダー他多数

ゴッド・パズル―神の暗号―

2024年10月20日　初版印刷
2024年10月25日　初版発行

著　者　ダニエル・トゥルッソーニ
訳　者　廣瀬麻微　武居ちひろ
発行者　早　川　　浩

発行所　株式会社　早川書房
東京都千代田区神田多町２－２
電話　03 - 3252 - 3111
振替　00160-3-47799
https://www.hayakawa-online.co.jp

印刷所　株式会社亨有堂印刷所
製本所　株式会社フォーネット社

定価はカバーに表示してあります
ISBN978-4-15-210370-3 C0097
Printed and bound in Japan
乱丁・落丁本は小社制作部宛お送り下さい。
送料小社負担にてお取りかえいたします。